DIE SPROTTENKÖNIGIN

Arnd Rüskamp ist am südlichen Rand des Ruhrgebietes am Baldeneysee geboren. Er hat Publizistik studiert, war Reporter und Moderator, Soldat und Biker, Autor und Verleger. Heute verdient er sein Geld noch immer in den Medien, hat aber erkannt, dass sein berufliches Glück zwischen zwei Buchdeckeln liegt. Er lebt im Ruhrgebiet und in seiner Wahlheimat zwischen Schlei und Ostsee.

ARND RÜSKAMP

DIE SPROTTENKÖNIGIN

Küsten Krimi

emons:

Bibliografische Information der Deutschen Nationalbibliothek
Die Deutsche Nationalbibliothek verzeichnet diese Publikation
in der Deutschen Nationalbibliografie; detaillierte bibliografische
Daten sind im Internet über http://dnb.d-nb.de abrufbar.

MIX
Papier aus verantwor-
tungsvollen Quellen
FSC® C083411

© Emons Verlag GmbH
Alle Rechte vorbehalten
Umschlagmotiv: Ashraful Arefin/Arcangel.com
Umschlaggestaltung: Nina Schäfer, nach einem Konzept
von Leonardo Magrelli und Nina Schäfer
Umsetzung: Tobias Doetsch
Gestaltung Innenteil: DÜDE Satz und Grafik, Odenthal
Lektorat: Hilla Czinczoll
Druck und Bindung: CPI – Clausen & Bosse, Leck
Printed in Germany 2021
ISBN 978-3-7408-1147-1
Küsten Krimi
Originalausgabe

Unser Newsletter informiert Sie
regelmäßig über Neues von emons:
Kostenlos bestellen unter
www.emons-verlag.de

Für Claudia, Anne und Katja

There is a crack, a crack in everything.
That's how the light gets in.

Leonard Cohen

Prolog

10. Juli 2006

Liebes Tagebuch,

ich habe endlich das Kleid gefunden. Gerade noch rechtzeitig. In vier Tagen sind schon die Sprottentage. Das Kleid hing in Mamas Schrank. Jetzt liegt es unter der Erde.

Deine Leni

14. Juli 2006

Liebes Tagebuch,

es war ein schöner Tag. Annika war Sprottenkönigin. Anna-Lena hat geheult. Tja.

Deine Leni

Auf Augenhöhe

»Unsere letzte Besprechung –« Marie schluckte. »An diesem Tisch haben wir gesessen. Genau hier.« Sie tippte mit dem Zeigefinger auf die Tischplatte. »Dr. Holm und ich.« Sie senkte den Kopf. »Seine Hände, ich kann seine Hände nicht vergessen. Seinen Händen habe ich den Tod angesehen.« Astrid schob Salzkörner hin und her. »Ich ... ich kannte ihn ja nicht.«

»Du hättest ihn gemocht. Er war so – gerecht.« Marie vermisste ihren alten Chef beim LKA, dem sie in dessen letzten Lebenswochen sehr nah gekommen war. An Tagen voller Melancholie traf sie ihn für ein stilles Zwiegespräch im Begräbniswald an der Eckernförder Bucht.

Nun saß Marie mit Holms Nachfolgerin Astrid Moeller vor der Frittenbude im Eckernförder Hörst. Die Kellnerin kam raus an die Picknickbank. Lächelnd stellte sie die Teller vor den beiden Frauen ab. »Lasst es euch schmecken, Mädels.«

»Mädels!« Astrid lachte kurz auf. »Schön wär's.« Sie griff nach dem Besteck, hielt inne und sah Marie an. »Dass du mich zu deinem und Dr. Holms Treffpunkt gelotst hast, tut gut. Danke. Und jetzt guten Hunger.«

Marie richtete sich auf und atmete tief ein. Dann schnitt sie die Currywurst in mundgerechte Stücke.

»Marie, die wird doch kalt.«

»Eben. Empfindliche Lippen. Mädchenlippen. Aber sag's nicht weiter bei den Jungs. Wann kommt unser Neuer eigentlich aus dem Urlaub?«

Marie freute sich auf die Zusammenarbeit mit Gregor Sachse, dem ehemaligen Streifenpolizisten aus Busdorf. Sie hatten einander zufällig kennengelernt und einige Male gut zusammengearbeitet. Jetzt hatte sich Gregor auf seine alten Tage beim LKA beworben, und sie hatten ihn genommen.

»Nächsten Mittwoch, Marie Geisler. Steht so im Dienstplan.«

»Jetzt hab dich nicht so. Als wir letzten Sommer in Sehestedt besprochen haben, wie wir uns den Abteilungsleiterinnenjob teilen können, da habe ich sofort gesagt, dass ich mich auf meine Stärken konzentrieren möchte. Dienstpläne zu lesen gehört definitiv nicht dazu.«

»Ist ja gut. Ich Moneypenny, du Bond, Jane Bond.« Astrid schob sich Pommes mit reichlich Ketchup in den Mund.

»Ich mag ja keinen Ketchup. Aber Pommes ohne Mayonnaise, das ist wie Matjes ohne Zwiebeln.«

Die Frauen lachten und stießen an. Die Maisonne hatte Kraft. Endlich zischte das Alster wieder.

»Was macht eigentlich dein Knie?«, fragte Astrid und zog ihre Fahrradjacke aus.

Marie knurrte. »Ich fürchte, dass irgendwann eine OP ansteht. Bin jetzt seit drei Wochen nicht mehr bei meinem Physio, sondern ackere in dessen Fitnessstudio, damit der Oberschenkelmuskel zulegt.«

»Fitnessstudio, oha. Hast du auch schon Selbstbräunungscreme gekauft?«

»Ja, so dachte ich auch, aber tatsächlich trainieren da eher Versehrte wie ich, richtige Sportler halt. Eisenfresser gibt's da kaum.«

»Aber Testosteronampullen, oder?« Astrid nahm noch einen Schluck Alster.

»Hat ja jede ihre Droge.«

»Jede, soso. Wurdest du vom Innenminister zur Genderbeauftragten ernannt?«

»Damit macht frau keine Scherze. Noch ein Bier für dich?«

Sie tranken und kauten, schauten einander ins Gesicht. Sie waren ein Team und waren es auch nicht. So jedenfalls fühlte es sich für Marie an, die zwischen den Sätzen dachte, Gedanken abbrach, nach Gefühlen tastete, die sie selbstverständlicher mit Astrid Moeller hätten verbinden können.

Sie beide teilten sich inzwischen den Chefposten. Im letzten Sommer, nur wenige Wochen nach dem Rocker-Fall, hatte sich der Gedanke festgesetzt, dass etwas Neues geschehen musste, und so hatte sich Marie mit der Kieler Behördenleitung und Astrid darauf verständigt, die Abteilung gemeinsam zu führen. Die Rechtsmedizinerin Ele Korthaus war damals schwanger gewesen. Ele hatte sich nach langem Ringen entschieden, ihr Kind zur Welt zu bringen, sich auf ein Leben mit Trisomie 21 einzulassen, doch dann hatte sie das Kind verloren. Auf dem Weg zu ihrer Frauenärztin hatte sie sich mit dem Auto überschlagen. Als sie nach über einer Woche aus dem Koma aufgewacht war, war sie wieder allein gewesen. Sie hatte sich von Kai getrennt, die Stelle als Rechtsmedizinerin gekündigt, die Wohnung aufgelöst, und dann war sie mit unbekanntem Ziel abgereist. Sanglos, klanglos. Die beste Freundin. Mehr als das, wenn Marie ehrlich war. Sie war noch nie so enttäuscht gewesen.

Nach dreiundneunzig Tagen hatte eine Postkarte im Briefkasten gelegen. »Ich hab dich lieb«, hatte Ele geschrieben. Die Postkarte war in Punta del Este in Uruguay gestempelt worden. Auf der Vorderseite war »La Mano« abgebildet. Fünf Riesenfinger ragten aus dem Sand. Wie die Hand eines Ertrinkenden, hatte Marie gedacht. Und sie hatte sich gewünscht, Ele die Hand zu reichen. Sie hatte geweint und geflucht. Wie konnte sie ihr ein Lebenszeichen schicken, wie konnte sie ihr einen Hilferuf schicken ohne die Chance, Kontakt mit ihr aufzunehmen?

In ihrer Not hatte Marie Mayr vom BKA angerufen. Der hatte seine Beziehungen spielen lassen. Aber außer einem Flug nach Montevideo auf Eles Namen hatte auch er nichts herausgefunden. Ele war verschwunden und hatte sich bis heute nicht mehr gemeldet. Marie hatte versucht, Abschied von ihr zu nehmen. Aber sie dachte beinahe jeden Tag an sie. Wut und Trauer hielten sich die Waage. Alles konnte plötzlich anders sein.

Chefin war sie auch noch nicht gewesen. Sie hatte sich gesagt, dass sie das einfach mal ausprobieren sollte, bevor sie ein Tsunami, ein Schlaganfall oder eine Kugel aus dem Leben risse.

»Ich muss jetzt los«, sagte Astrid. »Um sechzehn Uhr schaue ich mir ein Apartment an der Seebadeanstalt in Holtenau an. Nur ein Steinwurf von meiner Wohnung, aber Erdgeschoss und ein kleines Stück Garten. Ich war ein paarmal in Gregors Schrebergarten hier in Eckernförde. Ich glaube, das ist was für mich.«

Sie teilten sich die Rechnung, wie sie sich auch die Arbeit teilten. Dr. Holm hatte es sich nie nehmen lassen, Marie einzuladen. Wenn sie mit Ele unterwegs gewesen war, hatte gezahlt, wer näher zum Ausgang saß. Mit Andreas an ihrer Seite war klar, dass Marie zahlte. Ihr Mann vergaß sein Portemonnaie fast immer.

»Für den Hinweg über Schwedeneck habe ich fast zwei Stunden gebraucht. Zurück nach Kiel fahre ich ein Stück am Kanal entlang.« Astrid stand schon, war in die Fahrradjacke geschlüpft, griff nach ihrem Helm, hielt in der Bewegung inne, schaute verlegen.

»Darf ich mal?« Sie streckte die Hand nach Maries Kopf aus.

Marie beugte sich vor. Astrid berührte mit nur einem Finger sanft eine Stelle links über dem Ohr. Ihr Blick war fragend.

»Komm, trau dich. Guckt ja keiner.«

Astrid strich nun mit der ganzen Hand über Maries Kopf und strahlte. »Das wollte ich schon immer mal. Es kitzelt. Ein bisschen wie ein Dreitagebart, aber weicher. Warum hast du das gemacht? Du hast doch tolle Haare.«

»Weil ich das schon immer mal wollte. Kennst du Sinéad O'Connor? Das muss Anfang der Neunziger gewesen sein. Ich fand sie so unfassbar cool mit ihrer Glatze, und dann dieses Lied.«

Astrid legte den Helm zur Seite und sang: »I can eat my dinner in a fancy restaurant. But nothing, I said nothing can take away these blues. 'cause nothing compares, nothing compares to you …«

»Beim Klabautermann. Astrid! Du singst wie ein Engel.«
»Sechs Jahre Kinderchor. Und ich liebe dieses Lied. Diese Frau, dieser schwarze Mantel. Darf ich noch mal?«
»Nein, jetzt ist Schluss. Ich wuschle meinem Sohn immer durch die Haare. Er hasst das.«
»Und wie fühlt sich das an, so nackt?«
»Pur. Schwimmen ohne Haare ist super. Apropos. Du hast ja die Walhupe noch.« Marie tippte auf die blaue Plastikkugel an Astrids Lenker.
»Schön finde ich die nicht. Aber es war so ein Zeichen, als ich neu zu euch kam. Hat mir geholfen.« Astrid umfasste den Wal und drückte. Der Wal machte – Geräusche.
»Ui, Walgesänge hat sich der Hupenkonstrukteur nicht zum Vorbild genommen. Klang die Hupe schon immer so? Vielleicht habe ich das gar nicht ausprobiert, als ich sie gekauft habe.«
Astrid stieg auf ihr Rad. »Hauptsache, man registriert mein Kommen. Wir sehen uns Montag in der großen Runde, und am Nachmittag treffen wir uns wieder zum Kellerschnack, richtig?«
Marie nickte. Seit letztem Herbst gab es den Kellerschnack im LKA. Marie hatte die Gesprächsrunde initiiert, weil sie wichtige Themen jenseits rein dienstlicher Besprechungen diskutieren wollte. Polizei war mehr als Ermittlungsarbeit auf der Grundlage von Gesetzen. Polizistin zu sein bedeutete für sie auch, eine Haltung zu haben, gegebenenfalls zu überdenken.
Der Kellerschnack hatte seinen Namen vom alten Schießkeller, in dem sich die Kolleginnen und Kollegen abteilungsübergreifend jeden ersten Montag im Monat zusammensetzten. Es war der einzige Raum gewesen, den die Hausverwaltung ohne Auflagen freigegeben hatte. Inzwischen hatten sie es sich gemütlich eingerichtet, der zuvor muffige Keller glich einem coolen Club. Allein die Floskeln, die sich eingebürgert hatten, erinnerten an die ursprüngliche Nutzung. Mit Maries Ansage »Feuer frei« begann jeder Kellerschnack, rief jemand

»Streifschuss«, musste der Redner seine Argumente präziser formulieren. Als Marie Andreas von diesen Ritualen erzählt hatte, hatte er das nur mit »Zeltlager« kommentiert. Marie war kurz beleidigt gewesen, aber es traf die Atmosphäre ganz gut.

Von hinten, dachte Marie, als Astrid im Kreisverkehr vor Lidl links Richtung Schulzentrum abbog, von hinten konnte man Astrid trotz ihrer sechsundvierzig Jahre durchaus für ein Mädel halten. Sie hatte so eine kecke Art, den Kopf zu bewegen. Astrid winkte nicht. Marie hätte gewinkt.

* * *

Wenige hundert Meter entfernt schloss Siggi die Tür zu seinem Fitnessstudio auf. Die abgestandene Luft verschlug ihm den Atem. Caro hatte nach dem Zumbakurs am Abend wieder nicht gelüftet. Die Anlage mit Frischluftzuführung und Wärmerückgewinnung war seit über einer Woche defekt. Drei Kunden hatten sich beschwert. Der Kostenvoranschlag für die Reparatur hatte Siggi umgehauen.

Im Briefkasten Werbung, Post vom Finanzamt, vom Verband und ein Umschlag, den Siggi sofort als Schreiben des Bauamtes erkannte. Er stellte seine Tasche ab, legte die restliche Post auf eine Treppenstufe und riss den Umschlag auf. Er las, verstand nicht, las erneut, senkte den Kopf, setzte sich auf die Treppe und schlug sich mit der rechten Hand ins Gesicht. Er würde nicht heulen. Dann heulte er. Tränen fielen und zerplatzten auf seinem Unterarm, dessen beeindruckender Umfang das Ergebnis ungezählter Curls war.

Das Bauamt verlangte allen Ernstes weitere Änderungen, damit der Anbau genehmigt werden konnte. Der Anbau für die Sauna, die die Attraktivität seines Studios erhöht, das Überleben seiner Firma vielleicht ermöglicht hätte. Toni Paxner hatte auch eine Sauna. Die Leute schwärmten von Paxners Studio, und ihm liefen die Kunden davon. Das war nicht gerecht. Die Raten für das Haus an der Schiefkoppel würden sie allein mit Jennis Gehalt nicht bezahlen können.

Siggi konnte fühlen, wie etwas in ihm durcheinandergeriet. Er kannte das aus dem Boxring, wenn der Ringrichter ungerechte Entscheidungen traf. Aus Mut wurde Wut.

***

»Steht Ihnen sehr gut.«

Der Fachverkäufer bei Sport Teichmann in der Kieler Straße klang glaubwürdig. Marie drehte sich vor dem Spiegel, schaute über die Schulter und fand, dass der junge Mann recht hatte. Das enge Shirt zeigte, dass die Sit-ups der letzten Monate nicht ohne Wirkung geblieben waren. Ihrem Sixpack konnten auch die Pommes nichts anhaben. Die lange Hose verbarg die Operationsnarben am Knie. Sie sah ziemlich gut aus; für Anfang vierzig sah sie sogar verdammt gut aus. Ein bisschen peinlich war es ihr, dass sie eigens für dieses Promi-Event bei Toni Paxner nach einem neuen Outfit Ausschau hielt. Aber die Konkurrenz schlief nicht.

»Okay, ich nehme beide Teile.«

Kaum dass sie auf dem Weg zum EMO, ihrem Ermittlungsmobil, ein paar Schritte gegangen war, traf sie auf die Grande Dame der eleganten Ermittlung. Die Brix verließ schwer beladen die Räume der Buchhandlung Liesegang. Sie trug zwei Stofftaschen und musste nachfassen, als sie sich in den Strom der Passanten einreihte.

»In unserer Welt ist niemand ein Versager, der einem anderen seine Bürde erleichtert.« Marie trat neben die pensionierte Amtsrichterin und streckte die rechte Hand aus.

»Charles Dickens?«

»Ebender. Sie versorgen das gesamte Ykaernehus mit Büchern, wie mir scheint?«

Die Brix wohnte im Seniorenwohnheim jenseits des Hafens.

»Nicht mit Büchern. Wohl aber mit der Weisheit, die ich zu erlangen trachte.«

Marie schaute fragend. Die Brix sah sich um und steuerte

die Bank vor der Kirche an. Die Frauen setzten sich, und die Brix zog eines der Bücher aus der Stofftasche mit dem Aufdruck »Green Screen Festival«. »Hier. Gedächtnistraining für Senioren.«

»Frau Brix, mit Verlaub, als hätten Sie das nötig? Und die anderen Bücher?«

»Themenverwandt. Wir müssen uns ranhalten. Wenn die Personaldecke in Pflegeheimen noch dünner wird, kann mir irgendwann niemand mehr sagen, wo meine Stützstrümpfe liegen.«

»Sie tragen Stützstrümpfe? Ich dachte, Sie laufen noch Wasserski.«

»Fragen Sie Ihren Mann.«

»Sie sind Patientin von Andreas? Hat er mir nicht erzählt.«

»Er ist ein exzellenter Arzt, ein attraktiver Mann, und verschwiegen ist er zudem. Leider dreißig Jahre zu jung.«

Die Frauen sprachen über flache Bäuche und kluge Köpfe. Sie sprachen über den Kampf um Positionen im Beruf und über den Kampf um Anerkennung, Zuneigung, Liebe. Und sie sprachen darüber, was es braucht, um geliebt zu werden. Marie sagte: »Nichts. Andreas liebt mich um meiner selbst willen, und Karl tut das auch.«

Die Brix lächelte. »Und die neuen Klamotten von Teichmann? Sie sehen nicht so aus, als hätten Sie kein T-Shirt im Schrank.«

Ein ungefähr dreijähriges Mädchen stolperte und stürzte vor der Bank. Es begann gleich zu weinen, hatte sich wehgetan. Marie kniete sich neben den Blondschopf, sprach tröstende Worte, legte kurz die Hand an den Hinterkopf des Kindes, als die Mutter dazukam, das Mädchen auf den Arm nahm, sich bedankte und ging.

»Sehen Sie, es braucht immer etwas, damit wir uns kümmern«, sagte die Brix. »Wir müssen Aufmerksamkeit erregen, ob klug, hübsch, bemitleidenswert, hilfreich oder witzig. Verspricht sich unser Gegenüber keinen Nutzen, werden wir ignoriert.«

»Und welchen Nutzen hat der uneigennützige Helfer? Wohl keinen, weil er ja uneigennützig handelt.«

»Unsinn, wenn Sie mich fragen. Je uneigennütziger sein Tun erscheint, desto wahrscheinlicher, dass ihm die Herzen zufliegen.«

Marie seufzte. »Alles nur ein Geschäft?«

»Wäre das so schlimm?«

Marie wiegte den Kopf. »Ich habe keine Antwort. Hätten Sie Lust, mal an unserer Diskussionsrunde im LKA teilzunehmen? Kunterbunte Themen, die nicht unbedingt mit unserem Job zusammenhängen. Philosophische Diskussionen. Manchmal wird es albern. Aber es hilft über manche Klippe im Dienst hinweg.«

»Ich denke darüber nach.« Die Brix griff nach den Beuteln, schlang die Stoffschlaufen um ihre Handgelenke und stand auf.

»Ich würde Ihnen die Taschen eben rübertragen.«

»Um welchen Preis?«

»Eine Kugel Zitronensorbet von Veneto.«

»Okay, wir sind im Geschäft.«

Die Frauen kauften sich ein Eis, schlenderten die Frau-Clara-Straße entlang, überquerten die Holzbrücke und wirkten wie Mutter und Tochter.

***

27. März 2011

Liebes Tagebuch,

Mama hat gesagt, ich könnte wiederkommen, wenn ich nüchtern, clean und gewaschen bin. Ich bin froh, wenn ich diese Scheiß-Spießerfamilie nie wiedersehen muss. Bin jetzt in Hamburg. Auf der Bank neben mir liegt ein Typ, der hat einen CD-Player und einen Lautsprecher an eine Autobatterie angeschlossen und hört Lindenberg. Das nervt total. Aber

Lindenberg hat auch irgendwie recht. »*Mach mein Ding*«,
hat er jetzt ungefähr sieben Mal gesungen. Und genau das
mach ich jetzt, ihr Luschen.

Deine Leni

***

Als Astrid Moeller das Rad die Fährstraße zum Anleger in
Sehestedt hinunterrollen ließ, freute sie sich über den Wind-
schatten des Geländes. Bis hierher hatte sie der Südostwind
von links vorn viel Kraft gekostet.

Die Fähre lag weiß und orange leuchtend in der Sonne auf
der Südseite des Nord-Ostsee-Kanals, und Astrid dachte an
den Zugriff, der hier im letzten Jahr stattgefunden hatte. Ein
Schiff aus Russland hatte Waffen an Bord gehabt. Der Anklage
wegen Anstiftung zum Mord und verschiedener Straftaten im
Rahmen organisierter Kriminalität hatte sich der Täter durch
Selbsttötung in der Haftzelle entzogen. Wer ihm die Tabletten
zugesteckt hatte, war bis heute ungeklärt. Aber man würde
es mit großer Wahrscheinlichkeit herausfinden, irgendwann.
Der Staat ließ nicht nach, wenn es darum ging, dem Gesetz
Geltung zu verschaffen.

In ein paar Wochen fände oben neben dem Sehestedter
Imbiss wieder das Bouleturnier statt. Die Einladung hatte
Astrid schon erhalten. Sicher würde das erneut ein großer
Spaß werden.

Knirschend legte die Fähre an, die Schranken öffneten sich.
Einige Autos, ein grüner Schlepper und zwei Radfahrer hatte
der Fährmann über den Kanal gefahren. Astrid hätte auch am
nördlichen Ufer des Kanals Richtung Kiel radeln können, aber
sie nutzte jede Gelegenheit, um Zeit an Bord eines Schiffes zu
verbringen, und am Flemhuder See war sie schon lange nicht
mehr gewesen. Würde sie eben ein bisschen unpünktlich sein.

Anderthalb Stunden später ging sie die Königstraße in
Kiel-Holtenau entlang. Das Fahrrad hatte sie vor der eigenen

Haustür abgestellt, sich einen blauen Blazer über das T-Shirt gezogen. Makler achteten sicher auf solche Äußerlichkeiten. Hinter niedrigen Mäuerchen lagen gepflegte Rasenflächen, gediegene Bürgerlichkeit zu beiden Seiten der Straße. Eine Privatpraxis. An der Seelotsen-Versetzstation direkt an der Förde lässiges Geschiebe einer Schulklasse. Pubertierende Mädchen und Jungs, frische Haut, kieksendes Lachen. Sie mochte Kinder. Der Makler traf gleichzeitig mit ihr am Haus gegenüber der Seebadeanstalt ein. Die Heckklappe seiner Limousine schloss sich automatisch.

»Ups, die Polizei. Ich weiß gar nicht, ob ich hier stehen darf?«

Astrid ignorierte die Gesprächseröffnung und beließ es bei einem freundlichen Nicken. Sollte er ruhig Respekt haben.

Die Wohnung war der Hammer. Nur ein paar Schritte zum Wasser und ein Hochbeet direkt vor dem Küchenfenster. Wenige konnten sich das hier leisten. Sie konnte. Von A14 ließ sich als Single sehr gut leben, und ihr Opa hatte ihr eine Wohnung in Flensburg vererbt, die sie vermietete.

»Die Büsche versperren die Sicht«, hörte sie sich sagen.

»Eine Wohnung wie diese ist auch eine Visitenkarte. Jeder sieht, dass man es geschafft hat«, erwiderte der Makler.

Ein bisschen ekelte sich Astrid, aber sie unterschrieb. Mitte Juni zöge sie hier ein.

Feuer und Rauch

Zu Hause in Schleswig hatte Andreas Brot gebacken. Die Kruste trug ihren Namen zu Recht. Der Sauerteig war feinporig, saftig und schmeckte so gut, dass Marie eine Scheibe mit Holsteiner Schinken, eine mit Wikingerhonig, eine mit altem Gouda und, als Karl zum Telefonieren in seinem Zimmer verschwunden war, eine mit Nutella aus dem versteckten Glas gegessen hatte. Eier mit Speck hatte sie sich zudem gegönnt. Eine ihrer Achillesfersen hieß Essen, und Andreas wusste das. Es war Sonnabend, und er hatte sie abgefüllt, um sie milde zu stimmen, um gefahrloser damit herausrücken zu können, dass er eine Weiterbildung zum Palliativmediziner in Erwägung zog.

»Wie wäre es, ich würde ein Jurastudium nachschieben und versuchen, Staatsanwältin zu werden?« Marie leckte sich Nutellareste von den Lippen. »War es nicht Konsens, dass wir mehr Zeit füreinander haben wollen?«

Andreas zeigte auf seinen linken Mundwinkel. Marie wischte an ihrem rechten herum. Er lachte. »Das andere links.«

»Warum? Andreas, warum? Es ist doch alles gut so, wie es ist.«

»Weil die Menschen würdiger sterben sollten und weil ich neugierig bin. Ich bin als Mediziner nicht ausgelastet.«

»Kann sein. Aber du bist als Ehemann, Vater, Sohn und Freund ausgelastet. Du hast neuerdings Bluthochdruck. Schon vergessen?«

Andreas kam um den Tisch herum, setzte sich auf den freien Stuhl neben Marie und legte seine Hand auf ihre. So saßen sie und schauten auf die Fotos, die an der Wand neben dem Kühlschrank hingen. Fotos eines gemeinsamen Lebens, das glücklicher nicht sein konnte, und doch strebte Andreas nach mehr.

»Wann entscheidest du das?«

»Wenn wir damit klar sind. Ich entscheide das nicht gegen deinen Willen.«

»Danke. Bisschen Druck ist immer gut.«

»Kein Druck. Es ist mein Bekenntnis zu gemeinsamen Plänen.«

»Wir sprechen heute Abend darüber, okay? Ich muss jetzt zu dieser Veranstaltung in Tonis Fitnessstudio.«

Andreas zuckte mit den Schultern. »Toni hat einen ehemaligen Spitzensportler engagiert, der einen Vortrag zum Thema Motivation hält. Außer der Reihe. Nur geladene Gäste. Und Toni ist erstens ein netter Kerl, zweitens sehr qualifiziert, und drittens haut er sich für den Laden und seine Leute voll rein. Also gehe ich dahin.«

Andreas zog seine Hand rasch zurück, ballte sie für einen Moment zur Faust, rieb fahrig den Daumen an den Fingern, ein Zeichen seiner Unzufriedenheit, und Marie wusste, dass er sich ein Gespräch gewünscht hatte. Kleine Gesten, die sie wahrnahm und an deren Deutung sie keinen Zweifel hatte.

Sie wendete ihm den Kopf zu, wartete Blickkontakt ab, machte die Augen größer, nur einen Hauch, spitzte die Lippen, nur ein wenig, deutete ein kleines Lächeln an und erkannte im Gesicht ihres Mannes, dass alles gut war. Andreas hatte die auf dem Tisch abgelegten Hände leicht geöffnet. Eine Geste der Versöhnung. Vertrautheit. Unbezahlbar. Beide atmeten hörbar. Beinahe gleichzeitig.

»Ich fahre dann mit Karl zum Training. Er ist einigermaßen aufgeregt, weil heute gesichtet wird. Ein Spielerbeobachter von den Störchen.«

»Er soll sich mal locker machen«, empfahl Marie und schaute sich um, bevor sie weitersprach. »Er macht das gut am Ball, technisch weit für sein Alter. Aber ihm fehlt die Athletik.«

»Er hat schon im letzten Sommer gesagt, dass er Profi werden will. Er sagt das immer noch.«

»Andreas, er ist zehn, und jetzt steht nach den Sommerferien erst mal der Schulwechsel an. Er wird irgendwann Lehrer oder Schreiner oder Arzt. Völlig egal. Aber eines wird er sicher nicht: Fußballprofi.«

»Marie, dein Vater trainiert Fußballprofis.«

»Eben. Ich muss meine Tasche noch packen.« Sie stand auf, ging in die Waschküche, nahm das neue Outfit von der Leine, rief: »Tschüs, liebe Familie« ins Treppenhaus und verließ das Heim der Geislers durch die Tür zum Garten.

Die Tasche warf sie auf den Beifahrersitz des umgebauten VW-Bullis, entschied sich für die aktuelle CD des Danish String Quartet und ließ sich von einer Bach-Fuge am Schleswiger Hafen entlangtragen, obwohl sie freihatte. Streichquartette hörte sie üblicherweise nur, wenn sie im Einsatz war. Das fiel ihr auf, als sie den Wikingturm umrundet hatte und Richtung Fahrdorf abgebogen war. Ob das ein Zeichen war? War sie zu nah dran an ihrem Job?

Sie wechselte die CD, und auf Höhe des Weltkulturerbes Haithabu dröhnte »When God Comes Back« von All Them Witches durchs Auto. Musik, die nach vorn ging, Musik, die Marie in der Kabine spielte, bevor sie mit ihrer Mannschaft auflief. Fleckeby kam und damit die Erinnerung an den Mord auf dem Feld am Ortsausgang, an die Waffeln im Café Matilda, das es zu Maries großem Bedauern nicht mehr gab. Sie hatte gehört, dass die Besitzerin jetzt in Schweden lebte.

Eine Viertelstunde später bog sie vom Domstag rechts ab und parkte direkt vor Toni Paxners Studio in Eckernförde. Neben dessen weißem Transporter hatte sie eine Lücke erspäht. Toni stand in der Eingangstür, und die Aufregung war ihm anzusehen.

Eine kurze Umarmung, dann sagte er: »Gleich kommt ein Team vom NDR. Die drehen ein Stück fürs Schleswig-Holstein Magazin. Hammer, oder? Wir haben gestern Abend noch mal jede Ecke putzen lassen. Unsere neue Putzfrau hat sich sogar noch jemanden zur Unterstützung dazugeholt.«

Eine Frau im Teamshirt des Studios ging am Empfang vorbei zum Treppenhaus. Sie trug einen Staubwedel, der an einer etwa drei Meter langen Stange befestigt war.

»Spinnweben unter der Decke«, erklärte Toni. »Alles schier jetzt.«

»Schier? Toni, du wirst noch ein richtiger Norddeutscher. Was sagt man denn bei euch im Schwabenland, wenn man porentief rein meint?«

»Brobber.«

Marie lachte. »Wie das klingt. Brobber. Süß irgendwie. Nicht nach scharfen Reinigern jedenfalls.«

Toni, der vor zwanzig Jahren im Norden hängen geblieben war, eigentlich Medizin studieren wollte, sich verliebt hatte und jetzt eine Physiotherapiepraxis führte, wechselte die Gesichtsfarbe. Ein Auto mit Dortmunder Kennzeichen fuhr vor.

»Das isser.«

»Wer?«

»Der ewige Held, der Sportler des Jahres, der Zehnkämpfer, den ganz Deutschland ins Herz schloss, als er bei den Spielen in Atlanta Silber gewann.«

Marie fuhr herum. »Busemann, Frank Busemann, Held meiner Mädchenträume. Warum hast du das nicht gesagt, du Blödmann?« Marie war froh, dass sie das neue Outfit gekauft hatte.

»Geh einfach rein. Ihr könnt euer normales Programm durchziehen. Frank und ich kommen dann etwas später dazu.«

Toni wandte sich dem Auto zu, dessen Fahrertür sich öffnete. Marie schaute unauffällig über die Schulter. Hatte sich kaum verändert, der Kerl. Kein Gramm Fett. Da war jemand streng mit sich selbst.

Sie grüßte nach rechts zum Empfang, durchquerte den großen Raum mit all den modernen Trainingsgeräten und zog sich hinten gleich neben der Sauna um. Sie war gespannt, was jemand zu sagen hatte, der besser als viele andere wusste, was Disziplin bedeutete. Er war oft verletzt gewesen, daran konnte sich Marie erinnern. Aber aufgegeben hatte er nie. Ein harter Hund, der sich Ziele setzte. Sie schüttelte den Kopf. So wie Andreas mit seiner Weiterbildung. Maß halten, hatte ihre Mutter früher gesagt, wenn Marie nach dem Abendessen im Garten noch ein bisschen mit dem Ball übte, und ihr die Pille einfach weggenommen.

Sie setzte sich auf eine Bank und beschloss, ihrem Oberschenkel eine Pause zu gönnen. Insgeheim dachte sie darüber nach, sich ein Autogramm zu holen, und da wollte sie nicht verschwitzt sein. Wie albern das war, wusste sie, aber die Nähe von Frank Busemann machte sie nervös. Vor ein paar Jahren hatte er als sportlicher Leiter ein Gastspiel in der Rehaklinik Damp gegeben. Ab und zu hatte Marie ihn in Quizshows im Fernsehen gesehen. Was er jetzt nach der aktiven Karriere machte, wusste sie nicht. Bücher schreiben vermutlich.

Tonis Studio war gut besucht heute. Neben bekannten Gesichtern auch einige, die Marie hier noch nie gesehen hatte. Honoratioren der Stadt, soweit sie das tuschelnde Volk überblickte. Vor der großen Spiegelwand standen ein Stehtisch und eine Lautsprecheranlage, wie sie jetzt sah. Neben der Theke war ein Buffet aufgebaut. Toni ließ sich nicht lumpen. Er war die Nummer eins in Eckernförde und wollte es wohl auch bleiben. Nur wer es schaffte, sich den wechselnden Bedürfnissen der Menschen anzupassen, wer Highlights wie dieses inszenierte, würde überleben. Mit Gewichten allein war heute kein Staat mehr zu machen. Die Zeiten der reinen Muckibude waren zumindest hier vorbei.

Ein junger Mann hatte sich zu Marie gesellt. Er kam ihr bekannt vor. »Moin, wir haben uns schon mal kennengelernt. Ich bin Christian, der Zehner der A-Jugend. Du hast mal Schusstraining mit uns gemacht.«

Marie erinnerte sich vage. »Und was tust du hier?«

»Adduktoren.« Er griff sich an die rechte Leiste. »Ich bin auch bei Toni in Behandlung. Der beste Physio, den ich kenne. Aber ums Trainieren komme ich nicht herum, hat er gesagt.«

»Und warum sitzt du dann hier?«

»Dein Vater hat doch Bundesliga trainiert. Ich hätte Bock auf ein Probetraining.«

»Beim VfL Bochum?« Marie lachte. »Ganz schön forsch, mein Freund.«

»Ich spiele auf der Zehn.«

»Die Zeit der Großmäuler im Fußball ist vorbei. Selbst in der A-Jugend. Die werden nach Hause geschickt.«

»Es sei denn, man kann was.«

Aus dem hinteren Bereich des Studios war Tonis Stimme zu hören. Er sprach ein bisschen lauter als nötig. Mit Frank Busemann an seiner Seite tauchte er jetzt vor den Umkleiden auf. Er strahlte übers ganze Gesicht, als just in diesem Moment eine ohrenbetäubende Detonation aus Richtung des Empfangs ihn und alle anderen zusammenschrecken ließ.

Marie zog den Kopf ein. Trümmer und Splitter surrten wie Schrapnelle durch den Raum. Sie griff nach der Schulter des jungen Mannes und riss ihn an seinem Shirt zum Ausgang. Weitere Explosionen hinter ihnen. Links neben der Tür breiteten sich Flammen aus.

Marie prallte mit einem Mann zusammen, strauchelte, verlor das Gleichgewicht und krachte mit der rechten Körperhälfte auf ein Laufband. Sie rappelte sich auf, knickte um und stürzte auf das lädierte Knie. Christian trat auf ihre linke Hand, sie atmete Rauch ein. Drei Atemzüge, dachte sie. Drei Atemzüge und du wirst ohnmächtig. Jemand packte ihre linke Hand. Das tat höllisch weh. Ein Arm unter ihrer rechten Achsel.

Sie kam auf die Beine. Mit anderen stolperte sie zum Ausgang. Scherben, überall Scherben, und Frank Busemann fragte: »Alles okay?« Dann lief er zurück ins Studio. Hinein in den Rauch.

Siggi hockte vor seinem eigenen Studio beim Eckernförde TÜV. Er spitzte, nur einen guten Kilometer Luftlinie vom Flammeninferno entfernt, die Ohren und hatte sich nicht getäuscht. Martinshörner. Schon oft hatte er sich gefragt, ob das jeweilige Signal von einem Streifenwagen der Polizei oder von einem Feuerwehrfahrzeug kam.

Sein Herz schlug schnell. Nicht so schnell wie beim Boxtraining, aber schnell. Die Feuerwehr würde nicht mehr viel ausrichten können. Den Wellnessbereich hatte es unter Garantie erwischt. Dafür hatte er gesorgt. Als Nächstes nähme er sich das Studio auf der Carlshöhe vor. Er drehte den Verschluss der Flasche ab und leerte den Kleinen Feigling in einem Zug.

**

21. Dezember 2019

Liebes Tagebuch,

der Freier von vorhin hat mir gesagt, ich sei die tollste Frau, die er jemals getroffen hätte. Cool, oder? Die tollste Frau! Ich bin ziemlich sicher, dass er mir die Kohle gegeben hat. Aber dann konnte ich das Geld nicht finden, als der Eintreiber gekommen ist. Er wollte kassieren für drei Nächte Wohnmobilstellplatz. Aber ich hatte nichts. Keine Ahnung, wo die Kohle ist. Habe ihn vertröstet. Dann bin ich abgehauen. Stehe jetzt am Grünen Jäger kurz vor meiner alten Heimat. Einen Kaffee wollte ich mir kochen, aber die Gasflasche ist leer. Schweinekalt hier drin. Um mich rum nur diese Protzer-Wohnmobile beim Wintercamping. Alles Spießer aus Stuttgart, Berlin und so. Ich könnte kotzen. Muss Geld besorgen.

Lieb dich, Leni

PS: Ich habe den Producer der coolsten Dokusoap ever kennengelernt. Guter Typ, auf der Durchreise nach Kopenhagen. Ich habe ihm ein bisschen Leben eingehaucht ;) Er hat gesagt, ich hätte das Talent und den Body, um durchzustarten. Ich kann wohl dabei sein. »*Hamburger Nächte*« *soll das Ding heißen. Fernsehen, Alter! Leni Börnsen, Promi-Bitch. Und Anna-Lena hängt im Spießerkaff Eck mit den Omis und Opis ab.*

✳✳✳

Marie drehte sich um. Dichter schwarzer Rauch quoll aus dem Eingang und einer der Fensteröffnungen ins Freie. Die Detonation hatte das Glas nach draußen auf den Parkplatz gedrückt. Dort lag es, geborsten in unzählige Splitter, durch die eine Frau auf Zehenspitzen zur Straße tippelte. Sie blutete am linken Ohr. Neben Marie kniete der A-Jugend-Fußballer, augenscheinlich unverletzt. Er starrte dorthin, wo Rauch und Flammen mit einer Kraft wüteten, der man sich nicht entgegenstellen konnte. Die Hitze war bis hinaus auf den Bürgersteig spürbar.

Sie richtete sich auf und lief zum EMO. Sie öffnete die Heckklappe, versuchte die Tür eines Seitenschrankes aufzuschieben, aber der Schmerz ließ sie die Hand zurückziehen. Schürf- und Quetschwunden am kleinen und am Ringfinger. Mit der anderen Hand gelang es ihr, den Verbandskasten zu fassen. Die Frau mit der blutenden Wunde war noch immer inmitten der Scherben unterwegs. Mit wenigen Schritten erreichte Marie die Verletzte, trat von schräg vorn an sie heran.

»Hallo, hörst du mich? Ich bin Marie. Komm, wir setzen uns kurz auf die Wiese. Du hast da eine Schramme am Ohr. Ich mach dir ein Pflaster drauf.«

Die Frau reagierte nicht. Ihre Haut war grau. Jetzt sah Marie, dass sie viel Blut verlor. Etwas hatte ein großes Gefäß hinter dem Ohr verletzt. Marie warf den Verbandskasten auf die Wiese, fasste den Arm der Frau und dirigierte sie raus aus dem Scherbenfeld. Wie hieß noch gleich der Junge?

»He, Zehner. Hol einen Hocker oder Decken oder so was. Los.« Sie erreichten den schmalen Streifen Rasen, der den Parkplatz vom Bürgersteig trennte. Die Frau wurde schwer,

sackte plötzlich zusammen. Es gelang Marie, den Sturz abzu-
mildern, den Kopf der Frau zu halten. Blut an Maries Armen,
Blut an ihren Händen. Sie öffnete den Verbandskasten.

»Ich heiße Christian«, sagte der Zehner, stellte einen Küchenstuhl neben die Frau und lagerte deren Beine auf der Sitz-
fläche.

»Wo hast du den denn her?«

»Sperrmüll.« Er deutete hinüber auf die andere Straßenseite, wo verschiedene Möbel und ein Teppich abgelegt worden waren. »Du die Wunde. Ich Vitalfunktionen«, bestimmte
er. »Ich bin bei der freiwilligen Feuerwehr. Die Frau hat einen
Schock, so wie sie aussieht und reagiert.«

Marie betastete die Wunde. Keine größeren Glassplitter.
Sie riss Mullbinden aus Zellophanhüllen und presste sie hinter
das Ohr der Frau.

»Kaum Puls. Sie hat viel Blut verloren. Wir brauchen einen
Notarzt. Jetzt.«

Marie hob den Kopf. Aus dem Rauch schälten sich Menschen. Toni und Frank Busemann trugen einen Körper. Kaum
dass sie das Freie erreicht hatten, ließen sie ihn fallen und
gingen gleichzeitig in die Knie. Ein Löschfahrzeug der Feuerwehr bog in die Seitenstraße. Zuckendes Blaulicht. Mit blo-
ckierenden Rädern stoppte ein Notarztwagen neben Marie,
Christian und der jungen Frau. Türen flogen auf.

»Hierher«, schrie Marie. Ein Mann mit Koffer rannte an
ihnen vorbei zum Körper, der zwischen Toni und Frank Busemann lag.

»Hierher. Sie stirbt«, brüllte Christian. Zwei Sanitäter bogen um die Fahrzeugfront des Notarztwagens. Marie und
Christian machten Platz. Taschen wurden aufgeklappt, blit-
zende Instrumente, Kanülen. Eine Spritze wurde aufgezogen,
ein älterer Mann, der Marie bekannt vorkam, legte einen Zugang. Marie hustete.

»Haben Sie Rauch eingeatmet?« Ein Feuerwehrmann stand
neben ihr.

»Nein, also nur zwei oder drei Atemzüge. Mir geht's gut.«

»Das wollen wir aber nicht nur hoffen, das wollen wir auch wissen. Folgen Sie mir unauffällig, Frau Kommissarin.«

»Sie kennen mich?«

»Ich war einer der Feuerwehrleute am Windrad in Sehestedt. Der Wirtschaftsminister. So was vergisst man nicht. Also, mit einer Rauchvergiftung ist nicht zu spaßen. Was ist mit dem Milchgesicht hier?« Er zeigte auf Christian, der den Infusionsbeutel hielt.

»Ich gebe dir gleich Milchgesicht. Ich bin Feuerwehrmann wie du, Opa.«

»Maul halten, ich habe vielleicht eine Rauchvergiftung.« Marie stand auf und folgte dem Feuerwehrmann. »Diese beiden Männer waren länger drin als ich.« Sie tippte Toni, der noch immer kniete, auf die Schulter. »Toni, alles okay mit dir?«

Toni starrte sie fassungslos an. »Alles okay? Dadrin liegt ein Toter, und mein Laden brennt gerade ab.«

»Ein Toter? Sicher?«

»Ganz sicher.« Frank Busemann nickte.

»Weißt du, wer es ist?«

»Noch nie gesehen. Aber wir haben eine Gästeliste.«

Marie bekam einen Schwall Wasser auf den Rücken, dann gab es eine weitere Explosion im Studio.

Zusätzliche Rettungsfahrzeuge trafen ein. Freiwillige Feuerwehren, Rotes Kreuz, ASB. Marie sah drei Streifenwagen. Großlage nannte man das. Dort, wo der Sperrmüll lag, stoppte ein weißer Bus des NDR.

»Hat die Frau mit Ihnen gesprochen?« Der Notarzt, der einen anderen Verletzten versorgt hatte, stand plötzlich neben ihr.

Marie dachte nach.

»Ob die Frau mit Ihnen gesprochen hat.«

»Ich weiß es nicht. Ich kann mich nicht erinnern.«

Der Notarzt ging weg, und Marie wurde wieder einmal klar, wie schwierig es war, taugliche Zeugenaussagen zu bekommen. Insbesondere in Ausnahmesituationen behielten

Menschen wenig oder aber krauses Zeug. Ob sie mit der Frau gesprochen hatte. Warum wollte der Arzt das wissen?

»Marie, was machst du denn hier?« Ihr Kollege Bernd Stender stand da, wo vorher der Notarzt gewesen war.

»Das LKA. Sind wir überhaupt zuständig?«

»Möglich. Unser V-Mann Björn hat sich vor anderthalb Stunden bei mir gemeldet und behauptet, hier in Tonis Studio würde am Abend die Übergabe einer größeren Menge von nicht näher bezeichneten Drogen stattfinden.«

»Anabolika. Ja, das liegt nahe. Aber bei Toni? Kann ich mir nicht vorstellen. Egal. Dann wollen wir mal ran. Ich muss jetzt duschen.«

»Sie reden wirres Zeug, junge Frau. Duschen können Sie später. Wir fahren jetzt ins Krankenhaus.« Der Feuerwehrmann blickte streng, klang ungeduldig und schob sie mit der linken behandschuhten Hand vor sich her. »Und Ihre gequetschten Finger gucken die sich dann auch mal an.«

»Quatsch. Das macht mein Mann. Der ist Arzt.«

»Meine Frau ist Änderungsschneiderin, aber ich zieh trotzdem die Uniform hier an. Nun mal los, bevor es noch dunkel wird.«

Zwei Stunden später saß Marie im EMO auf dem Beifahrersitz.

»Wo hast du denn den Schlüssel her?«, fragte sie Andreas, der sie aufmerksam ansah.

»Aus deiner verkohlten Sporttasche. Dein Kollege Elmar Brockmann war so nett. Gegen die Vorschrift, hat er gesagt.«

»Und woher wusstest du?«

»Bernd Stender hat mich angerufen. Du bist ein bisschen durch den Wind, mein Wickielein.«

»Habe ich was?«

»Eine leichte Rauchvergiftung, Prellungen und eine Kapselverletzung am kleinen Finger. Nichts, worüber du dir Gedanken machen musst.«

»Wo ist Karl? Wart ihr beim Training? Gab es eine Sichtung?«

Andreas bog an der kleinen Kapelle in Windeby rechts ab. »Wie viel Prozent der grauen Masse ist bei dir eigentlich durch Fußball blockiert? Karl habe ich nach dem Training bei Merle abgesetzt. Der Typ von den Störchen hat gesagt, Karl sei interessant für sie, wenn er noch ein bisschen durchsetzungsstärker würde.«

»Habe ich es dir gesagt? Ich habe es gesagt.«

Die Landschaft war wellig. Sie war grün, lieblich. Gelbe Blüten auf weiten Wiesen. Rinder, stoisch wiederkäuend. Sanft glitten Marie und Andreas im EMO in eine Senke hinunter und reichten einander die Hand. Hier, wo auf einem grünen Schild »Frohsein« stand, machten sie das immer so. Es war hell und warm. Sonnenlicht auf der Oberfläche des Noores, die Silhouette von Eckernförde und dahinter die Ostsee bis zum Horizont. Ob es die Frau wohl schaffen würde, fragte sich Marie. Und wer war der Tote im Studio? Der Brand. Das war kein technischer Defekt gewesen. Ein Anschlag.

»Wo ist mein Handy? Ich muss Astrid anrufen. Das ist ja jetzt unser Fall.«

»Dein Handy liegt hinten in der Sporttasche. Ob es noch funktioniert, weiß ich nicht. Aber jetzt machst du erst mal Pause.«

»Ich bin eine der Abteilungsleiterinnen, und ich bin Zeugin.«

»Und du bist …« Andreas schaute Marie fragend an.

»Ein bisschen durch den Wind?«

Andreas nickte.

***

2. Januar 2020

Liebes Tagebuch,

eines ist ja mal sicher: Feiern können die. Sah ganz schön wild aus in Tonis Studio. Der ist voll nett. Er hat mir ein Zimmer *gegeben und einen Job als Putze. Okay, nicht mein Niveau, eigentlich. Aber ohne Scheiß. Im Bus wäre ich wahrscheinlich erfroren.*

***

Eine Lücke. Jedenfalls fühlte sich das so an. Marie saß im Strandkorb und schaute in den Garten. Das hier war ihr Lieblingsplatz in Schleswig. In der rechten Hand hielt sie einen Becher. Der Tee im Becher war kalt. Der kleine und der Ringfinger der linken Hand waren bandagiert. Über ihren Beinen lag eine Decke mit dem Logo des VfL Bochum. Weder konnte sie sich daran erinnern, wann sie sich den Tee geholt hatte, noch wusste sie, wie die Decke über ihre Beine gekommen war. Sie hatte einen Filmriss. War das wieder einer dieser Herzstolperer mit Sauerstoffmangel im Oberstübchen gewesen? Nein, dann wäre ihr wohl der Becher entglitten.

Sie gähnte. Keine Uhr hier auf dem Balkon. Kein Handy, kein Andreas. Sie stellte den Becher auf das Klapptischchen des Strandkorbes und zog die Decke zur Seite. Die Hand tat ein bisschen weh. Sie stand auf und ging ins Wohnzimmer. Andreas lag auf dem Sofa und las.

»Was liest du?«

»Ein Buch über mobile Palliativmedizin.«

»Mir ist komisch.«

»Ich habe dir ein Erzeugnis der pharmazeutischen Industrie gegönnt. Bisschen was zum Runterkommen.«

»Spinnst du? Ich nehme so was nicht.«

»Du Bulle, ich Doktor. Akzeptiere einfach mal, dass ich weiß, was ich tue.«

Marie ging in den Flur. »Wo ist mein Handy?«

»In deiner Sporttasche. Die habe ich in die Waschküche gestellt.«

Marie ging runter in den Keller. Es gab quietschende Geräusche auf der glatten Oberfläche der Holzstufen. Sie war barfuß. Der Anblick der verkohlten Tasche auf der Waschmaschine ließ sie schaudern. Sie war mittendrin gewesen. So wie die blutende Frau, wie Toni und Frank Busemann und so wie der Tote. Sie musste Astrid anrufen. Marie nahm das Handy aus der Tasche, war irritiert, roch daran. Das Gerät stank nach Rauch. Es war eingeschaltet. Sie wählte Astrids Handynummer.

»Moin, Marie. Andreas hat gesagt, du wärest –«

»Ein bisschen durch den Wind. Ja, was Ehemänner so reden. Berichtest du mir bitte?«

»Der Brand ist unter Kontrolle. Ein Toter. Männlich. Claus Weinhold, zweiundvierzig. Er stand nicht auf der Gästeliste. Kam als Begleitung einer Außendienstmitarbeiterin, die das Studio mit Geräten ausgestattet hat. Zum Zeitpunkt der ersten Explosion war er auf der Toilette, deren Tür durch eine umgestürzte Garderobe blockiert wurde. Ein Unfall gewissermaßen. So sieht es jedenfalls aus.«

»Was hat den Brand ausgelöst?«

»Kein technischer Defekt. Elmar hat Brandbeschleuniger und einen Funkzünder gefunden. Unversehrt. Es waren fünf Kanister mit brennbarer Flüssigkeit im Studio versteckt. Einer ist heil geblieben, weil der Tisch, auf dem das Buffet aufgebaut war, draufgekippt ist und den Kontakt unterbrochen hat. Elmar hat schon beides unter der Lupe.«

»Keine weiteren Opfer?«

»Verletzte. Rauchgasvergiftungen, so wie bei dir.«

»Ich bin okay.«

»Umso besser. Schnittwunden. Nichts Lebensgefährliches. Aber eine Frau wird vermisst. Toni Paxner ist sicher, dass er sie kurz vor der Explosion in Richtung der Sauna hat gehen sehen. Allerdings gibt es dort einen Notausgang. Vielleicht ist sie also einfach gegangen. Sie ist eine Putzkraft und gehörte nicht zu den geladenen Gästen. Sie war nicht angestellt. Hat sich ab und zu ein paar Euro dazuverdient. Schwarz. Sie hat sich ihm als Laura vorgestellt. Einen Nachnamen haben wir nicht. Sonja kümmert sich um den VW-Bus der Frau, der noch bei Paxner geparkt steht. Und nun ist erst mal gut. Genieß das Wochenende. Wir sehen uns Montag.«

»Okay. Vielleicht hast du recht.«

»Manchmal ist das so. Tschüs.«

Marie drückte auf den roten Hörer ihres guten alten Nokia 6310i. Jetzt hatte es sogar Explosionen und einen Brand überstanden. Nie würde sie dieses Handy gegen ein modernes Smartphone tauschen.

Sie ging hinaus in den Garten und machte unter dem Apfelbaum Stabilisierungsübungen für das Knie. Übungen, die sie kannte. Aber Toni hatte sie beobachtet und kleine Korrekturen im Bewegungsablauf empfohlen. Der Mann wusste Bescheid.

Andreas wusste auch Bescheid. Als er sich später neben sie ins Bett legte, sagte er: »Ich habe das Thema Palliativmedizin nicht vergessen. Angesichts der Lage schlage ich vor, dass wir das auf später verschieben.«

Marie hatte nicht genau verstanden, was er gesagt hatte. Aber der Klang seiner Stimme war beruhigend. Die Tür zum Tag schloss sich sanft und ohne jedes Geräusch.

Brandwunden

Die Sonne war noch nicht zu sehen. Aber ihr Licht tauchte den Himmel über der Schlei in einen makellos schönen Verlauf von beinahe weißem bis hin zu nachtschwarzem Blau, das Marie sah, wenn sie den Kopf in den Nacken legte. So stellte sie sich Perfektion vor. Kosmisch, ohne jeden Bezug zur Spezies Mensch. Unbeeinflusst durch Platon, Aristoteles oder Nietzsche. Kant, darüber hatten sie beim letzten Kellerschnack im LKA gesprochen, hielt Selbstvervollkommnung für eine ethische Pflicht. Marie dachte an die Sportkleidung, die sie gestern gekauft hatte, um ihr Äußeres zu optimieren. Was müsste sie wohl tun, um es zu vervollkommnen?

Sie ging raus auf den Fähranleger, von dem aus die Barkasse »Hein« nach Haithabu hinüberfuhr. Es war windstill. Vom Holm war ein Klappern zu hören, ein Scharren. Schritte vielleicht. Dann sprang ein Motor an. Vielleicht Matthias Nanz, einer der letzten Schleifischer. Im flachen Gebäude der »Burgermeisterin« knipste jemand das Licht an. Die Stadt erwachte früh. Marie dachte an die Frau, deren blutende Wunde sie gestern versorgt hatte. Ob deren Herz schlug, ob sie auch schon wach war?

***

12. Januar 2020

Liebes Tagebuch,

heute war ich ganz nah dran – lol!!! Habe durch mein altes Kinderzimmerfenster geguckt. Alles weg. Wo mein Bett stand, steht eine olle Couch, und an der Wand hängt ein Fernseher. Das Beste: Direkt vorm Fenster hat sie so ein Fitnessfahrrad hingestellt. Voll die Oma halt. Gammelfleisch. Tja und dann

bin ich rüber zu meiner alten Praxis. Es war schon dunkel.
Aber ich kenn mich aus. Die Tür zum Garagenhof haben sie
nicht ausgetauscht und – ACHTUNG! – das Schloss auch nicht.
Und wer hat den Schlüssel aufbewahrt? Ich mach mich nass.
Zack, war ich drin. War schon komisch. Ich hatte plötzlich
total Heimweh irgendwie. Es war ja auch nicht nur doof.
Nur Dr. Eisenfuß, dieses miese Schwein von Sklaventreiber.
Jedenfalls habe ich jetzt einen schönen Stapel Rezepte. Habe
ich dir eigentlich schon erzählt, wozu ich die brauche? In To-
nis Fitnessstudio sind auch so schnieke Jungscher. Mit dem
Cabrio von Mutti fahren die vor und labern von Stress. Die
haben keine Peilung. Egal. Die schmeißen was ein. Hatte ich
noch nicht gehört. Ritalin. Das kriegen schon Kinder. Soll so
gut kommen wie Speed. Morgen fahre ich nach Rendsburg in
eine Apo, in der mich keiner kennt, hole das Zeug, und dann
vertick ich das in Kiel. Geldsorgen waren gestern. Und noch
was. Habe im Studio einen Kerl angebaggert. Der ist beim
Fernsehen. Ich sage: Da geht was. Stay tuned.

Ich umarme dich, deine Leni

✳✳✳

Den Vormittag hatte Marie damit verbracht, ein bisschen
Ordnung in die Segelunterlagen zu bringen. Versicherung,
Liegegebühren, Funkzeugnis. In diesem Sommer wollte sie
mal wieder in die Dänische Südsee. Von Maasholm aus. Bei
der Planung hatte sie immer wieder an Ele gedacht und ihren
halsbrecherischen Törn vor zwei Jahren. Sie nahm sich vor,
an etwas anderes zu denken, und drehte den Sauerbraten um.
Es spritzte, es qualmte, er war angebrannt. »Mist, elender«,
schimpfte sie.

Andreas trat von der Seite an den Herd. »Röstaromen. Ich
liebe Röstaromen.«

»Brandwunden. Das sind Brandwunden.«

»Posttraumatisches Belastungssyndrom?«

»Du hast ja nicht gesehen, was ich gesehen habe. Ich habe heute Nacht von einem Scheiterhaufen geträumt.«

»Du lügst.«

»Das stimmt.« Befreiendes Lachen. Für einen Moment. Dann stürmte Karl in die Küche.

»Mama, das finde ich echt scheiße.« Mehr sagte Karl nicht, der auf dem Absatz kehrtmachte und die Küche verließ. Wenn er »Mama« und nicht »Marie« sagte, war es ernst.

Marie goss den Sud an, schloss den Deckel und folgte Karl in den Garten. Er hatte sich auf die Schaukel gesetzt und bewegte sich nur wenig von links nach rechts. Mühsam beherrschte Wut. Marie näherte sich, bemüht, Blickkontakt herzustellen.

Sie war noch drei Schritte von Karl entfernt, als dieser sagte: »Nein, ich möchte nicht mit dir darüber sprechen. Ich will nicht, dass wir Tiere essen. Ich will nicht, weil die Tiere gequält werden, und ich will nicht, weil es meine Zukunft versaut, wenn das Klima kippt, nur weil ihr nicht aufhören könnt mit dem Fleisch.«

Marie setzte sich in den Schneidersitz. Das Knie tat weh, die Hand tat weh. »Ich bin grundsätzlich deiner Meinung, Karl. Aber die Welt, so wie sie ist, basiert darauf, dass wir Kompromisse machen. Das Beste können wir nicht erreichen. Perfektion bleibt eine Illusion.«

Karl stand auf. »Ich weiß nicht, was du willst. Ich will jedenfalls nicht darüber sprechen. Aber das ist dir ja egal.« Er ging wieder ins Haus.

»Dreimal im Jahr ein Braten, das ist doch okay«, murmelte Marie und dachte an den Spruch ihrer Mutter, als sie fünfzehn war. »Ein bisschen schwanger gibt's nicht«, hatte sie gesagt. Marie hatte das damals verstanden und Verhütung ernst genommen. Vielleicht hatten Karl und seine Mitstreiter bei Fridays for Future auch recht. Ein bisschen Klimaschutz würde nicht reichen. Aber ab und zu ein Sauerbraten. Schließlich machten sie keine Flugreisen. Perfektion war und blieb eine Illusion. Was war das überhaupt, Perfektion?

Ein technisches Geräusch störte das Rauschen des Windes in den Blättern. Von fern, wie Marie registrierte. Das Geräusch kam vom Telefon, und das lag im Strandkorb. Die Tür zum Balkon war geschlossen. Andreas hörte das Klingeln wahrscheinlich nicht. Sollte sie rennen? Sie rannte und ärgerte sich, dass sie rannte. Was wäre so wichtig, dass es nicht würde warten können? Warum konnte sie sich gegen den Impuls, verfügbar zu sein, nicht wehren?

»Marie Geisler.«

»Wolf Hagen, hallo, Marie. Du klingst gehetzt.«

Wolf war ein Freund aus Maries zweiter Heimat, dem Ruhrgebiet. Er war Schriftsteller und dachte viel nach. Warum er angerufen hatte, erfuhr Marie nicht, denn sie fragte ihn unvermittelt, was er von Perfektion halte. Er zitierte, ohne zu zögern, eine Textzeile von Leonard Cohen: »There's crack in everything. That's how the light gets in.«

Ein Lächeln breitete sich in Maries Körper aus. Das Rennen hatte sich mehr als gelohnt. »Danke, Wolf. War was Wichtiges?«

»Ja. Du hast das Licht hereingelassen.«

Das Lächeln wurde breiter. »Ich muss an den Herd.«

In Essen und in Schleswig sagten zwei Menschen gleichzeitig Tschüs und wussten einander verbunden, obgleich sie die Verbindung gerade beendet hatten.

Zurück in der Küche kontrollierte Marie den Bräter. Sie hatte Sud aufgefüllt, Möhren und Zwiebeln hinzugefügt, Rosinen, eine Printe und eine halbe Scheibe Pumpernickel. Das Wasser lief ihr im Munde zusammen.

»Kann ich zu Merle?« Karl stand in der Tür, schaute Marie aber nicht an.

»Du bist sauer?«

»Ja.«

»Wir reden, wenn wir sauer sind.«

»Über Fleisch haben wir tausend Mal geredet. Kann ich zu Merle?«

»Ja. Sei bitte um sieben wieder hier. Schöne Grüße.«

Marie hörte, wie die Haustür geschlossen wurde, und dachte an das Licht, das durch den Riss fiel. Es war das Licht einer Familie, in der Schatten kein Problem war. Umso unsolidarischer fühlte sich Marie. Andreas wollte sich fortbilden, Karl etwas Gutes für Tiere und das Klima tun. Dagegen konnte sie nichts haben. Aber es störte ihre gewohnten Abläufe. Sie wollte, dass ihr Körper wieder funktionierte, wie vor zehn Jahren. Sie wollte weiter auf gehobenem Niveau Fußball spielen. Allein der Aufwand, den sie betreiben musste, war hoch. Sie verbrachte viel Zeit mit Physiotherapie und Muskelaufbautraining. Wie konnte sie Andreas da die Weiterbildung miesmachen?

»Ich wäre so gern ein besserer Mensch«, seufzte Marie und holte ein Glas Rotkohl aus dem Vorratsraum.

Rauch

Marie trat das Bremspedal mit aller Kraft durch. Die Räder blockierten, kurze quietschende Geräusche, die zwischen Reifen und Asphalt entstanden. Dann stand das EMO halb auf der Straße, halb auf dem Bürgersteig, und Marie schaute durch die Windschutzscheibe in Astrids Gesicht. Ganz nah. Beinahe hätte Marie sie überfahren. Der Pförtner kam um die Schranke herum.

»Alles in Ordnung?«

»Fragen Sie das mal Hauptkommissarin Geisler«, rief Astrid ihm entgegen und schaute gleich wieder Marie an. Ein Blick, der das Spielerische des Vorwurfs nicht verbarg. »Sie hat es auf Fahrradfahrerinnen abgesehen, auf schwächere Verkehrsteilnehmer.«

Der Pförtner erreichte den Ort des Beinaheunfalls. »Glaube ich nicht. Außerdem kam Frau Geisler von rechts, während Sie die Straße überquert haben, ohne auf den rückwärtigen Verkehr zu achten, und Frau Geisler dann schräg über den Bürgersteig den Weg abgeschnitten haben.«

Er wandte sich Marie zu. »Sollten Sie einen Zeugen brauchen, Frau Geisler. Jederzeit.«

»Fängt ja gut an, die Woche. Ein Kartell, das mir nach dem Leben trachtet und sich gegen mich verschworen hat. Ich hetze euch den Personalrat auf den Hals.« Astrid grinste, trat in die Pedale und fuhr links an der Schranke vorbei.

Marie parkte, Astrid wartete vor dem Aufzug. Die Türen glitten zur Seite, die Frauen stiegen ein.

»Marie …« Astrid hatte den Namen mit doppeltem »ie« gesprochen, und Marie wusste, dass Astrid unangenehm war, was sie sagen wollte. »Marie, du musst heute nicht arbeiten.«

Die flapsige Antwort schluckte Marie runter. »Ich weiß, aber es ist nur die Hand, es sind nur Rippenprellungen, es ist nur das Knie. Im Oberstübchen greift ein Rad ins andere.

Und, Frau Kollegin, ich bin ja auch schon groß. Danke, aber sei unbesorgt.«

Die Montagsrunde war infolge des Brandanschlags eine große Runde, an der auch Kriminaltechniker Elmar Brockmann teilnahm und erste Ergebnisse präsentierte. »Der Brandbeschleuniger, den wir gefunden haben, das war kein gewöhnliches Benzin, das man an einer Tankstelle kaufen kann.«

»Sondern?«, fragte Bernd Stender.

»Das wissen wir noch nicht. Gut Chemie will Weile haben.«

»Der Zünder?«, hakte Bernd nach. »Kannst du das inzwischen spezifizieren?«

»Ja, ein wenig jedenfalls. Eine Zwölf-Kanal-Funkzündanlage, wie sie Pyrotechniker zum Zünden von Feuerwerk verwenden. Kann man im Internet bestellen. Üblicherweise lassen sich die Zünder aus einer Entfernung von bis zu hundert Metern auslösen.«

Marie und Bernd saßen nebeneinander, machten sich Notizen. Marie schaute auf Bernds Block. Er hatte »Feuerteufel/ Freiwillige Feuerwehr« notiert. Marie hatte »Sprottentage, Eck, Feuerwerk« aufgeschrieben. Gut, dass wir ein Team sind, dachte sie. Aus ein und derselben Information zogen ähnlich ausgebildete Kollegen nicht selten verschiedene Schlüsse. Die Wahrscheinlichkeit, den Fall zu lösen, stieg mit jeder neuen Assoziation.

»Der Tote«, wechselte Astrid das Thema, »da sind wir ziemlich sicher, ist ein Zufallsopfer. Der Täter konnte nicht wissen, dass er sich zum Zeitpunkt des Anschlags im Studio aufhalten würde. Er stand nicht auf der Gästeliste. Er begleitete seine Freundin, eine Außendienstlerin, und hat schlicht Pech gehabt. Was die Vermisste angeht, bemüht sich Sonja, den Halter des VW-Busses zu ermitteln. Da gibt es Ungereimtheiten. Jedenfalls müssen wir sie auftreiben. Vielleicht hat sie etwas beobachtet, was uns weiterbringen kann.«

Sonja Horstmann winkte ab. »Ungereimtheiten. Zunächst

sah es so aus, als gäbe es den Bus nicht. Jetzt taucht er plötzlich doppelt auf. Da hat jemand ganz tief geschlafen, aber ich kläre das auf.«

Astrid berichtete, was Marie durch das Telefonat mit ihr schon wusste. Ein Anschlag mit weitreichenden Folgen. Ein Täter, der es nicht auf das Opfer abgesehen hatte. Welches Ziel könnte er verfolgt haben? Marie erinnerte sich an ein Gespräch mit Toni, in dessen Verlauf er von der angespannten Stimmung zwischen einigen Studiobetreibern erzählt hatte. Ein Konkurrent womöglich? Neben Tonis gab es in Eckernförde drei weitere Studios. Aber soviel Marie wusste, arbeiteten die Betreiber in Eck eher zusammen, als dass sie sich das Leben schwer machten. Sie würde sich mal umhören. Gleich heute. Dann fiel ihr ein, dass Bernd von einer angekündigten Drogenübergabe erzählt hatte. Das war ihr tatsächlich entglitten. Sie fragte nach.

»Die Kollegen der Ermittlungsgruppe Rauschgift haben vor einer Woche im Papierabfall bei Paxners Studio drei leere Arzneiverpackungen gefunden. Ritalin. Wir fragen am Nachmittag in der Nachbarschaft. Vielleicht gibt es eine plausible Erklärung. Es wohnen da ja einige Familien mit Kindern.«

Nach einer knappen Stunde endete die Besprechung. Alle verließen den Konferenzraum. Astrid und Marie hockten sich in Astrids Sitzecke und tranken Holunderblütensirup mit Wasser.

»Ein Hauch von Motiv wäre schön.« Astrid schlürfte.

»Elmar, Bernd und du die Fakten, also Zünder, Brandbeschleuniger, Arzneiverpackungen. Ich den Tratsch, also neidische Konkurrenten, sofern es welche gibt. Okay?«

Astrid nickte und machte sich an die Schreibtischarbeit. Marie ging zum Parkplatz.

***

Sein Spiegelbild war das eines schwer getroffenen Boxers. Siggi war gestolpert, die Treppe runtergefallen. Es waren nur drei Stufen bis zum Sideboard gewesen, das dem Treppenaufgang gegenüberstand. Auf dem Erbstück von Jennis Tante standen die Schale mit Schlüsseln und eine Vase, die seine Frau regelmäßig mit frischen Blumen bestückte. Mit beiden Armen hatte er versucht, sich abzufangen. Keine gute Strategie. Besser wäre es gewesen, er hätte sein Gesicht mit den Armen geschützt, denn auf dem Sideboard hatte ein Deckchen gelegen. Er war mit den Händen voraus abgerutscht und mit dem Gesicht ungebremst im Arrangement aus Keramikschale, Schlüsseln, Vase und Hundeleine gelandet. In der Ambulanz hatten Schnitt-, Platz- und Risswunden behandelt werden müssen. Ein Hämatom, groß wie ein Hühnerei, zierte die Stirn oberhalb der rechten Augenbraue.

Am Abend zuvor hatte der NDR die Bilder von Tonis Studio gezeigt. Alles hatte lichterloh gebrannt. Den Qualm hatte er vom Studio aus gesehen, bevor er nach Hause gefahren war. Im Fernsehen hatte eine blutende Frau auf dem Rasen gelegen. Und dann hatte es einen Kameraschwenk gegeben. Toni und Frank Busemann hatten einen Mann rausgetragen, der ganz schlaff zwischen den beiden hing. Wie tot hatte der Typ ausgesehen. Siggi war schlecht geworden, und er hatte zwei Bromazepam eingeworfen. Beruhigungsmittel, die er aus dem Pflegeheim seiner Mutter hatte mitgehen lassen. In der Nacht hatte er noch mal zwei genommen, und am frühen Morgen war er dann gestürzt. Total schwindelig war ihm gewesen.

Er schloss die Tür zum Bad, schlurfte durch den Flur und setzte sich mit der Eckernförder Zeitung an den Küchentisch. Der Sachschaden, die Verletzten und, er las die Stelle zwei- oder dreimal, ein Toter. Das hatte er nicht gewollt. Dieses beschissene Studio machte nur Probleme. Die anderen waren auch schlimm. Und diese Ignoranten beim Bauamt sowieso. Jetzt hatte er jemanden umgebracht. Warum war der Idiot nicht rausgerannt? Es gab doch einen Ausgang, einen Notausgang.

Siggi stand auf und öffnete das Medikamentenschränkchen. Er hatte Schmerzen, und er war müde. Er nahm zwei Tabletten, trank Wasser dazu, verschluckte sich und musste husten, als jemand an die Tür klopfte. Im Spiegel neben der Garderobe betrachtete er sein Gesicht. Unmöglich, jetzt zu öffnen. Zurück in der Küche sah er vor dem Haus einen graublauen VW-Bus stehen. Er trat zur Seite und wartete. Es klopfte erneut. Jemand rief nach ihm. Dann ging eine Frau mit blonden, sehr kurzen Haaren und bandagierter Hand über die Straße und stieg in das Auto.

**

Das Fitnessstudio von Siegbert Hölter hatte Marie geschlossen vorgefunden. Auf einem handgeschriebenen Zettel in der Tür hatte sie gelesen, dass er die Öffnungszeiten reduziert hatte. Jetzt stand sie vor dessen Haus in der Eckernförder Schiefkoppel. Die Klingel war wohl defekt oder noch nicht angeschlossen. Auf ihr Klopfen hatte niemand geöffnet, obwohl der Ford Pick-up mit Werbung auf beiden Türen in der Auffahrt zur Garage parkte.

Sie wählte die Rufnummer des Studios. Eine Bandansage verwies auf die neuen Öffnungszeiten. Eine Nachricht konnte sie nicht hinterlassen. Käme sie am Nachmittag noch einmal wieder. Vergebliches Warten, eine Befragung ohne das erhoffte Ergebnis, Ermittlungen in der Sackgasse. Demut und Geduld waren Kernkompetenzen polizeilicher Arbeit, und vermeintlich nebensächliche Informationen konnten ein Bild formen. Die reduzierten Öffnungszeiten, das neue Eigenheim, das noch Feinschliff benötigte, der fette Pick-up. Nicht auszuschließen, dass Siegbert Hölter Geldsorgen hatte.

Als nächstes Studio stand der große Laden auf der Carlshöhe auf ihrer Liste. Tonis Studio lag beinahe auf dem Weg. Sie fuhr los, durch den Kreisel auf die B 203, nur um gleich wieder rechts abzubiegen. Vorbei am Gelände von SIG Sauer. Hier waren knapp sechzig Jahre lang Waffen hergestellt worden.

Krumme Geschäfte mit Kolumbien, dann wohl mit Mexiko. Misswirtschaft, wie manche vermuteten. Jetzt gingen die Lichter aus. Hundertdreißig Mitarbeiter ohne Job. Andreas hatte schief gegrinst, als er in der Zeitung davon gelesen hatte. »Müssen die Kollegen in Mittelamerika vielleicht ein paar Kugeln weniger aus den Menschen herausschneiden«, war sein einziger Kommentar gewesen.

Vor Tonis Studio stand ein Fahrzeug der Feuerwehr. Brandwache. Das Gebäude: eine Ruine. Flatterband rundherum und die Brandermittler bei der Arbeit. Akribische Spurensuche. Marie wusste, mit welcher Sorgfalt die Kolleginnen und Kollegen wortwörtlich jeden Grashalm umdrehten. Sie ging vom Gas, als sie Toni vom rückwärtigen Parkplatz aus nach vorn kommen sah, und hielt an. Er hatte sie gleich entdeckt, schaute nach links und rechts, überquerte die Straße und stieg ins EMO.

»Moin, Marie, schön dich zu sehen.«

Marie nickte. »Und jenseits der Floskel?«

»Keine Floskel. Ich freue mich, dich zu sehen. Bei guter Gesundheit ganz offensichtlich.«

Marie zeigte die linke Hand, Toni winkte ab.

»Gestern ist hier bei mir, in unserem Studio, mitten in meiner neuen Heimat, in der Heimat unseres Sohnes, ein Mensch gestorben. Und er wäre wohl nicht gestorben, betriebe ich nicht dieses Studio. Ich habe mit meinem Bruder telefoniert, der noch in Tübingen lebt. Er hat gesagt, ich soll zurückkommen.«

»Und?«

»Auf keinen Fall. Wir werden das wieder aufbauen.«

»Und wenn das nicht klappt?«

»Konjunktiv II, Irrealis. Wir werden das wieder aufbauen. Stein für Stein, und dann kommen wir zurück. Mit noch mehr Lebenslust, Vertrauen und Liebe. Man darf der Gewalt nicht weichen. Niemals. An keinem Ort der Welt. Und schon gar nicht hier.«

»Ihr seid versichert?«

»Klar. Aber ich muss mir was ausdenken. Für die Zeit, bis wir wieder eröffnen können. Ein Ausweichgebäude. Ein anderes Konzept brauche ich auch. Wir werden auf manche Geräte und natürlich auf den Wellnessbereich verzichten müssen. Aber das kriegen wir hin.«

»Fragst du dich nicht, wer das gemacht hat und warum?«

»Nein.«

»Warum nicht?«

»Weil es keine Motive geben kann, aus denen ich etwas lernen könnte. Weil mich ganz sicher keine Schuld trifft. Ich fahre ja noch nicht einmal mehr zu schnell, seitdem unser Sohn auf der Welt ist. In meinem Leben gibt es keinen Raum für Negatives.«

»Dennoch wüsste ich gern, ob du dir vorstellen kannst, wer dahinterstecken könnte. Ich bin Polizistin.«

»Du ermittelst in diesem Fall? Das LKA? Ich dachte, ihr macht organisierte Kriminalität und Terrorismus und so.«

»Auch. Also.«

»Ernsthaft?«

Marie zog ihr Schleibook, in dem sie Informationen zu jedem Fall sammelte, aus der Umhängetasche zwischen den Sitzen hervor und nickte.

Toni breitete die Arme aus. »Keine Ahnung. Wirklich nicht.«

»Hattest du Streit?«

»Nichts von Bedeutung.«

»Hattest du Streit?«

»Mit einem Nachbarn, der kurz nach Weihnachten angefangen hat, Böller in der Gegend herumzuschmeißen. Das ist ein halbes Jahr her. Aber der würde doch so was nicht machen.«

»Wie heißt der Mann, Adresse?«

So ging es noch eine Weile ohne Ergebnis.

»Was ist mit den Betreibern der anderen Studios?«

»Wir kooperieren. Alles tadellose Leute.«

»Auch Siegbert Hölter?«

»Ach, das ist ein armes Schwein. Ein guter Junge, aber kein Geschäftsmann. Ein Boxer und Bodybuilder, der geglaubt hat, er könne mit seinen alten Kumpels aus Hamburg Geld verdienen. Als das nicht klappte, hat er versucht, auf Wellnessoase zu machen. Oben beim TÜV. Mit Cocktails und Partyschirmchen in den Gläsern. Er hat sich zwei Selberbau-Saunen auf die Wiese hinters Studio gestellt. Da kamen plötzlich Leute, die dachten, das sei ein Swingerclub. Dann hat er eine Baugenehmigung für einen Saunaanbau beantragt, aber meines Wissens bisher nicht bekommen. Jenni, seine Frau, ist Erzieherin, aber die Kohle reicht natürlich nicht. Ich habe schon überlegt, ob ich ihm einen Job bei uns anbieten soll. Mit klassischem Bodybuilding kennt er sich wirklich gut aus. Also, nein, der macht so was nicht. Die haben ja auch ein Kind.«

Toni erkundigte sich noch nach Maries Knie und ermahnte sie, die Stabilisierungsübungen zu machen. Dann verabschiedeten sie sich, und Marie machte mit zwei kurzen, energischen Bewegungen hinter Siegbert Hölters Namen ein Ausrufezeichen ins Schleibook. Kurz bevor Toni die Straße überquert hatte, pfiff sie ihn zurück.

»Bin ich dein Hund, oder was?«

»Die Frau, die verschwundene Frau.«

»Laura.«

»Ja, Laura. Du hast wirklich keinen Nachnamen?«

Toni schüttelte den Kopf.

»Du hast sie schwarz bezahlt.«

»Ach, Marie, komm. Ich habe ihr drei- oder viermal fünfzig Euro zugesteckt. Ich habe ihr eine Stelle angeboten. Das wollte sie nicht. ›Meine Freiheit lass ich mir von niemandem nehmen‹, hat sie gesagt.« Er fuhr sich mit der rechten Hand über den Hinterkopf, war ernsthaft verärgert.

»Kein Nachname?«

»Nein.«

Toni drehte sich um und ging.

Marie dachte an Kaffee und wusste, dass sie keinen im Auto

hatte. Sie wollte einen Espresso macchiato. Einen guten. Ein paar Minuten später stellte sie das EMO neben dem Spieker im Eckernförder Hafen ab. Sie umrundete das Backsteingebäude, in dem sie schon so oft gute, handgemachte Livemusik gehört hatte, und betrat die Speicherpassage. Kaum hatten sich die Automatiktüren geöffnet, umschmeichelte der Duft frisch gerösteter Kaffeebohnen ihre Nase. Ein paar Schritte nur, dann tauchte sie ein in eine Welt voller Genuss. Der Trommelröster inmitten des Cafés, die liebevoll zusammengestellte Einrichtung, die Geräusche des Mahlens, das Zischen der Milchaufschäumer. Und schließlich das nussig-rauchige Aroma des Sumatra-Espressos. Ein Fest für alle Sinne. Marie war sich darüber im Klaren, dass sie ein privilegiertes Leben führte, und sie war dankbar. Nur zahlen konnte sie nicht. Sie hatte ihr Portemonnaie im EMO vergessen.

Der junge Mann hinter der Theke winkte ab. »Ihr Mann war heute schon hier, und das Trinkgeld, das er gegeben hat, reicht für Ihren Espresso.«

Marie musste lachen. Das Trinkgeld war ein ewiges Streitthema zwischen ihr und Andreas, der immer übertrieb, wenn er denn mal an sein Portemonnaie gedacht hatte. Marie fand das ein bisschen großkotzig. Andreas war es egal. Sie fragte sich, ob er noch maßloser war, wenn er ohne sie unterwegs war.

Auf dem Weg hinaus meldete sich ihr Handy. Sie wartete einen Moment, bis sie die Passage verlassen hatte, und nahm Astrids Anruf mit Blick auf das Hafenbecken an.

»Es war wohl ein bisschen kompliziert, weil nach der Erteilung eines H-Kennzeichens für den alten VW-Bus ein Datensatz unvollständig war, aber jetzt hat Sonja über die Halteranfrage herausgefunden, wer die Vermisste ist«, sagte Astrid, und Marie spürte, wie sie errötete. Sie hatte vor zwanzig Minuten mit Toni gesprochen. Er war ihr ausgewichen, und sie hatte ihn einfach ziehen lassen, nicht mal gefragt, wo die Frau wohnte. Wie eine Anfängerin. Nein, schlimmer. Wie ein Laie.

Sie schämte sich in Grund und Boden, bis Astrid sagte:
»Die Frau heißt Leni Börnsen, ist vierzig Jahre alt –«

»Und ging früher in Schleswig zur Schule, obwohl sie in Eckernförde wohnte«, fiel Marie ihr ins Wort.

»Wie bitte?«

»Leni Börnsen war mit mir in einer Klasse. Drittes und viertes Schuljahr.«

»Verrückt.«

»So ist das hier bei uns in der Provinz. Man kennt sich.«

»Kümmerst du dich trotzdem, ober bist du befangen?«

»Kein Stück. Ich hab sie ewig nicht gesehen.«

»Okay. Sonja fragt Datenbanken ab und legt alle Infos auf unseren Server. Hast du Infos aus dem Umfeld der Studiokonkurrenz?«

»Siegbert Hölter hat Geldsorgen, da bleibe ich dran. Ich wollte zur Carlshöhe, fahre jetzt aber erst mal zu Leni Börnsens Familie. Halt, stopp. Guckst du mal eben, ob die noch hier in Eckernförde wohnen?«

Astrid nannte die Adresse. Die Börnsens waren nicht umgezogen.

Zurück im EMO entschied sich Marie, die Bach-Fuge noch einmal zu hören. Bach gab ihr Kraft, und Kraft würde sie benötigen, träfe sie auf eine der Börnsen-Frauen. Leni war schon als Kind ein ziemlicher Kracher gewesen, der Grund dafür, dass man sie zeitweise nicht in Eckernförde, sondern in Schleswig beschult hatte. Lenis Mutter hatte ein strenges Regiment geführt. Der Vater war bei der Marine gewesen. Und Lenis ältere Schwester, deren Namen Marie gerade nicht erinnerte, war ihr als extrem strebsam in Erinnerung geblieben.

Die Ampel sprang auf Grün, und Marie bog auf die Reeperbahn ab. Auf der nördlichen Seite des Hafenbeckens passierte sie den Park, in dem sie manchmal heimlich fürs Bouleturnier in Sehestedt trainierte, und legte rasch einen Stopp beim Segelclub ein, um einen gebrauchten Motorstuhl für ihr Folkeboot abzuholen. So könnte sie endlich den Außenborder montieren.

Nachdem sie dem älteren Ehepaar mit einem schier unendlichen Lager von Ersatzteilen für Folkeboote zweihundertfünfzig Euro auf die Kaikante geblättert und eine Einladung zum Kaffee dankend abgelehnt hatte, fuhr sie, erneut von Bachs Musik begleitet, rauf in Richtung Ostlandstraße und am Petersberg vorbei, immerhin annähernd zwanzig Meter über dem in der Sonne glitzernden Wasser der Eckernförder Bucht. Neulich hatte sie einer Freundin aus dem Bergischen Land erzählt, sie führe gleich mit dem Rad rüber nach Ascheffel. Die Freundin hatte gelacht. Wer die mindestens wellige, bisweilen gar hügelige Landschaft der Hüttener Berge nicht kannte, wähnte Schleswig-Holstein überall flach wie an der Westküste.

An der Fritz-Reuter-Schule hielt sie sich rechts und stoppte vor einem der Doppelhäuser. Es war Jahrzehnte her, dass sie hier von ihrer Mutter zu Lenis Geburtstag abgesetzt worden war, und doch fühlte sich der Boden, auf dem sie hinüber zur Haustür ging, vertraut an. Sie berührte den Waschbeton der Mülltonnenbox. Sommerwarm, so wie er auch damals gewesen war, als sie hier auf dem Bürgersteig Gummitwist gespielt hatten. Smarties hatten sie gegessen und Fantakuchen.

Die Haustür öffnete sich, und Frau Börnsen schaute Marie prüfend an. Zwischen ihnen lagen sieben oder acht Schritte auf Gehwegplatten, deren Fugen akribisch von Kraut, Unkraut, überhaupt allem Belebten befreit worden waren.

»Ich habe dich sofort erkannt, Marie. Trotz der komischen Frisur. Du gehst wie ein Mann. So stark. So stark war Leni nie.«

»Leni?«

»Schrader war eben hier und hat mir Bescheid gegeben.«

»Schrader?«

»Polizeihauptmeister Schrader von der Zentralstation. Den kennt hier doch jeder.«

Marie kannte den Kollegen nicht und wunderte sich über

Windungen, die Dienstwege bisweilen machen konnten. In die Zuständigkeit der Zentralstation fiel es jedenfalls sicher nicht, die Mutter einer Vermissten zu informieren, ohne dass man es für nötig hielt, zuvor …

»Marie, was stehst du da so rum? Kaffee?« Frau Börnsen drehte sich um, ohne Maries Antwort abzuwarten. Mit schwankendem Gang verschwand sie im Haus. Marie tippte auf Hüftarthrose. Die Stufe vor der Haustür war blank gewienert. So blank, dass die Kanten über all die Jahre rund geworden waren. Mittig lag eine Fußmatte, eingehüllt in einen abgenutzten, an zwei Stellen löchrigen Feudel.

»Kannst die Schuhe ruhig anlassen«, rief Frau Börnsen. Marie schloss die Haustür, hörte das schwere Atmen der Hausherrin aus der Küche. Gleich links ein kleiner Raum, in den aber ein Tisch passte. Der stand vor dem Fenster, ein Stuhl rechts, einer links.

»Setz dich. Kaffee ist gleich durch.« Die Kaffeemaschine bestätigte fauchend Frau Börnsens Ankündigung.

»Egal wo?« Marie zeigte auf die Stühle.

»Nimm den hier. Da hat mein Mann immer gesessen. Er ist ja vor neun Monaten gestorben. Bauchspeicheldrüsenkrebs. Das ging ratzfatz.«

Marie setzte sich und schaute auf Fotos an der gegenüberliegenden Wand, die an den Flur grenzte. Prominent in der Mitte ein Schäferhund und etwa auf gleicher Höhe Lenis ältere Schwester, deren Namen Marie noch immer nicht erinnerte.

»Verheiratet?« Sie zeigte auf die junge Frau.

»Ja, Anna-Lena hat eine gute Partie gemacht.«

Auf dem Foto stand sie vor dem Portal der Borbyer Kirche. Weißes Brautkleid, strahlend, an einen überdurchschnittlich gut aussehenden Mann gelehnt, der Marie bekannt vorkam.

Auf einem anderen Foto erkannte Marie Frau Börnsen und ihren verstorbenen Mann an Bord eines Ausflugsschiffes. Sie saßen an Deck und prosteten sich zu. Leni konnte Marie nicht entdecken.

»Und der Betrieb?«

»Mein Mann ist ja gerade erst tot. Ein angestellter Meister macht weiter. Anna-Lena kümmert sich um die Buchhaltung.« Marie erinnerte sich gut daran, dass der alte Börnsen einen Malerbetrieb geleitet hatte, nachdem er aus der Marine ausgeschieden war. In die Grundschule hatte er manchmal Pinsel und Tapeten zum Bemalen gebracht.

Die Kaffeemaschine röchelte. »So.« Frau Börnsen goss Kaffee in zwei babyblaue Becher mit dem Logo des Malerbetriebs. »Milch, Zucker? Ich trink ja schwarz.«

»Ein Schuss Milch wäre schön.«

Frau Börnsen stellte die Tassen ab. Aus beiden schwappte Kaffee auf die Wachstuchdecke. Hinter ihrem Rücken griff Marie nach einem Spüllappen, wischte rasch den Kaffee weg und warf den Lappen in die Spüle.

H-Milch aus einem Tetrapak. Die Milch flockte aus. Kühlschrank auf, Kühlschrank zu. Frau Börnsen stützte sich mit beiden Armen auf dem Tisch ab und setzte sich ächzend. Sie führte den Becher zum Mund und blies vorsichtig auf den Kaffee. Dann stellte sie den Becher wieder ab.

»Vermisst also. Wir haben sie jedenfalls nicht vermisst, so viel ist mal klar. Vermisst. Was soll das heißen? Die war doch immer unterwegs, oder hatte die etwa einen festen Wohnsitz? Kann ich mir nicht vorstellen.«

»Wann haben Sie Leni denn zuletzt gesehen, Frau Börnsen?«

Anstatt zu antworten, griff Frau Börnsen nach dem Becher, schlürfte. »Verdammt, ist der wieder heiß.«

»Ich habe mit Leni zuletzt bei der Theateraufführung zum Abschied von der Grundschule gesprochen. Danach habe ich sie noch mal in der Disco im Hörst gesehen. Da müssen wir vierzehn gewesen sein.«

»Du bist doch weggezogen.«

»Ja, mit fünfzehn. Und Leni?«

»Die ist abgehauen, als sie gerade sechzehn geworden war. Am Tag nach ihrem Geburtstag. Mit dem Geburtstagsgeld.«

»Wie lange war sie weg?«

»Paar Wochen. Die Polizei hat sie gefunden. In Kiel. Schlägerei, und geklaut hat sie auch. Dann war sie wieder hier, hat 'ne Lehre gemacht zur Arzthelferin. Aber abgebrochen. Typisch. Sie hat getrunken, und ich glaube, dass sie auch Drogen genommen hat. Dann hat mein Mann ihr eine anständige Abreibung verpasst, weil sie uns immer Geld aus der Haushaltskasse genommen hat. Kurz bevor sie volljährig wurde, hat das Amt die Vormundschaft übernommen. Am achtzehnten Geburtstag ist sie weg. Ich weiß nicht, wohin.«

Marie griff nach dem Becher. Feste Bestandteile der Milch hatten sich an der Oberfläche verteilt. Sie stellte den Becher wieder ab.

Frau Börnsen blies und trank. »Jetzt geht's langsam. Dass der immer so heiß sein muss. Na ja, die war weg, und jetzt ist die wieder weg. Das ist ja nichts Neues, Marie.«

»Würden Sie Leni denn gern mal wiedersehen?«

Frau Börnsens Blick fand keinen Halt. Nicht am Becher, nicht an der Tischdecke und auch nicht an der Fensterbank. »Die hat sich nicht ein Mal hier gemeldet. Nicht ein Mal. Vielleicht wäre ich schwach geworden. Aber die war auch nicht auf Günters Beerdigung.«

Frau Börnsen schluckte. Die Stimme kippte. »Wo soll die denn sein, jetzt?«

»Was denken Sie, wo Leni sein könnte, Frau Börnsen?«

»Sankt Pauli, würde ich sagen.«

»Warum?«

»Da hat sie wohl angeschafft. Im letzten Sommer kam hier Post für sie an. Irgendwie haben die das weitergeleitet, weil es bei der eben nicht ankam. Wie unsere Adresse dann auf den Brief kam, weiß ich nicht. Ich hab den Aufkleber ein bisschen abgeknibbelt. Da stand Hopfenstraße 42. Günter und ich sind dahingefahren. Schräg gegenüber ist die Herbertstraße. Wir haben noch einen Strafzettel für falsches Parken gekriegt. Aber die war nicht da. Günter wollte einen Zettel in den Briefkasten werfen, aber ich hab den weggeschmissen. Hat doch sowieso keinen Sinn.«

»Und der Brief, also der an Leni?«

»War hier im Briefkasten. Wo sonst?«

»Konnten Sie erkennen, wer der Absender war?«

Frau Börnsen atmete rasselnd, schüttelte den Kopf.

Marie kritzelte die Adresse ins Schleibook. Frau Börnsen hatte den Henkel des Bechers mit Daumen und Zeigefinger gefasst. Das Gewebe unter dem Daumennagel war weiß, so fest umklammerte sie das Porzellan.

»Leni und ich haben mal Kastanienmännchen gebastelt. Ich habe das mit den Zahnstochern nicht hinbekommen. Sie hat mir geholfen.« Nur kurz und nur wenig zuckten die Mundwinkel von Lenis Mutter.

»War sie hier im Haus auch so hilfsbereit?«

Der Henkel des Bechers kam frei. Frau Börnsen verschränkte die Arme unter ihrem großen Busen. »Günter hat sie die Pantoffeln zur Haustür gebracht. Sich eingeschleimt. Papas Mädchen. Die Prinzessin. Anna-Lena und ich konnten die Drecksarbeit machen. Auch im Garten. So war das.«

»Und die Schwestern, wie kamen die miteinander klar? Ich habe leider keine Geschwister.«

»Sei froh. Wer eine Schwester wie Leni hat, braucht keine Feinde mehr. Leni hat Anna-Lena nichts gegönnt. Gar nichts. Aber was soll das hier eigentlich bringen? Sie ist weg und fertig.«

»Vielleicht möchte Anna-Lena wissen, wo sie steckt.«

»Das wüsste ich aber.«

»Wo wohnt Anna-Lena eigentlich?«

»Sehestedter Straße. Mit Blick aufs Wasser. Mein Schwiegersohn verdient ganz gut. Beim Fernsehen ist der nämlich.« Frau Börnsen reckte das Kinn stolz nach oben, und Marie fiel ein, warum ihr der Mann auf dem Hochzeitsfoto bekannt vorgekommen war. Er moderierte das Schleswig-Holstein Magazin.

»Verraten Sie mir die Hausnummer und vielleicht die Mobilnummer von Anna-Lena, Frau Börnsen?«

»Anna-Lena weiß doch auch nicht, wo die ist.«

»Haben Sie schon Enkelkinder?«

Frau Börnsen verzog den Mund. »Angeblich wollen sie keine Kinder. Wahrscheinlich kann er nicht.«

»Wie war noch mal die Hausnummer?«

»Weiß ich nicht. Beim alten Wasserturm. Sie haben einen Indianer im Garten stehen. Kannst du nicht verfehlen. Aber Anna-Lena weiß nichts.«

»Einen Indianer?«

»Irgendwas mit Kunst. Svens Uropa war Maler.«

»Fehlt nur noch die Handynummer.«

Frau Börnsen zog eine Schublade auf ihrer Seite des Tisches auf, griff hinein und schob Marie eine Visitenkarte herüber. »Anna-Lena Börnsen-Macke, PR-Beratung«; eine Adresse in Kiel und auch eine Handynummer.

»Gut, dann geh ich mal wieder.«

»Du hast den Kaffee noch nicht ausgetrunken.«

»Beim nächsten Mal.« Marie erhob sich. Das mit dem Kaffee war ihr unangenehm.

Frau Börnsen stand überraschend schnell auf. Kein Ächzen wie zuvor. Sie lächelte, fasste Marie an die Schulter. Nur zwei Schritte, raus aus der Küche.

»Und du, du bist also bei der Polizei?«

Die Frauen standen sich im schmalen Flur gegenüber.

»Kinder?«

»Ja, einen Sohn, ein Lausbub. Sie kennen das ja.«

Warum hatte sie das gesagt? Sie kennen das ja. Marie knirschte mit den Zähnen.

»Und dein Mann?«

»Kommt auch von hier. Aus Maasholm.«

»Der ist doch Arzt.«

Marie nickte, drückte die Türklinke herunter. »Ich melde mich, sobald ich was Neues weiß.« Sie drehte sich nicht mehr um. Sie stieg ein, fuhr um die Ecke, hielt vor dem Schulhof der Fritz-Reuter-Schule und holte sich ein alkoholfreies Bier aus dem Kühlschrank. Frau Börnsen, die Situation, die Fragen. Etwas Bedrückendes hatte diese Begegnung gehabt. Etwas

Irritierendes. Sie behauptete, kein Interesse an Leni zu haben, sie nicht vermisst zu haben. Warum war sie dann mit ihrem Mann nach Hamburg gefahren?

Es klopfte an der Scheibe. Marie öffnete die Schiebetür. »Hier können Sie nicht stehen bleiben. Halteverbot.« Ein Kollege in Uniform. Marie kniff die Augen zusammen. Er trug ein Namensschild. »Herr Schrader. Moin. Ich bin Marie Geisler vom LKA.« Sie hielt ihm den Dienstausweis hin und stieg aus. »So ein Zufall, ich war eben bei Frau Börnsen.« Er schaute nach links, nach rechts. »Ich kenne den Dienstweg. Sorry. Aber der alte Börnsen war ein Freund meines Vaters. Ich wollte nicht, dass es ihr ein Fremder sagt.«

»Schon okay. Kennen Sie Leni?«

»Nein, jedenfalls nicht persönlich. Nicht die gleiche Clique damals. Ich kenne Anna-Lena. Wir waren mal im Grünen Haus, das ist das Jugendhaus von der Kirche hier, und wir haben uns ab und zu am Südstrand getroffen. Die hat sich ein Fernsehgesicht geangelt. In Eckernförde sieht man die beiden nicht. Aber sie wohnen hier.«

»Welche Beziehung hatten die Schwestern?«

»Anna-Lena hat schwer gelitten. Leni hat nur Mist gebaut, ihr ständig Kleinigkeiten gemopst, Lügengeschichten erzählt. Zickereien, habe ich damals gedacht. Obwohl, eigentlich habe ich gar nichts gedacht. Aber heute. Ich arbeite ehrenamtlich beim Sorgentelefon. Vielleicht kennen Sie das? Nummer gegen Kummer. Da steckte mehr dahinter als Zoff zwischen Schwestern. Leni war eifersüchtig auf ihre große Schwester. Anna-Lena hatte Jungs, hat gesoffen, ohne dass die Eltern das gemerkt haben. Anna-Lena war halt super in der Schule. Das Schlimmste für Anna-Lena war wohl, dass der Vater auf Lenis Seite war.«

»Und die Schwestern haben sich all die Jahre nicht mehr gesehen?«

»Ich weiß es nicht, aber es würde mich wundern. Die hat nichts mehr verbunden.«

Marie hielt die Flasche hoch. »Auch ein Bier?«

Schrader schaute sich um. »Aber nur dadrin. Wenn mich die Kids in Uniform mit einer Flasche Bier sehen, kann ich einpacken.«

Marie machte eine einladende Geste, Schrader kletterte in den Bus.

»Willkommen im EMO.«

»EMO?«

»Ermittlungsmobil.« Marie öffnete den Kühlschrank und reichte ihm eine Flasche. »Eiskalt.«

Er schaute aufs Etikett.

»Ja, alkoholfrei. Aber wenn man vorher kein anderes hatte.« Sie hielt ihm ein Feuerzeug hin.

Es zischte, als sich der Kronkorken löste. Sie stießen an.

»Schicke Karre.«

»Gehört Vater Staat. Ist ein Dienstwagen, den mir mein alter Chef zugeschanzt hat. Das LKA hat den Bus mal Drogenkurieren abgenommen. In der Werkstatt haben sie ein bisschen gebastelt. Safe, Alarmanlage und so. Mein Sohn war damals noch klein. Der hat mich manchmal begleitet. Nicht alles hundertprozentig nach Dienstvorschrift. Aber niemand hat Schaden genommen.«

Schrader trank, entließ einen kleinen Rülpser, entschuldigte sich. »LKA. Ist für unsereinen ja eine fremde Welt.«

»Kochen alle nur mit Wasser. Wie überall.«

Ein Wecker klingelte.

»Ach, Mist. Ich muss telefonieren. Die Flasche schenk ich Ihnen. Nicht sauer sein. War mir eine Freude.« Marie zog die Tür auf, und Schrader stand mit der Flasche Bier vor der Schule.

Marie wählte Astrids Nummer.

»Ich sage den Kellerschnack ab. Das schaffe ich heute nicht. Ich war gerade bei Frau Börnsen und fahre jetzt noch die Fitnessstudios ab. Sagst du den Kollegen bitte Bescheid?«

»Mach ich.«

Der nächste Anruf galt Toni Paxner.

»Du beschäftigst, mehr oder weniger illegal, eine Putzkraft, die jetzt vermisst wird. Und du behauptest, du wüsstest nichts über sie. Dein letztes Angebot?«

»Marie, du nervst. Hier herrscht das blanke Chaos, und du wirfst mir vor, dass ich dir nicht die Lebensgeschichte von Laura erzähle, mit der ich insgesamt sieben Sätze gewechselt habe.«

»Leni, nicht Laura.«

Toni berichtete vom Apartment, das er ihr zur Verfügung gestellt hatte. Erst seit Kurzem, wie er betonte. Sie verabredeten sich in Sehestedt. Dort hatte Toni eine Ferienwohnung dauergemietet. Warum war er nicht gleich mit der Sprache rausgerückt? Marie startete den Motor. Im Außenspiegel sah sie, wie Schrader die Bierflasche in einen Mülleimer warf. Netter Typ und offenbar daran interessiert, in seinem Kiez auch weiterhin als Vorbild zu gelten.

***

Von Haustür zu Haustür. Das war Bernd Stenders Sache nicht. Aber heute war genau das dran. Sie hatten Ritalinverpackungen im Müll von Toni Paxners Studio gefunden. Insgesamt sechs Pappschachteln. Der V-Mann hatte behauptet, bei Toni würde Speed im größeren Stil gedealt, und Ritalin hatte eine ähnliche Wirkung. Dagegen sprach, dass es nur sechs Verpackungen waren, dagegen sprach aber vor allem die arglose Art der Entsorgung. Die Fingerspuren auf den Packungen waren nicht polizeibekannt.

Bernd versuchte ein Lächeln. Es war warm. Er mochte nicht, wenn es warm war. Insbesondere konnte er es nicht leiden, wenn es schwül, windstill und warm war. Das Lächeln ging daneben, aber das sah Bernd nicht. Er klingelte. Den Dienstausweis hielt er bereit. Polizeiarbeit bestand nicht nur aus langweiligem Aktenfressen am Schreibtisch, nein, Polizeiarbeit bestand auch aus Füßeplattstehen vor Haustüren, die sich nicht öffneten.

Die Haustür öffnete sich, noch bevor Bernd den Gedanken

zu Ende gedacht hatte, und vor ihm stand eine wunderschöne Frau. Sie war *so* schön. Ihre Stimme war wie Samt, und sie trug ein Trikot von Werder Bremen. Bernd war schockverliebt. »Stender«, sagte er und lachte. Dann wurde er zu allem Überfluss auch noch rot. »Landeskriminalamt. Haben Sie Kinder?«

»Noch nicht«, hauchte die Frau in Grün, und Bernd fiel keine zweite Frage ein.

»Das war's schon?« Sie schmollte.

Er gab ihr seine Visitenkarte, drehte sich um, ging quer über den Rasen zum Bürgersteig, schaute über die Schulter und rief: »Nur für den Fall, dass Ihnen noch was einfällt.«

Er wünschte sich auf den Mond. Mindestens. Astronaut hatte er mal werden wollen, damals in Bremen. Immerhin stieß er als Ermittler auch manchmal ins Unbekannte vor. Aus seiner Zeit als Fanboy von »Star Wars« hatte er die schwarze Han-Solo-Weste in sein Erwachsenenleben gerettet. Er wusste, dass er noch hundertneunzehn Haustüren vor sich hatte. Leider ohne Warp-Antrieb. Erfahrungsgemäß brauchte man zwei volle Arbeitstage, falls nichts dazwischenkam. Zwei volle Arbeitstage netto, denn natürlich waren nie alle Menschen gleichzeitig zu Hause.

Nach sechs Gesprächen die erste Familie mit Kindern, aber ohne Ritalinkonsum. »Wo denken Sie hin?«, hatte die Frau mit einer gewissen Empörung in der Stimme gefragt. »Wir sind eine anständige Familie.« Er hatte nur genickt. Als stünde die Einnahme von Ritalin im direkten Zusammenhang mit dem Grad von Anstand, den eine Familie aufzubringen in der Lage war. Wie maß man wohl Anstand?

An Haustür zwölf schaute er auf die Uhr. Eine Dreiviertelstunde war er bisher unterwegs gewesen. Ihm öffnete ein Mann in Unterhose. Das war ja kein Verbrechen. Aber er trug sonst nichts, außer einem schlecht tätowierten Anker auf dem schlaffen rechten Oberarm. Zum Glück hatte er keine Kinder. Bernd dachte über ein Fernsehformat nach. Klingelmännchen könnte man das nennen.

Eine halbe Stunde später lernte er Familie Dunkermann kennen. Beide Lehrer, zwei Kinder. Junge und Mädchen. Der Junge nahm Ritalin. Herr Dunkermann holte das Medikament aus dem verschlossenen Arzneischränkchen. Nicht der Hersteller, von dem Verpackungen gefunden worden waren. Die Dunkermanns wollten genau wissen, worum es ging. Schließlich, so sagten sie, trügen sie besondere Verantwortung. Als Eltern und als Lehrer der Peter-Ustinov-Schule, die gleich neben der Siedlung lag, sowieso. Das verstünde sich ja von allein. Frau Dunkermann zitierte dann noch das Motto der Schule:»Die Akzeptanz der Unterschiede ist Voraussetzung für die Überraschung von Gemeinsamkeiten.« Hatte der Namensgeber der Schule gesagt. Für einen Moment war Bernd froh, dass er noch nicht im Reihenhaus mit Frau und Kindern gelandet war.

Er wechselte die Straßenseite von den gepflegten Eigenheimen hinüber zu den Mietshäusern. Manche Bewohner waren besorgt, dass die Polizei klingelte, die anderen verstanden nicht, was Bernd von ihnen wollte. Nach anderthalb Stunden war er durstig und holte eine Flasche aus dem Auto.

Das Wasser war warm. Er schaute sich um. Kein Kiosk. Er ging zu Lidl. Das dauerte zu Fuß länger, als er gedacht hatte. Er kaufte zwei Flaschen Wasser, trank eine auf dem Parkplatz und musste mal. Die Filialleitung des Discounters grinste und ließ ihn die Toilette benutzen. Ein freundlicher Mensch. Als Bernd die Toilette verließ, stand der Mittdreißiger im Gang und sagte:»Sie tragen eine Waffe unter dem Sakko. Warum?«

»Mein Dienstherr wünscht das so. Das ist so wie bei Ihnen mit dem Kopfhörer und dem Mikro. Lästig. Aber Sie und ich, wir sind eben nicht die Bosse. Danke noch mal.«

Auf dem Rückweg bemerkte Bernd, dass er die zweite Flasche Wasser auf der Toilette vergessen hatte. Er schürzte leicht die Lippen und sagte sich, dass ihn das kein bisschen ärgerte. Dann schellte er bei Müller.

Herr Müller hieß mit Vornamen Thomas, sah aus wie ein Hippie und sagte:»Kinder, ich? Seh ich so aus?«

Nachdem Bernd erläutert hatte, warum er fragte, lehnte sich Thomas Müller in den Türrahmen und lachte ein stilles Lachen. »Ich bin Ihr Mann, Herr Kommissar«, sagte er, und weil er nichts mehr vorhatte an diesem Nachmittag, fuhr er nur fünf Minuten später mit Bernd nach Kiel ins Landeskriminalamt. Dort fertigte ein begabter und mit der Software vertrauter Beamter ein Phantombild der Frau an, die Herrn Müller bereits zweimal Stoff angeboten hatte. »Ein Gesicht wie aus einem Märchenfilm«, urteilte der Kollege skeptisch, bevor Bernd mit Thomas Müller in sein Büro ging.

Müller berichtete noch einmal fürs Protokoll. »›Du bist doch einer von uns, mein Kleiner‹«, hat sie gemeint. »›Wenn du auf Speed stehst, habe ich was Besseres für dich. Sanfter und für dich, mein Kleiner, auch billiger.‹«

»Und Sie können sich an den Wortlaut erinnern?«, fragte Bernd.

Thomas Müller nickte. »Ich bin Schauspieler. Glauben Sie, ich sehe immer aus wie ein Hippie? Text lernen ist mein täglich Brot. Als ich vorhin die Tür öffnete, sagten Sie: ›Moin, ich heiße Bernd Stender, komme vom LKA und hoffe, dass Sie mir helfen werden.‹ Ich weiß das genau. Sie haben nicht ›helfen können‹ gesagt, was mich wunderte. Nun, ich konnte helfen und habe geholfen. Das sind volle zehn Karmapunkte. Fragt sich nur noch, wie ich jetzt nach Eckernförde zurückkomme.«

Bernd fuhr ihn und nahm sich vor, Thomas Müller alsbald auf der Bühne zu erleben. Sein letzter Theaterbesuch lag eine ziemliche Weile zurück. In der Grundschule hatte seine Klasse eine Märchenaufführung besucht. Nachdem Thomas Müller ausgestiegen war, holte sich Bernd noch die Wasserflasche aus dem Discounter. Die armen Schweine hatten bis einundzwanzig Uhr geöffnet. Er trank und dachte, dass das ein guter Tag in seinem Polizistenleben gewesen war. Man wusste ja nie, was kam. Manchmal was richtig Gutes.

✳✳✳

Die Ampel vor der Bahnschranke am Lornsenplatz zeigte Rot. Die Schranke war geschlossen. Im Auto vor Marie wurde geraucht. Graue Schleier stiegen aus drei Fenstern nach oben. Hinten rechts eine E-Zigarette, die leicht an der schieren Menge des emittierten Qualms zu erkennen war. Marie schloss das Seitenfenster. Es stank.

Schrader ging ihr nicht aus dem Kopf. Wie er da mit der Bierflasche gestanden hatte, vor der Schule. Dieser Hauch von Peinlichkeit in seinen Gesichtszügen. Ein Bild von Aufrichtigkeit. Wenn Marie künftig an die Polizei als Freund und Helfer denken würde, dann hätte sie vielleicht Schrader vor Augen.

Vor drei Wochen hatten sie beim Kellerschnack darüber gesprochen, ob Polizistinnen und Polizisten ein Spiegelbild der Gesellschaft sind. Die Ansichten waren geteilt. Ein Kollege beharrte darauf, dass Korpsgeist notwendiger Bestandteil der Identität sei. Man müsse gegen Gefahren zusammenstehen. Ein Spiegelbild der Gesellschaft, so hatte der Kollege seine Position glasklar vertreten, sei die Polizei schon deshalb nicht, weil sie gegen das Böse stünde. Das Böse, also auch böse Menschen, hätten bei der Polizei nichts verloren.

Die Reaktionen waren eine Mischung aus albernem Kichern und verdrießlichem Kopfschütteln gewesen. Schließlich hatten sie sich darauf geeinigt, dass Ausnahmen eine Bestätigung der Regel waren, und jeder hatte fünf Euro ins Phrasenschwein geworfen. Wie Schrader wohl darüber dachte?

Neben Schrader tauchte Kriminalrat Dr. Holm in Maries Gedanken auf. Ihr ehemaliger Chef, der feingliedrige Intellektuelle, der Marie das Buch der tausend Sünden anvertraut hatte. Nicht auszuschließen, dass sich dort Antworten auf die Frage finden ließen, ob es das Böse im Guten gab. Das Buch lag in einem Safe. Marie hoffte, der Tag würde nie kommen, an dem sie die Büchse der Pandora öffnete. Der Regionalexpress nach Flensburg fuhr von Kiel kommend vorbei, die Ampel sprang auf Grün.

Jenseits der Kreuzung, die ob ihrer Ausmaße auch in eine

Großstadt passte, wechselte ein roter Sportwagen mit Berliner Kennzeichen von der rechten auf die mittlere, geradeaus führende Fahrspur. Im Auto vor Marie wurde gestikuliert. Der Verkehr raus aus der Stadt war zäh und verflüssigte sich erst, als sie Richtung Sehestedt fuhr. Marie mochte das freie Stück zwischen Marienthal und Lehmsiek mit weitem Blick über die Felder.

An der Nutzkunst links zur Kirche runter, hatte Toni gesagt. Marie hielt vor den Kojen am Kanal, die Holger vom Imbiss gehörten. Eine der Wohnungen war fest an Toni vermietet, der dort Gäste unterbrachte. Das hatte Marie bereits in die digitale Ermittlungsakte geschrieben, bevor sie losgefahren war. Seitdem sie diese Akte hatten, waren alle Kollegen zeitnäher informiert als bisher. Marie sah Toni im Garten stehen. Er schreckte zusammen, als er ihre Schritte hörte.

»Ich war in Gedanken. Moin, Marie.«

»Und woran dachtest du so?«

»An den Toten im Studio. Ich habe heute mit einem Architekten gesprochen. Wir können alles wieder aufbauen. Vielleicht sogar besser als vorher. Aber ich weiß ja, wo er gelegen hat. Ich weiß, wie er aussah. Kannst du den Anblick der Toten vergessen, die du gesehen hast?«

»Das hängt von vielen Faktoren ab.«

Toni verschränkte die Arme hinter dem Kopf. Er starrte auf das Wasser des Nord-Ostsee-Kanals.

»Du konntest es nicht verhindern.«

»Ich hätte mir diese Veranstaltung verkneifen können. Ich war so spitz auf das Thema und ehrlich gesagt auch auf den Promi-Faktor. Frank Busemann, wie ich den bewundert habe. Wie klasse ich finde, dass der so beißen kann. Darum geht es doch im Leben. Aufstehen.«

Was Toni sagte, klang in Maries Ohren nach gedroschenem Stroh. Wie er es sagte, klang, als käme es ihm aus tiefster Seele.

»Laura, beziehungsweise Leni, kannte ich nicht wirklich. Oje. Ich meine, kenne ich nicht wirklich.« Er schlug die Hand vors Gesicht. »Als sei sie tot. Das ist ja Unsinn. Wir wissen nur nicht, wo sie ist. Komm, ich zeig dir das Haus und ihr Zimmer.«

Er machte entschlossene Schritte hin zur Terrasse. »Ich kenne sie nicht, aber sie hat diesen Blick. Dieses Jetzt-erst-recht in ihren Augen.«

Marie folgte Toni ins Haus. Alles neu und schick. Mit Blick auf den Kanal. »Hast du denn viele Gäste?«

»Ja, immer wieder Trainer aus der ganzen Welt. Oft geht es um Physiotherapie. Ich bin ja auch Dozent. So, hier wohnt sie.«

Toni öffnete eine weiße Tür im Erdgeschoss gleich neben dem Bad. Ein Bett, ein Schrank, ein Schreibtisch unter dem Fenster, das zur Seite rausging, und eine niedrige Kommode, auf der ein Fernseher stand. Auf den ersten Blick keine persönlichen Dinge.

»Hat sie nichts hier abgestellt? Wohnlich ist das ja nicht.«

»Ich bin zum ersten Mal hier drin. Sie hat wohl einige Jahre in ihrem Bus gelebt. Mir hat sie gesagt, dass sie die Gasanlage reparieren lässt, sobald sie das Geld zusammen hat, und dann wieder auszieht. Sie ist ja ein bisschen eine Rumtreiberin, glaube ich.«

Den Bus, der auf dem Parkplatz hinter dem Studio abgestellt worden war, hatte die KTU angeschaut, ohne dass es Hinweise auf Lenis Verbleib gegeben hätte. Der TÜV war abgelaufen. Das Auto war von innen gepflegt, von außen eine Baustelle. Ein Ölwechsel wäre fällig gewesen, eine Inspektion sowieso. Sonja hatte festgestellt, dass Leni der Versicherung eine Rate schuldete.

Marie öffnete den Schrank. T-Shirts, Leggings, Unterwäsche, einige Handtücher. Von innen an der Tür ein Heiligenbildchen.

»Ist das von euch oder vom Besitzer?«

»Sehe ich zum ersten Mal.«

Marie schaute genauer hin. Das Bild zeigte den heiligen Franziskus, Franz von Assisi. Einen Freund der Tiere, einen Pazifisten, soweit Marie wusste. Sie zog die Schubladen der

Kommode auf, des Nachttisches. Nichts. Dann nahm sie das Kopfkissen hoch. Ein weiteres Bild, kleiner, ein Passfoto. Marie betrachtete es und glaubte, Lenis Vater auf dem Foto zu erkennen. Sie drehte es um. »Papa« stand dort zu lesen. Leni hatte ein Herz um Papa gemalt. Die Schrift war verblichen. Unter dem Bett stand ein Paar Zehentrenner.

»Kann ich mir auch das Bad anschauen?«

Toni machte den Weg frei. Alles auf dem neuesten Stand auch hier. Es sah aus wie in einem Hotel. In der Dusche ein Stück Seife, über der Handtuchstange ein großes, abgenutztes Badetuch. Marie fasste es an. Es war trocken, wie auch die Dusche und das Waschbecken. Im Zahnputzbecher eine Zahnbürste und eine Tube Zahnpasta aus den Regalen eines Discounters. Eine Haarbürste. Das war's. Hätte sie geplant zu verschwinden, hätte sie das Foto ihres Vaters mitgenommen. Vielleicht auch den heiligen Franz. Den Rest konnte man kaufen.

Marie schnupperte. Es roch sogar neutral in der Wohnung.

»Hat sie hier allein gewohnt?«

»Ja, ich hatte das auch Frank angeboten, aber der hat wohl Freunde hier, bei denen er geschlafen hat. War ja nur eine Nacht.«

Astrid hatte mit Frank Busemann gesprochen, bevor er wieder abgereist war. Aber wie auch die anderen Gäste hatte er keine Beobachtungen gemacht, die Hinweise auf den Täter hätten liefern können.

»Schön hier«, sagte Marie. »Sollte ich mal Besuch kriegen, der nicht bei uns übernachtet, werde ich Holger ansprechen. Bisschen abseits der Touriströme und doch mittendrin.« Sie zuckte mit den Schultern. »Wir sind am Ball, Toni. Wegen des Brandanschlages und auch wegen Leni.«

»Habt ihr denn schon was? Ich habe mitbekommen, dass die Leute von der Kriminaltechnik einen Kanister mit Flüssigkeit rausgetragen haben.«

»Wie sagen die Schauspieler im ›Tatort‹ immer? Wir ermitteln in alle Richtungen. Ich muss los. Danke für deine Zeit.

Kann ich zu euch in die Praxis kommen, solange das Studio noch keinen neuen Platz gefunden hat?«

»Selbstverständlich. Vielleicht kriegen wir dich ja wieder fit und du kannst bei den Alten Herren auflaufen.«

Marie rempelte Toni an. »Für dich reicht es allemal.«

Sie freute sich, dass er wieder scherzen konnte, stieg ins EMO und rief Sonja an.

»Hast du schon was wegen Hamburg?«

»Ich habe die Adresse geprüft, die du mir genannt hast. Dort war Leni Börnsen nie gemeldet. Ich habe mit den Kollegen der Davidwache gesprochen, die das Haus kennen. Sind ja nur hundertfünfzig Meter. Nach zwei Minuten war ich raus. Die Besitzverhältnisse, ich sag mal – kompliziert. Vermietung, Verpachtung, Untervermietung, Ferienwohnung, Zweitwohnsitz. Im Endeffekt wohnen dort Menschen, die im Umfeld arbeiten. Dass sie da tatsächlich gewohnt hat, ist nicht auszuschließen.«

Sonja Horstmann war, was der Erfinder des Wortes »akribisch« hatte ausdrücken wollen. Jedenfalls glaubte Marie das. Sie war akribisch, ohne pedantisch zu wirken. Auch wurde sie niemals hektisch. So mussten Chirurgen, Piloten oder Ermittlerinnen beim LKA sein.

Sonjas Äußeres stand meist im krassen Gegensatz zu ihrem Tun. Wirr die Haare, und mit der Latzhose hätte sie auch bei Peter Lustig auftreten können. Irgendetwas in der Leitung knisterte, rauschte.

»Marie, bist du noch dran?«

Marie bestätigte.

»Gut, weiter geht's. Leni Börnsen hat ein bewegtes und seit langer Zeit aktenkundiges Leben geführt. Von Diebstahl über Hehlerei und Körperverletzung bis hin zu einer langen Liste von Anklagen wegen vermuteter Verstöße gegen das Betäubungsmittelgesetz. Man konnte ihr aber nie was nachweisen.«

»Danke.«

Marie beschloss, sich das Umfeld anzuschauen. Sie wäre

am Abend sowieso in Hamburg, um Kai zu treffen. Eles Mann war in ein möbliertes Apartment gezogen. In der gemeinsamen Wohnung hatte er es nach Eles Unfall, dem Verlust des Babys und Eles Flucht nicht ausgehalten. Er wollte nah am Flughafen sein, damit er sofort loskonnte, sollte sich Ele melden. Am Telefon hatte er keinen guten Eindruck gemacht.

Marie stieg wieder aus und klingelte bei den nächsten Nachbarn der Kojen am Kanal. Drei kannten Leni vom Sehen und versprachen, sich zu melden, sollte sie wieder hier auftauchen.

Zurück im EMO zeigte Marie ein Blick auf die Uhr, dass sie nicht mehr schaffen würde, was sie sich vorgenommen hatte. Sie nahm das Schleibook hoch, strich den Besuch im Studio auf der Carlshöhe und übertrug ihn auf Dienstag. Das entzerrte das Pensum ein bisschen. Sie startete den Motor und fuhr nach Eckernförde.

Die Sehestedter Straße in Eckernförde war die Verlängerung der Straße, auf die Marie zwischen Sehestedt und Haby abgebogen war. Und doch war es eine andere Welt. Hier war es nicht mehr ländlich, hier war es schon beinahe mondän, jedenfalls für Eckernförder Verhältnisse. Marie fand das Haus der Familie Börnsen-Macke auf Anhieb. Den Vorgarten zierte eine rostrote Skulptur, die einen reitenden Indianer zeigte, wie Mutter Börnsen es gesagt hatte. Indianer und Pferd waren aus altem Eisen zusammengeschweißt worden.

Am Tor waren eine Sprechanlage und eine Kamera angebracht. Marie drückte den Klingelknopf. Sie hörte einen Quittungston und wartete.

Das Haus war ein weißer Kasten. Vom Bürgersteig aus konnte Marie an der linken vorderen Hausecke vorbei auf eine Dachterrasse schauen, die ein Segel beschirmte. Dessen Zipfel stach, vor dem Wasser der Ostsee weiß leuchtend, ebenso kühn wie gelassen in das Blau des Himmels. Alles war eckig. Die Architektur und der Garten. Selbst der Buchs war zu Quadern gestutzt. Niemand zu sehen.

Marie drückte die Klinke. Das Tor öffnete sich. Über makellos saubere Bodenplatten, die nicht das übliche Format, sondern eine Kantenlänge von mindestens einem Meter fünfzig hatten, schritt Marie zur Haustür, die sich hinter einem Windfang verbarg. Sie klopfte an die Tür. Im Haus blieb es still. Sie ging nach links und schaute hinunter auf die Eckernförder Bucht. Bevorzugte Wohnlage, aber man hörte doch das Rauschen der Autos auf der B 76.

Auf dem Weg zurück zur Straße fiel ihr eine Plakette ins Auge, die am Sockel der Skulptur angebracht war. Sie machte einen Schritt auf den perfekt gemähten Rasen und las:»›Indianer auf Pferd‹ (Sven Macke). Nach dem Bild von August Macke (1911)«.

August Macke kannte Marie. Sie hatte erst im letzten Herbst eine Ausstellung im Arnsberger Sauerland-Museum besucht. Macke war Sauerländer, soweit sie sich erinnerte. Ob Sven Macke dessen Nachfahre war? Vermutlich. Ein anderer Maler namens Macke kam ihr jedenfalls nicht in den Sinn.

Marie schlug ihr Schleibook auf, als sie wieder im EMO saß, entnahm Anna-Lenas Visitenkarte und wählte deren Handynummer. Eine automatische Ansage, die die momentane Abwesenheit der Teilnehmerin meldete. Marie hinterließ keine Nachricht. Sie rief in der Polizeistation Heikendorf auf der anderen Seite der Kieler Förde an.

»Amtshilfeersuchen sozusagen?«, scherzte die Kollegin und versprach, dass sie gleich eine Streife zur Adresse von Anna-Lenas PR-Agentur schicken würde. Marie hatte sich das auf der Karte angeschaut. Das Büro lag in Hafennähe. Unpraktisch, in Eckernförde zu wohnen und in Heikendorf zu arbeiten. Dafür musste man schon gute Gründe haben.

Die Kollegen aus Heikendorf meldeten sich, noch bevor Marie das Haus von Siegbert Hölter erreicht hatte.

»Ich habe mit dem Vermieter gesprochen. Frau Börnsen-Macke hat nur einen Raum mit Toilette gemietet, ein Mansardenzimmer bei der Seglerkameradschaft, und der Typ hat erzählt, dass ihre Kunden aus der Segelbranche kommen.

Veranstalter von Segeltörns wohl hauptsächlich. Er wohnt im Haus und hat sie seit vorgestern nicht mehr gesehen.«
»Danke für eure schnelle Hilfe. Wenn ich mal in Heikendorf bin, spendiere ich ein Eis.«
»Danke, sehr großzügig, Frau Polizeipräsidentin.«
»He, so war das nicht gemeint.«
»Schon okay. Wir nehmen zwei Wundertüten.«
Die Kollegin war tatsächlich angepisst gewesen, hatte sich von oben herab behandelt gefühlt. Nur weil Marie beim LKA arbeitete und Hauptkommissarin war, wollte sie nicht jedes Wort auf die Goldwaage legen müssen. Wie konnte man nur so empfindlich sein? Wohl noch nie Fußball gespielt, die Mimose aus Heikendorf. Vermutlich lackierte Fingernägel.

Marie zog die Tür des EMO zu und klemmte sich die Hand zwischen Tür und Fahrersitz ein. Das tat elend weh. Sie fluchte und lachte. Kleine Sünden bestraft der liebe Gott sofort, hatte ihre Mutter immer gesagt, und sie hatte recht behalten.

**

Ostermontag 2020

Liebes Tagebuch,

ich sage mal: läuft!!! Das Laken neben mir ist noch warm. Er duscht. Was er nicht weiß, ich komme gleich nach ;) Das Ritalin reißen sie mir aus den Händen. In der Szene habe ich schon einen Spitznamen. Sie nennen mich Schneewittchen. Habe mir so eine dunkle Perücke, einen krass roten Lippenstift und ein Schneewittchenkleid gekauft. Dienstkleidung sozusagen. Sehr nice. Habe Kunden in Kiel, SPO, Neumünster und Flensburg. Mit der Kohle könnte ich locker ein Jahr in Brasilien aushalten. Vielleicht mach ich das auch. Aber in Tonis Studio ist es nett. Ich falle nicht auf. Das ist das Wichtigste. Donnerstag wäre ich beim Einkaufen beinahe mit Anna-Lena zusammen-

gestoßen. Habe mich bei famila in die Tchibo-Ecke gerettet. Ich hatte sofort einen solchen Hass auf sie. Aber das spare ich mir für später auf. Wir treffen uns in den besten Hotels. Und das Beste: Er zahlt. Seine Alte muss eine absolute Null sein. Aber vielleicht stimmt's ja auch, dass er Single ist. Mir sowieso egal. In Sehestedt, also in diesem netten kleinen Zimmer, das Toni mir zur Verfügung stellt, war ich schon eine Weile nicht mehr. Gerade denke ich, dass ich den Sommer noch in Eck abhänge, und dann verpiss ich mich in den Süden. So, die Regendusche ruft.

Deine heiße Leni

***

Marie drehte den Schlüssel im Zündschloss. Sie fragte sich, ob es noch Zündschlösser gäbe, wenn Karl zur Fahrschule ginge; sie fragte sich, ob Karl überhaupt noch einen Führerschein benötigen würde, ob dann nicht längst autonomes Fahren Standard wäre. Sie fuhr durch den Kreisel an der Noor-Schule und hatte eine Idee. Vielleicht die Fliehkräfte, die auf die graue Masse wirkten.

Sie könnte ein Gewerbe anmelden, und dieses Gewerbe sollte Fragenwerkstatt heißen. Antworten konnte sie gut, aber in Fragen war sie unerreicht. Als Polizistin sollte sie nach Möglichkeit beide Bereiche gleichermaßen gut beherrschen. Die Frage, die sich jetzt stellte, war: Ist Siegbert Hölter zu Hause, wenn der fette Pick-up nicht in der Auffahrt, die Haustür aber sperrangelweit aufsteht?

Marie hielt vor dem Nachbarhaus. Eine Frau in ihrem Alter kratzte unschuldige Pflänzchen aus den Fugen der steingrauen Gehwegplatten. Das Geräusch klang nach Tod. Die Frau hielt im Schieben und Ziehen des Metallhakens inne und schaute Marie offen an.

»Moin und nein, ich komme nicht zu Ihnen.« Marie lächelte, die Frau setzte das Kratzen fort. Laubbläser im Herbst.

Furchtbar. Rasenmäher, Fugenkratzer, Motorsägen und Freischneider zwischen März und September. Marie sehnte sich nach der Stille der laubfreien Tage mit Nebel über dem Wasser. Auf der gegenüberliegenden Straßenseite ratterten zwei Bobbycars ohrenbetäubend über den Bürgersteig. Vielleicht das Alter.

Sie näherte sich der Haustür von Familie Hölter. Buntes Plastikspielzeug säumte den Weg, der durch einen geschotterten Vorgarten führte. Verschiedene Grautöne buhlten um Aufmerksamkeit. Staub lag in der Luft. Durch die geöffnete Haustür klang Musik. Ein Kind sang: »Hab 'ne Tante aus Makokko, und sie kommt, hab 'ne Tante aus Makokko, und sie kommt, und sie kommt auf zwei Kamelen, und sie kommt auf zwei Kamelen ...« Dann erschien mit zwei roten Plastikeimern Jenni Hölter. Im Hintergrund sang das Kind: »Und sie schießt mit zwei Pistolen, wenn sie kommt, und sie schießt mit zwei Pistolen, wenn sie kommt, piff-paff.«

Marie war kurz sprachlos. Wie sollte sie bloß den Text dieses Kinderliedes einordnen? Fiel er unter Alltagsrassismus, war das eine Form von U3-Dschihad oder Gedankenlosigkeit der Texter?

»Siggi ist nicht da«, beendete Jenni Hölter Maries Überlegungen.

»Wie kommen Sie darauf, dass ich zu Ihrem Mann will?«

Jenni Hölter lupfte die Augenbrauen. »Na, bei dem T-Shirt!«

Marie schaute an sich runter. Sie hatte den Kapuzenpulli nach dem vergeblichen Besuch bei Familie Börnsen-Macke ausgezogen. Es war unangenehm warm geworden. Das T-Shirt hatte sie am Morgen gedankenlos übergestreift. Ein Motto-Shirt, auf dem »Eisen fressen« stand. Ein Geschenk ihres Trainers nach der neuerlichen Knieverletzung vor zwei Jahren. Sie verstand und lachte.

»Sie sind eine gute Beobachterin, und es stimmt, ich möchte mit Ihrem Mann sprechen. Mein Name ist Marie Geisler, ich bin Polizistin.«

Jenni Hölter blieb wie angewurzelt stehen. Die Farbe wich aus ihrem Gesicht.

»Nein, alles okay. Nur ein paar Fragen. Entspannen Sie sich.«

Aus der Haustür rannte ein ungefähr dreieinhalbjähriges Mädchen mit einer Gießkanne in den Vorgarten. Das Wasser schwappte aus der Kanne und hinterließ dunkle Flecken auf dem sonnengelben Kleid.

Marie machte instinktiv einen Schritt auf das Kind zu, das sie umkurvte und sang: »… Tante aus Makokko, und die kommt, …«

»Marokko«, korrigierte die Mutter. »Es heißt Marokko, Luise. Das ist ein Land in Afrika. Da gibt es Dünen, hohe Sandberge. Baust du einen hohen Sandberg für uns?«

Das Mädchen nickte, ließ die Gießkanne fallen und rannte zum Sandkasten neben dem Haus.

Jenni Hölter drehte sich zu Marie. »Geld, ist es was mit Geld?«

»Wie kommen Sie darauf?«

»Ach, das Studio. Die ganzen Mahnungen. Irgendwann werden wir gepfändet, habe ich heute Morgen noch zu Siggi gesagt.«

»Wo ist er denn?«

»Wenn ich das mal wüsste. Als ich von der Arbeit kam, war er nicht hier. Ans Handy geht er nicht, und im Studio läuft der Anrufbeantworter. Ich mach mir Sorgen. Er ist so niedergeschlagen, und gestürzt ist er ganz übel. Sein Gesicht sieht aus! Das glauben Sie nicht.«

»Freunde, Hobbys?«

»Siggi lebt für uns und für das Studio. Alles wäre gut, wenn wir die Baugenehmigung bekommen hätten. Die Leute wollen heute Wellness, hat Siggi gesagt. Aber das Bauamt hatte ständig neue Auflagen. Wir warten auf einen positiven Bescheid. Was wollen Sie denn von ihm?«

»Es ist wegen des Brandes in Tonis Studio.«

»Maaami, Maaami.«

Die Frauen gingen zum Sandkasten und bewunderten die Sanddüne.

»Ich habe gehört, dass ein Mann gestorben ist. Das ist schrecklich. Sein Studio läuft ja super, aber das gönnt man niemandem.«

»Kennen Sie Toni?«

»Flüchtig. Die Studiobesitzer hocken sich manchmal zusammen und überlegen sich Aktionen. Er war mal hier. Netter Typ. Aber mehr weiß ich nicht. Unvorstellbar eigentlich. Aber heutzutage ist ja alles möglich. Überall Verrückte.«

»Hatte Ihr Mann denn früher Hobbys? Wohin könnte er unterwegs sein?«

»Siggi arbeitet doch immer nur.« Sie schaute zu ihrer Tochter, band sich die langen dunklen Haare zum Zopf. »Als wir uns kennenlernten, traf er sich manchmal an einem See mit zwei Kumpels. Die haben, glaube ich, selbst gebaute Schiffchen fahren lassen. Aber da war ich nie mit.«

»Selbst gebaute Schiffchen?«

»Mit Fernsteuerung, glaube ich. Ich habe mich nicht dafür interessiert. Vielleicht ist er persönlich zum Bauamt gefahren.«

»Ich möchte nicht indiskret sein. Aber wie wollen Sie sich den Umbau leisten, wenn Sie Geldsorgen haben?«

»Meine Eltern würden Siggi das Geld geben.«

»Hab 'ne Tante aus Makokko, und die kommt.«

Die Frauen lächelten. Marie notierte Siggis Handynummer und reichte Jenni Hölter ihre Visitenkarte. »Bitten Sie Ihren Mann, mich anzurufen. Tschüs.«

Das Mädchen sang, die Nachbarin kratzte, und Marie musste ein Bobbycar vor dem EMO zur Seite räumen. Die Welt konnte friedlich wirken.

Die gut gelaunte Moderatorin hatte eine Überraschung zu vermelden. Kein Stau auf der A 7 zwischen Owschlag und Hamburg-Bahrenfeld. Vor dem Elbtunnel ein kleiner Rückstau, aber Marie fuhr sowieso gern in Bahrenfeld ab. Manchmal traf sie sich dort im Restaurant Schweinske mit Freunden, wenn sie aus dem Ruhrgebiet zurückkam. Gleich an der Autobahn, aber keine Raststätte. Schweinske war einfach perfekt. Die Moderatorin war nicht weniger erstaunt als Marie, die spürte, wie der Stress von ihr abfiel. Sie würde pünktlich sein. Einfach so. Ganz ohne sich anzustrengen.

Sie cruiste über den Kanal, gemütlich mit hundertzwanzig, und weil dieser Trip eigentlich privater Natur war, gab es statt Bach die Little River Band. Der Freund eines Freundes hörte die entspannte Mucke der Band von Down Under, und Marie konnte »Lonesome Loser« mitsingen, seit sie siebzehn war. In Bahrenfeld angekommen fühlte sie sich relaxed, als habe sie die Bee Gees gehört.

Kai hatte vorgeschlagen, sich im Eimsbütteler Park zu treffen. Marie parkte auf dem Ring und sah Kai schon aus einiger Entfernung auf einer Bank am Weiher sitzen. Er saß auf der Rückenlehne.

»Machst du auf jung?«, begrüßte ihn Marie.

Die Umarmung war kraftvoll, länger als üblich, und Marie spürte, dass Kai nicht nur nah am Wasser saß.

Sein Haar war gewachsen. Das stand ihm. Er trug Schuhe, die Ele ihm aus Berlin mitgebracht hatte. Vegane Schuhe. Marie erinnerte sich, wie begeistert Ele gewesen war. Marie setzte sich neben Kai auf die Rückenlehne, öffnete ihre Umhängetasche und hielt ihm eine Tüte mit Lakritz aus der Eckernförder Bonbonkocherei hin. Er griff zu, führte die schwarze Sprotte zum Mund, hielt aber unterwegs inne.

»Ich kann nicht so tun, als sei nichts gewesen«, sagte er.

»Mir musst du nichts vorspielen, Kai.«

»Es ist, als habe Ele mein Leben beendet. Es ist, als sei ich ohne mein Innerstes. So leer und hohl, dass es in mir nicht warm oder kalt, nicht trocken oder nass ist. Es ist nicht leise und auch nicht laut. Es gibt keine Geräusche mehr. Ich frage mich jeden Tag, wie sich Ele fühlt. Wir waren doch auf einem Weg unterwegs. Zusammen. Sie geht ein Stück vor, und als ich um die Kurve komme, ist sie weg. Das Land ist weit. Nur Wiesen und Felder. Ich müsste sie sehen. Aber sie ist weg. Spurlos.«

»Hat sie gesagt, warum? Mir hat sie nichts gesagt. Ich habe sie zuletzt im Krankenhaus gesehen.«

»Ich auch. Am Tag der Entlassung hat sie mich angerufen. Sie hat sich nicht gemeldet, ihren Namen nicht gesagt, mich nicht begrüßt. Sie hat nur gesagt: ›Ich gehe weg.‹ Dann hat sie aufgelegt, ohne Auf Wiedersehen zu sagen. Ich gehe weg. Mehr nicht.«

»Du bist nicht leer, Kai. In dir sind Wut und Enttäuschung und Liebe. In dir ist Schmerz, der macht, dass du dich hohl fühlst. Es ist gut, dass der Schmerz da ist. Das ist normal. Du bist normal. Wir müssen Ele finden, um mit ihr zu sprechen. Ich helfe dir.«

Eine Mücke setzte sich auf Kais Oberschenkel. Marie schlug zu. Es blieben ein Kadaver und ein Blutfleck. Kai lachte. »Danke. Wo fangen wir an, Frau Hauptkommissarin?«

»Kannst du dir freinehmen?«

»Ich habe mir schon freigenommen. Mein Chef ist ausgerastet. Dann hat er mir zehntausend Euro überwiesen und gesagt, wenn ich nicht zurückkäme, würde er auf das der Straße am nächsten stehende Windrad ›Kai ist doof‹ pinseln. In zwei Meter großen Buchstaben.«

Marie stand auf. »Gut, dann findest du heraus, ob und falls ja, welche Einreisebestimmungen es für Uruguay gibt. Außerdem recherchierst du deutsche Communitys und suchst nach Stellenanzeigen für Mediziner mit Deutschkenntnissen. Sobald du das hast, treffen wir uns wieder, und jetzt habe ich Hunger.«

Sie gingen ein Stück am Weiher entlang. Dann legte Kai seinen Arm um Marie. »Du vermisst sie auch, oder?«

Marie blieb abrupt stehen. »Wie kannst du das fragen? Ich heule mir die Augen aus. Du vermisst sie auch? Ich bitte dich.« Marie war kurz davor, Kai ihre Liebe zu Ele zu gestehen, verbat sich das aber, wohl wissend, welch unliebsame Folgen das für alle Beteiligten haben könnte. »Wo gibt es hier denn was Gutes?«

Kai musste nicht lange nachdenken. Sie gingen ins Mama

Rosa und stopften sich mit Antipasti voll. Kai trank zwei Gläser Rotwein und schluchzte zum Dessert. »Es wird alles wieder gut, Marie, oder?«

»Jedenfalls werden wir das uns Mögliche tun, damit alles wieder gut wird.«

Das Apartment, das Kai gemietet hatte, lag gleich um die Ecke. Marie verabschiedete sich von ihm vor der Haustür. »Das müsste doch eigentlich die Haustür der Frau sein«, sagte Kai.

»Beim nächsten Mal, wenn du in Schleswig bist, bringst du mich nach Hause.«

Kai lächelte, küsste Marie auf die Wange und winkte, bis die halbherzige Dunkelheit der Stadt sie verschluckt hatte.

Marie tippte »Hopfenstraße 42« in den Routenplaner auf ihrem Notebook. Und dann sang sie nasal wie Delay und wie Lindenberg: »Reeperbahn, ich komm an, du geile Meile, auf die ich kann …«

Marie fand einen Parkplatz auf der Davidstraße schräg gegenüber. Sie stieg aus, die Luft war lau. Und es war der Sound von St. Pauli. Eine Mischung aus röhrendem Ferrari, Schlagermusik aus einem weit geöffneten Fenster, das Grölen schon vor der Zeit besoffener Touristen, der Schnack der Anwohner auf dem Bürgersteig. Eine Freundin, die im Schatten des Millerntorstadions aufgewachsen war, hatte mal gesagt, St. Pauli sei das einzig echte Weltdorf.

Hopfenstraße 42. Das Haus sah aus, als habe man es nach den Luftangriffen 1943 abzureißen vergessen. Eine Ruine. Marie war es ein Rätsel, wie hier Menschen wohnen konnten. Blätternder Putz, zwei eingeschlagene Fensterscheiben, die matte Leuchtreklame für Żywiec, ein polnisches Bier. Links und rechts des Hauses waren Pritschenwagen geparkt. »Brooker Baumeister« las sie auf einer Autotür. Ob die Jungs hier schliefen?

Rechts neben der Haustür war eine Box aus Plexiglas an das marode Mauerwerk geschraubt worden. Darin lagen noch einige wenige Flyer, von denen Marie einen entnahm und las. Dann verstand sie. Es war wie immer, oder wie fast immer. Es ging um Geld. Aus der Ruine ließen Investoren ein Lofthaus werden. Man konnte Optionsscheine erwerben. Später sollten »lichtdurchflutete« siebenundvierzig Quadratmeter vierhundertneunundneunzigtausend Euro kosten. Kein Wunder, dass Leni ausgezogen war. Neben der Plexiglasbox hing an einer Schraube ein Briefkasten. Über und über mit Aufklebern verschönert. Marie öffnete die Klappe und konnte sehen, dass ein paar Briefe den Weg in die Sackgasse gefunden hatten. Sie schob drei Finger durch den Schlitz, bekam aber keinen Brief zu fassen. Sie blickte die Straße entlang. Niemand interessierte sich für sie. Aus der Umhängetasche holte sie das Pickingbesteck hervor, öffnete das billige Schloss der Briefkastenklappe und stieß neben Werbung auf einen Brief, der an Leni Börnsen adressiert war. Handschriftlich. Auf der Rückseite las sie den Namen von Lenis Vater. Marie schluckte, kämpfte mit sich. Schließlich legte sie den Brief zurück. Leni musste lange nicht hier gewesen sein. Der alte Börnsen war seit neun Monaten tot.

Sie überquerte die Davidstraße und betrat den »Anker«. An der Theke zückte sie ihren Dienstausweis und legte ein vergrößertes Foto von Leni auf den Tresen. Es war ein Foto, das vor drei Jahren nach einer Festnahme entstanden war. Die Musik war laut, die Bedienung schüttelte den Kopf und rief: »Andy!«

Andy zapfte in Ruhe zu Ende und kam dann zu Marie rüber, betrachtete das Foto und nickte. »Leni, ne.«

»Gib mir mal ein alkoholfreies Weizen«, antwortete Marie und legte einen Zwanzig-Euro-Schein auf die Theke.

Andy arbeitete seit fünfundzwanzig Jahren auf St. Pauli und kannte die Regeln. Er berichtete, dass Leni nach Feierabend oft im »Anker« gewesen sei. Beide wären sie Fans der SG Flensburg-Handewitt, was kein Kunststück sei, einen geileren Handballverein gäbe es nicht, betonte Andy.

»Eines Abends kam sie mit einem blauen Auge. Sie hatte

Koks an Freier vertickt. Schlechte Idee. Sie hat mir einen Fanschal geschenkt und ist dann weg. Ich habe sie bestimmt ein halbes Jahr nicht mehr gesehen. Eher länger. Sie hat gesagt, dass sie mal bei ihren Homies vorbeischauen wollte. Mehr weiß ich nicht.«

Marie trank die Hälfte des Weizenbiers. Als es im Bauch gluckerte, schob sie das Glas von sich weg. Sie bedankte sich bei Andy und ging. Bei ihren Homies wollte sie vorbeischauen. Wer könnten die denn sein? Soweit Marie wusste, hatte Leni keine Kontakte mehr in Eckernförde.

Für den Rückweg hatte sie sich für die Allman Brothers als musikalische Begleiter entschieden. Mit »Jessica« im Ohr kam gegen Mitternacht endlich die Schlei in Sicht. Die Lichter der Stadt spiegelten sich im Wasser, und Marie war froh zu wissen, wo sie hingehörte.

Flieg nicht so hoch

Es waren wilde und wirre Träume gewesen, an die sich Marie, auf der Bettkante sitzend, am Dienstagmorgen zu erinnern versuchte. Leni Börnsen hatte in Tonis Studio eine Langhantel gestemmt. Im Alter von vielleicht acht Jahren. Sie hatte eine weiße Strumpfhose und Lackschuhe getragen. Und sie hatte einen Busen gehabt. In der Sitzecke saß sie zugleich auch. Die doppelte Leni. Sie stillte einen Säugling. Neben den beiden saß Ele. Sie streichelte dem Säugling über den Kopf und sagte zu Marie: »Sie macht das so gut. Ich kenne keine Frau, die so gut stillt wie Leni. Für meinen Stammhalter nur das Beste.« Jemand stupste sie an der linken Schulter an.

»Wickielein, zehn nach sechs. Wir haben verschlafen. Du Müsli, ich Kaffee?«

Andreas wartete Maries Antwort nicht ab und verschwand im Flur. Sekunden später stand Karl in der Tür. »Mir ist schlecht.« Er drehte sich um, rannte über den Flur. Geräusche aus dem Bad, die zu Karls Statusmeldung passten. Marie reckte sich, stand auf, stieß mit der bandagierten Hand gegen den Türrahmen, verzog das Gesicht und lehnte sich neben dem Bad an die Wand. Karl hatte die Tür geschlossen. Wann hatte er eigentlich begonnen, die Tür zu schließen? Marie erinnerte sich nicht.

Würgegeräusche, dann die Toilettenspülung. Marie klopfte und trat ein. Karl, über das Waschbecken gebeugt. Er richtete sich auf, war blass. Marie legte einen Arm um seine Schulter. Es roch säuerlich im Badezimmer. Er kuschelte sich an sie.

»Besser?«

Er nickte.

»Möchtest du heute zu Hause bleiben?«

Er machte sich los und erbrach sich erneut. Die Entscheidung war gefallen. Karl blieb zu Hause. Aber nicht allein. Marie rief ihre Schwiegereltern in Maasholm an.

»Moin, hier spricht die Frühschicht«, meldete sich Uwe gut gelaunt.

Er hatte sicher auf dem Display des Telefons gesehen, wer anrief. Sohn, Schwiegertochter und Enkel hatte Uwe in einer launigen Minute unter »Mischpoke« gespeichert. Als Marie das zufällig gesehen hatte, war ein Gespräch über die abwertende Konnotation des jiddischen Begriffs in der deutschen Umgangssprache in Gang gekommen. Um die Verwendung und Interpretation unterschiedlicher Bezeichnungen für Menschen einer bestimmten Hautfarbe war es gegangen. Um Rassismus, Fremdenfeindlichkeit, den Sohn eines Nachbarn, der sich als diverse Person bezeichnete. Die Verwirrung war mit jeder neuen Argumentationsschleife gewachsen.

Uwe hatte die Diskussion schließlich beendet. »Wenn ich rausgefahren bin auf die Schlei, oder die Ostsee, in all den Jahren. Und wenn wir auf Menschen in Seenot getroffen sind, auf Menschen, die kurz davor waren zu ertrinken, dann war der Ausdruck in deren Augen immer gleich. Das hat gezählt, und das sollte meiner Meinung nach immer und überall zählen, und als ich euch in meinem Telefon unter ›Mischpoke‹ gespeichert habe, dachte ich voller Liebe an euch.« Dann war er aufgestanden und runter in den Hafen gegangen.

Marie beschränkte sich bei der Beschreibung der Lage und sagte: »Karl kotzt.« Damit konnte Uwe umgehen. Auch er war es gewohnt, keine Reden zu schwingen, wenn es darauf ankam.

»Komme.«

Beide wussten, dass er ungefähr eine Dreiviertelstunde brauchen würde. Zeit, die Marie nicht hatte. Sie ging in die Küche und sagte: »Andreas, du musst auf deinen Vater warten.«

Andreas nickte und rief Susanne an, seine ärztliche Kollegin in der Praxis. Sie würde seine ersten Patienten übernehmen. Andreas schaute nach Karl. Entwarnung, als er wieder runterkam.

Das Frühstück war fertig. Sie löffelten schweigend. Marie Beeren im Müsli, Andreas Apfelsine und Banane. Marie war neidisch. Andreas nahm nicht zu. Aber das würde sich ändern. Erste Haare hatte er immerhin schon eingebüßt. Der letzte Schluck Kaffee im Stehen. Ein Kuss in Andreas' Nacken. Sie waren ein gutes Team, und es lief gut, auch wenn es mal nicht so gut lief.

Das aktuelle Album des Danish String Quartet bot gewohnt hohen Musikgenuss. Aber als Marie in Fahrdorf die Linksabbiegerspur nahm, um bei Jaich belegte Brötchen für die Kolleginnen und Kollegen zu kaufen, konnte sie sich an keinen einzigen Takt erinnern. Sie schaltete den CD-Player ab. Zum Nebenbeihören war Musik wie diese zu schade. Überhaupt galt es, das Augenmerk wieder auf den Augenblick zu lenken. Sie hatte bemerkt, wie sie das Müsli gegessen hatte, ohne zu schmecken, ohne wirklich hinzuschmecken.

An der Auslage der Bäckerei stand Alex, der mit seiner Liebsten Tanja in Fahrdorf wohnte, und war, was man mit Fug und Recht vielseitig interessiert nannte. Marie kannte ihn vom Fußball. Seine Kids kickten in derselben Mannschaft wie Karl. Der Bäckereifachverkäuferin berichtete Alex von den Zuchterfolgen, die er in seiner Regenwurmkiste erzielt hatte.

»Die Frau hat zu arbeiten.« Marie hatte sich unbemerkt von hinten genähert.

Alex fuhr herum.

»Ui, so schreckhaft?«

»Keineswegs. Ich wollte dir mit meiner Reaktionsschnelligkeit imponieren. Und du, du hast nicht zu arbeiten?«

»Ich beschaffe Treibstoff, damit mein Team schafft, was ich durch Herumstehen beim Bäcker liegen lasse.«

So ging es noch eine Weile hin und her, bis die Dame jenseits der Theke sagte: »Müßiggang ist aller Laster Anfang.«

Marie hob beide Hände, und Alex betonte: »Ich bestreite das.«

Die Mitarbeiterin von Jaich drehte sich zur Seite, strahlte eine andere Kundin an und sagte: »Sie sehen aus, als freuten Sie sich auf meine Zuwendung.«

So kam es, dass Marie weitere fünf Minuten verlor und im Fitnessstudio auf der Eckernförde Carlshöhe eintraf, als die Studioleiterin gerade alle Mitarbeiter zu einer Besprechung versammelt hatte. »Wir haben noch nicht geöffnet. Aber in zwanzig Minuten sind wir bereit«, rief sie ihr zu.

»Ich drängel mich mal vor«, sagte Marie und hielt ihren Dienstausweis in die Runde. »Ich bin Marie Geisler vom LKA und leite die Ermittlungen rund um den Brand in Tonis Studio.«

Sofort ging ein Raunen durch die Gruppe. Gut ein Dutzend Gesichter spiegelten Wut und Besorgnis.

»Jemand spontan eine Idee, wer dahinterstecken könnte?«

Marie hatte den Eindruck, dass die Situation, aber auch die Leute für diese Art von Befragung geeignet sein könnten.

»Aber ja. Das rechte Gesindel, das sich neuerdings sogar in Eckernförde aus den Löchern traut.«

Marie schaute fragend.

»Die klinken sich inzwischen bei jedem Thema ein, und Toni ist doch bekannt dafür, dass er Flüchtlingsfamilien unter die Arme greift. Die Kommentare in den sozialen Medien sprechen Bände. Ich verstehe sowieso nicht, warum ihr diese Hetzer nicht einlocht.«

Die Chefin mischte sich ein. »Na ja, wir sollten da nicht voreilig rangehen.«

»Voreilig? Irgendwann ist es zu spät. Dann sitzen die nicht nur in Parlamenten, dann sind sie mit einem Mal kleiner Koalitionspartner. Wehret den Anfängen, kann ich da nur sagen.«

Marie ging einen Schritt auf den Mann zu. »Kennen Sie denn jemanden, der sich gegenüber Toni geäußert hat?«

»Nee, ich kenne solches Gesindel nicht. Aber Ihre Kollegen von der Polizeistation, die sollten die kennen, und die langhaarigen Linken«, er schüttelte lachend seine Mähne, »die kennen die auch. Meine Oma sagt immer: De Buer kennt sien Swien an 'n Gang.«

Marie schaute von einem zur anderen, blieb an einem Mann hängen, der eine Brille trug wie einst John Lennon. Dass er die Luft anhielt, deutete Marie als Wunsch, sich zu äußern. Ihr Blick blieb bei ihm.

»Na ja, vielleicht ja auch jemand aus dem privaten Umfeld. Eifersucht vielleicht. So wie Toni aussieht, hat er ja vielleicht was laufen.«

Marie hatte auf mehr gehofft, lächelte aber dankbar. »Ob wir kurz unter vier Augen …?«

Gaby Schäffler, so stand es auf dem Schildchen am Shirt der Chefin, stand widerwillig auf und ging vor in ihr Büro, blieb vor dem Schreibtisch stehen. Blick und Haltung waren abweisend, genervt.

»Keine Sorge, ich bin gleich wieder weg.«

»Sorry, aber ich hab gerade richtig Stress. Zwei Krankmeldungen, ein Abmahnverein macht auf dicke Hose wegen unserer Internetseite, und mein Jüngster hat Magen-Darm.«

»Meiner auch, wie alt?«

»Zehn.«

»Meiner auch. Da geht wohl was rum. Okay. Auf den Punkt: Wie verstehen Sie sich mit Toni?«

»Gut. Gut natürlich.«

»Konkurrenz?«

»Nein. Im Gegenteil. Wir könnten leicht ein weiteres Studio verkraften. Immer mehr ältere Leute finden zu uns. Eckernförde zieht. Viele waren als Patienten in Damp zur Reha, bleiben dann bei uns hängen, wenn sie in die Ferien kommen.« Sie machte eine kurze Pause. »Konkurrenz insofern, als wir auf dem Arbeitsmarkt um die besten Trainer werben.«

»Gilt das auch für die anderen Studios im Umfeld?«

Sie verzog das Gesicht. »Über Kollegen schlecht zu reden, gehört sich nicht.«

»Siggi?«

Sie nickte. »Dem steht das Wasser bis zum Hals. Dem fehlen zwei Dinge, die physiotherapeutische Kompetenz und das Wellnessangebot. An seiner Stelle würde ich aus der Schwäche eine Stärke und einen Boxclub aus dem Laden machen. Da kennt er sich aus und hat wohl auch Kontakte. Aber so, wie ich ihn kenne, verbeißt er sich. Keine Flexibilität. Kein Unternehmer, der Siggi.«

»Danke.« Marie legte eine Visitenkarte auf den Schreibtisch.

»Ist ja wie im Fernsehen. Wenn mir was einfällt, melde ich mich.«

»Gute Besserung für den Filius.«

»Dito.«

Siegbert Hölter also. Ein Mann in Bedrängnis. Wo steckte der nur? Sie wählte die Nummer des Studios. Wieder nur der Anrufbeantworter. Fehlanzeige auch, als sie es auf seinem Handy versuchte.

Nicht minder ergebnislos war bisher der Versuch geblieben, mit Anna-Lena Börnsen-Macke und ihrem Mann Kontakt aufzunehmen. Sie rief beim NDR an. Sven Macke war im Haus, zeichnete aber gerade ein Interview auf. Marie bat um Rückruf.

Auf der B 76 Richtung Kiel hatte sich auf Höhe des Restaurants Treibgut ein Stau gebildet. Eine gute Gelegenheit, mal einen Blick nach rechts zu riskieren. Auf der ausgedehnten Fläche standen seit einigen Jahren Wasserbüffel. Heute lagen sie in flachen Tümpeln und störten sich augenscheinlich nicht an den Autos jenseits des Zaunes. Von der Gemütsruhe der schwarzen Rinder könnte ich lernen, dachte Marie. Es war lediglich eine Frage der Zeit, bis sie Siggi Hölter in die Augen schauen würde.

Dass es wenige Minuten später so weit sein würde, ahnte Marie nicht. Die Autos vor ihr fuhren an. Kurz darauf überholte Marie eine Erntemaschine, die Tempo zwanzig fuhr, die Ursache für die kurze Büffelpause. Von fern warb das blaue Schild des Casinos in Gettorf um Kundschaft. Marie sinnierte über Glück und Zufall, und dann tauchte auf der Gegenseite unvermittelt Siggis Pick-up auf. Dort, wo es vierspurig war, dort, wo sie nicht wenden konnte.

Sie ärgerte sich, schlug aufs Lenkrad, griff nach dem Handy.

Sie telefonierte nie am Steuer. Nie. Sie legte das Handy weg, hielt auf dem Seitenstreifen, suchte im Handy nach der Telefonnummer der Eckernförder Polizeistation, wählte und bat darum, eine Streife über die B 76 zu schicken, Siegbert Hölter entgegenzufahren und sicherheitshalber eine weitere Streife vor dessen Studio zu stellen.

Der Wachhabende brummte und fragte dann: »Sonst noch Wünsche?«

Marie schnaubte. »Ja, aber Sie frage ich danach ganz sicher nicht.«

Sie dachte noch: Stinkstiefel, und dann hatte sie Glück. Wie bei jeder Fahrt über eine der Kanalbrücken hoffte sie auf Schiffsverkehr, und heute zeigte sich ihr ein mittelgroßer Carrier auf dem Weg nach Brunsbüttel. Am blau gemalerten Heck konnte sie »Hope Kapstadt« lesen. Es bedurfte oft nur solcher unverhofften Launen des Universums, dass ihre Laune umschlug. Gern würde sie einmal mit einem Neurobiologen oder einer Psychiaterin sprechen und erfahren, was in Momenten wie diesen genau im Gehirn passierte.

Der Nord-Ostsee-Kanal wurde hundertfünfundzwanzig Jahre alt, kam es ihr in den Sinn. Marie öffnete den Mund, legte eine Hand davor und spürte, dass ihr der Atem stockte. Geburtstag. Ihr Vater hatte Geburtstag. Morgen. Und sie hatte es vergessen. Was könnten sie ihm schenken, würde er wohl feiern, falls ja, wann und mit wem? Und vor allem wo? Family-Business duldete keinen Aufschub. Sie setzte den Blinker und lenkte das EMO vorbei am Holstein-Stadion auf den Westring. Vor dem Nordfriedhof entdeckte sie einen Parkplatz und rief ihren Vater an.

»Papa«, platzte sie raus, »es tut mir leid. Ich habe deinen Geburtstag vergessen. Das ist mir noch nie passiert. Feierst du?«

»Marie, Töchterlein. Atmen. Immer schön atmen. Ich habe erst morgen Geburtstag. Und nein, keine Feier. Bin nicht so in Stimmung nach der Trennung.«

»Nach der Trennung? Wie bitte?«

»Ja, Marion und ich haben uns getrennt.«

Marion war vor zwei Jahren in das Leben ihres verwitweten Vaters getreten. Mit rotem Cabrio und ebensolchen hohen Hacken, Nägeln und Lippen. Marie hatte gefremdelt, war eifersüchtig gewesen, hatte Verrat an ihrer Mutter gewittert und schließlich ihren Frieden mit Marion gemacht. Es war das Leben ihres Vaters, es war sein Glück. »Bist du irre? Lief doch super mit der Lady in Red.«

»Ja, lief super, aber nun läuft sie weg.«

»Vor dir?«

»Wohl vor dem Alter. Wir sind nicht nur auf der Zielgeraden, Marie. Mit Lesebrille sehen wir schon den Zielstrich. Marion hat ihren Laden an ihren Sohn abgegeben, sich eine Segelyacht gekauft und mir die Stellung als Smutje angeboten. Aber ich bringe es nicht übers Herz, Deutschland für länger als vier Wochen den Rücken zu kehren. Ende der Geschichte.«

»Bist du traurig? Doofe Frage. Bist du sehr traurig?«

»Ja.«

»Wann ziehst du denn endlich zu uns in den Norden?«

»Ich habe inzwischen beschlossen, dass ich mir eine Wohnung in Eckernförde kaufe. Bisher waren die Ideen und Projekte alle drei Nummern zu groß.«

»Und warum nicht in Schleswig, bei uns?«

»Nähe ist gut, Marie, aber wenn du mich beim Einkaufen triffst, kann das auch nerven.«

»Wir kommen Sonntag. Ich will frischen Stuten. Alles wird gut. Ich muss jetzt arbeiten. Du findest eine Neue. Bestimmt gibt's auch 'ne Kuppel-App für Rentner. Ich hab dich lieb. Glückauf.«

Ihr Vater machte Küssgeräusche, und Marie hatte gemischte Gefühle. Ihren Vater theoretisch jeden Tag sehen zu können war eine ganz wunderbare Aussicht, aber wie würde er die Trennung verkraften?

Auf dem Parkplatz des Landeskriminalamtes kam sie gleichzeitig mit Gregor Sachse an.

»Gregor, ich habe dich vermisst. Ist dein Urlaub nicht erst morgen zu Ende?«

»Ja, ich bin privat hier. Elmar und ich haben ein neues Hobby.«

»Ich dachte, der Schrebergarten füllt dich aus. Vom Camperleben in Karlsminde ganz zu schweigen.«

»Schon, aber Elmar hadert mit einer Funktionärin seines Kaninchenzüchtervereins, und wir haben beide Spaß an Technik und Fotografie. Luftbildfotografie, um genau zu sein.«

»Soso. Kenne ich mich nicht mit aus. Solange du nicht über unseren Garten fliegst.«

»Alles streng nach Vorschrift.«

»Und der Urlaub? Wo warst du überhaupt?«

Gregor holte sein Smartphone aus der Tasche seiner Cargohose und zeigte Marie eine atemberaubende Aufnahme, die wirkte, als sei Gregor interstellar unterwegs gewesen.

»Island. War immer mein Traum, und jetzt weiß ich, warum. Es war – bewusstseinserweiternd.«

»Ganz ohne Drogen?«

»Ganz ohne Drogen.«

Vor dem Fahrstuhl trennten sich ihre Wege.

»Wir sehen uns dann morgen pünktlich zu Dienstbeginn.« Marie bemühte sich um einen Abteilungsleiterinnenton. Gregor grinste und verschwand hinter der nächsten Ecke.

In der fünften Etage angelangt sah Marie, dass die Aufklebersammlung neben der Fahrstuhltür Zuwachs bekommen hatte. Aus dem Zweikampf der beiden Topvereine der Handballbundesliga entwickelte sich ein Disput auf der Metaebene. Neben einem Aufkleber, auf dem »Stark mit Flensburger Biofleisch« zu lesen war, klebte nun der Hinweis »Peperoni statt Bauchspeck – Kiel: Schärfer ist das«. Marie hätte so gern gewusst, wer die heimlichen Kleber waren.

»Moin, Astrid, was hältst du von einer Überwachungskamera am Aufzugschacht. Wir müssen dem Aufklebervandalismus doch mal ein Ende bereiten.«

»Wir Segler machen so was nicht.«

»Oh, die feine Dame. Kannst demnächst mal mit zum Fußballtraining kommen. Das macht Muckis.«

»Was willst du denn damit sagen? Bin ich zu fett?«

»Alle Frauen sind zu fett. Was gibt's Neues?« Marie setzte sich in Astrids gemütliche Ecke.

»Besprechung nebenan. Jetzt. Elmar hat was.«

»Was denn?«

»Weiß ich nicht.«

»Du würdest mir das aber sagen.«

»Kommt darauf an.«

Sie gingen untergehakt zur Tür, und Marie hatte das Gefühl, dass sie langsam, aber sicher zusammenwachsen könnten. Sie trat zurück. »Alter vor Schönheit.«

Astrid reagierte nicht.

Im Konferenzraum herrschte angeregtes Geschnatter, und Maries Handy summte. Sie ging wieder zurück auf den Gang und nahm den Anruf entgegen.

»Sven Macke. Moin. Sie hatten um Rückruf gebeten.«

»Das ist wahr. Ich möchte mit Ihnen über Ihre Schwägerin sprechen.«

Keine Reaktion.

»Leni Börnsen.«

»Ach, die Schwester meiner Frau. Die ist, so wie die Familie das erzählt, seit Ewigkeiten von der Bildfläche verschwunden. Ich kenne sie nicht.«

Marie war sicher, dass er log, sie roch die Lüge förmlich durchs Telefon. Sie sah ihn nicht, und doch war sie sicher. Seine Antwort klang wie vom Teleprompter abgelesen. Sie klang unbelebt, wie Plastik. Keine Beziehung zwischen Sprecher und Inhalt. »Wann haben Sie Leni denn zuletzt gesehen?«

»Wie ich schon sagte, ich kenne sie überhaupt nicht.«

»Wo ist Ihre Frau?«

»Im Büro, nehme ich an.«

»Waren Sie heute Nacht zu Hause?«

»Nein, war ich nicht. Aber das geht Sie ja nun nichts an, oder?«

»Ob dit und dat zusammenpasst, merkt man manchmal erst, nachdem man die Puzzlesteine hin und her geschoben hat. Ist wie bei Ihnen im Schnitt. Es würde mir, nein, es würde uns als Polizei helfen, könnten Sie konstruktiv mitwirken.«

»Ich habe gedreht, auf Ærø in Dänemark, und dort übernachtet. Sonst noch was?«

»Sie sind doch Moderator.«

»Ich bin in erster Linie Journalist und habe ein Stück für den Ostseereport gemacht. Was soll denn das? Was ist denn mit der Schwester meiner Frau?«

»Sie wird vermisst.«

»Dass ich nicht lache. Nach allem, was ich über sie gehört habe, vermisst die kein Mensch.«

»Ihre Frau ist also im Büro in Heikendorf?«

»Nehme ich an.«

»Da ist sie nicht.«

»Da ist sie nicht?«

Zum ersten Mal klang Sven Macke echt. Er war wirklich überrascht.

»Wann hat denn Ihre Frau Leni zum letzten Mal gesehen?«

»Keine Ahnung.«

»Geben Sie mir doch bitte die private Mobilfunknummer Ihrer Frau. Ans Jobhandy geht sie nicht.«

»Moment.«

Es rauschte und klapperte. Dann diktierte Sven Macke eine Nummer.«

»Danke, Herr Macke. Wir bleiben in Kontakt.« Marie legte auf und wählte sofort Anna-Lenas Nummer. Besetzt.

Während des Telefonats war Marie über den Gang gelaufen. Jetzt drehte sie sich um und sah, wie Elmar in den Konferenzraum ging. Er kam zu spät. Das war gut, denn so würde sie nicht verpassen, was er mitzuteilen hatte.

Der Kriminaltechniker stellte einen Drahtkorb mit Bechergläsern und Erlenmeyerkolben auf den Konferenztisch, als Marie eintrat. Er hatte den Platz neben Astrid gewählt. Maries

Platz. Sie setzte sich zwischen Sonja und Bernd. Beide nickten kurz, nur um sogleich wieder nach vorn zu schauen. Elmar Brockmann hatte geschafft, was Astrid und Marie bisweilen nicht gut gelang. Er hatte die Aufmerksamkeit seines Publikums durch den Einsatz einiger Requisiten gewonnen. Marie nahm sich vor, das auch mal auszuprobieren.

Elmar fasste zusammen, was man nach dem Brand wo und in welchem Zustand gefunden hatte, kam aber rasch auf den Punkt. »Interessant ist, welche Art Brandbeschleuniger eingesetzt wurde. In der Regel erleben die Brandermittler keine Überraschungen, handelt es sich doch meistens um im Handel frei verfügbare Brennstoffe, wie zum Beispiel Benzin. In diesem Fall ist das anders. Gut, dass wir in unserem neuen und hochmodernen Labor feinste Analysemethoden zur Verfügung haben. Ich habe hier Proben, die Rückschlüsse zulassen. Rückschlüsse auf die Substanz, die den verheerenden Brand in Toni Paxners Studio ausgelöst hat.«

Stille im Raum. Elmar schaute in die Runde. »Was wir unter dem Elektronenmikroskop sahen und vom Ergebnis der Massenspektrografie bestätigt bekamen, hat uns überrascht.« Er hielt das Becherglas schräg gegen das Licht, und dann lachte er prustend los. »Ihr habt das geglaubt, oder?«

Marie drehte sich empört ab.

»Komm, für einen Moment hast du es geglaubt. Ein bisschen Technikhokuspokus, und den Menschen steht der Mund offen. Dabei ist die KTU nichts anderes als Alchemie und Zaubersprüche. Wunderbar.«

»Sag mal, Elmar, hast du irgendwas aus diesen Gläsern getrunken, bevor du aus deinem Keller hier raufgekommen bist?« Bernd war genervt.

»Ach Bernd, ein bisschen Spaß müssen wir doch alle haben. Den Korb habe ich zufällig dabei. Ich treffe gleich einen Lieferanten. Manchmal geht etwas zu Bruch, und wir müssen nachbestellen. Das hat nichts mit unserem Fall zu tun.«

Er stellte den Erlenmeyerkolben wieder zurück in den Korb. »Da ist Wasser drin. Ich trage doch keine brennbaren

Flüssigkeiten durchs Gebäude.« Er schaute in die Runde und stellte fest, dass sein Spaß nicht angekommen war.

»Norddeutsche. Kein Humor. Egal. Was wir gefunden haben, ist giftig. Methanol und Diethylether in einem ungewöhnlichen Mischungsverhältnis. Ich erspare euch als Zeichen meines Entgegenkommens die Details und teile mit, dass es sich zweifelsfrei um Treibstoff für Modellflugzeuge handelt. Allerdings nicht um handelsüblichen, sondern um solchen, dessen Eigenschaften an die Erfordernisse spezieller Motoren angepasst wurde. Da kennt sich jemand richtig aus. Wer diesen Treibstoff einsetzt, erhöht den Wirkungsgrad bei der Verbrennung signifikant. Die Motorleistung steigt.«

Astrid tippte mit dem Finger auf den Tisch. »Danke, Elmar, ich schlage dich für den Schüler-experimentieren-Preis im Kreis Rendsburg-Eckernförde vor.«

»Und jetzt? Jetzt überprüfen wir alle Modellflieger?« Bernd trank einen Schluck vom Holundertee und verzog das Gesicht.

»So viele werden das nicht sein.« Astrid blickte auffordernd in die Runde. »Freiwillige?«

»Gregor könnte das machen«, schlug Elmar vor.

»Gregor? Warum?«

»Wir haben für uns das Drohnenfliegen und«, er hob den Finger, »die Luftbildfotografie entdeckt. Da hätte er einen Anknüpfungspunkt.«

»Gregor hat noch Urlaub«, stellte Astrid knapp fest.

»Aber er ist im Haus.« Marie lächelte und wählte Gregors Handynummer.

Astrid fuhr fort: »Über die Modellflieger wollen wir Gesinnungstäter nicht vergessen. Tonis Frau engagiert sich in der Flüchtlingshilfe, und neuerdings sind rechte Gruppierungen auch in und um Eckernförde aktiv. Ich schlage vor, dass du, Sonja, Kontakt zum Verfassungsschutz aufnimmst und deren Erkenntnisse mit denen der Kollegen der Polizeistation in Eckernförde abgleichst. Sobald wir Namen haben, entscheiden wir, wer sich mit den Leuten befasst.«

Sonja machte sich Notizen und nickte, Marie schaute zur Tür. Gregor Sachse trat ein.

Keine Viertelstunde später war Gregor mit einem »Undercoverauftrag« ausgestattet. Sonja und er tauchten in Sonjas Recherche-Unterwelt ab, um herauszufinden, wer seit wann und wo mit welchen Modellen am Himmel über Schleswig-Holstein unterwegs war.

Marie wandte sich an Bernd. »Welche Konsequenzen ergeben sich eigentlich aus dem Phantombild?«

Bernd presste die Lippen aufeinander. »Ach nix. Auf dem Bild sieht die Frau, die Drogen angeboten haben soll, aus wie eine Prinzessin. Entweder hat Thomas Müller Müll erzählt, oder es gibt die Frau nicht, die er beschrieben hat, oder sie hat eine Maske getragen. Keinerlei Rückmeldungen. Nichts in den Datenbanken. Aber ich werde brav rumgehen und das Bild im Umfeld hochhalten.«

Die Besprechung war kurz gewesen. Astrid hatte aus dem Bericht des Rechtsmediziners zitiert. Claus Weinhold, der während des Brandes zu Tode gekommen war, hatte in mancherlei Hinsicht Pech gehabt. Er war weder verbrannt, noch war er erstickt. Er war infolge eines Herzinfarktes verstorben. Er hatte keinerlei Vorerkrankungen gehabt, und der Tod hatte ihn wohl ereilt, weil er in Panik geraten war.

Mehrere Zeugen hatten ausgesagt, dass er wenige Minuten vor dem Anschlag in der Nähe des Eingangs gestanden hatte. Er hätte sich leicht retten können. Besonders tragisch war, dass es in der Toilette einen Notausgang gab. Er aber hatte, das zeigten die Spuren, nur versucht, die Tür zum Flur zu öffnen, die durch eine umgestürzte Garderobe versperrt gewesen war. Jedenfalls war er nicht der Grund für den Anschlag gewesen, zumal er nach einem Verkaufsgespräch seiner Freundin mit Toni nur noch zufällig geblieben war, weil das Ladekabel für sein Handy im Auto gebrochen war, und so hatte er sein Telefon zum Aufladen bei der Mitarbeiterin an der Rezeption abgegeben. Der Akkustand, das hatte die KTU festgestellt, hatte bei siebenundneunzig Prozent gelegen. Wenige Minuten später hätte Claus Weinhold im Auto gesessen.

»Ein bisschen sehr glatt, oder?« Marie war aufgestanden. »Mir kommen unsere wenn auch dürftigen Erkenntnisse hinsichtlich dieser Drogengeschichte zu kurz. Was, wenn Weinhold jemanden beim Dealen überrascht hat? Sagen wir, Leni Börnsen. Was, wenn er doch nicht zufällig im Studio war?«

In der Folge wurde diskutiert, inwiefern Maries Mutmaßungen Anlass für weitere Ermittlungen bot. Man kam überein, dass Sonja recherchieren sollte, ob Weinhold jemals aktenkundig geworden war. Marie würde Weinholds Freundin und dessen Arbeitgeber kontaktieren.

Auf der Suche nach einem Motiv für den Anschlag waren Marie und ihre Kolleginnen und Kollegen noch nicht viel weitergekommen. Am wahrscheinlichsten erschien im Augenblick, dass ein Konkurrent in großer Not wild um sich geschlagen hatte. Siegbert Hölter konnte nicht von der Liste gestrichen werden.

Der Hinweis, es könne sich um die Tat eines gehörnten Ehemanns handeln, war aber auch nicht von der Hand zu weisen. Nicht prinzipiell jedenfalls. Marie war es allerdings unangenehm, in Tonis Liebesleben zu stochern. Sie kannten einander zu gut. Sie beauftragte Bernd, Tonis Frau und die Mitarbeiterinnen im Studio diesbezüglich ganz unauffällig zu befragen.

»Wie frage ich seine Ehefrau denn unauffällig, ob Toni in der Gegend rumvögelt?«, wollte Bernd wissen.

Marie blieb ihm die Antwort schuldig. Zunächst.

Im Fahrstuhl kam ihr eine Idee. Sie ging zurück in Bernds und Sonjas Büro und schlug vor, dass er das Phantombild verwenden könnte. »Du könntest sagen: ›Na, schon mal gesehen? Ist doch genau Tonis Typ, oder?‹ So was in der Art.«

Bernds Begeisterung war überschaubar. Sonja war auch nicht überzeugt. Marie ging. Bernd würde das schon machen.

Marie dachte an belgische Waffeln, an heiße Kirschen und Vanilleeis, als ihr Handy klingelte. Sie setzte sich auf die Einfassung der Rampe vor dem Eingang des LKA. Die Nummer des Anrufers war unterdrückt. Sie meldete sich. Am anderen Ende sagte eine Frauenstimme:»Hier ist Anna-Lena. Ich soll anrufen, hat mein Mann gesagt.«

»Moin. Gut, dass du anrufst.«

»Erinnerst du dich an mich?«

»Sicher erinnere ich mich an dich. Die Jungs in Eckernförde waren verrückt nach dir. Damals, als wir jung und unschuldig waren. Apropos. Können wir uns treffen? Bist du im Lande?«

»Ich bin in Heikendorf, im Büro.«

»Okay, die Adresse habe ich. Ich fahre jetzt los. Einverstanden?«

»Ja, einverstanden.« Anna-Lena legte auf. Nach einer selbstsicheren PR-Managerin hatte sie nicht geklungen.

Im EMO griff Marie automatisch nach dem CD-Player, erinnerte sich dann daran, dass sie Musik nicht mehr als bloße Beschallung erleben wollte. Die Musik und deren Erschaffer würden degradiert, und sie als Hörerin nähme sie auch nicht ernst. Schluss damit. Sie startete den Motor, winkte dem Pförtner und entschied sich für den Weg durch die Stadt. Ein und dieselbe Strecke für Hin- und Rückweg zu benutzen war ihr ein Gräuel. Beim Spazierengehen war es nicht anders. Waren Start- und Zielpunkt identisch, ergab sich im Idealfall eine Runde. Man mochte das manisch nennen – Andreas neigte zu dieser Einschätzung –, nach Maries Ansicht war es aber einfach abwechslungsreicher.

Als sie in Kiel-Wellingdorf über die Schwentine fuhr, dachte sie an Bernd, der hier irgendwo eine Wohnung gefunden hatte und sich wohlfühlte in dieser Melange aus Studentengewusel, Bürgertum, zugezogenen Menschen aus aller Welt, Forschungseinrichtungen, Werften und der Idylle des Flusslaufes. Eine Paddeltour die Schwentine runter bis in die Kieler Förde hinein, das war Andreas' und Maries erster gemeinsamer Ausflug gewesen.

Heikendorf war anders als die Quartiere nahe den Werften, Heikendorf wirkte aufgeräumter, hübscher, homogener. Marie gefiel, dass es rund um die Kieler Förde ein solch breites Spektrum unterschiedlicher Lebens- und Arbeitswelten gab. Sie passierte das Heikendorfer Künstlermuseum, das hinter einer Hecke und Bäumen ein wenig bescheiden von der Straße zurückgezogen lag. Hierher war sie manchmal gekommen, als Karl noch ein Säugling gewesen war. Im Garten des Museums gab es ruhige Ecken, in die sie sich zum Stillen gesetzt hatte. Marie dachte an Ele und hätte beinahe den Abzweig runter zum Hafen verpasst. Sie bremste kraftvoll, vielleicht hatte ein Rad kurz blockiert, denn ein älterer Herr, der einen Collie Gassi führte, schaute strafend auf ihr Brems- und Lenkmanöver. Ob die soziale Kontrolle in einem Stadtteil wie Kiel-Gaarden auch noch funktionierte? Und, falls ja, war das Fluch oder doch eher Segen?

Die Kriminalstatistik der letzten Jahre hatte gezeigt, dass die Zahl der Straftaten leicht rückläufig war, dass über sechsundfünfzig Prozent aller Taten aufgeklärt wurden. Aber das hieß auch, dass vierundvierzig Prozent der Täter, und meist waren es Täter, ungeschoren davonkamen. Und was sich im sogenannten Dunkelfeld tat, war dabei noch gar nicht berücksichtigt. Viele Kolleginnen, nicht nur im LKA, kamen jeden Tag zum Dienst, um diese Quote zu drücken. Aufmerksame Mitbürger schadeten nicht, die Zahl der Wohnungseinbrüche war zurückgegangen. Vielleicht auch, weil man aufeinander achtete. Andreas nannte das »Blockwartmentalität«. Die Grenzen waren wohl fließend. So wie der Verkehr in Heikendorf.

Ohne noch einmal bremsen zu müssen, erreichte Marie den Parkplatz Möltenort. Sie parkte und verweilte für einen Moment dort, wo die Hafenmole in die Förde ragte. Möwen schrien, ein Segel schlug. Geräusche am Meer. Geräusche für die Seele. Das Klingeln des Handys riss Marie aus ihrer Kontemplation.

Sonja, die akribische Sonja, wie Marie sie nun insgeheim

nannte, wusste zu berichten, dass man Weinhold vor fünfzehn Jahren in der Nähe von Leer mit sieben Gramm Cannabis erwischt hatte. Ein Gramm über dem Eigenbedarf und strafbewehrt. Aber das Gericht hatte Weinhold mit Sozialstunden davonkommen lassen.

Marie stand auf dem Parkplatz und überlegte, welche Relevanz Sonjas Recherche für den Fall haben könnte. War er von weichen auf harte Drogen umgestiegen? War er zum Dealer geworden und Lokalgrößen in Schleswig-Holstein in die Quere gekommen? Sie beschloss, bei Weinholds Freundin vorstellig zu werden, nachdem sie mit Anna-Lena gesprochen hatte.

Deren Büro lag im Obergeschoss des Hauses, das der Seglerkameradschaft gehörte. Das Fenster im Giebel ging nicht zum Wasser raus. Der Schreibtisch hatte eine Platte aus Glas. Die Fotos an den Wänden steckten in billigen Klickrahmen. Die Motive waren maritim, ohne dass man die Seeluft beim Betrachten hätte schmecken können. Fotos, wie sie Fotografen machten, wenn sie von Auftraggebern allzu klare Vorgaben hatten. Alles wirkte glatt. Schiffsrümpfe ohne Rost, frisch gemalert unterhalb der Klüse, wo Ankerketten üblicherweise Spuren hinterließen. Vielleicht auch retuschiert. Makelloses Lächeln der Crew.

Anna-Lenas Kleid, die goldene Kette und die manikürten Hände passten ins Bild. Nicht aber der müde Blick, die trotz Make-ups unübersehbaren Augenringe. Sie wirkte gezeichnet.

Unschlüssig standen sich die Frauen zwischen Schreibtisch und Tür gegenüber. Der Raum war kleiner, als es das Firmenschild an der Fassade hätte erwarten lassen. Ein Handschlag, oder doch eine Umarmung? In Marie rang der private Impuls, Anna-Lena nach all den Jahren in die Arme zu schließen, mit dem Kalkül der Ermittlerin, Erkenntnisse über das Innenleben von Lenis Schwester zu gewinnen. Sie verharrte, überließ die Entscheidung Anna-Lena, deren Körper mehr verriet als das, was sie sagte.

»Bitte, nimm doch Platz.«

Marie setzte sich auf den Besucherstuhl, neben dem Bürostuhl der einzige Stuhl im Raum.

Die Frauen lächelten einander an.

Anna-Lenas Augen blieben an Maries T-Shirt hängen.

»Witzig. ›Eisen fressen‹.«

Marie wiegte den Kopf. »Findest du?«

»Ich im Businesskostümchen und du so leger.«

»PR also.«

»Ja, das ergab sich damals, als ich weg bin vom NDR. Ich habe da ein Praktikum gemacht, O-Töne geholt, so was. Vielleicht wäre da was draus geworden. Aber wie es so ist. Du kennst das ja. Ich habe auf der Kieler Woche ein paar Leute kennengelernt. Dann habe ich Pressemitteilungen für die geschrieben und an Leute weitergereicht, die ich beim Fernsehen kannte. So fing das an.«

»Und du bist dabeigeblieben.« Marie zeigte auf die Fotos an den Wänden.«

Anna-Lena atmete hörbar. »Ach, geblieben. Hängen geblieben, könnte man sagen. Ich bin immer an allem hängen geblieben. An Eckernförde, an meinen Eltern. Sogar an ›Maler Börnsen‹. Der neue Meister kann malen, aber nicht rechnen.«

»Du bist verheiratet.«

»Sven, ja. Wir kannten uns aus der NDR-Kantine, und wie es so ist. Du kennst das ja. Oder auch nicht. Du bist ja weg. Mit sechzehn oder so, ne? Wie Leni.«

»Ja, wir sind weg damals. Aber nicht wie Leni.«

»Meinem Vater hat sie das Herz gebrochen. Er ist vor neun Monaten und sieben Tagen gestorben. Er hat ein Foto von ihr in seiner alten Weste getragen. Aber ich habe ihm die Weste ausgezogen, als er das nicht mehr konnte. Und ich habe ihm nicht nur die Weste an- und ausgezogen. Keine Leni. Weit und breit keine Leni. Und wenn du von mir wissen willst, wann ich sie zuletzt gesehen habe und ob ich weiß, wo sie ist, dann muss ich dir leider sagen – keine Ahnung, und es ist mir auch scheißegal. Ich will nie wieder was von ihr hören.«

Anna-Lena sprach immer schneller, immer lauter. Ihre Stimme überschlug sich. »Immer drehte sich alles um Leni, solange sie da war und auch noch danach. Ich habe alles getan, alles. Und sie hat mir alles kaputt gemacht, alles.«

Sie zog die blaue Kostümjacke aus. Darunter trug sie ein ärmelloses Kleid. Am linken Oberarm verliefen gerötete Kratzspuren von der Schulter aus abwärts bis beinahe zur Armbeuge. Sie sah Maries Blick, schaute auf ihren Arm. Angst in den Augen und eine Lüge auf den Lippen, wie Marie mutmaßte.

Sie lachte, laut und künstlich. »Oh, wow, das ist peinlich. Ja, du weißt ja, wie das ist.« Sie atmete stoßweise.

»Wie was ist?«

»Na ja, Blümchensex ist nicht so mein Ding.«

»Ui. Ich dachte, es sei eine Katze gewesen.«

»Ja, kann auch sein. So genau erinnere ich mich nicht. Ich habe ganz vergessen zu fragen, ob du was trinken möchtest. Ist ja wieder sehr heiß heute.«

Anna-Lena stand auf. Der Bürostuhl krachte in den halbhohen Aktenschrank, und Anna-Lena ging zum Kühlschrank, der rechts neben der Tür stand. »Wasser oder vielleicht ein Sektchen?«

Marie lehnte ab. »Habt ihr Kinder?«

Hinter ihr fiel eine Flasche zu Boden.

✳✳✳

3. Mai 2020

Liebes Tagebuch,

die alten Leute haben früher immer gesagt »Alles neu macht der Mai«. Kling gut. Klingt aber auch nur so. Neu heißt ja nicht gut. Neu kann auch heißen – scheiße. Ich brauchte neue Rezepte. Die Nachfrage ist verdammt hoch. Aber zwei Praxen, in die ich bisher leicht reinkam, haben neue Schlösser

und eine sogar eine Dreckskamera. Außerdem bin ich krank.
Mir ist ständig kotzübel. Hoffentlich ist der Mai bald vorbei.

Knutscher, Leni

***

Anna-Lena war so nervös gewesen, dass Marie davon ausging, dass sie wirklich nichts über den Verbleib ihrer Schwester wusste. So wie sie über Leni gesprochen hatte, hätte sie mit Informationen nicht hinter dem Berg gehalten.

Weinholds Freundin wohnte ganz in der Nähe. Bis Schönkirchen brauchte Marie keine zehn Minuten. Sie parkte und klingelte an der Tür des Reihenhäuschens. Silke Krusenstert öffnete. Sie trug einen Morgenmantel, die Haare waren ungewaschen, und aus dem Haus drang ein süßlicher Duft an Maries Nase. In der linken Hand hielt Silke Krusenstert einen Joint und schaute Marie aus glasigen Augen an.

Eine knappe Stunde später hatte die Kifferin glaubwürdig versichert, dass sie seit Jahren Gras rauchte, um ihre Migräne zu bekämpfen. Ihr Freund habe ihr ab und zu ein bisschen was aus Holland mitgebracht, weil er beruflich oft in Groningen zu tun hatte. Immer wieder war sie in Tränen ausgebrochen. Die Trauer war groß und wirkte echt. Dass er was mit Drogengeschäften hier zu tun hatte, konnte sich Silke Krusenstert nicht vorstellen. Zwischen den Heulkrämpfen schob sie sich ein Stück Schokolade nach dem anderen in den Mund. Immer wieder nickte sie kurz ein.

Marie brach das Gespräch ab. Sich von der traurigen Gestalt zu verabschieden gelang erst nach drei Anläufen.

Auf der Anrichte sah Marie eine nur noch halb gefüllte Flasche weißen Rum. Vielleicht kam sie bei Weinholds Arbeitgeber weiter. Weinhold war Außendienstler wie seine Freundin gewesen. Er verkaufte Luftreinigungsgeräte. Marie telefonierte mit Weinholds Chef und kündigte ihren Besuch für den nächsten Vormittag an.

Auf dem Rückweg erkannte Marie ihren Fehler, als sie vom Ostring auf den Theodor-Heuss-Ring abbog. Die Sperrung. Hatte sie glatt vergessen. Also fuhr sie beim Teppichladen rechts ab, passierte die Kieler Hörn, überquerte die Gleise südlich des Bahnhofs und stellte den Motor des EMO auf dem LKA-Parkplatz ab, als das Handy klingelte.

»Schrader«, sagte Schrader von der Zentralstation in Eckernförde. »Wir haben uns beim Bier kennengelernt.«

»Ich erinnere mich gut. Die Flasche stand Ihnen.«

Kurzes Lachen auf beiden Seiten der Leitung.

»Leider haben unsere Streifen Herrn Hölter nicht erwischt. Er muss irgendwo zwischen Gettorf und Eckernförde abgebogen sein. Sollen wir fahnden?«

»Danke und nein. Dafür gibt es keinen Anlass. Aber Sie könnten die Kollegen bitten, die Augen offen zu halten.«

»Machen wir. Ich habe die Flasche übrigens entsorgt. Soll ich das Pfand erstatten?«

»Ich bitte Sie, wir finden eine andere Lösung. Irgendwas mit Eis vielleicht.«

***

Siegbert Hölter war in Gettorf abgebogen und hatte den Pick-up in der Halle eines Freundes abgestellt. Jonas war Maler und stellte keine Fragen. Die beiden Männer hatten sich vor über zehn Jahren als Gegner im Ring kennengelernt und verließen sich aufeinander.

Die Kanister hatte Siggi in einen weißen Opel Combo umgeladen. Ein altes Auto, das er mit Schwarzgeld bar bezahlt hatte, als das Studio noch lief. Er transportierte darin ab und zu Modellflugzeuge. Jenni musste das nicht wissen, weil die Flugzeuge nicht ganz billig waren. Darum war der Opel auf Jonas' Betrieb angemeldet.

In Eckernförde parkte Siggi das Auto jetzt direkt hinter dem Fitnessstudio auf der Carlshöhe. Er hatte sich eine weiße Arbeitsjacke angezogen. Die blaue Basecap zog er tief ins

Gesicht. In den Kanistern war Tiefgrund gewesen, sie sahen handelsüblich aus.

Siggi hatte sich das gut überlegt. Er war am frühen Morgen direkt nach Langwedel gefahren, zum Flugplatz des Modellflugsportvereins Kiel. Seit einem halben Jahr war er Mitglied. Früher waren Modellschiffe seine Leidenschaft gewesen. Aber zu fliegen war noch besser. Wenn sein kleiner Doppeldecker abhob, fühlte es sich an, als säße er selbst im Cockpit. Ein wunderbares Gefühl von Freiheit. Das Gelände mitten im Naturpark Westensee hatte Siggi gleich ins Herz geschlossen. Er war ein Junge vom Land und würde es wohl immer bleiben.

Was er für seine Spezialmischung brauchte, hatte er zuvor unter einer grünen Plane am Eingang zum stets gepflegten Platz versteckt. Neben der Schranke gab es eine Buschgruppe, die kaum einsehbar war. Sich nähernde Autos hörte man rechtzeitig. Nachdem er die vorbereiteten Kanister in den Pick-up geladen hatte, war er über das Feld zum Lustsee gelaufen, der in einer Senke südlich des Platzes lag. Dort hatte er sich ans Ufer gesetzt und nachgedacht. Sein Jugendtrainer hatte das vor und nach jedem Sparring so gehandhabt. »Siggi«, hatte er gesagt, »du fragst dich jetzt, was du kannst, was du willst, wie du dein Ziel erreichst und was das für dich und andere bedeuten kann.«

Siggi hatte die Frage nach dem, was er wollte, ganz leicht beantworten können. Auch wusste er, was er im Ring konnte, und nach ungefähr zwei Jahren war er ein gut ausgebildeter Boxer gewesen, dem klar war, wie er sein Ziel erreichen würde. Aber bis heute tat er sich schwer damit einzuschätzen, was sein Tun für ihn selbst und andere bedeuten konnte. Eines aber wusste er: Würde er verletzt oder käme jemand anderer zu Schaden, musste er immer wieder von vorn anfangen und im schlimmsten Fall seine Ziele ändern.

Es war hin und her gegangen in seinem Kopf, und als er so über den See guckte, hatte er an Toni Paxner gedacht, der auch Frau und Kind hatte. Irgendwie musste Toni ja den Kühlschrank vollkriegen, und das galt auch für die komische

Trulla von der Carlshöhe. Er hatte eine geraucht. Zuletzt hatte er vor zwölf Jahren geraucht. Ihm war schwindelig geworden. Einen Kleinen Feigling hatte er auch noch getrunken, und dann war klar gewesen, worum es ging. Es ging um seine Familie, seine Frau, seine Tochter, das Haus auf der Schiefkoppel. Wenn alle abgebrannt waren, dann herrschten wieder gleiche Voraussetzungen. Das wäre fair. Er war ein Sportsmann, ihm ging es um gleiche Voraussetzungen. Dann war er losgefahren. Mit den Kanistern und mit dem Fernzünder.

Vor dem Carls, einer angesagten Eventlocation auf der Carlshöhe, hatte ein älteres Ehepaar geparkt, war ausgestiegen und lief jetzt Richtung Noor. Siggi hatte sich bewusst entschieden, am Tag hier aufzutauchen. In der Nacht musste nur eine Polizeistreife vorbeikommen, und er wäre geliefert. Jetzt fiel ein Handwerker nicht auf. Das war wie beim Boxen. Der Gegner durfte nicht ahnen, was man vorhatte.

Die ersten beiden Kanister stellte er hinter einem Müllcontainer vor dem Untergeschoss des Studios ab. Toni hatte seine Praxis für Physiotherapie gleich nebenan, aber diesmal würde er nichts abkriegen. Der Brand würde sich nach oben entwickeln. Warme Luft stieg auf. Das hatte er schon in der Schule gelernt. Zwei weitere Kanister stellte er in der Nähe des Eingangs ab. Gleich daneben klappte er ein Schild auf. »Frisch gestrichen« war darauf zu lesen. Niemand wollte sich die Klamotten an feuchter Farbe versauen.

Siggi schaute sich um, war zufrieden. Zwischen drei und vier Uhr käme er wieder. Mitten in der Nacht wäre es hier menschenleer. Die Kanister würde er aus dem Auto heraus im Vorbeifahren zünden. Er hatte das abgemessen. Von der Straße bis zum Eingang waren es zweiundfünfzig Meter. Kein Problem für die Fernbedienung. Die reichte locker hundert Meter.

⁂

Bernd dachte an den NATO-Doppelbeschluss, als er ins Auto stieg. Er wusste nicht, wie er darauf gekommen war, und konnte sich nicht erinnern, was dieser Beschluss regelte. Sie hatten das in der Oberstufe in Politik durchgenommen. Er hätte auch Doppelpass denken können, das wäre ähnlich beliebig gewesen. Oder Doppel-Whopper. Er hatte sich noch während der Besprechung für eine Doppelstrategie entschieden.

Er würde bei Tonis Frau klingeln und ihr Leni Börnsens Foto zeigen. Schließlich wurde sie vermisst. Seine Fragen wären unverdächtig. Und dann würde er mit dem Phantombild, das nach den Angaben von Thomas Müller erstellt wurde, nachlegen. Zunächst ganz unverfänglich. Eines käme zum anderen, und am Ende würde er wissen, wie es in der Ehe der Paxners zuging. Schließlich war seine Haustürrunde auch erfolgreich gewesen. Er hatte einen Lauf.

Bernd pfiff eine Melodie, zu der ihm beim Abbiegen auf die Eichhofstraße auch der Text einfiel. »Heute kann es regnen, stürmen oder schnei'n, denn du bist ja selber wie der Sonnenschein.« Bernd sang und fragte sich, wie er nun wieder darauf gekommen war. Abseitige Assoziationen waren doch eher das Geschäft von Marie. Dass sie jetzt seine Chefin war, fand er gut. Sie hatte richtig was drauf, und doch fühlte sie sich eher wie eine Freundin an als wie die Frau, die sagte, wo es langging. Machte sie super.

Überhaupt gab es viele Frauen in leitenden Positionen, die er gut fand. Sogar die Kanzlerin. Aber das sagte er niemandem. Die Frau wirkte so unprätentiös, und schlau war sie wohl auch. Wer auch immer auf sie folgen würde, hätte es schwer. Ohne zu wissen, warum, hatte man den Eindruck, sie kümmerte sich. Bernd dachte an seine Kindheit in Bremen. Da hätte es Kümmerer gebraucht.

Er dachte an das Geschrei in der Nacht, an die Polizei, die den Vater seines besten Freundes aus der Wohnung gezerrt hatte. Der Freund hatte sich später mit allerlei Einbrüchen über Wasser gehalten. Er selbst war zur Polizeischule gegangen. Sie hatten Wand an Wand gewohnt, waren in dieselbe Klasse gegangen, und es hatte an vielem gemangelt. In Brunos Familie und in seiner auch. Er hatte es geschafft. Wo Bruno abgeblieben war, wusste Bernd nicht. Aber er wusste, dass man sich »um die Leute« kümmern musste.

Der Verkehr vorbei am Begräbniswald floss. Das war insbesondere in der Saison nicht die Regel. Wie schon so oft wartete er darauf, dass sich die Bäume links und rechts der Straße zurückzögen, dass sie den Blick auf die Eckernförder Bucht freigeben würden. Das war jedes Mal ein Moment, in dem er froh war, hierher ins Land zwischen den Meeren gezogen zu sein.

Als er am Hochseilgarten links abbog, erinnerte er sich an eine Lehrerin im zehnten Schuljahr. Sie hatte ihm versprochen, dass er sich jederzeit an sie wenden könne. »Von jetzt an, bis zur Abifeier«, hatte sie gesagt. Er hatte blaugemacht, eine Flasche Doppelkorn geklaut, und sie wusste das. Sie hatte kein Fass aufgemacht. Aber ihr Blick war genauso unmissverständlich gewesen wie ihr Versprechen. Sie hätte ihn beim nächsten Fehltritt der Schulkonferenz ausgeliefert. Sie hatte das nicht gesagt, aber er hatte es gewusst.

Drei Jahre lang hatte er sie beinahe täglich gesehen. Im Treppenhaus, auf dem Parkplatz, wo sie in Gruppen zusammengestanden und geraucht hatten. Kurze Blicke hatten sie ausgetauscht und gewusst, woran sie waren. Einmal hatte sie ihm eine englische Lektüre zugesteckt, eine kommentierte. Das hatte geholfen. Dann, nachdem die schriftlichen Arbeiten geschrieben waren, hatte er sie mit einem Mädchen neben dem Schulkiosk stehen sehen. Die Blicke der beiden waren ihre Blicke gewesen. Er war eifersüchtig geworden. Am selben Tag hatte die Lehrerin ihn am Fahrradständer abgepasst. »Deine Nachfolgerin«, hatte sie gesagt. »Sie wird es auch schaffen, so, wie du es geschafft hast.« Mehr nicht. Sie hatte sich umgedreht, und er hatte verstanden und gefühlt, was sie getan hatte und weiter tun würde. Bei der Zeugnisübergabe ein kurzes Nicken. Er hatte sie nie wiedergesehen.

Morgen würde er nach ihr suchen. Ein Blumenstrauß wäre das Mindeste.

Bernd blinkte, drehte das Lenkrad nach links, rumpelte über die Eisenbahnschienen, meinte zu spüren, die Stoßdämpfer seien nicht mehr die frischesten, dachte an den Meister in der Fahrbereitschaft und beschloss im selben Augenblick, ihm keinesfalls von seinem Eindruck zu berichten. Der Meister war der Meister, und sein Wort war stets das letzte.

Durch die Baumwipfel lugte eine Seilbrücke des Hochseilgartens. Kurvenreich wand sich die Straße vorbei an Gut Altenhof, hinauf zu den Anhöhen, die die Eckernförder Bucht von Südwesten aus umschlossen. Das tiefe Grün des dichten Waldes zur Rechten und im Rücken, die blaugraue Weite der Ostsee, landwirtschaftlich genutzte Flächen auf der anderen Seite der Straße, die noch immer bergan führte. Schließlich aufgelockerte Bebauung mit Einfamilienhäusern links und rechts des Weges, die Vorboten von Holtsee waren. Hier hatte die Welt, zumindest dem äußeren Anschein nach, ihre gute Ordnung.

Bernd hatte sich vor seiner Abfahrt in Kiel angeschaut, wo die Paxners sich niedergelassen hatten, und er wusste, dass er gleich auf die Sehestedter Straße abbiegen musste. Ganz in Gedanken fuhr er durch den Ort, bis er kurz vor der Kreuzung seinem Unterbewusstsein erlag. Er parkte, wie von einer fremden Macht gesteuert, direkt vor der Käsekiste, dem Direktverkauf der Holtseer Landkäserei, deren Werksgelände gleich gegenüberlag. Er dachte an Tilsiter auf Schwarzbrot und eine Tasse Kaffee. Er würde die verlorene Zeit auch nacharbeiten. Aber widerstehen konnte er nicht.

Die kulinarische Pause war kurz, hatte sich aber gelohnt. Diese Würze des Tilsiters, die leichte Süße des Brotes, wenn man es denn nur lang genug kaute. Bernd war Käsefreund seit früher Kindheit. Zum zehnten Geburtstag hatte ihm Frau Litz, eine Nachbarin aus Bremen, ein Stück Gouda geschenkt, in das er sogleich hineingebissen hatte. Im Kühlschrank der Stenders hatte es nur Scheibenkäse gegeben. Eine weitgehend geschmacklose Scheibe auf einer großen Scheibe Graubrot. Das war die Regel gewesen. Keine Butter, nur Margarine, eine Beleidigung selbst für schlechten Käse. Bernd lenkte zurück auf die Straße und geriet mit dem rechten Vorderrad in ein Schlagloch. Kein Zweifel, die Stoßdämpfer waren hin. Vielleicht konnte er sich morgen einen anderen Dienstwagen angeln. Das Haus der Familie Paxner strahlte Solidität in jeder Hinsicht aus. Die Einfahrt sauber gefegt, die Blumen und deren Blüten farblich zueinander passend und aufeinander abgestimmt, was die Wuchshöhe betraf. Das Haus so, wie man ein Haus heute zeichnete und baute. Die Größe so, dass man den gehobenen Mittelstand erahnte. Auf Bernd wirkte die weiße Fassade unterkühlt. Alles passte zu allem. Das galt auch für die Markenfahrräder neben der Garage. Was nicht ins Bild passte, war ein alter Transporter von Ford, der von Rost, Aufklebern und aufgepinselten Peacezeichen zusammengehalten wurde. Sicher ein großer Spaß bei jeder Verkehrskontrolle.

Bernd stieg aus, hauchte in die Hand. Tilsiter. Er ging zurück zum Auto, angelte nach der Packung Pfefferminzbonbons in der Ablage. Als er sich wieder umdrehte, öffnete sich die Haustür, und ein schlanker Mann mit Rastazöpfen erschien. Er trat hinaus auf den Weg, machte auf der unbeschuhten Ferse kehrt und schloss eine Frau mit langen dunklen Haaren in die Arme, die außer einem weißen Handtuch nichts trug. Ihre Hand auf seinem Po. Kichern, Küssen, Kichern. Dann steuerte der Mann mit breitem Lächeln auf den abgewrackten Transporter zu, öffnete die seitliche Schiebetür, stieg ein, schloss die Tür, und nur wenig später erklang Bob Marleys »Is This Love«. Die Frau im Handtuch grinste und zuckte mit den Schultern. Der Motor sprang an, der Rastamann winkte und entschwand in einer Wolke aus unverbranntem Luft-Benzin-Gemisch.

Die Frau wandte sich zum Gehen, und Bernd rief nach ihr: »Frau Paxner, auf ein Wort.« Kurz war er ob seiner eigenen Wortwahl irritiert. Auf ein Wort. Das hatte er noch nie gesagt.

»Ja, bitte.«

Bernd ging auf die Frau zu, die keine Scheu oder gar Scham zeigte, halb nackt, wie sie mit zerwühltem Haar vor dem Stein gewordenen Traum deutscher Bürgerlichkeit stand. Das linke Bein abgestützt an der rechten Wade. Das linke wohlgeformte Bein, wie Bernd sich innerlich korrigierte. Rot lackierte Zehennägel, schräg gelegter Kopf. Er zog seinen Dienstausweis aus der Hosentasche, stellte sich vor. »Wegen des Brandanschlags. Ob wir ...«

»Ein paar Worte wechseln können?«, unterbrach sie ihn und machte eine einladende Bewegung. Bernd atmete durch geweitete Nasenflügel. Neben der Klingel ein getöpfertes Namensschild. »Hier leben mit Lust und Laune Alice, Toni, Malte und mal sehen ...«

Bernd schloss die Tür hinter sich. Alice Paxner war in die große Wohnküche vorausgegangen und lehnte am Tresen der Kochinsel.

»Warmer Tag heute, magst du was trinken? Kleinen Caipi vielleicht?« Sie deutete auf eine Karaffe, in der Eis und Limettenscheiben schwammen.

Bernd kämpfte die Schwäche nieder. »Danke, nein«, hörte er sich sagen und hoffte, dass das mitschwingende Bedauern nur für ihn hörbar war.

»Ja, der Brandanschlag. Noch haben wir keine heiße Spur.« Was redete er denn nur? »Sie kennen das. Die Polizei sucht nach Motiven.« Doppelstrategie, ermahnte er sich. Erfolglos. »Bekanntermaßen ist Eifersucht ein starkes Motiv. Sie wissen, was ich meine.«

Alice Paxner schüttelte ungläubig den Kopf, schob ihm einen Caipi rüber und nestelte an einem Handtuchzipfel, der immer wieder seinen Platz knapp oberhalb des Dekolletés zu verlassen versuchte. »Eifersucht?«

»Das schmerzhafte Gefühl, wenn sich die Geliebte einem anderen zuwendet, zugewendet hat, zuwenden könnte oder unter Umständen mit dem Gedanken spielt –«

Erneut unterbrach sie ihn. »Ich weiß, was man für gewöhnlich unter Eifersucht versteht, Bernd. Bernd war doch richtig, oder? Ein sehr männlicher Name. Aber Toni und ich, wir sind ja nicht gewöhnlich, wenn du weißt, was ich damit sagen will. Schau mal.«

Sie griff mit beiden Händen an jene Stelle, an der allein die Reibung Handtuchhälfte eins mit Handtuchhälfte zwei verband. Da war sie wieder, die Schwäche in Bernd. Mit geschicktem und geübtem Griff zog Alice Paxner die Handtuchhälften auseinander.

Unter dem Handtuch trug sie nichts außer einem grauen T-Shirt mit roter Schrift.

»Yolo«, sagte sie. »Kennst du sicher. ›You only live once‹. Toni und ich leben in einer offenen Beziehung.«

»Sie haben ein Kind.«

»Ein Kind, das wir beide über alles lieben. Malte ist unser Sonnenschein, und wir schließen nicht aus, dass wir noch ein Sternchen machen.«

Bernd griff nach dem Glas, trank, verschluckte sich.

»Zu stark für dich?«

»Nein, kein Problem. Offene Beziehung also.« Er versuchte, Zeit zu gewinnen. »Kann es sein, dass eine Frau, zu der, wie soll ich sagen, Ihr Mann weitere offene Beziehungen pflegt, Ansprüche angemeldet hat?«

»Nein.«

»Nein?«

»Toni hat keine anderen Frauen. Ich laste ihn aus.«

Bernd entließ einen Laut, der wie »Ah« klang, und erinnerte sich an das Phantombild. Er öffnete die Umhängetasche und legte die Zeichnung auf den schwarzen Granit des Tresens. »Schon mal gesehen?«

»Ja, ein paarmal schon.«

»Wie bitte?«

»Ich habe sie schon ein paarmal gesehen. Soll ich langsamer sprechen?«

»Wo?«

»Im Triple One. Kennst du, oder?«

Bernd war heilfroh, dass er das Triple One kannte, und nickte.

»Weißt du, warum der Laden so heißt?«

»Was kriege ich, wenn ich's weiß?«

Alice Paxner lächelte, führte ihr Glas zum Mund und antwortete: »Heute habe ich leider kein Foto für dich. Ich muss Malte vom Töpfern abholen.«

»Das Triple One heißt wegen der Postleitzahl so. 24111 Kiel, am Autobahnkreuz.«

»Bernd, du kennst dich aus. In der kommenden Woche hat Malte nach dem Töpfern noch Aikido.«

»Was hat Schneewittchen denn gemacht im Triple One?«

»Gedealt.«

»Womit?«

»Ritalin. Also quasi Speed.«

»Frau Paxner, Sie kennen sich aus. Ob wir mal einen Drogentest machen?«

»Gern. Du kennst ja mein Motto.« Sie zeigte auf ihr T-Shirt. Ob sie außer dem T-Shirt weitere Kleidungsstücke trug, konnte Bernd nicht sehen, denn Alice stand auf der anderen Seite des Tresens. Er besann sich auf den ursprünglichen Anlass der kleinen Caipi-Party. »Wann haben Sie diese Frau zum ersten Mal dort gesehen?«

»Am Donnerstag vor Ostern«, antwortete sie, ohne nachdenken zu müssen.

»Ui, gutes Gedächtnis.« Bernd griff nach einem Notizblock. »Darf ich?«

»Man muss sich auch mal trauen, wenn man nicht darf.«

Diese Frau legt es drauf an, dachte Bernd. Aber sie hat ja Toni und den Rastamann. »Wie kommt es, dass Sie sich an diesen Termin erinnern?«

»Schneewittchen war umringt von gut aussehenden Kerlen, während sie mich links liegen ließen, obwohl ich wegen Ostern meine Bunny-Accessoires angelegt hatte.«

Bernd hatte Bilder im Kopf und fragte: »War sie allein?«

»Definitiv. Als ich mal vor der Tür war – ich weiß noch,

dass es schon hell wurde –, stieg sie in einen alten VW-Bus.
Und jetzt willst du wissen, ob ich sie zu einem anderen Zeitpunkt an einem anderen Ort, bla, bla. Ja, habe ich, in Sankt Peter auf einem dreißigsten Geburtstag nur zwei Wochen später. Da stand sie plötzlich im Treppenhaus und rollte Hundert-Euro-Scheine. Leider weiß ich nicht, wer die Party geschmissen hat. Der Typ, also das Geburtstagskind, hat mich am Vorabend spontan eingeladen. Wir sagten alle ›Baby‹ zueinander.«

»Adresse?«

»Eine Ferienwohnung in einem dieser drei Hochhäuser, wenn du südlich aus Sankt Peter rausfährst. Mehr weiß ich leider nicht. Noch was? Du suchst doch nach einem Motiv. Eifersucht kannst du knicken. Aber Toni ist klug, engagiert, hat einen Riecher, und er ist erfolgreich. Ich tippe auf Neider. Siggi beispielsweise, die Lusche. Nein, ich ziehe das zurück. Auf Siggi, den armen Kerl. Er ist keine Lusche. Er ist nur kein Geschäftsmann. Sagt Toni jedenfalls immer. Wenn er das war, muss er in den Bau. Aber ich würde ihn wahrscheinlich besuchen. Fragt ihn doch mal.«

Bernd verdrehte die Augen. »Wir sind keine Kasperl aus einem Krimi. Ich habe gelernt, was ich tue.«

Alice Paxner hob abwehrend die Hände. »Schon gut. Du musst jetzt gehen. Unser Stammhalter hat gleich ausgetöpfert, und wie das auf dem Land so ist: Ohne Mamataxi geht da gar nichts.«

»Da fällt mir der Mann ein, der das Haus verließ, als ich kam.«

»Howie. Er ist Mentaltherapeut. Ein guter. Falls du mal innerlich verspannt bist. Ich könnte einen Termin machen.«

Sie stand auf, und außer dem Yolo-Shirt trug sie nichts. Bernd schaute rasch zur Seite.

Sie lachte. »Ist prüde zu sein eine Einstellungsvoraussetzung?«

»Übertreiben Sie es nicht, Frau Paxner.«

»Doch, zu übertreiben ist die einzige Strategie, dieses System auszuhalten. Dieser ganze Kapitalismusquatsch funktioniert nur, weil wir alle, also die meisten von uns, Maß halten, Mund halten, an uns halten. Ich bin eine Freundin radikaler Konzepte. Ein bisschen weniger Fleisch essen und ein sparsameres Auto fahren, alles Unsinn. Ich bin Veganerin und fahre ein Elektroauto. Übertrieben gut. Beides. Und ich habe immer mal wieder einen frischen Jungen am Start. Auch übertrieben gut. Übertreiben ist immer dann richtig, wenn es niemandem schadet. Vom Guten kann es nie genug geben.«

Bernd geriet kurz in eine Denkschleife. Bevor er sich darüber klar werden konnte, ob nicht der Volksmund recht hatte, wenn er sagte, das sei nun des Guten zu viel, unterbrach ihn Alice.

»Sonst noch was?«

»Ja, mich interessiert, ob ihr Kontakt zu den Rechtsauslegern dieser Gesellschaft habt.«

»Wie bitte?« Alice war laut geworden.

»Wegen des Engagements für Flüchtlinge.«

»Ach, so meinst du das. In den sozialen Medien, die ihren Namen meines Erachtens zu Unrecht tragen, gab es mal Sprüche. Aber die trauen sich nicht an Toni ran, weil sie wissen, dass das unter Umständen schmerzhaft wäre.« Alice machte eine wegwerfende Bewegung mit beiden Händen und verzog das Gesicht. Dann stieg sie in eine kurze Trainingshose und schob Bernd zur Tür.

»Ach ja, nicht dass wir uns missverstehen. Dass jemand gestorben ist, bedaure ich zutiefst. Ich habe die Freundin von Claus Weinhold bereits angerufen und in unser Ferienhaus in Portugal eingeladen. Sie kann bleiben, solange sie will. Was die Vermisste angeht, seid ihr ja wohl am Ball. Aber jetzt müssen wir nach vorne schauen, den Laden wieder aufbauen. Übertrieben fleißig sein. Auf Wiedersehen, Bernd.«

Das Garagentor öffnete sich, und Alice stieg in einen Elektrozwerg, einen Renault Twizy. Übertrieben klein, das Wägelchen, aber es tat wohl, was Alice von ihm erwartete. Beinahe geräuschlos rollte sie an ihm vorbei und war hinter der Kirschlorbeerhecke verschwunden, noch bevor sich das Tor geschlossen hatte.

Bernd rieb sich das Gesicht mit beiden Händen. Eine Situation zu erfassen, sodass man sie beschreiben konnte, sie zu verstehen, sodass man sie analysieren konnte, war essenziell für einen Ermittler. Situationen, die ich kenne, dachte Bernd, erfasse und analysiere ich schnell. Ein langer Ball aus der Abwehr ins zentrale Mittelfeld, ein Steckpass in den Lauf des offensiven Außenstürmers, der mit dem Ball bis zur Grundlinie läuft, ein präzises Zuspiel auf den Mittelstürmer, der den Verteidiger durch einen Schritt nach vorn abgeschüttelt hat. Nun würde es auf die Reflexe des Torhüters ankommen. Aber Alice und Toni Paxners Art, die Dinge zu sehen, sich zu verhalten, war ihm fremd, von offenen Beziehungen hatte er allenfalls gelesen.

Er sammelte sich. Es kam nicht nur darauf an, die Situation zu erfassen, zu analysieren, es kam auch darauf an, sie nach ihrer Bedeutung für seine Ermittlungen einzuordnen.

Im Vorgarten der Paxners stand eine Schaukel. Bernd setzte sich auf das glatte, warme Holz und schaukelte. Schaukeln war die erste Bewegung, die ein Mensch erfuhr. Und so dauerte es nicht viel länger, als Bernd brauchte, um mit den Füßen den gegenüberliegenden Schornstein zu verdecken, bis er sich fragte, wie es Siegbert Hölter gelingen konnte, sich wie eine Nadel im Heuhaufen zu verstecken.

Vielleicht müsste man sich nur vor dessen Haus auf die Lauer legen. Sicher triebe ihn die Sehnsucht zu Frau und Kind bald zurück in die kuschelige Siedlung. Zwei oder drei Schaukler später dachte Bernd an die florierenden Drogengeschäfte in den Clubs des Landes. Sicher würde es nicht schaden, dem Triple One einen Besuch abzustatten. Nicht unwahrscheinlich, dass man Schneewittchen dort nicht nur aus dem Märchen kannte.

Er sprang in einem eleganten Bogen von der Schaukel. Er hatte den Laden cool gefunden, als er gerade nach Kiel gezogen war. Nur war er leider bei Kikki abgeblitzt, die hinter der Theke gearbeitet hatte. Seitdem war er nicht mehr da gewesen. Er schaute ins Seitenfenster des Dienstwagens und fuhr sich durch die Haare. Der Schönste oder Stärkste war er nicht, aber seine Haare waren schon immer ein Trumpf gewesen.

Neben dem rechten Vorderreifen lag eine Blisterpackung. Er bückte sich, um sie in eine der Mülltonnen zu werfen. Im Gehen las er den Aufdruck. »Allgebrauchslampe« stand in schwarzen Buchstaben auf rotem Hintergrund. Eine Bezeichnung, die Bernd noch nie gehört hatte. Wer sich das wohl ausgedacht hatte?

Er setzte sich ins Auto und googelte. Das Ergebnis war unerwartet: »Die weitverbreitete Bauform der Glühlampe mit Schraubsockel und Glaskolben wird auch als Allgebrauchslampe bezeichnet (abgekürzt A-Lampe oder AGL)«, las er auf der Seite von Baunetzwissen. Das klang einigermaßen profan, es klang sogar so, als wüssten alle Menschen außer ihm, was eine Allgebrauchslampe ist. Er würde rumfragen. Darin war er schließlich geübt.

***

Im Kreisverkehr bei der Schule am Noor gewährte Marie einem von links kommenden Cabrio die Vorfahrt. Als das Auto genau auf ihrer Höhe war, schnellte der Arm der Fahrerin in die Höhe. In Bruchteilen von Sekunden erkannte Marie Cordula, mit der sie in der F-Jugend Fußball gespielt hatte. Marie bog nun ebenfalls in den Kreisverkehr ein, den sie an der nächsten Ausfahrt Richtung Kochendorf hätte verlassen müssen, aber Cordula hatte fast bis zum Stillstand abgebremst, und ihre wilden Handbewegungen deutete Marie als Aufforderung, ihr zu folgen.

Cordula beschleunigte und bog in das Wohngebiet ab, in dem auch die Hölters wohnten. Marie folgte. Langsam ging es durch die Dreißigerzone, und dann parkte Cordula auf der Auffahrt des Hauses, das dem der Familie Hölter genau gegenüberlag. Marie hielt vor einem noch unbebauten Grundstück, keine zehn Meter weiter.

Noch bevor sie die Handbremse angezogen hatte, stand Cordula neben dem EMO. Marie stieg aus, und Cordula umarmte sie mit der Kraft von zwei Preisboxern. Marie schrie auf vor Schmerzen. Der Sturz auf das Laufband hatte Prellungen am ganzen Oberkörper verursacht. Schützend verbarg sie die bandagierte Hand hinter dem Rücken.

»Marie, als Weichei hatte ich dich gar nicht in Erinnerung. Dein Spiel war doch immer auch sehr körperlich. Nun stell dich mal nicht so an.«

»Ich hatte einen kleinen Unfall.«

»Na, solange es kein großer Unfall war. Ich bin übrigens Unfallchirurgin. Witzig, oder? Komm, wir trinken einen Kaffee. Ich wusste ja gar nicht, dass du wieder im Lande bist. Kiel, wie ich sehe.« Sie zeigte auf EMOs Nummernschild.

»Nein, Schleswig. Kiel, das ist beruflich. Egal. Ich habe eigentlich keine Zeit.«

»›Eigentlich‹ sage ich ja nie. Habe ich mir im Schockraum abgewöhnt. Zier dich nicht. Wir haben uns wie lange nicht mehr gesehen? Es kann morgen vorbei sein. Ich weiß, wovon ich spreche. Ich bin im UKSH, aber heute habe ich Spätdienst. Ein Mann, eine Tochter, ein Pferd, kein Schiff, Oberärztin seit drei Monaten. Und ich liebe die alte Heimat. Ich war nämlich in Frankfurt, das war scheiße, sage ich dir. Und du? Ach, komm, nicht so auf der Straße. Lass uns reingehen.«

Sie griff nach Maries Arm, Marie machte einen Ausfallschritt. »Ich. Hatte. Einen. Unfall.«

»Memme.«

Cordula ging vor, schloss die Haustür auf und betrat das Haus, ohne auf Marie zu achten. Cordula hatte damals eine Art Vorstopperin gespielt, als es diese Position noch gab. Sie hatte sie im Sinne von Katsche Schwarzenbeck interpretiert. Kompromisslos, wie Sportreporter das nannten.

»Wo bleibst du denn? Kaffee, Tee, Wasser?«

Marie erreichte die Küche, in der Hightechgeräte mit

Bauernmöbeln aus längst vergangenen Zeiten zu einem Stil-mix kombiniert worden waren, der Marie sofort gefiel. Sie setzte sich an den langen Eichentisch und betrachtete die Bilder an den Wänden, die ausschließlich Wasser zeigten. Brandung, Regen, ein Bachlauf.

»Mein Mann Arne ist Wasserbauingenieur und Surfer.« Cordula stellte zwei Gläser Wasser auf den Tisch. »Und du? Erzähl mal. Da treffen wir uns im Kreisverkehr, und jetzt geht's rund.« Cordula war offensiv-fröhlich. So nannte es Andreas, wenn Patienten ihre Lebensgeschichte erzählten, während sie mit entblößtem Oberkörper auf der Untersuchungsliege die Luft anhalten sollten.

»Hast du noch Kontakt zu den Mädels von früher? Was machst du eigentlich beruflich?«

Marie trank, berichtete stichwortartig vom Umzug ins Ruhrgebiet und von der Rückkehr, Andreas, Karl, ihrer Arbeit beim LKA, und gerade als sie den zweiten Schluck Wasser im Mund hatte, sagte Cordula: »In Frankfurt habe ich mir für ein halbes Jahr mit einer sehr netten Kollegin eine kleine Wohnung geteilt, die jetzt auch im Norden ist, soviel ich weiß. Ele Korthaus.«

Marie verschluckte sich, hustete, und ihr wurde schwin-delig. Auf keinen Fall wollte sie Cordula von der Geschichte zwischen Ele und ihr berichten. Das ging niemanden etwas an. Schon gar nicht eine Frau, die sie seit zwanzig Jahren nicht mehr gesehen hatte.

»Ele und ich«, hörte sie sich sagen, kniff sich in den lin-ken Oberarm, da, wo es besonders wehtat, und dann rollten die ersten Tränen über Maries Gesicht. Sie erzählte alles, ließ nichts aus und endete: »Ich will, dass sie wiederkommt.«

Cordula war ungerührt, wirkte zumindest so. »Und ihr Typ, meinst du, der findet was raus? Du warst ja bisher nicht sehr erfolgreich.«

Die ungeschminkte Wahrheit schmerzte.

»Ich frage, weil ich in Montevideo einen Orthopäden kenne, der sehr umtriebig ist. Ich rufe ihn mal eben an.«

Ohne Umschweife griff Cordula zum Telefon. »Der dürfte gerade beim Mittagessen sitzen. Er lässt sich durch nichts vom Mittagessen abhalten. Manisch, sage ich dir.«

Zwanzig Minuten später wusste Marie, dass Ele tatsächlich in einem Krankenhaus in Montevideo gearbeitet hatte, aber seit zwei Wochen nicht mehr zum Dienst erschienen war. Cordulas Kollege hatte zugesichert, dass er sie finden würde. Wen er nicht kenne, sei noch nicht geboren, hatte er behauptet.«

»Okay, er macht Sprüche. Aber, he, er ist Italiener, und Marie, er kocht, das glaubst du nicht. Und es stimmt, er kennt die halbe Welt. So, nun muss ich aber los, sonst reißt mir mein Chef den Kopf ab. Wir verlieren uns ab sofort nicht mehr aus den Augen. Klar?«

Beide Frauen standen auf.

»Was guckst du die ganze Zeit so da rüber? Da wohnen die Hölters. A bisserl fad, würde mein bayerischer Doktorvater sagen, aber freundlich und hilfsbereit.«

Marie berichtete, dass sie auf der Suche nach Siegbert Hölter war. Cordula grinste, ging vor zum Küchenfenster und zeigte auf eine unscheinbare Kamera. »Gib mir mal dein Handy. Ich richte dir rasch einen Zugriff ein. Die Kamera hat einen Bewegungsmelder, und wenn Siegbert mit seiner hässlichen, fetten Karre hier vorfährt, kriegst du einen Alarm aufs Handy. Cool, oder?«

»Legal ist das nicht.«

»Och, kein Ding. Ich bin pragmatisch. Wenn ein Schwerverletzter kommt, gilt es, dessen Leben zu retten. Da kann ich auf Blutflecken an der Decke keine Rücksicht nehmen.«

»Mein Handy ist zu alt. Ich hole mal eben ein anderes Gerät aus dem Auto.«

Marie ging durch den Hausflur und fragte sich, ob sie noch ganz bei Trost war. Sie hatte von Ele erzählt, sehr private Dinge, und jetzt ließ sie sich zu einer illegalen Kameraüberwachung hinreißen. Was war nur los mit ihr? Hormone vielleicht? Oder hatte Andreas recht, der meinte, sie sei durch den Wind? War sie womöglich auch mit dem Kopf auf das Laufband gekracht?

Cordula war, was man mit einiger Berechtigung Digital Native nannte. Die Installation der Software, die Feinjustierung für die Empfindlichkeit des Bewegungssensors, die Weiterleitung des Alarms, der Speicherort für das Video. Binnen weniger Minuten war alles erledigt, und Cordula stupste Marie Richtung Haustür. »Mein Chef, du erinnerst dich? Sehr humorloser Typ. Ich fahre jetzt mal mit dem Auto an der Kamera vorbei, du schaust auf dein Display und freust dich. Sobald du hast, was du willst, gibst du Bescheid, und ich lösche deinen Account. Auf bald.«

Cordula klapste Marie auf den Po, stieg in ihr Cabrio, fuhr am unbebauten Grundstück vorbei, wendete, winkte, und kaum dass sie sich fünfzig Meter weit entfernt hatte, machte Maries Notebook ein Klingelgeräusch. Sie klickte auf die Meldung und sah, wie Cordula winkend vorbeifuhr, gestochen scharf. Falls das jemand erfuhr, war sie ihren Job los.

Marie sah sich um. Keine Menschenseele zu sehen. Sie öffnete EMOs Tür, die sie abzuschließen vergessen hatte, und fuhr los. Als sie Richtung Kochendorf abbog, fiel ihr ein, dass sie heute mit Einkaufen dran war.

Ihr Handy klingelte. Bernd schlug vor, das Haus der Hölters zu observieren. Kalt erwischt, dachte Marie und wich aus. Aus dem, was sie sagte, schloss Bernd, dass sie sich kümmern würde. Ganz falsch war das ja nicht.

**

Der Schweiß stand ihm im Nacken und der Stolz ins Gesicht geschrieben. Wagemut hatte Besitz von Bernd ergriffen, als er den Dienstwagen auf das Gelände des LKA gesteuert und den Schirrmeister angesprochen hatte, der unversehens hinter der rechten Gebäudekante der Werkstatt auf den Platz getreten war. Er trug ein silbrig glänzendes, von einem dünnen Ölfilm bedecktes bewegliches Bauteil, das Bernd auf den ersten Blick für eine Pleuelstange hielt. Eine entsprechende Frage hatte er sich verkniffen, um einem der gefürchteten Vorträge aus dem Weg zu gehen. Aber er hatte sich doch getraut, auf die Stoßdämpfer hinzuweisen.

»Ich sehe, es gibt Wichtiges zu tun«, hatte Bernd den Gesprächsfaden zu spinnen begonnen. »Nur kurz meine unmaßgebliche Meinung. Möglicherweise sind die Stoßdämpfer an der Verschleißgrenze, undicht, was auch immer.«

Der Schirrmeister war stehen geblieben, hatte Bernd von oben bis unten gemustert und dabei mit seinem linken Daumen unablässig das silbrig glänzende Bauteil massiert. »Was auch immer also. Hoffentlich sind eure Ermittlungen dagegen von einer gewissen Systematik und Präzision beseelt. Anderenfalls müsste ich mich wohl vorsorglich in Sicherheit bringen. Verdachtsdiagnose: was auch immer. Ich werde einen Arbeitsauftrag schreiben. Moin.«

Binnen weniger Sekunden war aus Bernds Unwohlsein bezüglich des Fahrwerks ein Arbeitsauftrag geworden. Davon hatte er nicht einmal zu träumen gewagt. Beschwingt hatte er sich auf sein Fahrrad gesetzt, dem staunenden Pförtner von seinem Erfolg berichtet, und dann war er runter zur Förde geradelt. Als er die Reventloallee hinunterrollte, sah er, wie sich ein Schiff der Schwentinelinie näherte. Die Ampel an der Kreuzung war grün. Er rauschte am Finanzministerium vorbei, erkannte, dass auf der Kiellinie reger Verkehr herrschte, bremste, schwang das rechte Bein über den Sattel und rollte mit dem linken Fuß auf der Pedale über die Planken des Anlegers. Der Schwung reichte bis beinahe zu der Stelle, an der der Anleger im rechten Winkel nach rechts abknickte. Er mochte es, wenn es floss.

Ein Gruß an den Decksmann, das Fahrrad routiniert auf die Seite gestellt und zielstrebig die Stufen rauf zu seinem Lieblingsplatz unter der Brücke erklommen. Sobald er das Schiff hinüber nach Dietrichsdorf betrat, den Duft der Förde roch, das Wummern des Motors spürte, der Fahrtwind die Haut kühlte, ergriff ihn das Gefühl von Freiheit. Auch heute. Bis sein Smartphone einen Dreiklang erzeugte, den er dem Sammelanruf der Abteilung zugeteilt hatte. Bernd ging hinüber zur Steuerbordseite. Der Wind aus östlicher Richtung hätte im Zusammenwirken mit dem Fahrtwind eine Kommunikation zumindest erschwert. Er blickte sich um und stellte fest, dass es keine unerwünschten Mithörer in seiner Nähe gab.

Astrid nahm den Anruf in der Küchenabteilung von IKEA entgegen. Sie hatte sich soeben für eine Arbeitsplatte aus einer Art Kunststein entschieden, die ein externer Hersteller zuliefern würde. Sie verließ die Abteilung und eilte entgegen der eigentlichen Laufrichtung dem Ausgang zu.

Auf dem leicht hügeligen Gelände des Modellflugsportvereins Kiel waren Elmar und Gregor in ein Gespräch über Kraftstoffe vertieft. Thorsten, der Technikbeauftrage des Vereins, kannte sich richtig aus und lieferte sich mit Elmar einen Schlagabtausch, bei dem Methanol und Diethylether eine Rolle spielten. Gregor sondierte unterdessen die buschigen Ränder des Flugplatzes. Sicher gab es dort geeignete Verstecke auch für Kanister. Er nahm den Anruf entgegen und sah Sonja an ihrem Schreibtisch sitzen.

Auch Marie sah zunächst nur Sonja. Sie hatte das EMO gerade auf dem Parkplatz von EDEKA in Fleckeby abgestellt, als das Laptop geklingelt hatte. Ihr altes Handy war für Videotelefonie nicht geeignet. Sie legte die Einkaufsliste auf den Beifahrersitz und fragte: »Sonja, was gibt's?«

Sonjas Blick war konzentriert. »Moment noch. Ja, alle da. Mich hat vor einer halben Stunde die Polizeistation Eckernförde angerufen. Es gäbe ein paar aufschlussreiche Bilder, hat die Kollegin gesagt und mir dann ein Video übermittelt, das ich euch jetzt zeige. Es ist die Aufzeichnung einer Überwachungskamera vom letzten Donnerstag kurz nach drei Uhr. Ort ist der rückwärtige Anbau einer Arztpraxis in Borby. Ist ohne Ton. Alle bereit?«

Zustimmung mit Rauschen, Hall und Knistern.

»Geht los.«

Bernd, Astrid, Gregor und Marie sahen einen gepflasterten Hof, in einer Backsteinwand eine Tür, die ein Fenster im oberen Drittel hatte. Von links betrat eine Person den Hof und ging gezielt auf die Tür zu. Die Person mit der Figur einer Frau zog einen Gegenstand aus der rechten Jackentasche. Sie trug Handschuhe und hatte die Kapuze der Jacke über den Kopf gezogen. Offenbar hatte sie lange Haare, die aus der Kapuze auf die Brust fielen. Der Gegenstand musste ein Schlüssel sein, denn sie führte die Hand zum Schloss der Tür. Sie drehte die Hand. Das Bild war ausreichend scharf. Es gab nur minimale Verzögerungen.

Die Person bewegte den Arm vor und zurück, zog mit der anderen Hand am Griff, drückte mit der Schulter gegen die Tür, senkte den Kopf. Dann trat sie mit dem rechten Fuß gegen die Tür, betrachtete den Schlüssel, versuchte es erneut. Vergeblich. Sie drehte sich um, steckte den Schlüssel weg, zog die Kapuze und eine Perücke vom Kopf. Sie schaute direkt in die Kamera. Es dauerte ein oder zwei Sekunden, bis sie ihren Fehler erkannte. Die Augen weiteten sich. Sie sah sich um, bückte sich, nahm einen Stein aus einem Beet neben der Tür und warf ihn in Richtung Kamera. Der Stein verfehlte sein Ziel. Sie bückte sich erneut, und der zweite Wurf führte dazu, dass die Kamera ein Fenster im Obergeschoss zeigte.

Marie äußerte sich als Erste. »Diese Augen. Das ist Leni Börnsen. Hundertprozentig.«

»Leni Börnsen ist Schneewittchen«, sagte Bernd.

»Warum erhalten wir das Video erst jetzt?«, fragte Astrid.

»Der Arzt war im Urlaub«, lautete Sonjas einfache Erklärung.

»Danke, Sonja«, sagte Marie. »Wir intensivieren die Fahndung nach Leni Börnsen. Ich sorge dafür, dass ihr Foto und das Phantombild in die Medien kommen. Von euch noch was?«

Schweigen.

»Astrid?«

»Wir machen es, wie du gesagt hast. Schönen Feierabend.«
Die Übertragung wurde beendet.

Marie griff zum Telefon, beantragte einen richterlichen Beschluss und sprach mit der Kollegin in der Pressestelle des Landeskriminalamtes, die sich darum kümmern würde, dass die Zeitungen und das Fernsehen sowie die behördeneigenen Kommunikationsplattformen das Foto von Leni Börnsen zeigen würden.

Einen Moment blieb sie noch im Auto sitzen, spekulierte, wo Leni jetzt sein konnte, dachte an Lenis Mutter, die ihr leidtat, dachte an ihren Vater, atmete tief durch und sagte: »Feierabend. Familie Geisler hat Hunger.« Hoffentlich auch Karl.

Sie stieg aus und betrat den seit einem Jahr stark erweiterten Laden der Familie Paasch. Hier gab es nun alles, von der Chilischote bis zum Vogelfutter, von der Haushaltsschere bis zum Mohnkuchen von Mordhorst, der noch immer der beste Mohnkuchen zwischen List und Lauenburg war.

***

Juni, keine Ahnung, welcher Tag. Scheißegal.

Liebes Tagebuch,

mir ist immer noch kotzübel, und Bauchschmerzen habe ich auch. Der Typ will ständig mit mir in die Kiste, aber mir geht es nicht gut. Ich glaub, ich werde mal in die Ambulanz gehen. Irgendwo, wo man mich nicht kennt. Husum vielleicht. Mal sehen. Ich habe das tolle Zimmer von Toni in Sehestedt. Er ist ein richtig guter Kerl, glaube ich. Gestern hat er gesagt, ich könnte eine Ausbildung machen, und dann würde er mich einstellen. Mit Versicherung und dem ganzen Kram. Das wäre echt krass, oder? Voll spießig. Aber ich fühle mich schon wohl da. Und das mit dem Ritalin geht auch nicht ewig. Gestern bin ich gewarnt worden. Es gibt wohl einen V-Mann in der Szene.

Wenn mich die Bullen erwischen, gehe ich in den Bau. Nö. Na
ja, ich weiß noch nicht. Nach meinem Geburtstag entscheide
ich mich. Ist ja nicht mehr lange. Ich würde gern mal wieder
feiern. So mit Kuchen. Toni hat eine richtige Familie. Alter,
ich heul schon wieder. Ende der Durchsage.

Lieb dich, Leni

* * *

»Permapech«, sagte Karl und legte die schwarzen Backgam-
monsteine in das Fach des Spiels, das Marie ihrem Mann vor
ziemlich genau fünfzehn Jahren geschenkt hatte. Er hatte
damals so ernst auf sie gewirkt. War mit medizinischen For-
schungsfragen beschäftigt, mit Karriereplanung, und er hatte
an der Ungerechtigkeit der Welt gelitten. Seitdem spielten sie
Tag für Tag. Ein Segen. Eine Pause vom Irrsinn. Die Spiel-
fläche war ausgeblichen, die Steine glatt gespielt. Dass Karl
auch Freude daran gefunden hatte, für ein paar Minuten nur
an den nächsten Zug zu denken, freute Marie. Dass sie den
dritten Tag hintereinander verloren hatte, ärgerte sie.
    »Permapech?«
    »Ja, das ist Dauerpech.«
    »Wie kommst du darauf?«
    »Wir haben doch Permafrost durchgenommen.« Karl stand
auf und ging in die Küche. »Pfui Teufel«, hörte sie ihn rufen
und folgte. Andreas hatte den Tisch gedeckt, und Karl hatte
schwarze Oliven entdeckt.
    »Die dürfen Kinder auch noch gar nicht essen«, beruhigte
Marie. »Das ist krass das Erwachsenenessen. Andreas, ich
nähme ausnahmsweise ein Glas Rotwein. Das ist ja auch für
Erwachsene.«
    Karl zog eine Grimasse und tauchte mit dem Gesicht in eine
Wassermelonenspalte ein. Er aß, als sei er nie krank gewesen.
Marie und Andreas tauschten ein glückliches Lächeln aus.

Sie hatten gemeinsam den Tisch abgeräumt, das Geschirr in die Spülmaschine eingeordnet. Streng nach den Vorschriften des Spülmaschinenführers, wie Marie Andreas getauft hatte, nachdem er zum wiederholten Male erläutert hatte, welche Anordnung von Besteckteilen die geeignete war. Karl war in seinem Zimmer verschwunden, Andreas hatte noch Laborberichte zu lesen, und Marie war runter in den Hafen gegangen.

Der Abend. Der Abend konnte etwas Versöhnliches haben, wenn sich Stille über den Tag senkte. Heute war es still in Schleswig an der Schlei. Nur zwei Höckerschwäne flogen pfeifende Flügelgeräusche sendend hinüber nach Fahrdorf. Aber in Maries Kopf herrschten lautstarke Diskussionen. Widerstreitende Positionen rangen darum, Oberhand zu gewinnen. Alle Argumente waren ausgetauscht. Es bedurfte einer Entscheidung.

Es ist wahr, dass ich persönliche Beziehungen zu Leni Börnsen, der vermissten Person, und zu Toni Paxner, dem durch den Brandanschlag Geschädigten, habe, aber bin ich deshalb voreingenommen, gar befangen? Nein, bin ich nicht. Überrascht, wie plötzlich und eindeutig sie entschieden hatte, wiegte Marie den Kopf, schmeckte dem Salmiakbonbon nach, nur um gleich wieder innezuhalten.

Hatte sie an Toni als Geschädigten gedacht? War das wirklich so klar? Bestimmt war er gut versichert. Presse, also Öffentlichkeit, hatte er jetzt auch. Was Bernd am Telefon über die Beziehung zwischen Toni und seiner Frau erzählt hatte, wäre Marie niemals in den Sinn gekommen. Eine offene Ehe. Dass Toni vielleicht einen warmen Abriss geplant hatte, hatte sie bis vor einer Minute auch für ausgeschlossen gehalten. Denken säte Zweifel. Ob sie bald wieder unbefangen ins Studio gehen könnte?

Marie zog die Kapuzenjacke enger um die Schultern. Kälte stieg vom Wasser her auf. Sie kehrte dem Hafen den Rücken und ging nach Hause. Karl schlief. Andreas hatte attestiert, dass er bald wieder gesund wäre. Besonders wissenschaftlich hatte seine Diagnose nicht geklungen, aber sie vertraute seiner Erfahrung und Vaterliebe.

Aus der Küche ein Klappern, dann Andreas' Stimme. Er telefonierte. Marie schlich ins Wohnzimmer, stellte sich vor die Balkontür. Ihr Atem auf der Scheibe. Sie spürte die Kühle des Glases. Der Rasen, den Andreas vor einigen Stunden gemäht hatte, glitzerte im kalten Licht des Mondes. Ein aus dieser Position hinten schmaler wirkendes Karree aus niederländischer Rollrasenherstellung. Marie drehte den Kopf nach links und wartete.

Wieder und wieder ihr Atem auf der Scheibe. Sie fragte sich, wann sie zum letzten Mal etwas Bedeutendes gedacht hatte. Sie fragte sich, ob sie überhaupt schon einmal etwas Bedeutendes gedacht hatte. Etwas, das die Menschheit, oder zumindest sie selbst, besser machen könnte. Die Antwort war ernüchternd. Sie brachte Fragen hervor, viele Fragen, wenige Antworten. An eine bedeutende konnte sie sich nicht erinnern. Hoffentlich würden die Träume dieser Nacht erhellender als die der letzten.

Sie stieg die Treppe hinauf zum Schlafzimmer. Andreas telefonierte noch immer. Ein Wort, das sie aufschnappte, war »Tumormarker«. Der Tod war allgegenwärtig, der Schlaf sein kleiner Bruder.

Sie hatte keine Lust zu duschen. Sie duschte. Neben der Seifenschale ein schwarzes Insekt. Sie konnte nicht gleich erkennen, um welche Art Insekt es sich handelte. Wasser in den Augen. Marie wischte sich übers Gesicht, beugte sich vor. Keine Ameise, keine Biene, keine Fliege, keine Wespe. Das Tier unternahm Flugversuche, eher Hopser, als müsse es das Fliegen noch erlernen. Ein schmaler, beinahe schwarzer Körper, der aus Ober- und Unterkörper bestand, verbunden durch eine Wespentaille. Doch eine Wespe? Sie wand sich und spülte Shampoo aus den Haaren. Das gelang dank der sehr kurzen Haare binnen weniger Sekunden. Es war eine gute Entscheidung gewesen, die Haare auf Sommer zu trimmen.

Das Tier krabbelte wankend zum Fensterrahmen, presste

sich in eine Nische. Der Todeskampf, dachte Marie und erwog, das Leiden der Kreatur zu beenden. Ein kurzer Druck mit dem Daumen der rechten Hand oder weggewischt ins ablaufende Wasser. Wer bin ich, dass ich über die Lebensdauer einer anderen Kreatur entscheide? Gestern hatte sie den Kellerschnack im LKA aus Termingründen absagen müssen. Als Themenvorschlag war in ihrem Postfach die Frage eingegangen: »Polizist, Herr über Leben und Tod?«

***

Siggi war nicht nach Hause gefahren. Er hatte sein Handy abgeschaltet und in der Nähe des Recyclinghofes geparkt. Abends war in der Sackgasse nichts los. Er hatte geschlafen. Damit hatte er nicht gerechnet. Der Alarm weckte ihn um zwei Uhr fünfundfünfzig.

Siggi griff in die Mittelkonsole und schraubte die Wasserflasche auf. Er trank in langen Schlucken, bis die Flasche leer war. Es knisterte, als sich die Flasche wieder mit Luft füllte. Er schraubte sie zu und stellte sie zurück. Dann startete er den Motor, nur um den Zündschlüssel gleich wieder nach links zu drehen.

Er stieg aus, schaute sich um. Die Nacht war hell. Vollmond. Es war ganz still. Friedlich. Er ging um den weißen Transporter herum. Einmal. Noch einmal. Die Straße entlang bis zum Tor des Recyclinghofes. »Es ist gerecht. Es ist nur gerecht.« Er flüsterte und wiederholte: »Es ist nur gerecht.«

Es war drei Uhr sieben, als Siggi wieder ins Auto stieg, den Fernzünder aus dem Handschuhfach holte, zwischen seine Beine legte, den Motor anließ und losfuhr. Er bog rechts ab, fuhr langsam im dritten Gang durch das kleine Gewerbegebiet im Norden der Stadt. Jenseits der Ampel erkannte er die Silhouette des Fitnessstudios. Er hatte sich überlegt, dass er auf den Knopf drücken würde, wenn er mitten auf der Kreuzung war. Dann gäbe er Gas und führe in sein Versteck.

Um drei Uhr neun löste die Brandmeldezentrale des Fitness-studios Alarm aus. Die Feuerwehr rückte aus. Sirenen und blaues Licht in der Nacht. Schlaflose standen hinter Scheiben. Babys wurden wach und weinten. Siggi umklammerte das Lenkrad mit beiden Händen. Er zitterte, er schwitzte, er dachte an Jenni.

***

»Marie, hallo Wickielein.« Von fern drang Andreas' Stimme an ihr Ohr, aber wecken konnte sie Marie nicht. Zu vertraut der Wohlklang. Warm und weich. So warm und weich wie das Bett, in dem sie neben ihm schlief. Dann begann es zu schaukeln. Ein bisschen wie auf einem kleinen Ruderboot, in dem jemand unvorsichtigerweise aufgestanden war.

»Marie, dein Handy klingelt. Es klingelt dienstlich.«

Augen auf. Große rote Ziffern an der Zimmerdecke: 04:28. Marie erfuhr vom Brandanschlag in Eckernförde. Vom zweiten Brandanschlag auf ein Fitnessstudio innerhalb weniger Tage. Sie erfuhr, dass es keinen Personen- und nur geringen Sachschaden gegeben hatte. Einer von zwei Kanistern war nicht explodiert und in Brand geraten. Das Feuer, das der andere verursacht hatte, war von der Sprinkleranlage bekämpft worden. Die Brandermittler waren unterwegs, der Kriminaldauerdienst und die KTU ebenfalls. Marie drehte sich wieder um. Andreas schnarchte.

Stine und der Altonaer Ofen

Früher Morgen, sehr früher Morgen. Es war nicht das erste Mal, dass sich Marie über ihr eigenes Verhalten wunderte. Sie war sofort wieder eingeschlafen. Als sei nichts passiert. Dabei deuteten die Kanister und die aufgefundene Zündanlage auf denselben Täter hin. Eine Serie? Gut, dass nicht viel passiert war. Aber kaum auszudenken, was los wäre, ginge es nun so weiter. Welches Studio wäre als Nächstes dran? Mussten überall Überwachungsmaßnahmen getroffen werden? Wie würden die Touristen reagieren? Eine wichtige Frage in einer Stadt wie Eckernförde. Marie rief Astrid an. Sie verabredeten sich am Fitnessstudio.

Während Marie mit Astrid telefoniert hatte, war die Haustür geöffnet und geschlossen worden. Neuerdings gab sie einen Quietschton ab, kurz bevor die Falle in die Ausnehmung auf der Zargenseite glitt.

»Die Tür quietscht«, hatte Marie vor über einer Woche gesagt.

»Auch im Unbelebten ist Leben«, hatte Andreas geantwortet.

»Ein Schrei nach Öl«, war Maries Replik gewesen. Aber da hatte Andreas das Haus bereits verlassen.

Als Marie nun den Flur betrat, lief sie Uwe in die Arme. »Uups. Du hier?«

»Mein Sohn, dein Mann, hat mich hergebeten, um ein bisschen was mit Karl zu unternehmen.«

»Er geht nicht in die Schule?«

Uwe machte fragende Augen. »Das entscheidet im Zweifelsfall ein Erziehungsberechtigter oder der behandelnde Arzt.«

»Tja, dann macht es euch mal nett. Und sag deinem Sohn, er möge eine Entschuldigung schreiben. Ach, und noch was. Die Haustür quietscht. Ich weiß mir da wirklich keinen Rat. Solltest du eine Idee haben ...«

Uwe kicherte und ging in die Küche. Die Kaffeemühle brummte, Marie rief »Tschüs, Jungs« und zog die quietschende Tür hinter sich ins Schloss. Den Schlüssel fürs EMO in der Hand schaute sie auf ihr klingelndes Handy. Die angezeigte Nummer kannte sie nicht.

»Marie Geisler.«

»Hier ist Jenni Hölter. Entschuldigen Sie die Störung. Aber mein Mann ist nicht nach Hause gekommen. Ich mache mir furchtbare Sorgen. Und gerade eben hat er angerufen. Er hat gesagt, ich soll mir keine Sorgen machen. Er brächte alles in Ordnung. Er hat ›zurück auf Anfang‹ gesagt. Ich weiß nicht, was das bedeuten soll.«

Marie lehnte sich an einen Balken des Carports, schloss die Augen. »Dass ihr Mann angerufen hat, ist ein gutes Zeichen. Sie und Ihre Tochter sind das Wichtigste für ihn. Dennoch ist es sicher hilfreich, wenn wir ihn finden. Hat er gesagt, wo er ist?«

»Nein. Und als ich ihn zurückrufen wollte, kam eine Ansage, dass der Teilnehmer nicht zu erreichen ist. Ich habe dann im Handy nachgesehen. Die Rufnummer, von der aus er mich vorher angerufen hat, war unterdrückt. Er hat wahrscheinlich die SIM-Karte gewechselt. So was gibt's doch nur im Fernsehen. Siggi ist doch kein Bankräuber.«

Marie hatte zwischenzeitlich die Tür aufgeschlossen und sich auf den Fahrersitz gesetzt. Als sie das Telefon von der rechten in die linke Hand wechselte, machte sie eine Bewegung, die ihr schmerzhaft in Erinnerung rief, dass Quetschungen und Prellungen eine gewisse Zeit brauchen, um zu heilen.

»Frau Hölter, lassen Sie uns bitte Folgendes vereinbaren. Sie fragen bei Freunden und Kollegen nach, ob sie Ihren Mann gesehen haben, und wir halten unsererseits die Augen auf. Sobald eine von uns was Neues hat, rufen wir einander an. Was sagen Sie?«

»Ich will, dass er wieder zurückkommt. Egal, was passiert ist. Geht das Studio eben pleite. Wir geben das Haus an die

Bank zurück, ziehen in eine Mietwohnung und gut. Siggi war so stolz auf das Studio.«

»Sie haben recht. Geld ist nicht alles. Wir halten uns also gegenseitig auf dem Laufenden?«

»Ja, das machen wir.«

***

Wo sich das Wasser der Koseler Au mit dem aus dem Ornumer Noor und der Schlei mischt, hockte Siegbert Hölter auf einem dreibeinigen Anglerhocker, dessen Beine so weit in den weichen Untergrund eingesunken waren, dass Siggis Knie den Bauch berührten. Der Tanz einer Libelle, einer blauen Schönheit, beanspruchte seine Aufmerksamkeit, wenn auch nur für einen Moment inneren Friedens. Dann streckte er den rechten Arm erneut in die Höhe, beschwor die Mächte des Universums und hoffte, das Funkloch schlösse sich durch das Zusammenwirken physikalischer Größen, die er nicht kannte.

Inzwischen müsste es im Netz Meldungen zur Situation auf der Carlshöhe geben. Wenn noch nicht in der Zeitung oder im Fernsehen, dann doch bei Facebook. Da gab es doch immer alles. Schnell und echt. Ganz ohne den Filter der Lügenpresse. Aber er saß im Funkloch.

Die Libelle zog weiter. Nachdem er im Morgengrauen hier angekommen war, hatte er sich in den Schlafsack gelegt. Es war nicht kalt, aber feucht gewesen. Die Geräusche um ihn herum hatten ihn nicht geängstigt. Er war schließlich Boxer. Aber er hatte nicht einschlafen können. Nun war er müde, doch sein Puls war beschleunigt. Er würde noch tagelang hier sitzen können, ohne zu erfahren, welche Folgen der Brandanschlag gehabt hatte.

Ein Schluck noch, der letzte aus der Wasserflasche. Ein neuer Gedanke: Warum saß er eigentlich hier? Niemand hatte ihn gesehen. Nachdem er auf den Auslöser gedrückt hatte, war er mit Vollgas Richtung Schleswig gefahren, am neuen Gewerbegebiet Richtung Gammelby abgebogen, über

Schleichwege hierher ans Ufer der Schlei gefahren, in ein abgelegenes Wäldchen. Wieder war es das schlechte Gewissen gewesen, das kein Triumphgefühl zugelassen hatte. Was er getan hatte, war strafbar. Darum war er geflohen, fragte sich nun allerdings, ob das wirklich nötig gewesen war, ob es nicht sogar klüger gewesen wäre, einfach nach Hause zu fahren. Er legte das Handy auf den Schlafsack, stand auf, zog T-Shirt und Boxershorts aus. Dann ging er ins Wasser.

***

Es waren alte Freunde aus Bremen gewesen, die am Abend vor Bernds Tür gestanden hatten. Sie wollten angeln, hatten einen Trip auf der Ostsee gebucht. Und weil sie schon mal in der Gegend waren, hatten sie gesagt, seien sie spontan vorbeigekommen. Sie hatten sich mit Sixpacks bewaffnet an Bernd vorbeigeschoben, blöde Bemerkungen über seine »Junggesellenbude« gemacht, gemutmaßt, er würde wohl keine Frau mehr abkriegen. Der Rest war in wirrem Gequatsche über Fußball, Sandbahnrennen und Werftenkrise untergegangen.

Sie hatten Musik gehört. Alte Sachen. Zu laut. Bernd hatte immer wieder leiser gedreht, wollte verhindern, dass Kollegen wegen Ruhestörung schellen würden. Gegen ein Uhr hatte sich die Truppe verabschiedet, nicht verstanden, dass er keine Lust hatte, ins Kieler Nachtleben einzutauchen, wie sie es nannten. Anzüglich lachend. Alte Freunde, die ihm nun nicht mehr nah waren. Echos aus der Vergangenheit, Erinnerungen, die es nicht wert waren, erinnert zu werden.

Bernd war gelaufen, mit Stirnlampe an der Schwentine entlang, hatte drei Stunden geschlafen und gleich nach dem Aufwachen seine alte Lehrerin gegoogelt. Sie war nach der Pensionierung im Sportverein aktiv gewesen, hatte 2015 eine Initiative zur Unterstützung von Flüchtlingen gegründet. Vor zwei Jahren war sie gestorben. Aufschieben war Mist. Sich etwas vorzunehmen war gut, es zu tun war besser.

Bernd hatte heute auf sein allmorgendliches Frühstücksritual verzichtet. Eier mit Speck zu essen hatte er als Verbindung zu seinem Vater empfunden, der die Familie verlassen hatte, als Bernd sich auf seinen zwölften Geburtstag gefreut hatte. Sein Vater war Soldat gewesen und nach Süddeutschland versetzt worden. Sie waren in Bremen geblieben. Sein Vater hatte Geld überwiesen, wie es sich gehörte, er hatte ab und zu angerufen, und schließlich war das Rinnsal des Miteinanders im Sand des Alltags versickert. Zum siebzigsten Geburtstag der Oma hatten sich alle wiedergesehen. Man hatte einander die Hand gereicht, war höflich gewesen. Tags drauf war sein Vater abgereist. Längst in Pension, längst mit anderen Menschen beschäftigt. Bernd hatte an der Haustür »Onkel« zu ihm gesagt und war rot geworden. Zum Abschied hatte ihm der Vater ein Fahrtenmesser mit Horngriff geschenkt.

Bernd stand an Deck der Fähre, die ihn ans Westufer der Kieler Förde fuhr, und betrachtete den Kontakteintrag auf dem Display des Smartphones. Eine Münchener Telefonnummer, eine Adresse im Osten der Stadt. Er war noch nie dort gewesen. Vielleicht sollte er sich überwinden. Wie schnell es zu spät sein konnte, zeigte der Tod von Claus Weinhold, den es offensichtlich einfach so erwischt hatte. Der nächtliche Anschlag auf das Studio in Eckernförde ließ kaum mehr Zweifel daran, dass ein Serientäter am Werke war.

Die Fähre legte an. Er schloss die digitale Ermittlungsakte, steckte das Handy in die Umhängetasche, schob das Rad über den Anleger und stieg auf, als er die Kiellinie erreichte.

Auf einer Bank neben dem Cotidano erkannte er seine Lieblingsreporterin. Er hatte alle Reportagen gesehen, die sie für den Ostseereport gedreht hatte. Er mochte, wie sie Menschen begegnete. Interessiert und zugewandt, ohne sich anzubiedern. In sich versunken schrieb sie in eine Kladde.

Kurz, ganz kurz, hörte Bernd auf, in die Pedale zu treten. Kurz, ganz kurz, hatte er das Gefühl, anhalten, sie ansprechen zu müssen. »Sind Sie nicht …?«, hatte er auf den Lippen und schämte sich. Die alten Freunde hatten recht. Er würde wohl allein bleiben in seiner Junggesellenbude.

***

Er war bis etwa zur Mitte der Schlei geschwommen, als ein Krampf schmerzhaft seinen linken Fuß erwischt hatte. Ein sicheres Zeichen, umkehren zu müssen. Er hatte sich mit dem Maleroverall abgerubbelt. Schlafsack und Angelhocker lagen auf der Ladefläche des Opel Combo. Siggi hatte den Matsch von den Füßen des Hockers entfernt, sich die Hände in der Schlei gewaschen. Das Schwimmen hatte ihn munter gemacht. Er wusste jetzt, was zu tun war. Er musste Normalität herstellen. Jenni würde er erzählen, er hätte nachdenken müssen. Sie würde nachbohren, er würde auf die Lage im Studio verweisen. Wo er denn gewesen wäre, würde sie fragen. Rumgefahren, würde er sagen.

Siggi spürte, wie seine Hände feucht wurden. Das Ortseingangsschild von Eckernförde, die Preußer-Kaserne. Er schaute nach rechts, fuhr ein bisschen langsamer. Jetzt war er auf Höhe des Fitnessstudios. Rot-weißes Flatterband vor dem Untergeschoss. Ein dunkler Fleck, da, wo er den Kanister abgestellt hatte. Sonst nichts. Das war unmöglich. Er fuhr weiter, er fuhr noch langsamer. Jetzt konnte er den Haupteingang sehen. Auch hier rot-weißes Flatterband. Sonst nichts. Sonst nichts? Wie konnte das sein? Er hatte doch einen Knall gehört.

Keine Feuerwehr, keine Polizei. Keine Wut. Siggi spürte keine Wut. Es war wie im Ring. Man konnte einen Fehler machen, und wer Fehler machte, erfuhr Schmerzen. Das war lehrreich. Entscheidend war der Konter, und er würde kontern. Die nächsten Kanister würde er nicht mehr vor dem Gebäude abstellen. Für die nächsten Kanister würde er einen Platz im Herzen der Saunalandschaft finden. In seinem Keller lag eine starke Flex. Vielleicht lag sie auch in der Garage. Ihr würde sicher keine Tür widerstehen können. Auch nicht die

Tür des Nebeneingangs am Meerwasser-Wellenbad. Ab sofort würde er nur noch ein Ziel haben: den K. o. des Gegners. Mit falscher Rücksichtnahme war Schluss.

***

Als Marie das Notebook aus dem Tresor im EMO nahm und einschaltete, sah sie vierunddreißig Alarme, die die Kamera in Cordulas Küchenfenster ausgelöst hatte. Die Software hatte kurze Videos gespeichert. Autos in die eine Richtung, Fußgänger in die andere. Radfahrer und Gassigeher. Dann Jenni Hölter, die vermutlich zur Arbeit fuhr. Der Pick-up von Siegbert Hölter war bisher nicht dabei gewesen.

Neben ihr hielt ein weißer Golf. Am Steuer erkannte sie Astrid, die den Motor abstellte und ausstieg. »Oh, neuer Dienstwagen?«

»Ja, ein Schaltwagen. Ganz ungewohnt.«

Die Frauen überquerten den Parkplatz und schauten auf den Haupteingang des Fitnessstudios. Flatterband, gelbe Tatorttäfelchen. Astrid zuckte die Schultern. Gemeinsam schauten sie die Fotos an, die die Beweissicherung in der Nacht gemacht hatte.

»Was sagt Elmar?«

Astrid schob ihr Smartphone in die Hosentasche. »Elmar sagt, es handele sich um identische Kanister, um die gleiche brennbare Flüssigkeit und die gleiche Zündvorrichtung wie beim Anschlag auf das Studio von Toni Paxner. Der Kanister hier vor dem Eingang ist nicht explodiert, weil eine Verbindung auf der Platine nicht gut gelötet ist. Schrott aus Fernost, hat Elmar gesagt.«

Die Frauen umrundeten das Gebäude.

»Schilder mit dem Hinweis ›Frisch gestrichen‹ aufzustellen finde ich clever«, sagte Marie. »Scheint kein Idiot zu sein, der Täter.«

Astrid brummte.

»Ich habe übrigens ein paar WhatsApp-Nachrichten mit

Gregor ausgetauscht. Auf dem Flugplatz der Modellflieger haben er und Elmar ja nichts Auffälliges entdeckt. Gregor hatte auf seinem Handy Fotos von Toni Paxner, seiner Ehefrau, Leni Börnsen alias Schneewittchen, Siegbert Hölter und der Chefin dieses Ladens dabei.« Marie drehte den Kopf in Richtung der Laufbänder, die im Fenster standen.

»Kein Treffer bei den beiden Mitgliedern, denen er die Fotos auf dem Flugplatz gezeigt hat. Aber wir bekommen noch die Mitgliederliste. Der Vorsitzende war auf Dienstreise, kommt aber heute zurück. Vielleicht stoßen wir auf einen Namen, der uns was sagt. Gregor gibt Bescheid.«

»Habe ich doch schon gelesen, Marie. Du hast es brav an Sonja übermittelt, und die hat es in die digitale Ermittlungsakte eingetragen. Es läuft vorbildlich und wie am Schnürchen bei uns. Mal davon abgesehen, dass wir für die Anschläge außer Siegbert Hölter keinen Verdächtigen haben und keine Spur von Leni Börnsen.« Sie hielt inne. »Könnten die beiden unter einer Decke stecken? Haben sie vielleicht gemeinsame Interessen? Hat Hölter Leni Börnsen angeheuert? Kennen die sich überhaupt?«

Marie nickte zustimmend, holte ihr Handy hervor und rief Jenni Hölter an. Die kannte den Malerbetrieb, versicherte aber glaubhaft, dass weder sie noch ihr Mann jemals mit einem Familienmitglied zu tun gehabt hatten. Die Hölters waren aus Hamburg zugezogen und hatten keine gewachsenen Beziehungen in Eckernförde.

»Einen Versuch war es wert«, sagte Marie. »Wir sollten deinen Gedanken im Hinterkopf behalten.«

Sie und Astrid hatten jetzt die Nordostseite des Gebäudes erreicht. Die Sonne schien ihnen hell und warm ins Gesicht. Marie blickte Astrid prüfend an. »Du hast Augenringe.«

»Die hättest du sehen müssen, bevor ich mir die neuesten Wundermittel aus der Parfümerie ins Gesicht geschmiert habe.«

»Sorgen?«

»Ich schlafe schlecht.«

»Warum?«

»Jetzt gehst du aber ran.«

»Wenn der Feuerteufel wieder zuschlägt, hätte ich dich gern ausgeschlafen an meiner Seite.«

Astrid nahm die Brille ab und rieb sich mit der freien Hand durchs Gesicht.

»Nicht schlecht. So sehen die Soldaten in Kriegsfilmen immer aus, wenn sie sich getarnt haben.«

Astrid rieb weiter. Kajal, Abdeckstift und Wimperntusche vermischten sich.

»Du legst es auf einen Krankenschein an?« Marie versuchte ein albernes Lachen, das ihr im Halse stecken blieb, als sie die erste Träne sah.

Sie zog eine Packung Papiertaschentücher aus der Tasche ihres Hoodies und hielt sie Astrid hin. Über deren Gesicht huschte ein Lächeln, als sie zugriff. Marie schob Astrid sanft zum EMO, öffnete die Tür. Sie stiegen ein. Marie holte eine Flasche Wasser aus dem Kühlschrank, hielt sie Astrid hin, die den Kopf schüttelte.

Sie schniefte, schnupfte, rieb und tupfte. Als sie das dritte Tuch auf den Klapptisch legte, sahen ihre Augen aus, als habe sie jemand mit Pfefferspray angegriffen. »Ich liege im Bett und sehe eine Familie am Strand, eine Familie auf dem Spielplatz, im Supermarkt. Ich bin sechsundvierzig, und ich bin Single.«

Marie schaute Astrid an. Ein langer Blick. »Und ich dachte, du fährst freitagabends nach Hamburg und schnappst dir die knackigen Jungs.«

»Freitagabends sitze ich vor der Glotze und fühle eine gewisse Verbundenheit mit den Kandidaten bei Günther Jauch. Irgendeine Familie braucht doch jeder.«

»Schlafhygiene sagt dir was?«

»Marie, ich bin eine weiße Frau Ende vierzig mit Hochschulabschluss und Abonnentin der ›Psychologie heute‹.« Astrid holte Luft. »Scheiß drauf. Meinst du, dein Mann könnte mir ein Rezept für Schlaftabletten ausstellen?«

»Wozu?«

»Wozu? Dein Ernst? Ich habe hier eine Scheißabteilung zu leiten, und wenn ich weiterhin so aussehe, wie ich jetzt aussehe, werde ich als alte Jungfer abtreten.«

»Niemand will das hören. Aber lass doch einfach mal locker. Du bist Beamtin auf Lebenszeit. Was soll passieren?«

Astrid schlug mit der Faust auf den Tisch. »Ich will, dass mein Körper tut, wozu ihn die Evolution bestimmt hat. Das ist doch nicht zu viel verlangt. Du hast einen Sixpack, und ich habe Winkfleisch. Sie zog mit Daumen und Zeigefinger an der Haut des linken Oberarms.«

»Die Antwort ist nein. Mein Mann und das LKA, das vermische ich nicht. Und wenn du einen Sixpack willst, dann begleite mich ins Studio. Ich werde dich anfeuern und trösten, wenn dich der Muskelkater umbringt.«

»Das Studio ist abgebrannt.«

»Nicht ganz. Außerdem gibt es den Strand. Wir machen demnächst Einheiten mit Blick auf die Eckernförder Bucht, hat Toni angekündigt. Sehr geil.«

»Besorge ich mir eben Koks aus der Asservatenkammer.«

Maries Handy verhinderte eine angemessene Reaktion.

»Schrader, Polizeistation Eckernförde.«

»Ich erkenne Sie inzwischen an der Stimme. Was gibt's?«

»Die Ergebnisse unserer Nachforschungen unter den Mitbürgern mit Sympathien für rechtsnationales Gedankengut. Leider ein Schuss in den Ofen. Die ganze Truppe war auf einer Demo in Berlin. Es gibt Fernsehbilder. Waren alle vollständig angetreten.« Schrader hatte beim letzten Satz den Tonfall des Gröfaz imitiert.

»Keine Späße mit Nazis. Nie. Bitte. Okay, danke für die Info. Dann können wir diese Gruppe ja eine Prioritätszeile nach unten schieben.« Marie beeilte sich anzufügen: »Was nicht bedeutet, dass wir sie aus den Augen verlieren dürfen.«

Schrader sagte etwas Unverständliches und beendete das Gespräch.

»Was Neues?« Astrid schaute in den Außenspiegel des EMO und rieb noch immer in ihrem Gesicht herum.

»Die rechten Gesellen und Gesellinnen waren in Berlin. Wir können die erst mal links liegen lassen.«

»Keine Späße mit Nazis.« Astrid richtete sich auf. Die Partie um die Augen sah zum Fürchten aus.

»Vorschlag«, sagte Marie. »Du fährst ins Büro. Hier können wir sowieso keine neuen Erkenntnisse gewinnen. Wir warten auf den Bericht der KTU, und ich fahre noch mal zu Lenis Mutter. Vielleicht war ich beim ersten Gespräch zu nah dran. Vielleicht weiß sie mehr, als sie gesagt hat. Einverstanden?«

Astrid zögerte. »Wir müssen Siegbert Hölter finden.«

»Kein Kollege, der nicht nach ihm Ausschau hielte. Leider benutzt er eine neue SIM-Karte. Die uns bekannten Nummern sind tot. Für eine Fahndung reicht unser ungutes Gefühl nicht.«

Astrid schaute unzufrieden, nickte dann aber und ging zum Auto. Im selben Moment trat Gaby Schäffler, die Inhaberin des Fitnessstudios, aus der Tür des Carls, das insbesondere für gute Livekonzerte bekannt war. Sie winkte einem Mann, der zurück in die Halle ging.

Als sie näher kam, erkannte sie Marie. Ein gequältes Lächeln. »Müssen wir uns demnächst alle einschließen? Wenn das so weitergeht, wander ich aus. Ich fühl mich ja jetzt schon nicht mehr wohl. Irre, wo man hinguckt. Wo kommt das her? Dieses rücksichtslose Fahren, das Drängeln an der Supermarktkasse, diese Geilheit auf Schnäppchen?«

»Das fragen Sie? Sie sind doch täglich von Menschen umgeben, die schöner, stärker, fitter sein wollen. Wir leben in einer durch und durch egoistischen und hedonistischen Gesellschaft. Brust raus, Ellbogen raus, fertig. Vielleicht ist hier jemand angetreten, der genau das bekämpfen will? Die reinigende Kraft des Feuers.« Marie hatte ihre krauses Statement mit ausladenden Gesten begleitet.

Jetzt standen sich die beiden Frauen direkt gegenüber, schauten einander in die Augen und begannen beinahe gleichzeitig zu lachen.

»Wer sagt, dass wir den Stammtisch nicht auf den Parkplatz verlegen können?«, kicherte Marie.

»Hoffentlich hat uns niemand abgehört. Da soll es ja auch ganz schlimme Methoden geben.«

»Überall Spione aus Amerika, und ich habe gehört, dass die Russen deutschen Kühen Futter untergeschoben haben, dass alle Milchtrinker zu treuen Genossen Moskaus macht.«

»Apropos Milch. Wie geht's dem Sohnemann? Meiner hat heute Morgen einen halben Liter Milch auf ex getrunken.«

»Unserer ist auch ziemlich fit. Morgen geht er wieder in die Schule.«

»Wann kann ich das Studio eigentlich wieder aufmachen?«

»Ich denke, spätestens morgen. Die Kollegen von der KTU werden gleich noch einen Durchgang machen, und wir werden jetzt bei Tageslicht ein zweites Mal prüfen, ob es keine weiteren versteckten Brandsätze gibt.«

»Haben Sie eigentlich schon mit Siegbert Hölter gesprochen?«

»Sobald wir verwertbare Ergebnisse haben, die Sie direkt betreffen, teilen wir das selbstverständlich mit. Zu unserer Ermittlungsarbeit kann ich keine Auskünfte geben. Sicher verstehen Sie das.«

Marie streckte die Hand aus. Dabei rutschte ihr das Schleibook aus der Innentasche der Jacke und fiel zu Boden. Sie bückte sich, spürte das Knie, brach den Versuch ab.

»Oh, Knieprobleme?«, fragte die Studiochefin und reichte ihr das Schleibook.

»Danke, ja. Fußball. Und beim Anschlag auf Tonis Studio bin ich gestürzt. Aber ich trainiere fleißig.«

Die Frauen verabschiedeten sich mit Handschlag.

Kaum im EMO, signalisierte das Notebook einen neuen Bewegungsalarm.

Marie aktivierte das Display und sah, wie ein weißer Opel Combo mit der Aufschrift »Ein Mal – zwei Maler« vor dem Haus der Hölters hielt. Die Aufschrift verstand Marie nicht, erkannte aber die bullige Statur von Siegbert Hölter. Sie schaute auf die mitlaufende Uhr. Hölters Ankunft lag keine zwei Minuten zurück.

Sie startete den Motor, griff nach dem mobilen Blaulicht, schob es mit links aufs Dach, verzog das Gesicht, weil die Hand noch immer schmerzte, und verließ den Parkplatz mit quietschenden Reifen.

Zur gleichen Zeit hatte Siegbert Hölter das Liederbuch seiner Tochter vom Boden im Flur aufgehoben und in den Bücherkorb in der Küche geräumt. Er sang: »Hab 'ne Tante aus Marokko, und die kommt ...«

Er ging in den Keller, öffnete die linke Tür des Schrankes unter der Werkbank und entnahm den Winkelschleifer. Er war skeptisch gewesen, ob ein Gerät mit Akku an die Leistung einer kabelgebundenen Maschine heranreichen würde, war allerdings positiv überrascht worden, als er die Bleche der Ladefläche seines Pick-ups entfernt hatte, um sie gegen verstärkte auszutauschen. Die Trennscheibe war durch das Blech gerauscht, dass es eine Freude war. Kraftvoll seidiger Lauf, optimales Feedback vom Material über die Scheibe und die Maschine. Guter Halt, kein Verkanten.

Er legte einen zweiten, voll geladenen Akku in den Koffer, legte die Flex dazu und verschloss den Koffer. Er würde sich nicht mit den Verriegelungen der Tür zum Meerwasser-Wellenbad aufhalten, sondern der Einfachheit halber eine Einstiegsöffnung mitten ins Türblatt schneiden. Das würde mit Geräuschen verbunden sein, aber in der Nacht von Sonntag auf Montag war es an der Promenade erfahrungsgemäß menschenleer. Außerdem würde er hinter einer schallschluckenden Matte aus Noppenschaumstoff arbeiten, damit die Anlieger jenseits der Preußerstraße nicht aufmerksam wurden.

Marie bog von der B 76 rechts in den Kakabellenweg ab. Keine gute Entscheidung. Ein Lkw mit Anhänger stand quer auf der Straße. Der Fahrer wollte auf den REWE-Parkplatz abbiegen, aber etwas versperrte die Einfahrt. Marie schaltete das Martinshorn ein. Menschen drehten sich um und gestikulierten. Aber der Lkw stand, wo er stand. Jetzt stieg zu allem Übel auch noch der Fahrer aus. Marie brüllte ihn an. Der Mann verstand kein Deutsch. Sie versuchte zu wenden. Hinter ihr standen bereits drei oder vier weitere Autos. Marie tobte, brüllte und hupte. Dann, endlich, fuhr der Lkw an. Sie legte den ersten Gang ein und quetschte sich rechts am Heck des Lasters vorbei. Äste, die aus den Büschen am Straßenrand ragten, kratzten über EMOs Lack. Marie trat das Gaspedal durch. Vor dem Gebäude der Stadtwerke lief eine kleine Gruppe von Schulkindern. Sie fuhr langsamer. Die Kinder hatten sich zu ihr umgedreht und winkten. Marie winkte zurück, passierte die Kinder, schlug aufs Lenkrad, bog auf den Windebyer Weg ab. Die Ampel grün. Vollgas. Sie erreichte den Kreisverkehr, von dem aus die Schiefkoppel abzweigte. Jetzt würde er ihr nicht mehr entwischen können.

Siegbert Hölter hatte das Werkzeug in den Beifahrerfußraum gelegt. Er telefonierte mit seinem Kumpel Jonas in Gettorf.

»Sag mal, diese Noppenmatten. Hast du da noch welche von?« Jonas hatte. Sie hatten sie immer wieder benutzt, wenn sie mit der Punkband geübt hatten. Gut waren sie nie gewesen, aber verdammt laut.

»Okay, ich komm jetzt. Kann ich den Rest der Woche bei dir pennen?«

Jonas hatte nichts dagegen. »Aber das Astra geht auf dich«, sagte er und legte auf. Siggi drehte den Zündschlüssel, startete den Motor, legte den ersten Gang ein und fuhr los. Als er den Kreisverkehr verließ, sah er im rechten Außenspiegel kurz ein Blaulicht aufblinken. Er presste die Lippen aufeinander und beschleunigte.

Marie bremste vor dem Haus der Hölters. Kein Transporter weit und breit. Sie fuhr weiter bis zum Ende der Straße, fuhr durch jede der Nebenstraßen. Siegbert Hölter war weg. Es konnte sich nur um Minuten, vielleicht um Sekunden gehandelt haben.

»Mist, verfluchter Mist!« Marie bändigte ihre Wut im letzten Moment. Beinahe hätte sie mit der linken Hand gegen die Seitenscheibe geschlagen. Wo kam nur diese überschäumende Wut her? Sie war immer ein emotionaler Mensch gewesen. In den letzten Wochen nahmen die aggressiven Attacken allerdings überhand. Vielleicht fehlte ihr der Fußball, der Wettkampf, der Zweikampf.

Das Notebook gab Laut, und Marie sah auf dem aufgezeichneten Video, wie Siegbert Hölter Richtung Kreisverkehr und sie selbst in die andere Richtung fuhr. Sie hatte ihn um sieben Sekunden verpasst, wie sie beim Ablesen der mitlaufenden Uhr feststellte. Sieben Sekunden! Erneut hob sie den linken Arm. Sie dachte: Bullerbü. »Bullerbü« war das Mantra ihrer Wahl, seitdem sie über Mediation gelesen hatte. Mit Bullerbü verband sie ausschließlich positive Bilder von Freundschaft, Familie, Natur und Sommerfrische. Sieben Sekunden!

Sich zu beruhigen gelang Marie nicht. Sie hoffte auf andere Reize. Die Reize des Straßenverkehrs, der sie disziplinierte und zwang, auf andere Verkehrsteilnehmer zu achten. Sie fuhr los, hielt allerdings wenige Häuser weiter erneut an. Sie angelte nach dem Notebook und schaute sich die Aufnahme der Kamera an. Weißer Opel Combo. Das Kennzeichen war nicht zu erkennen, weil Siegbert Hölter parallel zur Kamera gefahren war. Die Aufschrift konnte vielleicht helfen. »Ein Mal – zwei Maler«. Ein Handwerker mit Humor, ein Anstreicher, der auf einen windigen Werbefuzzi reingefallen war.

Marie googelte den Spruch, leider ohne Ergebnis. Der Spruch war neu, der Handwerker war der analoge Typ ohne eigene Internetseite. Marie machte einen Screenshot und schickte Sonja das Foto mit der Bitte, sie möge die Kollegen auf der Straße informieren. Dann entschied sie sich, an Siegbert Hölters Studio vorbeizufahren. Der Zufall war ein Eichhörnchen. Insbesondere in Eckernförde. Marie lachte über den Kalauer und schaute sich ihr eigenes Lächeln im Rückspiegel an. Das sollte helfen, sagten die Ritter der positiven Psychologie.

Weder vor noch neben Hölters Studio auch nur die Spur eines weißen Opels. Aber ein Rentner, der Marie von der Seite anquatschte. »Moin, gut, dass ich Sie sehe. Ich habe eine Aussage zu machen.«

»Eine Aussage?«

»Sie sind doch von der Polizei. Ich kenn Sie doch aus dem Fernsehen. Letztes Jahr, das mit unserem Wirtschaftsminister. Meine Frau hat doch bei dem in Borby geputzt. Ist ja auch egal. Folgendes: Ein Vögelchen hat mir geflüstert, dass in Tonis Studio ein Mann gestorben ist. Hab ich gefragt: Welcher Mann? Bekam ich zur Antwort: Der Typ mit dem alten 944er.«

»Porsche?«

»Porsche, genau. Und die Karre steht schon seit einem halben Jahr immer wieder gegenüber. Der Kerl ist ein Mittvierziger und hat was mit meiner Nachbarin am Laufen.«

Marie erfuhr, dass das Vögelchen ein Getränkelieferant war und die Nachbarin jetzt zu Hause sei. Das Badezimmerfenster sei auf Kipp.

Sie notierte die Personalien des Mannes und fuhr rüber in die Siedlung, in der auch Thomas Müller wohnte, dem sie das Phantombild der verkleideten Leni zu verdanken hatten. Es schien dort ein Nest sorgfältiger Beobachter zu geben.

Die Nachbarin hieß Sandra Burmester und sah auch nicht viel besser aus als Weinholds Freundin in Schönkirchen. Marie wies sich aus und fragte: »Sie kennen Claus Weinhold?«

Sandra Burmester brach in Tränen aus und verschwand in der Wohnung. Marie schloss die Tür und fand die weinende Frau im Bett. Sie hielt ein Kopfkissen umschlungen und schluchzte. Schluchzende Frauen zu trösten gehörte nicht zu Maries Stärken. Dennoch setzte sie sich ans Fußende.

Fragen musste sie nicht. Aus Sandra Burmester brach die Geschichte einer tragischen Liebe heraus, die Marie im

Nachmittagsprogramm privater Fernsehsender verortet hätte. Unterm Strich blieb die Aussage, dass Sandra Burmester am Tag des Brandanschlags die Beziehung zu Weinhold beendet hatte, weil dieser seine Freundin trotz gegenteiliger Versprechen nicht verlassen wollte. Beide hatten geweint.

Marie erfragte Details und war schließlich sicher, dass Claus Weinhold tatsächlich bei seiner Exgeliebten gewesen war, bevor ihn in Tonis Studio der Tod ereilt hatte. Sie bat Sandra Burmester, ihre Aussage im LKA zu wiederholen, und kündigte den Anruf einer Kollegin an. Dann verließ sie die bedauernswerte Frau und beauftragte Sonja mit der Vernehmung.

Zurück im EMO rief sie Toni an und fragte, ob es am Tag des Anschlags im Studio zwischen Claus Weinhold und seiner Freundin Streit gegeben hatte.

Toni verneinte. »Sie war fast die ganze Zeit an meiner Seite, oder besser an Frank Busemanns Seite. Ihren Freund habe ich nur gesehen, als sie hereinkamen. Bis zur Explosion hatten die beiden dann keinen Kontakt mehr.«

Marie bedankte sich und rief in der Rechtsmedizin an. Sie schilderte, was Claus Weinhold erlebt hatte.

»Broken-Heart-Syndrom, schon mal gehört?«, fragte Michel, der Rechtsmediziner.

»Ist das nicht eine Erfindung der Yellow Press?«

»Nein. Korrekt lautet die Bezeichnung Tako-Tsubo-Kardiomyopathie. Trifft eher Frauen in den Wechseljahren, aber auch Männer. Ich habe in Weinholds Patientenakte gelesen, dass er unter Vorhofflimmern litt. Nicht auszuschließen, dass starker emotionaler Stress den Herzinfarkt mit ausgelöst hat.«

Marie berichtete Astrid. Vorerst schlossen sie aus, dass Weinhold Opfer einer Straftat geworden war. Allerdings lagen bislang keine Erkenntnisse darüber vor, ob Weinhold und Leni Börnsen einander gekannt und am Tag des Anschlags gesehen hatten. Keiner im Studio hatte dazu etwas sagen können.

Marie gönnte sich ein Salmiakbonbon und beschloss, der

Polizeistation einen Besuch abzustatten, bevor sie ihr Glück bei Mutter Börnsen versuchen würde.

Sie fuhr runter in die Innenstadt, fand gleich einen Parkplatz an der Ecke zur Gerichtsstraße und erfreute sich nicht zum ersten Mal am Gebäude, in dem die Eckernförder Polizeistation untergebracht war. Eine Zierde, ganz im Gegensatz zu all den modernen Fassaden, die zunehmend das Bild des Seebades bestimmten. Aber das war wohl Geschmackssache. Auf der Treppe zum Eingang kamen ihr zwei uniformierte Kollegen entgegen, die wie Schülerlotsen auf sie wirkten. Frische Gesichter, federnder Gang. Nun, der Tag war ja noch jung.

Vor dem Glaskasten traf sie auf den Dienststellenleiter, den sie von einer Fortbildung kannte. Sie stellten sich an die Tür zum rückwärtigen Parkplatz, tauschten kurz Erinnerungen aus. Rasch stellte Marie fest, dass er im Bilde war. Sie bat darum, den Geschehnissen rund um den Brandanschlag Vorrang einzuräumen, sofern das möglich war. Ein gutes, im besten Falle persönliches Verhältnis zu Leitern anderer Dienststellen war meist erfolgversprechender als die Kommunikation über offizielle Kanäle. Manche Kollegen empfanden gegenüber dem LKA nicht nur Zuneigung. Als sie sich zum Gehen wandte, betrat Schrader den Gang.

»Ah, der Mann mit der Flasche.«

Der Chef schaute fragend, Schrader parierte: »Insider zwischen Ermittlern, die noch auf der Straße unterwegs sind.« Dann verschwand er hinter dem Glaskasten.

»Ein echtes Urgestein. Wo andere recherchieren, kennt er schon die Schwiegermutter des Verdächtigen. Gold wert, diese Nähe.«

Marie nickte. »Aber nicht ohne Risiko, wie wir rund um die Rockerthematik erfahren haben.«

Plötzlich Hektik auf dem langen Flur. Ein schwerer Verkehrsunfall, wie Marie aufschnappte. Sie sagte Tschüs, machte Platz, verließ die Polizeistation und ging nach vorn zur Reeperbahn. Zwei Streifenwagen verließen mit Blaulicht und

Martinshorn den Parkplatz und fuhren nach links am Bahnhof vorbei. Marie stieg ins EMO und verdrehte die Augen. Wie lange war sie weg gewesen? Keine zehn Minuten, und schon hatte sie erneut ein Ticket hinterm Scheibenwischer.

Sie drehte die Seitenscheibe runter und griff nach dem Knöllchen, aber der wichtige Pinzettengriff funktionierte mit der verletzten Hand nicht wie gewohnt. Ihr entglitt das glatte Papier. Sie sah, wie es auf die Straße segelte, hörte, wie von hinten ein Lkw heranbrummte. Das Ticket geriet im wahrsten Sinne des Wortes unter die Räder des Dreiachsers, wurde herumgewirbelt, weitere Autos folgten, das Ticket erreichte den Mittelstreifen. Marie stieg aus, wartete eine Lücke im Verkehr ab und sammelte das malträtierte Stück Papier ein. Lesbar war es noch.

»Hilft ja nichts«, brüllte sie das Lenkrad an. Wo war nur die sprichwörtliche Gelassenheit der Fischköppe, wenn man sie mal brauchte? Sicher war sie unterzuckert. In Karls Gegenwart bemühten sich Andreas und sie, ihre Fressattacken zu beherrschen. Er war in einem Alter, in dem insbesondere Softdrinks eine unheilvolle Anziehungskraft ausübten. Aber dort und gleich sah sie ja niemand, dachte sie im Hier und Jetzt. Alberne Wortspiele und Zucker. Man musste sich zu helfen wissen.

Sie rangierte wild kurbelnd aus der Parklücke, die durch einen vor ihr geparkten Kleinwagen stark geschrumpft war, und fuhr über den Steindamm am Hafen entlang, schaute den Bürgerpark hinauf zur Landratsvilla, wo Andreas für die da war, denen es gerade schlechter ging als ihr, wagte zwischen den ochsenblutrot gestrichenen Häusern einen kurzen Blick auf die Klappbrücke und merkte erst in der Linkskurve, dort, wo der Vogelsang zur Prinzenstraße wird und dem Hafen den Rücken zuwendet, dass sie ihr Ziel, den Bäcker Günther, aus den Augen verloren hatte.

»Kein Beinbruch. Kleiner Schlenker hat noch nie geschadet.« Blinker links. Bergstraße rauf, ganz dicht an der Praxis ihres Geliebten vorbei. Marie warf ein Kusshändchen und spürte, dass Andreas es spürte.

Vor der Bäckerei parkte sie neben einer Harley, die sie gleich als Gregor Sachses Harley erkannte. Schleswig-Holstein war ein Dorf. Sie betrat das Ladenlokal und stellte sich dicht neben Gregor, der nicht zuckte.

»Hab dich schon gesehen.« Er deutete auf eine Scheibe, in der man das EMO schemenhaft erkennen konnte. »Schnellen Kaffee, wir beide?«

Marie bestellte ein Franzbrötchen und einen Espresso macchiato. Vor der Tür kauten sie und schlürften. Gregor war informiert, selbst über Maries Besuch bei Sandra Burmester. Die digitale Ermittlungsakte war ein Segen. Eine Lücke aber spürte Marie auf.

»Sven Macke?«, hakte Gregor nach. »Dieser Schönling ist der Mann von Anna-Lena Börnsen? Den habe ich in Karlsminde auf dem Campingplatz gesehen.«

»Nicht zufällig im Fernsehen?«

»Nein, hundertprozentig. Er saß im Strandrestaurant, als eine Frau an den Tisch trat und ihm eine Szene machte. Ganz sicher. Swantje musste schlichten, so aufgebracht war die.«

»Kanntest du die Frau?«

»Ich habe sie nur von hinten gesehen, aber Swantje könnte sie sicher beschreiben.«

Etwas in Maries Ermittlerseele klopfte laut und gleich mehrfach an. »Was, wenn die Frau Leni Börnsen war? Was, wenn Leni ihrer Schwester den Mann ausgespannt hatte?«

»Ich frage nicht, wie du darauf kommst.«

»Warte. Ich rufe mal eben Toni an.«

Toni ging gleich ran. Er war außer Atem.

»Danke, dass du abnimmst.«

»Ich habe gesehen, dass die Staatsmacht dran ist.«

»Sven Macke, sagt dir das was?«

»Klar, er trainiert im Studio.«

»Ich habe ihn noch nie gesehen.«

»Er kommt meist am späten Abend, wenn du schon auf der Couch sitzt.«

»Kennen sich Sven Macke und Leni Börnsen?«

»Weiß ich nicht. Vom Sehen. Kann sein. Ich frag mal meine Mitarbeiterinnen und melde mich.«

Marie rieb sich die Nase. Sie hatte den richtigen Riecher gehabt. Sie war sicher. Drei Minuten später rief Toni zurück.

»Kennen wäre wohl untertrieben«, sagte er. »Karin hat erzählt, dass sie die beiden in der Sauna gesehen hat. Die Situation war wohl sehr eindeutig. Aber wir sind kein Klatschladen. Auf meine Mitarbeiterinnen ist Verlass. Karin hat niemandem davon erzählt.«

»Danke, Toni.«

Marie wandte sich Gregor zu und berichtete. »Wenn das keine Neuigkeit ist? Sven Macke hat mir gegenüber behauptet, Leni Börnsen nicht zu kennen.«

Gregor starrte auf sein Smartphone.

»Hörst du mir eigentlich zu?«

»Sicher. Ich habe Swantje das Foto von Leni Börnsen geschickt. Moment noch. Sie hat es schon gesehen.« Dann drehte er das Smartphone zu Marie.

Swantje schrieb. Ihre Antwort lautete: »Das ist die Kanaille, die Sven Macke hier im Restaurant eine Szene gemacht hat. Die hat Hausverbot.«

Marie wählte Sven Mackes Handynummer. Er nahm nicht ab. Sie rief im Funkhaus in Kiel an und erfuhr, dass er sich bis zum Wochenende freigenommen hatte. »So ein elender Scheißdreck«, entfuhr es ihr.

Gregor legte eine Hand auf ihren Unterarm, eine ältere Dame, die gerade den Laden betrat, schaute strafend und murmelte: »O tempora, o mores!«

»Borbyer Bildungsbürgertum. Wie schön das alliteriert«, entwischte es Marie.

»Bildungsbürger?«

»Hat Cicero des Öfteren verwendet.«

»Roger Cicero, der Musiker?«

Marie war peinlich berührt. Gregor spürte das und grinste. Keine Sorge, ich weiß, wer Cicero war. Nicht dass ich das schon immer gewusst hätte. Aber ich hatte mal eine Liebe in

Holland, die mich mit Kunst gefüttert und in Kultur gebadet hat.«

»So ein schöner Satz. Sie hieß Mareike, nicht wahr?«

»Ich habe dir von ihr erzählt?«

»Du hast sie erwähnt. Du sagtest, eine neue Frau müsse sein wie Mareike.«

Gregor seufzte.

»Sven Macke. Was hat der im Strandrestaurant gemacht?«

»Gegessen, getrunken. Öfter als einmal.«

»Wie jetzt? Der ist Stammgast in Karlsminde?«

»Ja, er kam mit seinen Ruderfreunden aus Eckernförde über die Bucht, aß, trank, und dann ruderten sie wieder zurück.«

»Eckernförder Ruderclub also.« Marie fuhr mit dem Finger in die Espressotasse und leckte den Schaum vom Finger. »Das Beste, wenn du mich fragst. Und du?«

»Ich habe mich mit Bernd verabredet. Wir wollen die Mitgliederliste des Modellflugsportvereins durchgehen.«

»Na dann.«

Gregor stieg auf die Harley und knatterte davon. Marie lehnte an der geöffneten Tür des EMO und fragte sich, ob sie zuerst zum Ruderclub fahren oder vielleicht doch kurz bei Mutter Börnsen vorbeischauen sollte. Sie entschied sich gegen ihre Neugier und für Mutter Börnsen.

**

In Eckernförde und weit über die Grenzen von Eckernförde hinaus war Opsteekfru Stine eine Institution. Wer die Opsteekfruun waren, warum sie unentbehrlich waren und was sie taten, erklärte Stine mit ihrem kongenialen Partner Fiete allen, die es wissen wollten, seit nun schon acht Jahren im Rahmen ihrer legendären Stadtführung: »Mit Fischer Fiete un Opsteekfru Stine dörch dat ole Eckernför«. Stine liebte ihre Stadt, deren Geschichte, und sie liebte Plattdeutsch.

An diesem Morgen war Stine spät dran. Die Führung startete immer an der Holzklappbrücke. Aber vorher wollte sie noch in der alten Fischräucherei nach dem Rechten sehen. Gestern hatten die Ehrenamtlichen im Hof gesessen, geklönt und Kaffee getrunken. Nicht dass da noch schmutziges Geschirr herumstand.

Sie öffnete die grüne doppelflügelige Holztür und betrat den hohen Raum, in dem aus Silber Gold gemacht wurde. Gegenüber dem Eingang in Reih und Glied die rotbraunen Eisentüren der Altonaer Öfen, hinter denen über Buchen- und Erlenholz geräuchert wurde, in denen Fische zu echten Kieler Sprotten veredelt wurden. Stine reichte ein Blick, um sich zu ärgern. Auf den Fliesen gab es Fußspuren, und im Gang zur Küche lag eine Bonbonschachtel auf dem Boden.

Sie holte einen Feudel, wischte rasch über die unsauberen Stellen, wusch den Feudel aus und hängte ihn zum Trocknen über eine Handtuchstange. Hinter dem Gebäude bot der große Innenhof mit altem Baumbestand an heißen Tagen kühlenden Schatten. Wie befürchtet, hatten die Burschen Teller und Tassen auf dem dunkel gebeizten Gartentisch stehen lassen. Stine würde ihnen die Ohren lang ziehen.

Wohlweislich hatte sie ein Tablett mitgenommen. Während sie das Geschirr einsammelte, sah sie, dass jemand versäumt hatte, den Holzkeil in die Öse des Torriegels zu stecken. Das Tor war ihre hintere Zufahrt und ging raus auf den schmalen Schnittersgang. Ob das am Alter lag, fragte sich Stine, oder ob gar Alkohol im Spiel gewesen war. Gar so nachlässig waren ihre Freunde, die das Museum mit großem Engagement zum Leben erweckt hatten, für gewöhnlich nicht.

Als Stine die alte Fischräucherei durch den Haupteingang verließ und über die Gudewerdtstraße zum Hafen ging, war der kleine Ärger vergessen. Nun wusste sie alles in guter Ordnung und freute sich auf Fiete und die Gäste.

Schon von Weitem sah sie Fischer Fiete in seinem blau gestreiften Hemd und der blauen Mütze. Der Handkarren mit den »Sprotten ut Eckernför« stand unmittelbar an der Hafenkante bereit. Dahinter lag der Fischkutter »Ecke 4«.

Der hellblaue Rumpf und das aufgemalte Fischmaul am Bug leuchteten in der Sonne. Möwen schrien, und Urlauber standen am Fischhuus nach Köstlichkeiten aus Nord- und Ostsee an. Fisch ging zu jeder Tageszeit. Stine strich noch einmal über ihre rote Weste, richtete die Schürze. Die Sünndagskledasch war schon schick. Einzig die Holzschuhe machten beim Gehen nicht immer Freude.

Stine freute sich, dass eine große Gruppe zusammengekommen war. Jung und Alt, Männlein und Weiblein. So hatte sie das gern. Zwei Jungs, vielleicht zehn oder elf mit blonden Locken, fielen ihr gleich ins Auge. Ohne lang rumzutüddeln, sprach sie die beiden an. »Na, Jungs. Ihr seid Zwillinge, oder?« Die Jungs nickten, Stine wandte sich an die Gäste. »Ein Hinweis darauf, dass unsere Führung heute ganz besonders und vermutlich doppelt schön wird.«

✳✳✳

Marie setzte sich ins EMO, blätterte in den CDs, entschied sich für »Lake of Fire« von Nirvana und fuhr rauf zur Ostlandstraße. Als sie am leuchtend weißen Haus der dänischen Kirche vorbeifuhr, sang Kurt Cobain: »Where do bad folks go when they die? They don't go to heaven where the angels fly …« War Leni eine von den Bösen? Ob Dr. Holm jetzt dort war, wo die Engel flogen? Er war definitiv einer von den Guten gewesen.

Auch nach dreimaligem Klingeln kam Mutter Börnsen nicht an die Haustür. Pech gehabt. War Marie eben umso früher beim Eckernförder Ruderclub. Sven Macke. Hinter der bürgerlichen Fassade vielleicht ein schlimmer Finger. Außerdem konnte er wissen, wo Leni steckte. Marie fiel auf, dass sich arg viele Konjunktive durch die Ermittlungen zogen. Jetzt musste mal was Handfestes her.

Sie stieg wieder ins EMO und wünschte sich eine Tätigkeit, bei der sie nicht auf ein Auto angewiesen wäre. Unglaublich, wie viel Zeit sie auf der Straße verbrachte. Sie wollte losfahren, als ihr Handy klingelte. Ihr Schwiegervater Uwe war dran. Sie nahm ab. Er würde sie nicht stundenlang mit Beschlag belegen.

»Habe eben mit deiner Schwiegermutter gesprochen. Wir würden Sonntag gern mit in den Pott kommen.« Eine Frage stellte er nicht. Die Frage war inkludiert.

»Weiß ich Bescheid. Nehmen wir euren Bus?«

»Jo.«

»Sagst du meinem Vater, dass wir zu fünft anrücken?«

»Nö. Überraschung.«

»Okay.«

»Moin.«

Maries Moin drang nicht mehr zu Uwe vor. Er hatte aufgelegt. Rita und Uwe würden sicher im Bus schlafen, sodass ihr Vater nicht aufs Sofa würde ausweichen müssen. Dass sich die drei alten Leute so gut verstanden, machte, dass Marie beim Gedanken an all das Scherzen und Lachen eine Welle des Glücks durch ihren Körper rollen spürte. Noch vier Mal schlafen. Dann stand also ein Familienwochenende an. Mit dem köstlichen Stuten ihres Vaters, mit klugen Ratschlägen ihres Schwiegervaters zum Grillen und mit einem stillen Besuch am Grab ihrer Mutter.

Marie steuerte mit den Knien und zog sich das Sweatshirt über den Kopf. Sähe Kollege Schrader sie so, gäbe es das nächste Strafmandat. Aber es war wirklich weit und breit kein anderer Verkehrsteilnehmer zu sehen. Sie bog vom Jungfernstieg im rechten Winkel zum Strand ab, fuhr direkt auf das weite Blau der Bucht zu. Am Klohäuschen vorbei, dann erreichte sie den kleinen Platz vor dem Eckernförder Ruderclub, auf den das EMO gerade eben passte, weil vor dem Tor ein Anhänger für die Ruderboote abgestellt war. Marie stieg aus und fummelte ihren Dienstausweis hervor, als der Vereinsvorsitzende persönlich von der Promenade aus auf sie zukam.

»Marie, du hast also endlich erkannt, dass Rudern die Krone des Sports und Fußball für die Doofen ist?«

Die beiden begrüßten sich lachend, sie kannten sich über Uwe und dessen Aktivitäten für die Seenotretter.

Dann kam Marie zur Sache. »Ich bin wegen Sven Macke hier. Wir müssen im Rahmen einer laufenden Ermittlung dringend mit ihm sprechen. Weißt du, wo ich ihn erreichen könnte?«

Kopfschütteln.

»Ihr fahrt regelmäßig rüber nach Karlsminde, und Sven Macke ist mit dabei?«

»Regelmäßig, wenn es sein Dienst erlaubt. Ist ein feiner Sportsmann, trotz der Prominenz.«

»Auch in letzter Zeit, oder war er irgendwie anders?«

Erneutes Kopfschütteln.

Marie rieb ihre Nase. Eine Idee. »Sag mal, darf ich kurz eure Toilette benutzen? Bei der öffentlichen«, sie zeigte über die Schulter, »standen sie gerade Schlange.«

Ohne eine Antwort abzuwarten, ging Marie vor zum Gebäude, durch die Halle nach hinten, dorthin, wo die Toiletten und die Umkleide waren. Sie zog ihr Pickingbesteck aus der Tasche und überflog die Namensschilder. Sven B., Sven der Bulle, Macke. Treffer. Das Schloss war kein Problem. Sie öffnete die Tür. Sportkleidung, Sportschuhe, Deo, Shampoo. Sie griff ins obere Fach, zog die Hand wieder zurück, nahm eine alte Einkaufstüte von einer der Bänke, griff erneut in den Spind und betrachtete ihren Fund. Ein Schwangerschaftstest. Ohne jeden Zweifel ein Schwangerschaftstest.

Es war lange her, dass Marie den weiß-blauen Kunststoffstab mit den beiden Anzeigefeldern in der Hand gehalten und vor Freude geweint hatte. Ein Moment, den sie nie vergessen würde. Ein Moment, den viele Frauen emotional erlebten. Aber was hatte ein benutzter Schwangerschaftstest im Spind eines Mannes, im Spind von Sven Macke, zu suchen?

Marie hörte, wie draußen ein Auto vorfuhr. Sie steckte den Test samt der Tüte in die Hosentasche, hängte das Schloss ein und drückte den Bügel in die Verriegelung. Dann bediente sie in der Toilette Spülung und Wasserhahn. Sollte die kriminaltechnische Untersuchung des Schwangerschaftstests wichtige Erkenntnisse zutage fördern, würde sie ihn zurückbringen und gleichzeitig eine richterliche Anordnung dabeihaben. Das war illegal. Aber in diesem Moment war es ihr auch vollkommen egal.

»Marie«, hörte sie eine Männerstimme rufen. »Wir bräuchten jetzt mal den Platz. Könntest du den Bus zur Seite fahren, bitte?«

Vor der Halle rangierte ein Pick-up, ganz ähnlich dem, den Siegbert Hölter fuhr, mit einem sperrigen Bootsanhänger am Haken. Marie blieb beim Vereinsboss stehen. »Sven Macke war mit anderen in Karlsminde. Eine Frau hat ihm eine Szene gemacht. Bitte schick mir bis zum Nachmittag eine Liste mit den Namen, Adressen und Telefonnummern der Teilnehmer. Solltest du Sven Macke sehen, ruf mich sofort an. Ist wirklich dringend.«

Sie gab ihm ihre Visitenkarte, hob grüßend die Hand, stieg ins EMO, legte den Rückwärtsgang ein und freute sich, dass ein VW-Bus so übersichtlich war. Geschickt steuerte sie das EMO aus der engen Lücke zurück auf den Jungfernstieg und überlegte, wen sie einweihen würde. Astrid? Würde Astrid eine Ermittlung decken, die mindestens halbseiden war? Kannten sie einander gut genug, reichte das Vertrauen? Sie würde es nicht erfahren, wenn sie es nicht wagte. Sonst könnten ihnen wesentliche Erkenntnisse verborgen bleiben.

Dass Elmar täte, worum sie ihn gleich bitten würde, daran zweifelte Marie keine Sekunde. »Wenn die mich hier rausschmeißen, ziehe ich zu Gregor auf den Campingplatz«, hatte er vor ein paar Wochen angekündigt, als er für einen befreundeten Kollegen aus Hamburg Fingerspuren ganz ohne offizielle Anweisung untersucht hatte.

Marie schaltete das Radio ein. Nachrichten hatte sie heute noch nicht gehört, und wie das Wetter in den nächsten Tagen würde, interessierte sie auch. Sie hatte sich vorgenommen, endlich mal wieder segeln zu gehen. Ein paar Schläge auf der

Großen Breite, das musste doch möglich sein. An der Möwen-
insel vorbei und dann raus aus ihrem flachen Schatten, auf
Schloss Gottorf zu und hinein in den Sonnenuntergang.

Jetzt fuhr sie erst einmal hinein in den sehr zäh fließenden Verkehr auf Höhe des Sandkruges, einer Altersresidenz,
vor deren Straßenfront Tempo dreißig galt. Ein Bewohner
hatte das durchgesetzt. Darüber mochte man denken, wie
man wollte. Wer an eine Bundesstraße zieht, weiß um den zu
erwartenden Verkehrslärm. Aber in einem Rechtsstaat entscheiden unabhängige Gerichte auf Basis der Gesetze, die das
Miteinander besser regeln als in den meisten Ländern dieses
Planeten.

Marie schaltete zurück in den ersten Gang und memorierte
ihr Mantra. Immer wieder sagte sie still »Bullerbü« vor sich
hin, bis es schließlich am Grünen Jäger wieder zügiger voran-
ging. Kurz vor Gettorf war die Straße frei. Marie drückte auf
den Knopf der Stereoanlage. Kurt Cobain sang »Hello, hello,
hello, how low«, und Marie trommelte den Rhythmus mit
der rechten Hand aufs Armaturenbrett. »Here we are now,
entertain us …«

**

»Siggi, was treibst du eigentlich?«, wollte Jonas wissen, der
ihm einen Müsliriegel hinhielt. »Hier, rein damit. Du siehst
schlecht aus. So hau ich dich glatt um im Ring. Wäre zwar
das erste Mal, aber müsste ich wetten … Du wirkst wie ein
Opfer.«

Siegbert Hölter griff zu. Er hatte tatsächlich Hunger, und
müde war er auch. »Jonas, sei mir nicht böse. Aber ich kann
da nicht drüber sprechen. Das ist auch zu deinem Schutz.
Aber eines kann ich dir garantieren: Was ich tue, ist gerecht.
Ich sorge nur dafür, dass es gerecht zugeht.«

Er biss in den Riegel, er biss kraftvoll zu, und es tat sofort
weh. Backenzahn rechts unten. Da stimmte was nicht. Tränen
schossen ihm in die Augen, so weh tat das.

Jonas legte ihm seine Pranke auf die Schulter. »Bist du jetzt ein Mädchen, oder was?«

Nein, Siggi war kein Mädchen. Er stand seinen Mann. »Sag mal, kann ich hier duschen?«

»Klar.«

Siegbert Hölter duschte. Nachdem er sich abgetrocknet und ein paar frische Klamotten aus der Sporttasche angezogen hatte, ging er nach vorn und traf auf dem Gang den dünnen Tom. So nannten alle den Auslieferungsfahrer von Pizza-Eck. Der dünne Tom blieb wie angewurzelt stehen, blickte sich um und flüsterte: »Siggi, die suchen dich. Ich habe vorhin die Polizeistation beliefert, und da hab ich's aufgeschnappt. Die suchen dich. Echt jetzt. Ich weiß nicht, warum. Geht mich nix an. Aber an deiner Stelle würde ich den Arsch hier wegbewegen. Aber von mir hast du das nicht.« Damit drängelte er sich vorbei. Die Tür fiel ins Schloss, ein Motor wurde gestartet.

Siegbert Hölter stand zwischen der Pinnwand, an die Jonas Grüße von Kunden geheftet hatte, und einer Landkarte an der gegenüberliegenden Wand. Auf dieser Karte waren die aktuellen Baustellen markiert. Sein Blick war starr. Er las »Rendsburg«, er las »Aschberg« und »Eimersee«. Er las auch »Windebyer Noor« und »Waabs«. Er spürte, wie seine Arme auf den Rücken gedreht wurden, wie sich Handschellen um seine Handgelenke schlossen. Er musste hier weg. Er musste sich verstecken. Jetzt. Sofort.

Er ging zurück in den Duschraum und packte seine Sachen. Dann hielt er auf dem Hof nach Jonas Ausschau, nahm ihn zur Seite und sagte: »Jonas, ich bin am Arsch. Bitte lass mir noch das Auto. Ich muss abhauen. Dem Auto passiert nichts. Du kannst es meinetwegen morgen oder übermorgen als gestohlen melden.«

Jonas öffnete den Mund.

»Frag mich nicht. Ich sage nichts. Kann ich das Auto?«

Jonas nickte. Siegbert Hölter würde dorthin fahren, wo er als Kind mit seinen Eltern gewesen war. In Karlsminde hatten sie die Sommer verbracht, und er hatte sich gefühlt wie im Ausland, wie in Italien, wo manche seiner Klassenkameraden hinfuhren. Glückliche Tage waren das gewesen, und unter Campern hatte er sich immer wohlgefühlt. Das Zelt, den Kocher, überhaupt den Campingkram, den brauchte er jetzt. Alles lag in der Garage. Zu Hause bei Jenni in der Garage. Aber wenn sie ihn suchten, konnte er da schlecht vorfahren. Sicher standen sie an einer Ecke und würden ihn wegfangen. Er musste das anders machen und hatte auch schon eine Idee.

***

Stine und Fiete waren die Gudewerdtstraße entlanggezogen und an der alten Fischräucherei angekommen. Fiete parkte den Handkarren im Durchgang zum Hof. Stine öffnete die Tür. Es waren die blonden Zwillinge, die als Erste in den Raum rannten.

Wieder einmal hatten es Stine und Fiete geschafft, aus Gästen, die einander nicht kannten, eine Gruppe von Freunden auf Zeit zu machen. Sie hatten den Geschichten und Erklärungen gelauscht, sich an den kleinen Späßen gefreut, die Stine einflocht, und einander angestupst, um auf diese oder jene Besonderheit in den malerischen Gassen der Altstadt aufmerksam zu machen. Alle hatten ein Auge auf eine ältere Dame, die nicht so gut zu Fuß war, und mit dem Hören war es auch schon mal besser gewesen, hatte sie Fiete lautstark wissen lassen.

Die Aufmerksamkeit der Zwillinge war von Hunden, Stockrosen und gleichaltrigen Mädchen abgelenkt worden. Sie waren ein bisschen wild, aber verhielten sich so, dass die anderen der Führung gut folgen konnten. Im Lauf der letzten halben Stunde hatten sich alle daran gewöhnt, dass die Blondschöpfe mal hier und mal da auftauchten. Und so wunderte sich auch niemand, dass sie schon vorgelaufen waren, während Stine noch vor dem Gebäude stand.

»Ik begröt ji hartlich in uns ole Fischrökerie. Ji könnt mi glöven, wat nu op ji tokaamt, is bannig spannend.«

Aus dem Inneren, von dort, wo das Herz der Räucherei schlug, aus dem Raum mit der hohen Decke, dem Raum, der ein bisschen hallig war, fegten Schreie ins Freie. Es waren Schreie des grenzenlosen Entsetzens, Schreie der Zwillinge, die durch Mark und Bein gingen.

Stine fuhr als Erste herum, riss die Tür auf und rannte den Zwillingen mit wehender Schürze entgegen. Die blonden Jungs und Stine prallten aufeinander. Kreischend krallten sie sich an Stine fest. Es waren nur Sekunden, die vergingen, bis die Eltern neben ihr waren, sich vorbeugten, die Kinder in ihre Arme schlossen. Sekunden, die zäh waren wie die schlimmsten Stunden eines Lebens.

So klar Stine sah, so wenig verstand sie, was sie ansehen musste. Fiete trat neben sie, ein Ehepaar kam dazu. Die Schreie verstummten. Man hörte, wie Menschen einatmeten, Hände schlugen vor Münder. Mutter und Vater zogen die Kinder aus dem Raum, hinaus ans Licht, unter den Himmel.

Stine sah, wie Fiete sich aus der Gruppe löste, sich vor die Gäste stellte, einen Arm abwehrend hob, mit der anderen Hand sein Handy zum Ohr führte. Er meldete sich mit seinem bürgerlichen Namen, er nannte die Adresse und sagte: »Bitte kommen Sie sofort. Bitte sorgen Sie für Notfallseelsorger. Bitte beeilen Sie sich.«

Fiete war geistesgegenwärtig gewesen, kontrollierte sein Entsetzen. Er hatte die Polizei verständigt, und nun drängte er die Menschen aus dem Raum. Menschen, die sich nicht vom Fleck bewegten, die wie festgefroren wirkten im Moment größter Erschütterung.

Was sie sahen, würde sich in ihrem Gedächtnis einbrennen. Was sie sahen, käme als Echo des Grauens auch in vielen Jahren noch über sie.

***

Der Pförtner, der Marie die Schranke zum weitläufigen Gelände des Landeskriminalamtes öffnete, signalisierte, sie möge halten. Marie fuhr ein Stück auf den Platz, sodass die Schranke wieder geschlossen werden konnte. Der Pförtner trat ans Seitenfenster. Marie kannte und mochte ihn. Fußball war ihr gemeinsames Thema, und sie erwartete einen aktuellen Bericht vom Training der Störche. Stattdessen fragte er: »Jagdschein dabei?«

»Wie bitte?«

Er drehte sich weg, trat vor das EMO, schaute Marie an, hob die Hand und beugte mehrfach den Zeigefinger. Marie stieg aus, umkurvte den Außenspiegel und sah, warum der Pförtner gefragt hatte. Zwischen Stoßstange und Kühlergrill steckte etwas, das ob der Federn und Beine wie ein Rebhuhn aussah.

»Ich habe nichts gemerkt. Ich habe wirklich nichts gemerkt. Kein Schlag oder so.« Sie dachte an Kurt Cobain und den Rhythmus von »Smells Like Teen Spirit«.

»Ich rufe in der Werkstatt an«, bot der Pförtner an. »Schlüssel einfach stecken lassen.« Marie lächelte verlegen und dankbar. Sie holte die Plastiktüte mit dem Schwangerschaftstest und das Notebook. Mit schlechtem Gewissen schlich sie davon. Von links, dort, wo das SEK untergebracht ist, kam Elmar.

»Elmar, wechselst du zu den schweren Jungs?«

»Die können noch viel von mir lernen, Marie. Kleine informelle Fortbildung.«

Marie hakte sich bei ihm ein. »Informell ist ein gutes Stichwort. Für die gute Sache, Elmar, wie weit würdest du für die gute Sache gehen?«

Elmar machte sich los. »Aber nichts mit Drogen oder so.«

»Wo denkst du hin? Was mit Babys.«

»Bist du dafür nicht ein kleines bisschen zu alt?«

»Wie bitte? Ich bin im besten Alter, im allerbesten.«

»Na ja, so wie du das Bein nachziehst. Wieder das Kreuzband?«

So ging es eine Weile hin und her, bis sie im Gebäude die

Stelle erreichten, an der Marie den Gang rechts und Elmar den Gang nach links nehmen würde. Elmar blieb stehen. »Also?« Marie hielt ihm die Plastiktüte hin. »Ich möchte wissen, wessen DNA dadrauf ist. Wer ist schwanger, und wer hat das Ding angefasst.«

»Und wo ist das Problem?«

»Ich habe mir unrechtmäßig Zugang zu einem verschlossenen Schrank verschafft und den Schwangerschaftstest an mich genommen. Ohne richterliche Anordnung.«

»Warum?«

»Weil ich vermute, dass der Besitzer des Schrankes in einen Vermisstenfall verwickelt sein kann.«

Er brummte, nahm die Plastiktüte an sich und sagte im Weggehen: »Ja, ja, so schnell wie möglich.«

***

All die Jahre im Ring hatte Siegbert Hölter auf seine Zähne aufgepasst. Er hatte immer einen Zahnschutz getragen. Seine Mutter war bei einem Zahnarzt beschäftigt gewesen und hatte oft von Patienten berichtet, die »an ihrem Elend selbst schuld« waren. Gute Zahnhygiene war selbstverständlich gewesen. Er hatte schon als Kind Zahnseide benutzt. Und jetzt plötzlich diese Schmerzen. Zum Zahnarzt konnte er nicht gehen. Vielleicht hatte die Polizei sogar Fahndungsfotos herausgegeben.

Er würde sich in einer Apotheke Nelkenöl kaufen. Da wäre er schnell wieder draußen. Er entschied sich für die Hirsch-Apotheke in Gettorf. Dort kannte ihn niemand, und sie lag fast auf dem Weg. Über die Bundesstraße würde er sicher nicht fahren. Er war ja nicht blöd. Er führe kreuz und quer über die Feldwege. Da kannte er sich aus. Auf zahllosen Trainingsrunden mit dem Rad hatte er im Umkreis von zwanzig Kilometern wahrscheinlich kaum einen Schleichweg ausgelassen.

Die Mitarbeiterin in der Apotheke bediente einen Kunden, der seine Krankengeschichte lautstark und detailliert ausbreitete. Immer wieder schaute sie entschuldigend zu ihm herüber. Siegbert Hölter flüsterte »Nelkenöl«, sie kniff die Augen zusammen. Er wiederholte langsam und ein bisschen lauter. Der andere Kunde registrierte die Parallelkommunikation nicht. Sie hatte verstanden, griff hinter sich in ein Regal und stellte das Fläschchen auf die Theke.

»Nelkenöl«, raunzte der Kunde, »brauch ich nicht. Ich hab keine Zähne mehr.«

Die Mitarbeiterin sagte: »Vier fünfundneunzig.«

Siegbert Hölter legte einen Fünf-Euro-Schein auf die Theke, nickte, hob die Hand und war froh, als er dem Redeschwall entkommen war. Ob er auch so würde wie der alte Mann?

Für die Fahrt von Gettorf nach Eckernförde brauchte er eine Dreiviertelstunde. So gut, wie er gedacht hatte, kannte er den Verlauf der Feldwege doch nicht. Er hatte zweimal vor einem Hof umkehren müssen. Für das letzte Stück wählte er die Zufahrt über den Diestelkamp. Über das Feld konnte er den Knick erreichen, der die beiden Wohngebiete voneinander trennte.

Er parkte den kleinen Transporter auf einem Garagenhof, durchquerte eine Baumgruppe und hielt aus sicherer Deckung Ausschau. Nichts los im Schlafdorf, wie er die Siedlung oft nannte. Alle waren bei der Arbeit, wie es sich gehörte. Nur er, er hatte keine Arbeit. Aber schon sehr bald würde er wie alle anderen von vorn beginnen können. Seinem überarbeiteten Bauantrag würde man stattgeben. Die anderen, deren schicke Saunalandschaften dann in Schutt und Asche lägen, hätten noch sehr viel Papierkram zu erledigen. Als Einbrecher käme er aber vermutlich auch klar.

Vom Fußweg am Ende der Gärten konnte er in die Wohnzimmer der Nachbarn schauen. Die Siedlung war menschenleer. Er stieg über den Zaun, den er erst vor ein paar Wochen gesetzt hatte, nahm auf dem Weg zur rückwärtigen Garagentür ein Sandsieb und mehrere Förmchen mit, die in Jennis Kräuterbeet lagen, fasste an die Klinke und stellte erstaunt fest, dass die Tür verschlossen war. Er schloss die Tür nie ab. Ihm blieb nichts anders übrig, als ins Haus zu gehen und das Garagentor mit dem Handsender zu öffnen. Das gefiel ihm nicht, aber soweit er das hatte sehen können, war niemand von den Nachbarn zu Hause. Das Tor zwischen Haus und Garage war auch verschlossen. Jenni war übervorsichtig. Er kletterte über das hüfthohe Gitter, öffnete die Haustür und sah gleich, dass auf dem Sideboard ein Brief lag. Das Bauamt hatte wieder geschrieben. Er setzte sich auf die Treppe und riss den Brief auf.

***

Astrids Bürotür war geschlossen. Marie hatte die Tür zuletzt verschlossen gesehen, als Dr. Holm noch hinter dem Schreibtisch gesessen hatte. Stets aufgeräumt. Jetzt türmte sich die Post an manchen Tagen, und die Papierstapel konkurrierten mit den Aktenstapeln.

Marie klopfte. Keine Reaktion. Sie klopfte erneut, ein schwaches »Ja bitte«. Sie trat ein und sah, dass Astrid mit fahrigen Bewegungen etwas vom Schreibtisch in die Schublade schob. Astrids Blick war der Blick eines Menschen, der sich ertappt fühlte. Marie drehte sich zur Tür und schloss von innen ab. Sie ging auf den Schreibtisch zu, ohne den Blickkontakt zu unterbrechen.

»Ich habe das gesehen, Astrid. Und ich weiß, dass du etwas vor mir verbergen willst. Ich habe auf dem Weg hierher überlegt, ob ich etwas vor dir verbergen will. Ich habe mich dagegen entschieden. Ich will, dass wir einander vertrauen. Wirklich vertrauen. Anders kann ich mir die Zusammenarbeit auf lange Sicht nicht vorstellen. Und ich wünsche mir, dass wir uns trauen, Freundinnen zu werden. Was ist in der Schublade?«

Astrid legte das Gesicht in beide Hände, rieb über die Augen. Ein tiefer Atemzug, dann langte sie in die Schublade, die sie noch nicht geschlossen hatte. Sie griff mit beiden Händen in die Lade und förderte vier, schließlich sechs verschiedene Döschen und Pappschachteln zutage. »Eine bunte Auswahl frei verkäuflicher Schlafmittel. Ich kann einfach nicht mehr schlafen.«

»Okay. Hast du mit deinem Hausarzt darüber gesprochen?«

»Nein.«

»Du vertraust ihm nicht?«

»Wir sind befreundet. Ich schäme mich.«

»Ich bin bereit, das mit dir anzupacken. Essgewohnheiten, Bewegung, Schlafzimmereinrichtung. Ist ja keine Raketenwissenschaft. Und wenn wir das nicht hinkriegen, suchst du dir eine Therapeutin. Was hältst du davon?«

Astrid schloss die Augen, hielt sie geschlossen. »Und du willst eine Freundin, die keinen Mann hat, keine Kinder und die so alt ist wie ich?«

»Ja. Du schuldest mir eine Antwort. Wir gehen das gemeinsam an, und wenn du in drei Monaten nicht besser schläfst, bemühst du dich um professionelle Hilfe. Ja oder ja?«

»Abgemacht. Was wolltest du verheimlichen?«

»Zuerst entsorgst du jetzt mal diese Mittelchen. Und dann richtest du dir eine Tagebuch-App auf deinem Smartphone ein, damit wir die Faktoren kennenlernen, die deinen Schlaf beeinflussen. Positiv wie negativ. Ich gehe zur Toilette, und wenn ich zurück bin, gestehe ich.«

Marie legte ihre Umhängetasche auf den Besucherstuhl und ging. Noch in der Tür hörte sie, wie das Sammelsurium vager Versprechungen im Mülleimer landete und Astrid ihnen »Schlaft gut« hinterherrief.

Auf dem Gang war nichts los. Marie hörte ihre eigenen Schritte und deren Hall. Sie schaute auf die Uhr. Noch locker zwei Stunden bis zur Mittagspause. Was war nur los? So ruhig war es zuletzt beim Finale der Fußball-WM 2014 gewesen. Sie hatte Spätdienst gehabt und war wie alle anderen bis zum Abpfiff geblieben. Sie hatten in der Kantine geguckt, und es hatte keine unmittelbare Notwendigkeit für polizeiliche Maßnahmen gegeben. Das Götze-Tor hatten sie in den Wochen danach im Training immer wieder nachgestellt.

Als sie zurück im Büro war, brummte es in ihrer Umhängetasche. Das Notebook. Sie zog es heraus und sah, dass sich der Bewegungsalarm ausgelöst hatte.

»Astrid, ich habe nicht ganz die Wahrheit gesagt. Ich muss dir von zwei Fehltritten berichten.«

Sie öffnete das Notebook, klickte die App an und sah, wie Siegbert Hölter in der Garage verschwand. Sie schaute auf die mitlaufende Zeitanzeige und dann auf ihre Uhr. Es war jetzt ziemlich genau sechs Minuten her, dass Hölter in seine Garage gegangen war.

»Sekunde, Astrid, ist wichtig.«

Astrid schob den Bürostuhl zurück und setzte sich aufs Sofa. Sie goss einen Holunderblütentee ein, trank und verzog das Gesicht.

Marie bekam Schrader ans Telefon. »Hölter war vor sechs Minuten in seiner Garage.«

»Wir sind so gut wie da.«

Schrader hatte aufgelegt, und Marie richtete einen Wunsch ans Universum. Sie steckte das Notebook weg und setzte sich Astrid gegenüber.

»Geständnis Nummer eins. Dass ich weiß, wann Siegbert Hölter an seiner Garage war, hat mit Cordula zu tun.« Sie erzählte von der zufälligen Begegnung mit der alten Freundin und den Folgen. Die Geschichte versetzte Astrids Augenbrauen in ein fortwährendes Auf und Ab.

»Ich weiß nicht, ob ich Nummer zwei hören will.«

»Freundinnen müssen sich alles anhören. Was hier erschwerend hinzukommt: Elmar ist eingeweiht.« Maries Bericht führte dazu, dass Astrid zwei Löffel Zucker in den Tee rührte, trank und den Tee ins Waschbecken spuckte.

»Du hast den Spind aufgebrochen und einen Schwangerschaftstest geklaut?«

»Ich habe das Vorhängeschloss geöffnet, ohne es zu beschädigen, und ich habe den Schwangerschaftstest sichergestellt.«

Schrader rief an. Siegbert Hölter war weg.

Auf dem Weg in die Teeküche erreichte Marie ein Anruf aus dem Ruderclub. Minuten später stand sie in Sonjas Büro und überflog die Namensliste der Männer, die womöglich Augenzeugen der Szene gewesen waren, die Leni Sven Macke gemacht hatte. Sie kannte zwei der Männer.

»Sonja, ich weiß, dass du den Schreibtisch voll hast. Aber das hier ist gleich der nächste Job. Du rufst bitte alle an, fragst nach dem Streit und entscheidest, ob wir jemanden vorladen. Die beiden Jungs hier rufe ich selbst an.«

Sonja nickte kurz und speicherte die Infos in der digitalen Ermittlungsakte. Die besonnene Art, wie Sonja den Laden organisierte, beeindruckte Marie immer wieder.

Sie ging in ihr Büro, in dem sie in den letzten Monaten wenig Zeit verbracht hatte. Die Leitungsaufgaben besprachen sie und Astrid diskret in Astrids Sofaecke, und das Team kam im Konferenzraum zusammen. Dass sie meist mit dem EMO irgendwo in Schleswig-Holstein unterwegs sein konnte, war eigentlich ein Glücksfall, obwohl ihr die Fahrerei auf die Nerven ging. Astrid arbeitete Akten ab und informierte Marie kurz und knapp. Das hätte auch anders laufen können. Vor allem hielt die Kollegin ihr die Kontakte ins Innenministerium vom Hals.

Enno war der Erste, den Marie anrief. Mit ihm hatte sie einen Segelkurs gemacht.

Lange her, aber Enno erinnerte sich. Was die Szene im Strandrestaurant betraf, sagte er, Sven sei relativ schnell mit der Frau raus auf die Terrasse gegangen. Er wüsste nicht, worum es gegangen war. Sven hätte ja immer wieder mal was laufen gehabt neben seiner Ehe. Wie entspannt und selbstverständlich Enno das erzählte. Marie bemühte sich, nicht auf die Männer rückzuschließen.

Richard erreichte sie in dessen Praxis. Er war Internist wie Andreas. Marie kannte ihn vom Anbaden, das die Frauen und Männer des Ärztestammtisches alljährlich am Weidefelder Strand veranstalteten. Richard war zum Zeitpunkt der Auseinandersetzung auf der Toilette gewesen. Er hatte lediglich davon gehört. »Sven und seine Weiber«, hatte er gesagt.

***

Den Brief hatte er in sehr kleine Schnipsel gerissen. Auch der überarbeitete Bauantrag war mit fadenscheinigen Argumenten abgelehnt worden. Sie arbeiteten verdammt schnell, verdächtig schnell. Als ob das jemand sorgfältig geprüft hätte! Siegbert Hölter hatte sich bestätigt gefühlt. Es ging nicht mit rechten Dingen zu. Er konnte sich mühen, wie er wollte. Gegen das Amt kam er nicht an. Noch nicht. Die Schnipsel waren in die Papiertonne gewandert. Jenni sollte sich nicht sorgen. Die Campingausrüstung hatte er aus dem Schrank an der Stirnseite der Garage geholt. Das Zelt, einen Schlafsack, die alte Isomatte, den kleinen blauen Campinggaskocher, einen leichten Topf aus Aluminium und natürlich das Kopfkissen, das in einem Bezug steckte, auf den Jenni »J&S« gestickt hatte. Mit der Zeltrolle und zwei IKEA-Taschen war er durch den Garten, über den Zaun, den schmalen Weg entlang, durch den Knick zurück auf den Garagenhof gegangen. Niemand hatte ihn gesehen, bis er ans Auto getreten war. »Moin, junger Mann«, hatte ihn eine alte Frau mit Rollator angesprochen. »Sind Sie hier bei uns im Block zugange? Bei mir in der Küche, hinter dem Oberschrank, da ist mal Wasser längsgelaufen. Jetzt sind da so braune Ränder. Ob Sie das mal überpinseln können?«

Die Frau hatte die silbrig glänzenden Haare zu einem Dutt hochgesteckt, wie seine Mutter das auch immer machte. Sie hatte ihn angelächelt. Freundlich, geduldig, mit sich im Reinen. Er hätte heulen können.

»Ich schau mal, ob ich passende Farbe dabeihabe.« Hatte er nicht. Die Frau war mit ihrem Wägelchen auf dem Bürgersteig stehen geblieben. Noch immer lächelnd. Er war zurückgegangen. »Das tut mir leid. Ich habe keine Farbe für Ihre Küche im Auto.«

Die Frau hatte mit der linken Hand eine kleine Bewegung gemacht, ohne die Griffe loszulassen. Und sie hatte ihn weiter angelächelt, das Schicksal akzeptiert. »Nicht schlimm. Danke, dass Sie nachgesehen haben. Vielleicht beim nächsten Mal. Jetzt kennen wir uns ja.«

Siegbert Hölter war eingestiegen und losgefahren. Hinter dem Knick hatte zur gleichen Zeit ein Streifenwagen der Polizeistation Eckernförde gehalten.

***

»Okay, wir ziehen das jetzt durch«, verkündete Astrid. »Was den Schwangerschaftstest angeht, können wir nur spekulieren. Wir machen das mit dem richterlichen Beschluss so, wie du es geplant hast, falls wir eindeutige Spuren finden. Aber das mit der Kamera beendest du bitte sofort.«

Es klopfte, und Elmar trat ein.

»Das war schnell.« Marie war wirklich überrascht.

»Das war auch einfach. Die Fingerspuren einer Person haben wir in der Datenbank. Die der anderen wurden bisher nicht erfasst. Die bekannten Spuren sind die von Leni Börnsen.«

»Danke, Elmar. Schließ das Ding erst mal weg, bitte.« Marie stand auf, Elmar ging.

»Wir müssen Sven Macke finden.«

»Ach.« Astrid machte große Augen. »Und wie stellen wir das an? Seine Frau weiß nichts, sein Arbeitgeber weiß nichts. Der kann sonst wo sein. Und vorwerfen können wir ihm auch nichts.«

Sonja kam in Astrids Büro gestürzt. Sonja, die während der Arbeit nicht nur funktionierte wie ein Schweizer Uhrwerk, sondern auch so wirkte. Sachlich und kühl. Sonja hatte gerötete Wangen, sprach lauter als sonst: »Ihr müsst los. Jetzt. Gudewerdtstraße 71 in Eckernförde. Das Museum in der Altstadt. Die alte Fischräucherei. Weißt du, wo das ist?« Sie schaute Marie an.

Marie nickte.

»Leichenfund. Wohl unschön.«

***

Den Campingplatz in Karlsminde hatte Siegbert Hölter zwanzig Minuten später erreicht. Er hatte die ganze Zeit an die alte Frau denken müssen, war mitten durch die Stadt gefahren. Kurz hatte er überlegt, am Baumarkt zu halten, aber sicher waren dort Überwachungskameras angebracht. In Karlsminde hatte er vor dem Platz ein bisschen abseits geparkt, sodass man die Aufschrift an der Seite des Opel Combo nicht lesen konnte. Er hatte seine Siebensachen zu dem schönen Fleckchen Wiese getragen, das ihm zugewiesen worden war, und das Zelt aufgebaut. Handgriffe, die man nicht verlernt.

Dann hatte er im Kindergarten angerufen. Das war so die Zeit, in der Jenni dort Büroarbeit machte. Vor dem Mittagessen. Sie war seit drei Monaten stellvertretende Leiterin der Einrichtung. Sie war stolz gewesen, und er war es auch. »Kita Strandräuber, Jenni Hölter«, meldete sie sich.

»Ich bin's.«

Sie hatte zuerst gar nichts gesagt. Nur ihren Atem hatte er gehört. Er hatte erklärt, dass es nur darum ginge, eine faire Chance zu bekommen. Und sobald er alles erledigt hätte, könnten sie neu durchstarten. Was er vorhatte, sagte er nicht. Er erkundigte sich nach seinem »kleinen Sonnenschein«.

»Siggi, ich flehe dich an. Mach keinen Mist. Komm zurück, wir brauchen dich. Wo bist du denn jetzt?«

Da hatte er aufgelegt. Er konnte sie ja nicht anlügen.

In dieser Nacht ginge das Meerwasser-Wellenbad in Flammen auf. Er steckte den Ersatzakku ins Ladegerät. Nicht dass der Akku der Flex auf halbem Wege schlappmachte und er nicht reinkam. Er war vorbereitet. So viel war sicher.

***

Stine hielt die Mutter der Zwillinge an der Hand, als Marie durch das Tor auf den gepflasterten Hof der alten Fischräucherei trat. Sie schauten sich in die Augen, und es dauerte bei beiden etwa gleich lang, bis sie wussten, warum sie einander zu kennen glaubten. Stine wohnte neben den Börnsens, als Marie dort ein und aus gegangen war, und sie wohnte dort noch immer. Stines Blick war fragend.

Marie sagte: »Moin, lange nicht gesehen, ich bin bei der Polizei. Darum bin ich hier.«

Marie und Astrid waren vor Elmar und den Kollegen der Kriminaltechnik eingetroffen. Außer ihnen stand ein Beamter der Eckernförder Polizeistation vor dem Eingang, ein anderer hatte den Schnittgersgang und die Gudewerdtstraße gesperrt. Er achtete darauf, dass niemand auf das Gelände kam. Die Gäste hatte er in einen Nebenraum der Räucherei geführt und darauf hingewiesen, dass sie in Kürze als Zeugen befragt werden würden. Astrid bat den uniformierten Polizisten, bei den Zeugen auf das Eintreffen der Notfallseelsorger zu warten. Die Betreuung der Augenzeugen war fraglos dringend geboten.

Während der Fahrt von Kiel nach Eckernförde hatte Maries Handy geklingelt.

»Jenni Hölter. Er hat gerade angerufen. Ich weiß nicht, wo er ist. Er klang sehr entschlossen. Es hörte sich an, als sei er draußen. Vielleicht am Wasser. Ich glaube, dass ich Möwen gehört habe.«

»Wurde die Rufnummer übermittelt?«

»Weiß ich nicht. Ich gucke nie dadrauf.«

»Ich schicke einen Kollegen, der mal nachschaut. In Zivil. Sie sind jetzt in der Kita?«

Jenni Hölter bestätigte.

Marie hatte Bernd angerufen und ihn gebeten, in der Kita vorbeizuschauen.

»Stine, wir sprechen gleich«, sagte Marie jetzt und wandte sich an die Frau, die Stines Hand umklammerte. »Darf ich Sie bitten, zu den anderen Teilnehmern der Führung zu gehen.

Es dauert bestimmt nicht mehr lange, bis sich jemand um Sie kümmert, und wir kommen sicher auch noch zu Ihnen.« Die Frau ließ Stines Hand nicht los. Sie war blass, sie schwitzte und zitterte. Marie hoffte, dass sie keine Herzerkrankung hatte. Sie wandte sich zur grünen Holztür, als Stine »Oh nein« rief.

Aus dem Augenwinkel sah Marie, dass die Frau an Stines Seite zu Boden gesunken war. Sie kniete sich neben sie, prüfte Puls und Atmung, bat Stine, sich hinter die Frau zu hocken und den Oberkörper auf ihre Oberschenkel zu lagern. In diesem Moment eilten eine Notärztin und zwei Rettungssanitäter auf den Hof. Marie atmete durch und machte Platz.

Sie hielt nach Astrid Ausschau, sah sie durch das Sprossenfenster einer dem Haupteingang nahen Tür im Gespräch mit den Menschen, deren geweitete Augen von einem traumatischen Erlebnis zeugten. Marie rief Sonja an.

»Wir schaffen das hier nicht alleine. Schick Gregor und Bernd hierher. Danke.«

Jetzt betrat sie den Raum, in dem sie vor einem Jahr schon einmal gewesen war. Andreas hatte ein Gespräch mit Mitgliedern des Vereins geführt, der der alten Fischräucherei zu einem neuen Leben als Museum verhalf. Marie sah gleich, warum der Schock bei allen, die gesehen hatten, was sie nun sah, so tief saß.

Die Türen des mittleren Altonaer Ofens waren geöffnet. Über dem Gestell, das bisher dazu gedient hatte, die Fische in den Rauch zu hängen, lag ein Mensch. Er lag so, dass Marie ihn von der Seite sah, mit Bauch und Oberkörper auf den metallenen Stäben. Rechts hingen die Beine hinunter. Die Füße berührten die noch rauchenden Holzspäne. Links baumelte der Kopf über den Rand des Gestells hinaus nach unten. Der Kopf war leicht nach links gedreht. Die Augen waren geöffnet. Sie waren schwarz. Die Gesichtshaut war goldgelb, sie glänzte, das linke Ohr braun, die linke Hand, die dem Feuer näher gewesen war, war braun, die Fingerspitzen fast schwarz. Der Mensch war eine Frau. Die Frau war nackt.

Was Marie und ihre Kolleginnen jetzt tun mussten, war oft geübt und folgte aus gutem Grund bestimmten Regeln. Man nannte es im Polizeijargon den ersten Angriff. Es galt, keine Fehler zu machen, es galt, nichts zu übersehen, alle Spuren zu sichern, Zeugen zu vernehmen, um herauszufinden, wie passieren konnte, was passiert war. Es war ihre Aufgabe zu klären, wer die nackte Frau war und warum sie im Rauch des Altonaer Ofens gestorben war. Wer dafür verantwortlich war, dass sie ein Ende gefunden hatte, das grausamer kaum sein konnte.

Marie war noch etwa zwei Meter von der Frau entfernt. Sie näherte sich. Sie näherte sich langsam. Es roch nach geräucherten Sprotten. Die Frau roch nach geräucherten Sprotten. Jedenfalls war der Geruch ähnlich. Nicht gleich. Marie atmete mehrfach kurz ein und aus, trat noch näher an die Frau heran, an ihren Kopf, und schnupperte. Jetzt wusste sie, welcher Geruch sie irritierte. Es war der Geruch verbrannter Haare.

Hinter ihr wurde die Tür geöffnet. In den weißen Schutzanzügen der KTU traten die Spurensicherer ein. Angeführt von Elmar, der neben Marie stehen blieb. »Die perverse Phantasie der Menschen ist grenzenlos. Manchmal schäme ich mich dazuzugehören.«

Marie verließ den Raum, ging raus zum EMO. Sie hatte ihre Tasche vergessen, in der auch das Schleibook lag. Sie bog von der Gudewerdtstraße links in den Schnittgersgang ab. Schon oft war sie über das Kopfsteinpflaster gegangen, hatte nie das Tor wahrgenommen, das offenbar den hinteren Hof der Räucherei abschloss. Sie drückte dagegen. Es war verschlossen.

Der Schnittgersgang machte seinem Namen alle Ehre. Er war sehr schmal geschnitten, oder besser geschnitzt. Die Eckernförder Schnittger, also Bildschnitzer, nach denen die kleine Straße benannt worden war, genossen im 17. Jahrhundert einen sehr guten Ruf. Woran man so dachte, dachte Marie, die um die Enge des Ganges wissend auf dem Jungfernstieg geparkt hatte.

Als sie beinahe den Bürgersteig erreicht hatte, näherte sich von rechts ein zweiter Transporter der KTU. Der Fahrer fuhr einen möglichst weiten Bogen. Marie wich nach links aus und grüßte. Sie beobachtete das Abbiegemanöver und registrierte, dass die Stoßstange des Transporters den massiven Steinpoller nur um Zentimeter verfehlt hatte. Der Fahrer wusste, was er tat, oder er hatte einfach nur Glück gehabt. Lackanhaftungen auf dem Poller zeigten, dass sich andere Fahrer weniger geschickt angestellt hatten.

Zurück in der Räucherei holte sich Marie einen Stuhl aus der angrenzenden Küche und setzte sich vor den Ofen. »Elmar, gib mir eine Viertelstunde bitte. Ihr könnt zwischenzeitlich nach den Türen und sonstigen Einbruchsspuren sehen. Täter wird ja niemand sein, der einen Schlüssel hat. So blöd kann keiner sein.«

Elmar zog ab und murmelte: »Was ich an blöden Tätern schon erlebt habe. Bücher könnte ich schreiben.«

Marie musste sich zwingen hinzuschauen. Der wievielte Mensch war das, den sie nach einem gewaltsamen Tod anschaute? War sie nicht an diesen Anblick gewöhnt? Manchmal empfand sie Mitleid mit dem Opfer, weil es lange gedauert haben musste, bis der Tod die Qualen beendet hatte. Manchmal war sie fasziniert. Dass die belebte Welt aus der toten Welt eine neue Welt schuf, sah man in der eigenen Obstschale. An Tatorten sah man das auch.

Immer war sie entschlossen gewesen. Entschlossen, den Täter, selten die Täterin, zu finden. Jetzt, in diesem Augenblick, spürte sie Schwäche, und es graute ihr. Jemand hatte diese Frau getötet und dann … Marie wagte kaum, das Wort zu denken. Jemand hatte die Frau – zubereitet. So furchtbar es war: Aus dieser Entfernung zum Räucherofen roch es appetitlich.

Marie starrte auf ihren Stift, auf das geöffnete Schleibook, ihr Skizzen- und Notizbuch, in dem sie alles festhielt, was ihr wichtig erschien. Sie schrieb Ort und Datum oben auf die Seite und notierte: »Es riecht gut im Raum. Nur, wenn man näher kommt, riecht man die verbrannten Haare der Frau. Die Frau war etwa einen Meter fünfundsechzig groß. Sie wog ungefähr fünfundfünfzig Kilo. Der Täter hat sie vor dem Eintritt der Leichenstarre oder nachdem sie sich aufgelöst hat, auf das Gestell gehoben. Das muss anstrengend gewesen sein.« Marie sah sich im Raum um, ging einmal durchs Erdgeschoss und fand vor dem Ausgang zum Hof einen Hubwagen. »Elmar«, rief sie in den Hof, wo der Kriminaltechniker Fingerspuren vom Tor zum Schnittgersgang nahm. »Elmar, bitte stellt fest, ob die Tote auf dem Hubwagen transportiert wurde.«

Marie setzte sich wieder vor den Ofen und schrieb weiter: »Sie hatte schulterlange Haare. (Exakte Angaben von KTU nachtragen!). Warum ist die Frau nackt? (Sexualstraftat?)«

Marie schaute ihr ins Gesicht. Der Rauch hatte sich wie ein Schleier über die Augäpfel gelegt und sie schwarz gefärbt. Der Glaskörper schimmerte an einer Stelle durch. »Das kann ich nicht zeichnen«, flüsterte Marie, blätterte um und fertigte mit schnellen Strichen eine Skizze, die die Lage des Körpers im Ofen festhielt.

Sie stand auf, ging zur Eingangstür, öffnete sie und trat hinaus in den Tag. Sie atmete bewusst, hörte Astrids Stimme aus dem Nebenraum.

»Profi«, sagte Marie. »Ich bin ein Profi. Ich schaue hin, sehe Details und ziehe Schlüsse. Jetzt.«

Sie ging zurück, rückte den Stuhl näher an die Frau heran. Jetzt war der Winkel anders. Das Licht fiel so auf den Kopf, dass Marie auf etwas metallisch Schimmerndes am Ohrläppchen der Frau aufmerksam wurde. Sie stand auf, der Geruch verbrannter Haare stach ihr erneut in die Nase. Ein Ohrring, ein Ohrstecker. Ein stilisierter Fisch. Marie kannte den Ohrring. Sie hatte ihn vor langer Zeit gesehen. Ein Goldschmied aus Kappeln hatte Ohrstecker mit dem Heringsmotiv hergestellt. Für die Konfirmandinnen.

Marie war in Kosel konfirmiert worden. Ihre Mutter war mit der Pfarrerin befreundet gewesen. Sie hatte auch ein Paar dieser Ohrringe gehabt, das sie aber schon vor der Konfirmation verloren hatte. Auf der Treppe vor der Kirche, als das Foto gemacht wurde, hatte einer dieser Ohrringe in der Sonne geblitzt, und er hatte im Ohr von Anna-Lena Börnsen gesteckt. Maries Herz setzte für einen Schlag aus. War die Frau im Ofen etwa Leni? Anna-Lena konnte es nicht sein. Sie war mindestens zehn Zentimeter größer.

Marie legte den Stift ins Schleibook, massierte mit allen Fingern ihre Stirn. Wetterwechsel. Kopfschmerzen kündigten sich an. Ob Leni, die jünger war, auch diese Ohrringe gehabt hatte? Elmar querte hinter ihr den Raum.

»Elmar. Ich brauche den Zahnstatus. Ich räume das Feld hier. Und DNA. Einen Abgleich mit der DNA vom Schwangerschaftstest. Ich glaube, dass die Frau Leni Börnsen ist.«

Marie presste das Schleibook an die weiß gekalkte Wand und schrieb: »Wie kommt sie hier rein? Wie wurde sie transportiert? Wurde sie hier getötet oder an einem anderen Ort? Wo ist die Kleidung? Todesursache.«

Die Eingangstür öffnete sich, und wie auf Kommando trat Michel, der neue Rechtsmediziner, ein. Marie dachte an Ele.

»Moin, das hatte ich auch noch nicht.« Er ging an Marie vorbei, stellte seine Utensilien neben den Ofen, beugte sich vor, ging in die Knie. »Da denkst du, du hast schon alles gesehen. Nur gut, dass der Täter keine Opsteekfru war.«

»Wie bitte?«

»Opsteekfru. Meine Oma war eine Opsteekfru. Das waren die Frauen, die hier den wichtigsten und beschissensten Job hatten. Sie haben die Fische ausgenommen und dann aufgespießt. Bei jedem Wetter. Und meistens war es hier feucht und kalt. Mit diesen Frauen wollte kaum jemand was zu tun haben. Stine hat mir mal erzählt, dass es für die Frauen eigene Wartezimmer beim Arzt gab, weil sie so nach Fisch stanken. Und jetzt stell dir vor, eine Opsteekfru hätte die Frau hier präpariert.«

»Du kennst Stine?«

»Wer kennt die nicht? Ich bin Eckernförder. Also bitte.« Er klappte seinen Koffer auf.»Und bevor du fragst. Zur Todesursache kann ich frühestens morgen etwas sagen. Es sei denn, sie hat auf der rechten Kopfseite ein Einschussloch.« Elmar ging mit zwei Kollegen durch den Raum. »Marie, keine Einbruchsspuren. Weder am Tor zum Schnittgersgang noch an der Hintertür. Aber frische Lackspuren an einem Poller draußen auf der Straße. Da ist jemand längsgeschrammt. Hellblauer Lack.«

»Hellblau? Das ist ja super. Ich kenne niemanden, der ein hellblaues Auto fährt. Hast du Bernd schon gesehen?«

»Ja, gerade angekommen.«

Marie klappte das Schleibook zu und ging nach hinten auf den Hof. Der Baum spendete Schatten. In der Mitte des Hofes standen Tisch und Stühle, Vögel zwitscherten. Eine Altstadtidylle wie aus dem Bilderbuch. Von Bernd keine Spur. Dann öffnete sich das Tor, und Bernd tauchte auf. Er trug eine KTU-Mitarbeiterin über den Hof.

»Guck nicht so«, rief er Marie zu. »Ich will nur wissen, wie anstrengend es ist, einen Menschen von hier aus ins Haus zu tragen.« Er ging an ihr vorbei, verschwand in der Räucherei und tauchte kurz darauf nach Luft schnappend wieder auf.

»Und?«

»Sehr anstrengend.«

»Hast du den Hubwagen gesehen?«

»Nein.«

»Steht im Gang. Vielleicht wurde sie so transportiert.«

Beide schauten sich um. Aus den umliegenden Häusern konnte niemand in den Hof schauen.

»Sie wurde mit dem Auto gebracht«, sagte Bernd. »Das Tor war offen. Ein Lieferwagen mit Seitentür. Hubwagen ran, Leiche drauf, Hubwagen und Leiche in den Hof, Auto raus auf den Jungfernstieg. So könnte es gewesen sein.«

»Da musst du den Hubwagen ganz schön weit hochpumpen. Mindestens so hoch, wie die Beine lang sind.«

»Ist doch praktisch. Du fährst vor den Ofen und schiebst

den Körper nur noch rein. Das kann ein Mensch allein gut schaffen.«

Marie nickte. »Wir müssen wissen, wie sie hierherkam. Bernd, du hast doch ein goldenes Händchen. Sei so nett und frag mal bei den Nachbarn, ob die zwischen achtzehn Uhr gestern Abend und neun Uhr heute Morgen etwas beobachtet haben, das auf den Transport einer Leiche hinweisen könnte.«

»Sag mal, Marie, wer den Transport einer Leiche beobachtet, der ruft doch sofort die Polizei.«

»Es muss ja nicht sichtbar gewesen sein. Wie du schon gesagt hast. Der Typ parkt direkt vor dem Tor, ganz dicht vor Tor und Mauer, und lädt den Körper um. Vielleicht war der Körper abgedeckt. Da sieht man nichts. Ich denke eher an ein Auto, das hier nicht hingehört, das länger geparkt hat als üblich, an eine geöffnete Tür. Das Geräusch, das die Rollen des Hubwagens auf dem Pflaster machen. So was.«

»Okay, aber ich habe auch noch die Kita auf der Liste. Wegen Siegbert Hölter.«

»Soll Gregor machen. Ich sage ihm Bescheid.«

Bernd nickte und trollte sich. Marie wählte Gregors Handynummer. Sie hörte, dass es auf dem Schnittgersgang klingelte. Sie ging dem Geräusch nach und sah Gregor an einem der Poller knien. Sie legte auf, ging nach vorn und bat Gregor, sich um Siegbert Hölter zu kümmern. Dann ging sie wieder zurück in den Hof.

Stine, noch in voller Montur der Figur, die sie spielte, kam aus dem Haus. »Das Tor war übrigens auf. Da hätte jeder reinspazieren können. Ich war heute Morgen vor der Führung hier, um schmutziges Geschirr wegzuräumen. Da habe ich das gesehen.«

»Ist dir was aufgefallen?«

»Ich habe Fußspuren vor dem Ofen weggewischt. Die waren irgendwie feucht, obwohl es nicht geregnet hat, und eine Bonbonschachtel habe ich aufgehoben und weggeworfen.«

»Wohin?«

»Na in den Mülleimer, in der Küche.«

»Zeigst du mir das bitte.«

Die Frauen gingen wieder rein. Stine deutete auf den Mülleimer.

Marie bat einen Kriminaltechniker, das Papier zu sichern. Als er es aus dem Eimer nahm, wurde sie aufmerksam. »Die kenne ich. Das sind Emser von Fazer. Pfefferminzbonbons. Die kaufe ich immer, wenn wir in Schweden sind. Ich glaube nicht, dass man die hier so einfach kaufen kann. Kennst du jemanden aus dem Verein, der sie isst?«

Stine schüttelte den Kopf. »Nicht dass ich wüsste.«

»Du, noch mal zum Tor und vor allem zur Tür, die nicht aufgebrochen wurde. Wer hat denn einen Schlüssel?«

Stine zählte sechs Mitglieder des Vereins auf. Dann sagte sie: »Na, und Maler Börnsen, wir haben ja im Obergeschoss diese Dauerbaustelle. Das wird richtig schön mit wunderbaren Verzierungen, aber das geht eben nicht von einem Tag auf den anderen.«

»Börnsen? Maler Börnsen?«

»Ja, du kennst die doch. Wir sind Nachbarn, die Börnsens und wir.«

Marie setzte sich auf einen der Küchenstühle. Hatten sie es mit einer Familientragödie zu tun?

Ihr Handy klingelte. Ein ihr unbekannter Kollege aus Flensburg berichtete, dass man am frühen Morgen einen Transporter mit Eckernförder Kennzeichen kontrolliert habe. Zugelassen auf die Firma Börnsen. Fahrer war Sven Macke. Dass Sven Macke gesucht wurde, habe man eben erst erfahren.

Marie legte auf, wollte zu Astrid hinübergehen, als sich das Notebook meldete. Hoffentlich kein Alarm der Kamera, dachte Marie. Es war eine neue, noch nicht verifizierte Information, die Sonja in der digitalen Ermittlungsakte abgelegt hatte. Es ging in Hamburger Zockerkreisen das Gerücht, Sven Macke habe Spielschulden in sechsstelliger Höhe. Außerdem hatte Sonja die Mitglieder des Ruderclubs abtelefoniert. Die

Herren hatten gegessen, getrunken und dem Streit zwischen Macke und Leni Börnsen keine Bedeutung beigemessen.

Marie stand auf und ging zu Astrid rüber. Sie erzählte, was Stine ausgesagt hatte. »Da muss man nur eins und eins zusammenzählen und landet bei Sven Macke«, schloss sie. »Er hatte natürlich ein Motiv. Er brauchte den Betrieb, viel mehr das Geld aus dem Betrieb, um seine Spielschulden zu begleichen. Dann schwängert er, wissentlich oder nicht, die Schwester der Inhaberin. Anna-Lena hätte den Geldhahn zugedreht und ihn achtkantig rausgeschmissen.«

Astrid winkte ab. »Mal langsam. Wer sagt, dass er sich an Konten der Firma bedient hat? Wer sagt, dass er überhaupt Zugriff hat? Was du sagst, liegt nahe, aber ermitteln müssen wir das schon noch.«

Marie lehnte sich in den Türrahmen. »Wir müssen mit Anna-Lena sprechen, und wir müssen mal einen Blick auf die Kontobewegungen werfen. Fragt sich, wer das macht. Wir brauchen Unterstützung. Anna-Lena versuche ich zu erreichen. Was die Bank betrifft, frage ich die Kollegen von der Wirtschaft. Einverstanden?«

»Einverstanden.«

Marie fingerte das Handy aus der Hosentasche, verließ den Raum, ging raus auf die Gudewerdtstraße und schlenderte zwischen den schmucken Fassaden Richtung Hafen. Im Dezernat 22 ging niemand ans Telefon.

Marie erreichte den schmalen Park am Rosengang. Eine Bank unter dem Blätterdach. Eine Spatzenfamilie, die sich mit dem Rest eines Brötchens vergnügte. Fröhliches Lachen aus dem Hof des angrenzenden Waldorfkindergartens. Marie setzte sich. Das Freizeichen wirkte beruhigend. Komisch, dass niemand den Anruf entgegennahm. Sie schaute auf das Display und stellte fest, dass es bei der Vorwahl einen Zahlendreher gab. Es war sicher zwei Jahre her, dass sie die Nummern der Dezernate gespeichert hatte. Offenbar spielten Wirtschaftsdelikte bei ihrer Arbeit keine große Rolle.

Sie wählte händisch, erreichte einen norddeutsch nüchternen Kollegen, der schnell verstand und das Gespräch ebenso schnell beendete. Bestimmt saß er sehr aufrecht am Schreibtisch.

Anna-Lena erreichte Marie weder in ihrem Büro, noch ging sie an ihr Handy. Mit Mutter Börnsen zu telefonieren war nicht die beste aller Ideen. Sie führe dort mal eben vorbei, sobald sie mit Astrid und Elmar das weitere Vorgehen am Leichenfundort besprochen hatte.

***

Der Husumer Hafen war einer von Sven Mackes Lieblingsorten, seit er hier seinen ersten Außendreh für den NDR gehabt hatte. Drei Wochen später hatte man ihn gefragt, ob er sich Moderation vorstellen könne. Konnte er – und wie! Er war erneut nach Husum gefahren und hatte von der Brücke gegenüber dem Speicher eine Arschbombe ins Hafenbecken gemacht. Jetzt saß er in einem Apartment mit Blick auf den Speicher.

Er hatte die kleine Wohnung gekauft, als er in Hamburg einen fetten Pott gewonnen hatte. Es hatten damals lächerliche vierzig Prozent der Gesamtsumme gefehlt. Die Bank hatte ihm die Wohnung lächelnd finanziert. Gerade hatte er in Flensburg mit seinem persönlichen Berater gesprochen. Sie kannten sich schon seit fünf Jahren, waren ab und zu miteinander essen gegangen. Der Banker hatte es toll gefunden, wenn Sven im Restaurant erkannt worden war. Heute hatte er die Arme verschränkt und schulterzuckend gesagt: »Sorry, Sven, das war's.«

Kein Spielraum mehr. Er hatte den Transporter von Börnsen genommen, weil er keinen Sprit mehr in seinem Cabrio hatte. Im Portemonnaie waren noch zwanzig Euro, und Anna-Lena wusste von nichts. Nichts von seinem Schuldenberg, und vor allem wusste sie nicht, dass er der Vater von Lenis Kind war.

Die Schulden hätte sie ihm vielleicht verziehen. Spielsucht war eine Krankheit. Er war bereit, sich behandeln zu lassen. Der NDR hätte ihn gefeuert. Aber er hätte ein Buch schreiben können. Bei seiner Prominenz hätte sich garantiert ein Verlag gefunden, der den tiefen Fall des Fernsehmoderators verlegt hätte. Inklusive Vorschuss. Dem Boulevard hätte er an Originalschauplätzen geschildert, wie er in Hinterzimmern auf gute Blätter gehofft, sich danach bewusstlos gesoffen hatte. Und in einer zweiten Staffel hätten sie ihn in der Suchtklinik begleitet. In der Redaktion des Dschungelkönigs kannte er jemanden. Irgendwie hätte er sich als schmuddeliger C-Promi wieder freischwimmen können.

Aber Lenis Schwangerschaft hatte alle Hoffnungen zunichtegemacht. Er stand auf und trat ans geöffnete Fenster. Wenn er jetzt einfach springen würde, bliebe ihm die Blamage erspart. Aber fünf Meter würden wohl nicht reichen. Leni war tatsächlich ins Strandrestaurant nach Karlsminde gekommen und hatte ihm eine Szene gemacht. Swantje hatte sie schließlich hinauskomplimentiert. Vermutlich war sie auf Speed gewesen.

Auf der Hafenstraße flanierten Urlauber. Unbeschwert. Er würde nie wieder unbeschwert sein können. Jetzt waren sie alle hinter ihm her. Um sich abzusetzen, fehlte ihm das Geld. Bald würde man ihn finden. Das Auto, die Wohnung. Eine Frage der Zeit. Über dem Sofa hatte er eine Weltkarte aufgehängt. Viel Wasser. Sehr viel Wasser. Er dachte an Peter Jürgensen, und seine Miene hellte sich auf.

Peter besaß drei Frachtschiffe, die zwischen Bremerhaven und Südamerika unterwegs waren. Wie streng die Kontrollen der Behörden bei Aus- und Einreise waren, wusste Sven Macke nicht. Er würde Peter anrufen.

Er ging ins Schlafzimmer und zog eine Mappe vom Schrank. Originale von August Macke. Erbstücke, von denen er niemandem erzählt hatte. Die geheime Reserve der Familie, die er an seine Kinder weitergereicht hätte. An seine ehelichen Kinder. Aber er hatte keine ehelichen Kinder. In Südamerika war alles möglich. Dort würde er einen Käufer finden. Vielleicht reichte es, wenn er ein oder zwei Bilder verkaufte.

***

Vor dem Flatterband, mit dem die alte Fischräucherei und auch die Zufahrtswege abgesperrt waren, hatten sich Schaulustige versammelt. Marie entdeckte außerdem ein Kamerateam. Sie zog die Kapuze des Pullis über den Kopf. Wenn sie eines nicht wollte, dann in die Nachrichten. Wozu gab es qualifizierte Pressesprecher in Kiel?

Sie umrundete die Absperrung, wich über den Parkplatz der Volksbank aus. Als sie am rückwärtigen Tor ankam, sah sie, wie Elmar mit Schrader vom Jungfernstieg aus auf sie zuging.

»Marie, einen Moment. Vorbehaltlich einer Prüfung im Labor. Der frische hellblaue Lack könnte zu einem der Transporter von Maler Börnsen gehören. Der Kollege sagt, das wäre genau die Farbe. Er nennt das Babyblau. Das wäre weder Hellblau noch Himmelblau. Eine Sonderlackierung, die er an den Börnsen-Autos schon von Weitem erkennen würde. Sagt er, das Eckernförder Adlerauge.«

»Ja, wenn Schrader das sagt.« Marie hakte sich bei Schrader unter. »Jetzt wäre genau die richtige Zeit für ein schnelles Eis. Wie wär's? Sie könnten mir ein bisschen was über Sven Macke erzählen, so als Einheimischer.«

Schrader nickte. Beide gingen Richtung Strand.

»Ich nehme drei Kugeln im Becher. Erdbeere, Pflaume und saure Sahne«, rief ihnen Elmar hinterher, bevor er im Hof der Räucherei verschwand.

***

Gregor Sachse hatte im letzten Jahr wieder große Freude am Motorradfahren gefunden. Er startete seine Harley und freute sich über den Wind im Gesicht, als er sich in den angenehm entspannt fließenden Verkehr auf der Reeperbahn einordnete.

Er war froh, dem Leichenfundort vorerst entkommen zu sein. Alles, was dort geschah, war von äußerster Wichtigkeit und folgte sehr zu Recht bestimmten Regeln. Er hatte das nicht so drauf wie Marie oder Elmar. Aber er hatte ein gutes Gespräch mit Astrid gehabt. Seine Stärke lag eher im zwischenmenschlichen Kontakt, in der flexiblen Reaktion auf das, was gerade passierte. Ein Kollege nannte das immer »Leben in der Lage«.

Direkt vor ihm fuhr ein alter Saab mit niederländischem Kennzeichen. Er dachte an Astrid und wäre dem alten Saab an der Ampel am Steindamm beinahe in den Kofferraum gefahren. Was war da denn los? Bisher hatte er mit Holland stets sein Leben mit Mareike verbunden. Plötzlich nahm eine andere Frau diesen Platz in seinem Kopf ein. Wie aus dem Nichts. Eine Fehlschaltung der Synapsen, ein neuronaler Kurzschluss?

Am Mühlenberg ließ er ein Auto von der Tankstelle aus kommend links abbiegen. Der Fahrer hob dankend die Hand, Gregor erwiderte den Gruß, spürte, wie es in ihm lächelte, nein, wie es lachte. Die Erkenntnis traf ihn unvermittelt. Er begann zu singen. Er war jetzt Mitte fünfzig, und wenn er eines nicht erwartet hatte, dann: sich zu verlieben.

Astrid Moeller war seine Chefin. Sie war die Leiterin der Abteilung, der er erst seit einem Jahr angehörte. Sie hatten keine privaten Berührungspunkte. Auf ihn hatte sie bisher distanziert, beinahe verschlossen gewirkt. Gut, sie hatte letzten Sommer hinten auf seiner Harley gesessen. Das hatte sich warm angefühlt. Sie hatten beim Bouleturnier in Sehestedt an denselben Stellen gelacht. Sie war jünger als er, sicher bedeutend jünger. Und sie sah verdammt gut aus. Sie hatte so was Französisches an sich. Obwohl sie aus Flensburg kam, wie sie erzählt hatte. Sie interessierte sich für das Gärtnern. Gregor stellte sich vor, wie sie nebeneinander in den Furchen des Gemüsebeetes hockten. Wie sie in der Erde wühlte, wie sie Rote Bete schnitten, die Finger ganz rot vom Saft. Ganz rot. Rot wie die Liebe.

Gregor erreichte die Kindertagesstätte im äußersten Norden der Stadt. Eine Sackgasse. Er stellte die Harley auf den Seitenständer und hängte den Helm auf den linken Außenspiegel. »Schnaps ist Schnaps und Job ist Job«, sagte er.

Jenni Hölter saß an einem Schreibtisch, auf dem es nach Arbeit aussah.

»Gregor Sachse, moin. Ich bin vom Landeskriminalamt. Eine Ihrer Kolleginnen hat mich reingelassen. Haben Sie eine Minute für mich? Trotz der Berge.« Er zeigte auf den Schreibtisch.

Jenni Hölter stand auf und schloss die Tür zum Flur, über den zwei vielleicht dreijährige Jungs tobten und lautstark die Sirenen amerikanischer Polizeiautos imitierten. »Wegen Siggi, oder?«

Gregor nickte nur und wartete. Er hatte oft erlebt, dass Fragen ein Hemmnis für brauchbare Antworten sein konnten.

»Ich habe Frau Geisler schon erzählt, dass er angerufen hat. Es hat in den letzten fünfzehn Jahren keinen Tag gegeben, an dem ich nicht gewusst habe, wo er ist. Aber jetzt weiß ich nicht, wo er ist, und ich weiß nicht, was er vorhat. Ich habe eine Scheißangst.«

»Haben Sie einen gemeinsamen Lieblingsort?«

»Ja, am Noor, da, wo der Spielplatz ist. Vielleicht kennen Sie das?«

Gregor kannte den Spielplatz unweit seiner Laube in der Schrebergartenanlage Costa Noora.

»Da haben wir uns zum ersten Mal getroffen, und am Wochenende gehen wir manchmal zu dritt hin. Siggi ist ein aufrechter Typ. Er hat mich niemals angelogen.«

»Was ist wohl seine größte Sorge gerade?«

»Die Baugenehmigung. Das Studio kann ohne den Wellnessbereich nicht überleben. Aber die legen ihm ständig neue Steine in den Weg, obwohl die anderen Studios Saunen und diese Wellnesseinrichtungen längst haben. Immer nur Kleinigkeiten, als wollten sie ihn kaputt machen.«

»Hat er mal gesagt, wer schuld ist an der Misere?«

»Das Bauamt. Aber die reden sich mit Paragrafen raus. Das ist nicht Siggis Stärke. Er hat gesagt, dass er Gerechtigkeit will. Gleiche Chancen für alle.«

»Wer sind denn ›alle‹?«

»Na die Studios, die Schwimmbäder. Das ganze Land lebt doch von Freizeit und Urlaub. Die Werften, die Fischer. Das ist ja längst vorbei irgendwie.«

»Das Studio von Toni Paxner ist abgebrannt. Er hat jetzt auch keinen Wellnessbereich mehr. Ob das im Sinne Ihres Mannes ist?«

»Ja. Also nein, nicht so, natürlich. Wir haben da nicht drüber gesprochen. Wahrscheinlich ist er froh, wenn alle bei null stehen. Aber da ist ja jemand gestorben. Das ist schrecklich.«

Es klopfte. »Jenni, kommst du bitte mal schnell? Leon kotzt.«

Jenni Hölter zuckte mit den Schultern und verließ rasch das Büro.

Gregor sah sich um. Eigentlich ein Büro wie jedes andere. Es sah aus, als nähme die Verwaltung viel Raum ein im Kindergarten. Er stand auf und vertrat sich die Beine. Auf einem gelben Post-it neben der Tastatur stand handschriftlich notiert: »Astrid anrufen«. Gregor drehte sich weg.

Ihm kam ein Spruch in den Sinn, der in seinem Elternhaus über dem Küchentisch gehangen hatte: »Der Zufall ist die in Schleier gehüllte Notwendigkeit.« Ein Schauer lief ihm über den Rücken.

Als er wieder zurück zum Stuhl gehen wollte, schaltete der Bildschirm einen Bildschirmschoner ein. Strandbilder, die Jennis kleine Familie zeigten, dann ein älteres Foto. Siggi im Ring mit einem roten Shirt, auf dem »Boxclub Harburg 1911« stand. Die Bürotür öffnete sich. Jenni trocknete sich die Hände mit Papiertüchern.

»Ganz ehrlich. Wenn Siggi nicht morgen wieder auftaucht,

reiß ich ihm den Arsch auf. Ich schufte hier wie blöd, und wir haben ein Kind und ein Haus und einen Garten. Ich verstehe, dass er Stress hat, aber er lässt mich hier auch krass im Stich. Ich würde mich wirklich freuen, wenn Sie ihn finden. Vielleicht hat er irgendeinen Mist angestellt. Aber ganz bestimmt nichts Schlimmes.«

***

Die Eckernförder Promenade lud auf einer Länge von beinahe zwei Kilometern zum Schlendern, Schauen und Schlemmen ein – eine treue Begleiterin des Strandes auf der einen und besonders gepflegte Grünanlagen auf der anderen Seite. Das »Ostsee Info-Center« an der Hafenspitze, der Strandspielplatz, das breite kulinarische Angebot von Crêpe über Eis und Fischbrötchen bis hin zu Burgern, das Meerwasser-Wellenbad und der Minigolfplatz lockten auch heute Urlauber und Einheimische, die nach dem Einkauf ein paar Meter am Wasser entlangliefen oder eine Besprechung nach draußen verlegt hatten.

Schrader trug Uniform, und das spürte Marie. Ein paar Jugendliche, die zunächst alarmiert, dann großkotzig auf ihn schauten, eine ältere Dame, die beseelt lächelte und ihre Freundin auf den schnieken Polizisten aufmerksam machte, der Betreiber eines Imbisswagens, der Schrader fröhlich grüßte. Marie erinnerte sich an ihre Zeit in Uniform. Wie sehr sie im Fokus gestanden hatte, sobald sie als Polizistin zu erkennen gewesen war, hatte sie beinahe schon vergessen.

Schrader hatte sich für eine Wundertüte entschieden, und auch Maries Wahl war auf die Kombination aus Eis, Erdbeersoße und Sahne gefallen. Beide waren erfahrene Wundertütenesser und hatten sich einen kleinen Löffel dazugenommen. Marie hielt ihm den Löffel hin. Er zögerte einen Moment. Dann stießen sie an.

»Marie«, sagte Marie.

»Schrader«, sagte Schrader. »Alle sagen nur Schrader. Normalerweise, also wenn ich privat zum Eisessen hier bin, habe ich immer einen eigenen Löffel dabei. Dieser Plastikkram muss ja nicht sein. Ich tauche in meiner Freizeit. Du glaubst nicht, was alles im Meer landet. Zum Heulen ist das. So habe ich auch Sven Macke kennengelernt. Er hat mal einen Beitrag über uns Taucher gemacht. Also, über das Müllsammeln. Netter Typ eigentlich. Aber nachdem er angefangen hat zu moderieren, ist er komisch geworden. Grüßt nicht mehr. Wir sind letztes Frühjahr auf der Kiellinie fast ineinander reingelaufen. Da tat er so, als würden wir uns nicht kennen. Dabei wohnen wir ja auch nur hundert Meter voneinander entfernt.«

»Ach, du wohnst in der Nähe des Leuchtturms?«

Schrader lachte. »Das können wir uns nicht leisten. Wir haben eine Genossenschaftswohnung am Domstag, aber das ist ja gleich um die Ecke. Jedenfalls hat sich sein Verhalten verändert, und ein Kollege aus Kiel erzählt, dass er Kontakte ins Milieu hat. Man hat ihn da wohl auch mal befragt. Er hat erklärt, er sei zu Recherchezwecken unterwegs gewesen, und sich auf Quellenschutz berufen. Worum genau es ging, weiß ich aber nicht.«

»Weißt du, wie seine Rolle in der Malerfirma der Familie Börnsen ist?«

»Zumindest nach außen hat der feine Herr nichts mit Handwerkern am Hut, würde ich sagen. Aber da fragst du wohl besser seine Frau oder Schwiegermutter.«

»Mist.« Marie wischte einen Tropfen Erdbeersoße vom Hosenbein. »Man weiß es, und doch passiert es.«

»Mir nicht.« Schrader saß breitbeinig und vornübergebeugt auf der Bank.

»So kann ich hier nicht sitzen.«

»Warum nicht?«

»Ich bin eine Dame vom LKA.«

Zu Sven Macke fiel Schrader leider nicht mehr viel ein. Marie hatte so ein Gefühl. Sie würde sich gleich mit Astrid besprechen.

Zurück in der alten Fischräucherei traf Marie auf eine sehr aufgeräumte Astrid. Die Befragung der großen Gruppe von Zeugen hätte Marie richtig unter Stress gesetzt, Astrid hingegen blühte auf. Sie hatte gut strukturiert und systematisch gearbeitet. Sie hatte eine Liste angelegt, aus der nicht nur hervorging, wer was gesagt hatte. Zusätzlich waren die Beziehungen der Zeugen untereinander sowie deren Position im beziehungsweise vor dem Räucherraum festgehalten. Besonders hilfreich waren die Aussagen allerdings nicht. Astrid hatte alle Beteiligten bereits entlassen. Die Familie mit den Zwillingen und ein älterer Herr befanden sich in der Obhut eines ärztlichen Teams und der Notfallseelsorge.

Stine beobachtete das Treiben der KTU und hielt Elmar dazu an, alles so zu verlassen, wie man es vorgefunden habe. »Die Sprottenkönigin sollen wir auch hierlassen?«, blödelte er und war der Einzige, der das lustig fand.

Marie nahm ihn zur Seite, weg von den Kollegen. »Elmar, so kenn ich dich gar nicht. Warum hast du das gesagt?«

Elmar wehrte Maries Hand ab, die sie ihm auf die Schulter gelegt hatte, und versuchte, an ihr vorbei zum Hubwagen zu kommen. »Du hast doch gesagt, wir sollen den Hubwagen auf Spuren prüfen, oder nicht, Chefin?«

Marie hob beide Hände. »Komm, wir gehen mal kurz an die Luft, bitte.«

Elmar zog die Kapuze nach hinten. Die wenigen Haare, die ihm geblieben waren, lagen schweißnass an der weißen Kopfhaut.

»Hier unter den Baum. Hier ist es ein bisschen kühler.« Marie trug zwei Stühle neben den Stamm. Beide setzten sich. »Soll ich uns was zu trinken holen?«

Elmar zog die Augenbrauen hoch und atmete geräuschvoll durch die Nase ein. Marie interpretierte das als Zustimmung und holte eine Flasche Wasser und zwei Gläser. Sie tranken. Marie rülpste leise. Elmar konnte ein zumindest kleines Lächeln nicht verbergen.

»Sprottenkönigin. Elmar, stell dir vor, die Frau stünde dir

nahe. Ich habe dich in solchen Situationen immer voller Pietät und Einfühlungsvermögen erlebt.«

»Den ganzen Tag stecke ich in diesem Anzug, schwitze wie ein Schwein und lasse mich von den Damen herumkommandieren, die mindestens zehn Dienstjahre weniger haben als ich. Völlig egal, wo ich hinkomme. Immer nur Frauen. Elmar, tu dies, Elmar, tu das. Kannst du mal eben hier, fahr doch mal rasch dorthin. Das war früher anders. Da konnte ich ab und zu noch eigene Entscheidungen treffen.«

Marie war wie vom Donner gerührt. »Aber wir besprechen doch alles im Team, ganz transparent.«

»Ja, der neue Führungsstil der Frauen, und da seid ihr auch noch stolz drauf. Alles im Team, wenig Hierarchie. Marie, nach außen ist das vielleicht so. Auf dem Papier. Aber tatsächlich sagen Astrid und du, und früher auch Ele, wo es langgeht. Von der feinen Dame an der Spitze des Dezernats mal ganz zu schweigen. Als Dr. Holm noch lebte, war klar, wer die Richtung vorgibt. Hat er immer ebenso deutlich wie vornehm hinbekommen. Ganz früher hatte ich Chefs, die nur rumgebrüllt haben. Aber die hatten auch nicht die Erwartung, dass wir sie lieben. Jetzt ist alles irgendwie eine große Therapiesitzung, an deren Ende ich der Arsch bin. Kein lautes Wort, das ist schon wahr. Aber gefragt werde ich auch nicht. Jedenfalls nicht, wenn es um die Strategie geht. Die Königinnen regeln das unter sich, tun aber so, als wären alle gleich.«

Elmar stellte das Glas auf den Tisch. »Ich muss arbeiten.« Er stand auf und ging.

Marie war sprachlos. Sie war selten sprachlos. Sie nahm die Gläser, die Flasche, ging in die Küche. Dort lehnte Astrid an einer Wand und schaute nach draußen auf den Hof.

»War was? Elmar rauschte hier gerade vorbei und wirkte unglücklich.«

Marie lachte kurz auf. »Unglücklich? Vielleicht meint er das. Stinksauer. Elmar ist stinksauer. Er kann mit unserem Führungsstil nichts anfangen und beklagt ein Matriarchat, das ihn nicht einbindet.«

»Was? Nicht dein Ernst.«

»Elmars Ernst.«

»Puh. Kriegen wir das hin, oder brauchen wir Mediation?«

»Ich glaube, wir müssen einfach mal ein Bier trinken gehen. Oder zwei.«

»Ach, wir regeln das jetzt wie Männer, oder wie?«

»Weiß ich nicht. Mit Räucherkerzen kriegen wir Elmar jedenfalls nicht zurück ins Team.«

»Große Runde?«

»Nein, das will er sicher nicht. Ich glaube, dass Gregor helfen kann. Lass uns bei nächster Gelegenheit mit Gregor sprechen.«

»Ja, das machen wir. Hast du was Neues zu Sven Macke?«

»Nein, nichts, was uns wirklich weiterhelfen würde. Wir müssen ihn schlicht finden. Ich schlage vor, dass sich Bernd an seine Fersen heftet. Kann er gut, so was. Er hat Nase. Ist so ein Jägertyp, finde ich.«

»Bin ich bei dir.«

»Zu Macke. Mal so spekuliert. Er hat sich den Schlüssel zur Räucherei aus der Firma geholt. Die haben ja Zugang wegen der Renovierungsarbeiten. Und weil sich Leichen so schlecht im Cabrio transportieren lassen, hat er gleich den Firmentransporter genommen. Er war verzweifelt wegen der Schwangerschaft. Sie haben gestritten, er hat Leni umgebracht, wusste nicht, wohin mit der Leiche, und dann kam ihm der Gedanke, er könnte sie verbrennen. Sie wäre ja auch verbrannt, hätte er das mit den Spänen richtig angestellt.«

»Aber es wären Knochen übrig geblieben und Zähne«, wandte Bernd ein, der von der Tour durch die Nachbarschaft zurückgekommen und die letzten Sätze mitgehört hatte.

»Na und, es ging ihm nicht darum, eine Identifikation zu verhindern, sondern eindeutige Spuren, die einen Verdacht auf ihn lenken würden«, warf Marie ein. »Und jetzt ist er ohne Plan auf der Flucht.«

»Glaube ich nicht. Er ist nicht der Typ für Panik, für eine

kopflose Flucht. Der Mann ist ja nicht dumm. Er weiß, dass wir ihn finden.« Bernd hatte nach der Wasserflasche gegriffen. »Noch jemand?«

Die Frauen schüttelten den Kopf. Bernd setzte die Flasche an und trank sie aus, ohne auch nur einmal abzusetzen. Eles Nachfolger Michel steckte den Kopf durch die Tür. »Wir rücken ab. Ich öffne den Leichnam morgen früh. Acht Uhr dreißig, für den Fall, dass jemand von euch dabei sein will.

»Ich werde da sein«, sagte Marie.

Sie waren wieder zu dritt. Astrid besprach mit Bernd, dass er sich auf die Fährte von Sven Macke begeben sollte. Marie würde seine Frau Anna-Lena zu kontaktieren versuchen. Sie verließ die Küche und rief Gregor an.

***

Gregor war froh, dass er keine volle Stelle hatte. Das Geld brauchte er nicht, aber den Freiraum. Den Garten, den Wohnwagen, die Harley, und jetzt dachte er nur noch an Astrid. Er hatte sich nichts sehnlicher gewünscht, als wieder eine Frau wie Mareike zu finden. Aber sobald man einen anderen Menschen in sein Leben ließ, musste man Kompromisse machen. Und schiefgehen konnte so einiges.

Wenn er an Jenni und Siegbert Hölter dachte, an die Kleine, dann wurde ihm ganz mulmig. Nicht auszudenken, wenn Hölter der Feuerteufel war. Er ginge in den Knast, Jenni müsste mit der gemeinsamen Tochter ausziehen, die Tochter würde ihren Papa in der JVA besuchen. In einer Beziehung zu sein, gebunden zu sein, das konnte auch bedeuten, dass man vom anderen mit in die Tiefe gezogen würde.

Er bog rechts nach Karlsminde ab. Was er da dachte, war ja lächerlich. Nur weil er verliebt war, musste Astrid ja nicht auch verliebt sein. Gerade hatte er das Motorrad vor dem Wohnwagen abgestellt, als sein Handy klingelte.

»Gregor, wir brauchen deine Hilfe.«

»Marie, ich habe Feierabend.«

»Ich weiß, aber es ist wichtig. Elmar hat einen ziemlichen Aufstand gemacht. Er fühlt sich von der Übermacht der Frauen in die Ecke gedrängt.«

»Und was soll ich da tun?«

»Das nun wieder weiß ich nicht. Darum rufe ich ja an. Empfindest du das auch so? Hat Elmar schon mal was in diese Richtung angedeutet. Oder ein anderer Kollege?«

Gregor setzte sich in seinen Liegestuhl. Da fühlte er sich sofort entspannt. Den Liegestuhl hatte ihm Mareike geschenkt. Ein Liegestuhl von Texel.

»Gregor, bist du noch dran?«

»Ich spreche mit Elmar. Dann sehen wir weiter.«

»Danke. Ich hatte gehofft, dass du mir keinen Korb gibst.«

Einen Korb, ja, wahrscheinlich würde er sich bei Astrid einen Korb abholen. Sie stammte aus einer Familie von Intellektuellen, war kulturell gebildet, und Frauen heirateten bekanntermaßen nach oben. Er war nicht oben. Gregor schaute sich um. Er war Camper und Kleingärtner.

»Gregor, bist du noch dran?«

»Ja, Marie. Ich melde mich.«

Er legte auf. Das Telefon klingelte sofort wieder.

»Marie, was denn noch?«

»Moin, Gregor. Hast du irgendeine Zickerei mit Marie laufen?«

Es war Sonja.

»Wie kommst du denn darauf?«

»Dein Ton. Klang so genervt.«

»Ich habe Feierabend.«

»Ich weiß.«

»Alle wissen das und rufen mich trotzdem an.«

»Nur kurz. Siegbert Hölter ist Mitglied im Modellflugsportverein Kiel.«

»Danke. Einfach super, dass wir so mit Informationen versorgt werden. Und ich wollte nicht zickig klingen. War mit dem Kopf woanders.«

»Ich dich auch, Gregor.«

Siegbert Hölter. Wo mochte der stecken? Was trieb ihn um? Gerechtigkeit, hatte Jenni Hölter gesagt. Alle sollten gleiche Voraussetzungen haben. Wahrscheinlich würde er in seinem Wahn versuchen, noch weitere Studios abzufackeln. Was Gutes auf dem Teller wäre jetzt nicht schlecht. Gregor kam ächzend hoch und schlenderte über den Campingplatz nach vorn zum Wasser, dort, wo man vom Strandrestaurant über die ganze Eckernförder Bucht gucken konnte. Er würde nie hier weggehen. Ob Astrid Camping mochte?

Er war früh dran. Es waren erst zwei andere Tische besetzt, das würde sich bald ändern. Swantje kam zu ihm, legte ihm ihre Hand auf die Schulter. »Siehst müde aus, Gregor. Du brauchst was Scharfes.«

Gregor nickte, Swantje ging. Sie würde die richtige Wahl treffen. Die Wahl in Michaels Küche fiel auf »Damendorfer Currywurst«.

»Gregor, guck nicht so«, ermahnte Swantje. »Du siehst heute einfach nicht nach Sterneküche aus. Lass es dir schmecken.« Sie stellte den Teller ab und verschwand lächelnd.

Nach Damendorfer Currywurst sah er also aus. Er aß. Die Currywurst war scharf, und die Soße war fruchtig. Auf Swantje war Verlass. Sie hatte ihm noch ein kühles Blondes dazu serviert und einen Witz erzählt, den er wieder vergessen hatte, als er eine halbe Stunde später die Duschräume betrat.

Er duschte ausgiebig, er duschte kalt, er fühlte sich erfrischt, und er traute seinen Augen nicht, als er auf den Gang trat.

Zwei Armlängen entfernt stand ein Mann, um dessen Hüfte ein rotes Handtuch gewickelt war. Gregor las: »Boxclub Harburg 1911«.

**

Man konnte durchaus von einer Putzkolonne sprechen, die das Triple One in Kiel durch den Hinterausgang verließ.

Bernd zählte neun Frauen und Männer mit allerlei Gerätschaft. Der Club musste blitzblank sein.

Auf der Fahrt von Eckernförde nach Kiel hatte sich Bernd auf eine lange Nacht im Club vorbereitet. Hier ein Schnack, da ein Flirt, Gerüchte aufschnappen. Dann hatte er überlegt, wo die Fäden zusammenliefen, wo sich Informationen in Firmen, Familien und Vereinen konzentrierten. Ihm fielen spontan Sekretärinnen, Mütter und Hausmeister ein. Einer wissenschaftlichen Überprüfung hielte seine Vermutung wohl kaum stand. Aber was sprach dagegen, Kontakt zu den guten Geistern, den externen und internen Mitarbeiterinnen des Triple One aufzunehmen?

Er beeilte sich auszusteigen, ging quer über den Parkplatz hinüber zum Bus, in den bereits der Fahrer der Putzkolonne eingestiegen war. Als er näher kam, erkannte Bernd seine Nachbarin Elke.

»Elke, ich hatte ja keine Ahnung, dass ihr auch die Krone der Kieler Clubs schick macht.«

Zwei der anderen Frauen blieben stehen, drehten sich zu Bernd um. Eine der beiden, die aussah, als würde sie kleine Jungs zum Frühstück fressen, antwortete: »Schick machen? Wir putzen hier die Kotze weg, du Lauch.« Dann drehte sie sich weg.

Elke hielt sie am Arm fest. »Lass mal. Das ist mein Nachbar Bernd. Der ist in Ordnung.«

Bernd hatte die kleine Gruppe erreicht, umarmte Elke, deren Rücken schweißnass war. Dann wendete er sich an die Frau mit der Vorliebe für Klartext. »Was glaubst du, warum ich das gesagt habe?«

»Weil du ein Muttersöhnchen bist.«

»Ich wollte euch nicht zu nahetreten. Und mit dem Muttersöhnchen könntest du recht haben. Meine Mutter ist auch Putzfrau. Ich bin von der Polizei und würde mich freuen, wenn ihr mir ein paar Fragen beantworten würdet.«

»Müssen wir?«

»Nein.«

Die Wortführerin drehte sich um und ging zum Bus. Elke blieb stehen, zwei Männer kamen dazu.

»Danke.« Bernd zog ein Foto aus der Tasche, das Schneewittchen zeigte. »Mal gesehen?«

Allgemeines Kopfschütteln.

»Wenn wir hier putzen, sind ja keine Gäste mehr da«, erklärte Elke. »Und wir können uns den Schuppen nicht leisten.«

»Hat der Laden ein Problem mit Drogen?«

Beinahe gleichzeitig lachten Elke und ihre Kollegen. »Bernd«, sagte Elke, »zeig mir einen Laden, der kein Problem mit Drogen hat. In den Altersheimen, in denen wir putzen, heißen die nur anders und sind legal.«

Bernd kramte eine Tüte Pfefferminzbonbons aus der Hosentasche. »Mehr habe ich nicht zu bieten. Kommt, Leute. Nix gesehen, keine Veränderungen im Müll? Spritzen oder so was?«

Die Matrone der Kolonne hatte inzwischen eine Zigarette angezündet und lehnte am Bus. »Jeden Sonnabend Verpackungen in der Damentoilette. Gelb-weiße Schachteln. Ritalin von Novartis.«

»Nur auf der Damentoilette?«

»Bei den Kerlen bin ich nicht.«

Bernd schaute in die Runde. Keine Reaktion.

»Nur samstags?«

Die Matrone nickte. Drei oder vier Schachteln. Vor einem Dreivierteljahr zum ersten Mal, aber letzten Samstag nix.«

»Danke. Das hilft uns sicher weiter. Sind Sie so nett und verraten mir Ihren Namen?«

»Sobald du aufhörst, hier so lächerlich rumzusiezen.«

»Bernd«, sagte Bernd und hielt der Matrone seine Hand hin.

Sie griff zu. Eiserner Griff. »Constanze von Siebern. Ja, die Zeiten waren mal besser für meine Familie.«

Ein paar Notizen, kurzes Tätscheln von Elkes Oberarm, ein Nicken in die Runde. Dann ging Bernd zum Hinterausgang des Clubs und klingelte.

»Was habt ihr jetzt wieder vergessen?«, meldete sich eine rostige Männerstimme.

Bernd stellte sich vor, die Tür sprang auf. »Treppe rauf, zweite links«, hörte er noch, bevor die massive Stahltür ins Schloss fiel.

Das Büro war weniger schäbig, als Bernd es erwartet hatte. Die rostige Stimme gehörte zu einem Mann, der jünger war, als er klang, und sein Lächeln war freundlicher als sein Ton. Vor ihm lagen zwei aufgeschlagene und mit Textmarker bearbeitete Bücher, auf denen Bernd »Pschyrembel« las.

»Sie studieren Medizin?«

Der junge Mann nickte.

»Willibald Pschyrembel. Mein Opa brüstete sich damit, den Namen richtig schreiben zu können. Er war Drucker und hat eine Weile in der Druckerei gearbeitet, die diese Schinken hergestellt hat. Wievieltes Semester?«

»Drittes. Ist noch ein langer Weg. Bis es so weit ist, mache ich hier die IT, und zwischendurch kann ich ein bisschen lernen. Was kann ich für Sie tun?«

Rasch stellte sich heraus, dass der angehende Mediziner keine Berührungspunkte mit dem Betrieb und den Gästen hatte. Aber er konnte dennoch helfen.

»Maya, fragen Sie Maya. Die weiß alles. Sie ist gerade gekommen.« Er zeigte auf einen Monitor, auf dem ein Bild des Hintereingangs zu sehen war. »Maya macht den Einkauf. Moment.« Er griff nach einem kleinen Sprechfunkgerät. »Moin, Maya, hier ist ein Polizist, dem du helfen könntest. Soll ich ihn zu dir schicken?«

»Yep.«

»Treppe runter, quer durch den Club. Mayas Büro ist direkt links neben der Theke.«

Bernd bedankte sich und hielt sich an die Wegbeschreibung. Hinter der Tür, die einer der Notausgänge war, betrat er eine andere Welt, eine, in der er einige Jahre seines Lebens viel Zeit verbracht hatte. Auf der Tanzfläche der coolste Typ zu sein hatte ihm was bedeutet, damals in Bremen. Im legendären

Aladin war er ein und aus gegangen, hatte Selbstbewusstsein getankt.

Im Triple One war es schummerig. Nur die Notbeleuchtung war eingeschaltet. An der Stirnseite, hinter der Tanzfläche, sah Bernd die Theke. Als er die Tanzfläche überquerte, spürte er ein Kribbeln, wie es der Bass aus großen Boxen im Zwerchfell verursacht. Aber hier konnte er nicht hin, als LKA-Mann. Hamburg, das ginge. Neben der Theke öffnete sich eine Tür, und ein scharf abgegrenzter Lichtschein fiel in den großen Raum, weitete sich und wurde schließlich von der Dunkelheit geschluckt.

»Hier«, rief die kleine Frau, deren Schatten Teil des Lichtspiels war. Bernd beschleunigte seinen Schritt, bremste sich aber sogleich. Er hatte sich vorgenommen, seine Haltung zu ändern. Über lange Jahre hatten sich Reflexe eines Befehlsempfängers eingeschliffen. Marie hatte ihn darauf aufmerksam gemacht. Sie las Menschen, und Bernd war immer wieder erstaunt über ihre Treffsicherheit.

Mayas Büro war das Gegenteil des Büros, in dem der Medizinstudent saß. Es war groß, hell und so aufgeräumt, dass es klinisch wirkte. Nicht so Maya, deren rote Haare zu Rastazöpfen geflochten waren und deren Kleidung sie wie eine Inkafrau aussehen ließen. Sie führte beide Hände zusammen und neigte den Kopf.

»Was kann ich tun für dich, Polizist?«

Bernd förderte das Schneewittchen-Foto ans gleißende Bürolicht und legte es auf Mayas Schreibtisch.

»Die kenn ich. Hat so rumkokettiert und auf kleines Mädchen gemacht. Aber die hat es faustdick hinter den Ohren. Dem Jörni hat sie Kunden weggenommen. Gar nicht lange her, dass sie hier an der Theke standen. Jörni hat ihr gedroht. Wenn du dich nicht aus meinem Revier verpisst, bist du tot, hat er gesagt.«

»Jörni?«

»Ich weiß nicht, wie der weiter heißt. Niemand weiß das. Vielleicht deine Kollegen von der Droge. Der dealt halt. Aber niemand kann den aus den Läden raushalten. Benimmt sich wie ein Gentleman. Keine Hauerei oder so, und beim Dealen hat den noch nie jemand gesehen. Aber alle wissen's.«

»Und die Frau, wann war sie das letzte Mal hier?«

»Kann ich nicht so genau sagen. Vor anderthalb, zwei Wochen vielleicht.«

»Was ist mit den Kameras?«

»Wir hatten einen Überspannungsschaden. Alles im Eimer. Der ganze elektronische Kram ist erst gestern wieder angeschlossen worden.« Sie machte eine kurze Pause. »Du bist ein Johnny, oder?«

Bernd lachte. »Johnny« hatte man zuletzt in Bremen zu ihm gesagt. Manche Leute aus der Szene nannten in Anlehnung an Travolta die Männer so, die kaum von der Tanzfläche runterzukriegen waren. »Wie kommst du dadrauf?«

»Ach, ich bin seit fünfzehn Jahren in der Branche. Da erkennt man so was. Wie du geguckt hast, wie du gegangen bist vorhin.«

»Lange her.«

»Wir haben Ü-40-Abende.«

»Ich komme wieder, wenn ich für den Tanztee bereit bin.« Bernd stand auf und drehte sich in der Tür wieder um. Wie einst der schlampige Columbo. Den hatte Bernd geliebt. An der Seite seiner Oma hatte er die Serie im Fernsehen gesehen.

»Sekunde.« Er holte sein Smartphone raus, googelte Sven Macke und hielt Maya das Display mit dem Foto hin. »Kennst du den auch?«

»Klar, den Schmierlappen kennt jede Frau unter vierzig. Der ist beim Fernsehen.«

»Kennen Schneewittchen und er sich?«

»Glaube nicht. Er kommt immer sehr früh. Wohl nach der Sendung. Zum Runterkommen hat er immer gesagt und auf cool gemacht. Hier an der Bar einen Drink genommen und gepeilt, ob es was anzugraben gab. Dann verschwand er wieder. Schneewittchen kam immer erst nach Mitternacht.«

»Hat er oft Frauen aufgegabelt?«

»Überdurchschnittliche Quote, würde ich sagen. Insbesondere, seit er sein neues Liebesnest hat.«

Jetzt bräuchte er diesen Columbo-Blick, dachte Bernd und fragte: »Liebesnest?«

»In Husum. Da hat er wohl 'ne Bude für die Tussis.«

»Danke, Maya. Wünsche eine gute Nacht.«

Im Auto rief Bernd eine Kollegin bei der gemeinsamen Ermittlungsgruppe Rauschgift an. Jörni war ihr ein Begriff, und sie versprach, ihn zu befragen. »Der hat sich beim Segeln ein Band in der Schulter abgerissen und liegt jetzt im UKSH.«

»Höre ich dich hämisch lachen?«, fragte Bernd.

»Ja.«

»Böse.«

»Jörni ist der Schlimmste, glaub mir. Ich melde mich, falls ich was rauskriege. Versprechen kann ich nichts. Der Typ hat Jura studiert und ist kalt wie ein Fisch.«

Bernd legte auf und rief Momme an. Ihn hatte er auf der Polizeischule kennengelernt, aber Momme hatte ein Problem mit Gewalt. Er war ausgestiegen und hatte sich was in der Verwaltung gesucht. Vor einem halben Jahr hatte er zu einer Einweihungsparty eingeladen, und Bernd hatte erfahren, dass Momme jetzt beim Ordnungsamt der Stadt Husum das Meldewesen leitete.

Fünf Minuten später hatte Bernd die Adresse von Sven Macke im Husumer Hafen.

⁂

Gregors Blick blieb für einen Moment auf dem Handtuch hängen. Dann hob er den Kopf ein wenig und sah die Boxernase von Siegbert Hölter, der gerade aus der Dusche trat.

In den langen Jahren auf Streife hatte Gregor gelernt, was über das Ergebnis eines Zugriffs entschied: »Timing, Timing, Timing.« Er wusste das, aber in diesem Moment nützte es ihm nichts.

»Moin, Herr Hölter, ich bin von der Polizei«, sagte er und

streckte sich. Das Handtuch rutschte ihm von den Hüften. Gregor griff instinktiv nach dem Frottee.

Siggis Instinkte waren die eines Boxers. Seine linke Gerade traf Gregors Nase, der rechte Schwinger das linke Auge. So stand er nun im Gang, die rechte Hand presste die Nasenflügel zusammen, mit der Linken fischte er das Handtuch vom Boden. Es war entwürdigend und erinnerte ihn an den Pfeffersprayangriff vom letzten Jahr. Er war aufs Neue zum Opfer geworden. Vielleicht sollte er wieder Geschwindigkeitskontrollen durchführen. Schuster, bleib bei deinen Leisten, dachte er, doch der Schmerz war stärker und drängte klare und unklare Gedanken in den mentalen Graben.

Siegbert Hölter war aus dem Duschhäuschen gerannt. Nach links, wie Gregor aus dem Augenwinkel gesehen hatte. Was sollte er nur machen? Nackt und blutend.

Neben der gegenüberliegenden Tür hingen zwei blaue Handtücher, ein T-Shirt und eine Shorts. Gregor fischte die kurze Hose vom Haken, hielt sie mit einer Hand, stieg mit dem ersten, dann mit dem zweiten Bein in die Hose, zog sie nach oben. Nie war er glücklicher über einen elastischen Bund gewesen. Das Blut tropfte auf den Boden. Er nahm das T-Shirt, hielt es sich unter die Nase und trat auf den unbefestigten Weg, der nach rechts zum Strand und nach links vom Platz rauf zur Waabser Chaussee führte. Von Siegbert Hölter war weit und breit nichts zu sehen.

Er musste telefonieren. Sofort. So schnell er konnte, rannte er zum Wohnwagen und wählte Astrids Handynummer, die als erste in der Liste auftauchte. Nicht nur wegen des Anfangsbuchstabens, sondern auch, weil Gregor sie unter »01« gespeichert hatte. Er schilderte den Vorfall, Astrid legte auf.

Vom Weg her kamen zwei Nachbarn ins Vorzelt, fragten, ob sie helfen könnten, sahen das Blut, wählten die Notrufnummer der Feuerwehr. Keine Viertelstunde später war Gregors Nase tamponiert und der Cut über dem Auge getackert.

Dann kam Astrid. Sie sah wunderschön aus, hatte die dunklen Haare zu einem Zopf gebunden, und wieder dachte er, sie könnte auch Französin sein. An wen erinnerte sie ihn nur? Sie kam ihm ganz nah. Jetzt wusste er es. »Astrid, du siehst aus wie Catherine Deneuve«, sagte er.

»Catherine Deneuve? Die ist Mitte siebzig und war mal blond.« Astrid klang erbost.

»Als sie jung war. Früher.«

Astrid kam noch ein bisschen näher. Sie roch nach Holunderblütentee. »Das sieht nicht gut aus. Hast du was zum Kühlen?«

Gregor deutete mit dem Kopf in Richtung des Wohnwagens. Astrid machte einen Schritt ins Allerheiligste. »Oh, ist der süß. Ein Tiefkühlschrank für Zwerge. Was ist denn dadrin?« Gregor antwortete nicht.

»Erbsen? Das sind ja Erbsen.« Die Frau seiner Träume kam wieder raus zu ihm.

»Eigene Ernte.«

Astrid beugte sich über ihn. »So, ich bin ganz vorsichtig.« Sie legte den Tiefkühlbeutel mit den Erbsen so sanft auf sein Auge, dass es sich anfühlte wie Streicheln. Wäre er alt und gebrechlich, würde sie ihn pflegen, sich fürsorglich um ihn kümmern. Dass sie so zärtlich sein konnte, hatte Gregor nicht erwartet.

»Welche Sorte ist das, die sind so dick?«

»Salzmünder Edelperle«, nuschelte Gregor. Die Watterollen in den Nasenlöchern kitzelten, dass es kaum zum Aushalten war.

»Aber vom letzten Jahr, oder? Ist doch noch gar nicht deren Zeit.«

Sie kannte sich mit Erbsensorten aus, und sie roch gut.

»Ist ja auch egal jetzt. Erzähl mal, wie es dazu kam.« Sie zeigte auf Gregors verquollenes Gesicht.

Gregor erzählte vom Besuch bei Jenni Hölter, vom Foto, auf dem Siegbert Hölter das Trikot des Boxclubs Harburg trug, vom Handtuch im Duschhaus und vom überfallartigen Angriff des Schwergewichtlers, dem auch die Jungs vom SEK kaum etwas entgegenzusetzen gehabt hätten. Er wäre wirklich kein Weichei und liefe nicht weg. Aber Siegbert Hölter sei wahrlich kein Kirmesbudenboxer.

»Gregor, mach halblang. Du bist nicht beim LKA, damit du die schweren Jungs umhaust.«

»Und als Frau?«

»Wie, als Frau?«

»Wie findest du da starke Männer?«

»Gregor, du hast eine Gehirnerschütterung, glaube ich. Mich interessiert, warum du nicht einfach angerufen hast.«

»Ich war nicht sicher.«

»Na ja, jetzt sind wir sicher, und Hölter ist wieder mal weg. Ich habe eine Personenfahndung veranlasst. Hoffen wir mal, dass wir ihn erwischen. Halt mal die Erbsen fest. Ich gehe zur Rezeption. Vielleicht wissen die ja was.«

Gregor drückte den Gefrierbeutel mit den Salzmünder Edelperlen auf die Nase. Es pochte. Es pochte vor Schmerz in der Nase, und es pochte in der Brust, vor lauter Liebe. Auch von hinten sah Astrid aus wie die Deneuve. Der Gang, wie der Zopf wippte.

Astrid war nicht die Einzige, die in der Rezeption vor dem Tresen wartete. Die Anliegen der Damen mit Handtüchern um den Kopf, der Herren mit Socken in Badelatschen und des Elektrikers, der die Reihen mit einem lautstarken »Vorsicht, tausend Volt, ich muss da mal bei« teilte, waren so unterschiedlich wie das, was Astrid durch den Kopf ging.

Sie mussten Hölter jetzt endlich mal wegfangen von der Straße. Er konnte ja wirklich nicht weit sein. Nicht dass er Dinge tat, die man hätte verhindern müssen. Und sie dachte an Gregors Frage. Er hatte wissen wollen, was sie als Frau von starken Männern hielt. Er hatte explizit »als Frau« gesagt, und es hatte sich ziemlich gut angefühlt, nicht als geschlechtsneutrale Abteilungsleiterfigur wahrgenommen zu werden.

Endlich war sie an der Reihe und erfuhr, dass es tatsächlich Siegbert Hölter gewesen war, der Gregor auf die Nase gehauen hatte. Er hatte im Voraus bezahlt, ein Autokennzeichen hatte man nicht. Er sei zu Fuß gekommen, sagte die stressresistente Mitarbeiterin hinterm Tresen. Zu Fuß, so ein Unsinn. Immerhin konnten sie jetzt offiziell nach Siegbert Hölter fahnden. Schwere Körperverletzung war ein guter Grund. Hoffentlich wuchs Gregors Nase nicht schief zusammen. Aber vielleicht war sie ja auch nicht gebrochen. Sie schaute sich um. Kühlpads wären gut. Er konnte die Nase ja nicht ewig mit den Erbsen kühlen, die wären gleich aufgetaut. Astrid dachte an ein Mus aus Erbsen, frisch und scharf mit Zitrone und Wasabi abgeschmeckt.

Zurück am Wohnwagen traf sie auf einen gut gelaunten, durchaus passabel aussehenden Mann mittleren Alters. Es war Gregor, der die Shorts gegen eine Jeans getauscht hatte, ein blaues Poloshirt trug, dessen Schnitt das kleine Bäuchlein kaschierte, und statt der Badelatschen trug er jetzt modische Sneaker in Weiß. Alle Welt trug plötzlich wieder weiße Schuhe. Astrid fand das albern, hatte sich wochenlang gesträubt und dann doch mitgemacht.

»Astrid«, sagte Gregor, als sie sich bis auf eine Armlänge genähert hatte. »Astrid, darf ich dich zu einem Stück Trümmertorte einladen?«

»Du meinst, wegen der Nase?«

Beide lachten. Gregor hielt sich die Nase.

»Tut's weh? Du musst kühlen, Gregor. Hier, ich habe Kühlpads mitgebracht.«

»Lieb von dir, aber ich war schon immer Indianer. Also, was sagst du?«

»Trümmertorte. Es geht nichts über Trümmertorte.«

»Ich schlage das Landarzt-Café vor«, sagte Gregor, »und ich schlage vor, dass du fährst. Ich habe nur die Harley hier.«

Astrid nickte und stieg in den Dienstwagen, dessen Vordersitz sie heimlich mit einem Schraubendreher blockiert hatte. Die Längsverstellung klemmte nun in einer für ihre Größe bequemen Position, und niemand hatte ihr den Wagen bisher weggeschnappt. Innen- und Außenspiegel waren perfekt eingestellt. Außerdem hatte sie einen Wunderbaum mit Vanillearoma an den Spiegel gehängt. Niemand konnte Vanillearoma leiden. Im Winter vielleicht, im Sommer nicht. Jedenfalls war das ihre Erfahrung.

»Ui, hier riecht's ja schon nach Kuchen«, erkannte Gregor, als er eingestiegen war.

»Gefällt's dir?«

»Es gibt keinen Geruch, der mich jetzt noch vertreiben könnte.«

»Wegen der Trümmertorte?«

Er drehte den Kopf. Er schaute sie an. Er lächelte, atmete ganz tief ein. Dann klingelte Astrids Handy, das via Bluetooth mit dem Autoradio verbunden war.

»Moin, hier ist Bernd. Ich war gerade im Triple One, diesem Club in Kiel, und habe interessante Neuigkeiten. Schneewittchen hat dort gedealt, und, Achtung, Sven Macke ist Stammkunde. Aber es kommt noch besser. Ich habe rausgefunden, dass Sven Macke so eine Art Versteck hat.«

Bernd ließ eine Pause. Astrid reagierte nicht.

»Man könnte auch sagen, Liebesnest.«

»Bernd, spuck's aus«, mischte sich Gregor ein.

»Oh, Doppelstreife?«

»Bernd, wo?«, tat Astrid ihm den Gefallen.

»In Husum, direkt am Hafen. Die Adresse ist bereits in der digitalen Ermittlungsakte. Ich fahr da jetzt mal hin. Einverstanden?«

»Gut gemacht und ja, einverstanden. Wo bist du jetzt?«

»Noch in Kiel.«

»Okay. Marie soll mitfahren.« Nach einer kleinen Pause fügte sie hinzu: »Findest du nicht?«

»Doch, klar, wir melden uns, sobald wir mehr wissen. Bis dann.«

»Findest du nicht.«

»Hast du ›Findest du nicht?‹ gesagt?« Gregor hatte das Kühlpad von der Nase genommen, die so rot war wie die Nase eines sehr schlimmen Trinkers.

»Na und?«

»Wegen Elmar?«

»Vielleicht.«

»Astrid, du bist hier die Chefin und hast Bernd darauf hingewiesen, nicht allein nach Husum zu fahren. Dafür gibt es gute Gründe. Das weiß Bernd auch. Und würde er das in Frage stellen, gehörte er nicht zur Polizei. Lass dich bloß nicht verunsichern.«

»Ich bin verunsichert.« Astrid knallte den dritten Gang rein. Sie sprach aus, was ihr auf der Zunge lag. Das ging so nicht. Sie war die Chefin. Auch Gregors Chefin.

Gregor hatte sein Handy hervorgeholt. Astrid hörte das Freizeichen, und sie hörte, wie sich Elmar meldete.

»Gregor, altes Haus. Sehen wir uns am Abend, wie besprochen? Ich habe den Falken gestern noch startklar gemacht. Bülker Leuchtturm, richtig? Es wird sicher einen tollen Sonnenuntergang geben.«

»Nein, ich muss leider absagen. Ich habe vorhin böse aufs Maul bekommen. Mir wäre lieb, du könntest zu mir auf den Campingplatz kommen. Geht das?«

»Klar. Was war denn los?«

Gregor berichtete in groben Zügen. Dann verabschiedeten sich die Männer.

»Der Falke ist startklar?«

»So haben wir unsere Drohne genannt.«

»Blöder Name für eine Drohne. Da hätte doch der Name eines Vogels gepasst, der in der Thermik kreist, oder von einem, der auf der Stelle steht wie ein Kolibri.«

»Der Falke heißt Falke. Ich werde Elmar heute Abend mal ins Gebet nehmen wegen seiner Aversion gegen Frauen.«

»Aber einfühlsam.«

»Einfühlsam wie eine Stechmücke. Du musst hier links.« Gregor griff nach dem Lenkrad, konnte sich aber im letzten Moment beherrschen.

»Gregor. Unglaublich. Wann bist du geboren? Das hat mein Vater früher manchmal bei meiner Mutter gemacht, bis sie es dann auch bei ihm gemacht hat.«

»Spiegeln, wir Hobbypsychologen nennen das Spiegeln.«
Astrid bog links ab. »Als wüsste ich nicht, dass das Land-arzt-Café drüben in Angeln ist. Ich komme aus Flensburg. Ich bin ortskundig.«
Die alte Brücke in Lindaunis kam in Sicht.
»Schade, dass sie bald nicht mehr sein wird«, sagte Gregor.
»Lenk nicht ab.«
Die Ampel sprang auf Grün. Sie fuhren und schwiegen.

***

Marie saß mit Stine im Hof der alten Fischräucherei. Lenis Zahnarzt hatte das Gelände eben verlassen. Er praktizierte um die Ecke, war binnen zehn Minuten da gewesen und hatte ausgesagt, dass es sich bei der Toten zweifelsfrei um Leni Börnsen handelte. Er selbst habe ihr vor vielen Jahren einen verlegten Schneidezahn entfernt.
Inzwischen war das Team der Kriminaltechnik auch ab-gezogen. Zuvor hatte Marie mit dem Rechtsmediziner und Elmar über den Todeszeitpunkt gesprochen. Beide gingen davon aus, dass Leni Sonntagabend umgebracht worden war. Am Tag nach dem Brandanschlag auf Toni Paxners Studio. Kurz zuvor hatte man sie noch gesehen. Für den Zeitraum zwischen dem Brandanschlag und dem Auffinden in der Räu-cherei gab es bisher keine Erkenntnisse über Lenis Aufent-haltsort.
»Ich glaube nicht, dass sie nach dem Anschlag bei ihrer Mutter war«, schätzte Stine die Lage ein. »Es gab so viele Ver-letzungen auf beiden Seiten. Und Anna-Lena würde ich auch ausschließen. Die Schwestern hatten sich garantiert nichts mehr zu sagen. Hätte Lenis Vater noch gelebt … An ihn hätte sie sich vielleicht in größter Not gewendet.«
»Du hast sie also auf dem elterlichen Grundstück nicht gesehen, nachdem sie Eckernförde verlassen hat?«
»Kein einziges Mal. Jedenfalls nicht in echt.«
»Wie meinst du das?«

»Ich habe sie mal in einem Video gesehen. Vater Börnsen hat vor zwei oder drei Jahren einen Beamer zum Geburtstag bekommen. Ich kann von meinem Schlafzimmerfenster aus ins Schlafzimmer der Börnsens gucken. Er hat alte Videos auf einer Leinwand angeschaut. Die beiden Mädchen im Garten und auf dem Boot. Sie hatten ja mal ein Segelboot früher. Ich glaube, der alte Börnsen hat sehr gelitten.«

Beim Stichwort Segelboot dachte Marie mit Sehnsucht an ihren Plan, mit dem Folkeboot rauszufahren, fing den Gedanken aber sofort wieder ein. »Sven Macke, wie ist sein Verhältnis zu seiner Schwiegermutter eigentlich?«

»Keine Ahnung. Er kommt manchmal und setzt Anna-Lena ab. Zu den Geburtstagen des Alten war er auch meist da. Aber sonst … Willst du auch noch einen Kaffee?«

Marie lehnte ab. Stine ging ins Haus, kam aber gleich wieder raus. Sie hielt ein klingelndes Handy in der Hand. »Ist das deins?«

Marie hatte es in der Küche liegen gelassen. Sie lief Stine entgegen und ging ran.

»Mensch, Marie. Hier ist Bernd, ich habe es jetzt bestimmt sieben- oder achtmal probiert. Ich habe eine Adresse von Sven Macke in Husum rausbekommen. Astrid meinte, wir sollten zusammen hin. Vielleicht versteckt er sich ja da.«

»Wo bist du?«

»In Kiel direkt am Kreuz West.«

Marie dachte kurz nach. »Okay, macht keinen Sinn, dass ich nach Kiel komme. Wir treffen uns in Schuby auf dem Pendlerparkplatz. Kennst du den?«

»Nein.«

»Mist. Ich weiß nicht, wie die Straße heißt. Gib Autobahnmeisterei Schuby ins Navi ein. Das müsste gehen. Die ist gleich gegenüber. Ich bin sicher vor dir da. Bis gleich.«

Marie ging in die Küche, verabschiedete sich von Stine. Für einen Moment wusste sie nicht, wo sie das EMO abgestellt hatte. Sicher auf dem Jungfernstieg, wegen der schmalen Zufahrt.

Tatsächlich stand der Bus nur ein paar Meter Richtung Hafen. Andreas hatte ihr vor einigen Wochen empfohlen, den letzten Standort des Autos in einem zeitgemäßen Smartphone zu speichern. Marie bevorzugte die Suche in der eigenen Erinnerung. Sie wendete und fuhr los.

✳✳✳

»Du hast da was im Mundwinkel«, sagte Astrid.

Gregor wischte mit dem linken Daumen.

»Andere Seite.«

»Besser so? Hast du gesehen, wie mich die Bedienung angeguckt hat?«

»Hast du gesehen, wie du aussiehst?«

»Nein. Du hast recht. Ich weiß gar nicht, wie ich aussehe. Wie man eben so aussieht, wenn man Prügel bezogen hat.«

»Kränkt das deine Männlichkeit?«

Er zögerte. »Ja.«

Astrid schob einen Ärmel ihres Oberteils hoch und winkte mit dem Winkfleisch. »Besser wird's nicht.«

Gregor tätschelte seinen Bauch. »Fühlt sich immer noch so an wie vor zwanzig Jahren. Sieht nur anders aus.«

Astrid öffnete ihre Handtasche und hielt Gregor einen kleinen Spiegel hin.

Er schaute, drehte den Kopf und sagte: »Es tut weher, als es aussieht.«

Sie erzählte von langen Nachmittagen, die sie im Flensburger Museum verbracht hatte, weil ihre wenigen Freundinnen Handball spielten, sie aber nicht in den Verein wollte, weil sie im Sportunterricht nie gewählt wurde. Im Museum hatte sie Bilder gesehen, an die sie Gregors Gesicht erinnerten.

»Welcher Maler?«

»Giuseppe Arcimboldo.«

»Mein Gesicht sieht aus, als habe man es aus Kartoffeln, Pflaumen und Fischen zusammengebastelt?«

Sie nickte. »Ein bisschen jedenfalls. Ich erinnere mich gern an diese Nachmittage im Museum. Die Frau an der Kasse hatte immer ›Prickel Pit‹. Kennst du das?«

»Ja sicher. Als ich Cola durfte, bin ich vor Freude durch den Laden getanzt.

»Wir sind nicht mehr ganz jung.«

»Du hast ein Problem damit?«

»Ja, und zwar in jeder erdenklichen Hinsicht. Über die Details möchte ich aber nicht sprechen.«

»Vielleicht, wenn wir uns mal besser kennengelert haben.« Astrid verschluckte sich am Kaffee. »Sag mal, was läuft hier eigentlich?«

»Analog-Tinder. Das ist brandneu. Für nicht mehr ganz so junge Singles.«

»Du wirst ja rot.«

»Die Sonne.«

»Wir sitzen im Schatten.«

»Die Sonne im Herzen.«

»Darf es für Sie noch was sein«, platzte die gleichermaßen junge wie freundliche Bedienung ins Gesäusel der beiden.

»Einen Eimer mit Eis, bitte«, sagte Gregor.

»Wegen der Nase, ich frage mal nach.«

Sie verschwand und hörte nicht, dass Gregor sagte: »Nein, für den hitzigen alten Mann an Tisch vier.«

»Tisch vier sind wir.«

»Eben.«

Statt eines Eimers kam Sonja. Sie war die Chefin des Cafés Lindauhof, das gar nicht Landarzt-Café hieß.

»Moin. Mit einem Eimer Eis könnte ich dienen. Aber das hier scheint mir geeigneter.« Sie hatte einen flexiblen Kühlpack und eine Stoffserviette dabei. »Hätte der Landarzt auch nicht anders gemacht.«

»Welcher war eigentlich ihr Lieblingslandarzt?«, fragte Astrid, die jede Folge »Landarzt« verschlungen hatte und behauptete, sie könne viele Dialoge mitsprechen.

»Sag ich nicht.«

»Die Trümmertorte war jedenfalls super. Ich würde gern zahlen«, sagte Astrid. Sonja ging.

»Zahlen, du? Als Frau?«

»Jetzt fang nicht an wie Elmar. Wer mich erobern will, muss ein souveräner Feminist sein.«

»Erobern?«

»Mir machst du nichts vor.« Astrid wühlte nach ihrem Portemonnaie, und ihr Herz hüpfte. Sie konnte sich nicht erinnern, wann sie sich zuletzt so frei und albern gefühlt hatte. »Beim nächsten Mal, wenn wir teuer essen gehen, kannst du zahlen«, bot sie an.

»Ich geh aber nicht auf volle Stelle.«

Gekicher. Dann kam die Rechnung.

***

Sven Macke hatte Peter Jürgensen am Telefon.

»Irre Idee. Finde ich extrem cool. Aber ich erwarte, dass du hinterher ein Interview mit mir machst und das dann auch ausgestrahlt wird.«

»Du kannst dich auf mich verlassen.« Sven Macke stand am geöffneten Fenster. Das Fenster im gegenüberliegenden Bad hatte er auch geöffnet. Der Wind pfiff durch die Wohnung, und trotzdem lief ihm der Schweiß in die Augen und den Rücken runter. Was er hier und jetzt tat, war genau das, was Peter gesagt hatte: irre. Aber blieb ihm eine Wahl?

Als ihm Peter und seine kleine Flotte in den Sinn gekommen war, hatte er daran gedacht, eine Überfahrt zu buchen und Peter später dafür zu bezahlen. Das wäre Peter spanisch vorgekommen. Er hatte überlegt, ihm von einer Reportage über Frachtschiff-Kreuzfahrten zu erzählen. Darüber hätte Peter gelacht. Es wäre die siebenundzwanzigste Reportage dieser Art gewesen. Aber dann, er war einfach ein Kreativ-Gott, hatte er die zündende Idee gehabt.

»Folgendes. Du erinnerst dich an den großen Postraub in England?«

»Hm.«

»1963. Die Posträuber erbeuteten zwei Komma sechs Millionen. Heute wäre das sechsundsechzig Millionen Euro wert. Einer der Köpfe floh nach Südamerika. Mit dem Schiff. Merkst du was?«

»Ja, ja. Ja sicher.«

Peter merkte nichts. Egal.

»Und jetzt der Knüller. Ich stelle das in einer exklusiven Reportage undercover nach. Ich werde versuchen, unerkannt nach Südamerika zu kommen. Fürs Fernsehen. Ist klar. Und du, mein alter Freund, du wirst der Einzige sein, den ich einweihe. Und die Flucht, mein lieber Peter, werde ich natürlich auf einem deiner Schiffe inszenieren. Und sollten jemals Rechte an diesem Coup verkauft werden, machen wir halbehalbe. Hammer, oder?«

»Alter.« Peters Stimme überschlug sich.

Sven Macke schwitzte, wie er noch nie geschwitzt hatte. Aber er hatte Peter rumgekriegt. Er würde fliehen können. Auf die Eitelkeit der Menschen war Verlass. Immer.

Jetzt musste er nur noch nach Bremerhaven kommen. Sprit hatte er nicht mehr genug. Aber, Internet sei Dank, konnte heute selbst er auf das Angebot der öffentlichen Verkehrsmittel zugreifen. Er führe mit dem RE nach Heide, von dort aus mit der Regionalbahn nach Itzehoe und dann mit der RB nach Glückstadt. Kaum wären anderthalb Stunden rum, stünde er schon an der Fähre. Mit dem Auto ging das auch nicht viel schneller. Rüber mit der Fähre nach Wischhafen und dann würde er trampen. Hinein in die letzte Nacht auf deutschem Boden.

✳✳✳

Bernd lehnte lässig an der Fahrertür, als Marie auf den Pendlerparkplatz fuhr. Sie winkte ihn zu sich ins EMO.

»Niemals hast du dich an die Geschwindigkeitsbegrenzung gehalten«, warf sie ihm vor.

»Wo kein Kläger, da kein Richter.« Bernd stieg ein. »Sollen wir nicht mit dem da? Das geht sicher flotter als mit dieser Möhre hier.«

»Möhre? Sag mal, hast du sie noch alle? Das ist das EMO. Held großer Ermittlungen. Von ausgewiesenen Fachleuten um- und ausgerüstet. Mit Tresor und Alarmanlage. Und mit Kühlschrank. Anschnallen. Los.«

Eine halbe Stunde später parkten sie auf dem Parkplatz am Binnenhafen. Bernd stieg aus und sagte: »Da schau her. Das sieht ja nach leichter Beute aus.« Er zeigte auf einen babyblauen Transporter mit der Aufschrift »Maler Börnsen«. »Wenn er nun aber kommt, während wir an seiner Tür klingeln, und abhaut, dann sind wir gekniffen.«

Inzwischen hatte Marie die Heckklappe des EMOs geöffnet und eine gelbe Parkkralle hervorgeholt, die sie Bernd in die Arme drückte. »Gute Vorbereitung ist das halbe Ermittlerleben, junger Mann.«

Bernd wusste nicht, wie man die Kralle anbrachte. Marie half. »Die Männer von heute. Modisch immer ganz weit vorne, aber wenn es darum geht, eine Lampe anzuschließen – null Volt. Gut, dass ich schon verheiratet bin.«

Bernd fummelte noch immer mit der Parkkralle rum. »Ich habe deinen Mann mal kennengelernt. Beim Bouleturnier. Er hat mir den R4 gezeigt und erzählt, dass er die Restauration ganz allein gemacht hat. Schon cool. Das könnte ich tatsächlich nicht.«

Marie dachte an Andreas und die Wochen und Monate, die er unter Aufsicht und nur dank der Hilfestellung ihres Schwiegervaters Uwe den alten Renault wieder fahrbereit gemacht hatte. Aber sie verriet ihn nicht, ihren Helden, Maulhelden, um genau zu sein.

***

Die Bahn war pünktlich. Sven Macke fragte sich, ob Bahnen und Busse in Argentinien wohl so zuverlässig fuhren wie in

Deutschland. Aus der Ferne betrachtet relativierte sich manches Ärgernis. Das hatte er auf zahlreichen Auslandsreisen erfahren. Er nahm sein Handy hoch, googelte Argentinien. Es dauerte. Das Netz war mies, aber vielleicht war auch der Tarif der Prepaidkarte nicht der richtige für seine Zwecke. Politisch ähnelte Argentinien Deutschland. Es war eine Bundesrepublik, Sven Macke war ein großer Freund föderaler Strukturen. Beim Bruttoinlandsprodukt war Luft nach oben. Sven Macke sprach leidlich Italienisch. Das konnte ihm helfen. Das Land hatte viele Einwanderer aus Italien angezogen.

Womit, fragte er sich, sollte er seinen Lebensunterhalt verdienen, könnte er die Bilder nicht verkaufen? Vielleicht als Sportreporter. Aber er würde die Bilder loswerden. Ganz bestimmt. Ob er Anna-Lena vermissen würde? Als Frau eher nicht. Er hatte schon immer Affären gehabt. Aber sie war ihm als Freundin wichtig gewesen. Sie hatte einen klaren Blick auf die Welt, ein gutes Gespür für Gerechtigkeit. Er war versucht, sie anzurufen.

Der Zug erreichte Friedrichstadt. Über die Treene hinweg sah er den Kirchturm. Ob es in Argentinien Städte wie diese gab? Plötzlich spürte er, dass sein Herz an Schleswig-Holstein hing. Er war in Berlin geboren und hatte immer den Großstädter in sich gespürt. Aber jetzt ... Er lebte seit zwanzig Jahren im Norden. Jahre, die Spuren hinterlassen hatten. Sven Macke schaute aus dem Fenster, als ihn der Fahrkartenkontrolleur ansprach.

»Oh, kommen wir heute ins Fernsehen?«, fragte der Mann.

Sven Macke erschrak, zeigte sein Ticket und bekam außer einem »Weiß man's?« nichts Vernünftiges über die Lippen. Er hatte es immer genossen, erkannt zu werden. Heute verfluchte er sein Fernsehgesicht, er hätte sich wenigstens eine Brille und eine Kappe aufsetzen können. Als der Schaffner enttäuscht abgezogen war, holte er die Sonnenbrille aus der kleinen Reisetasche und kämmte sich das Haar streng nach hinten.

Eine junge Frau setzte sich schräg gegenüber auf die

orange bezogene Bank. Sie stellte die Füße auf das Polster und schloss die Augen. Sie trug Kopfhörer, die so teuer waren wie ein Fahrrad, und hörte die Musik so laut, dass die anderen Fahrgäste des Abteils auch was davon hatten. Sven Macke hätte sie angesprochen, aber heute war alles anders. Heute war er auf der Flucht. Ihre Schuhe sahen aus wie Lenis Schuhe. Sven Macke stand auf, griff nach seiner Reisetasche und verließ das Abteil. Er ging zum Ausgang, lehnte sich an eine Haltestange und starrte nach draußen. Sie überquerten die Eider. Das mit Leni hätte was werden können. Sie war unberechenbar gewesen. Leidenschaftlich und wild. Alles andere als blöd. Ungebildet, aber daran hatte er schon gearbeitet. Hätte sie ihm in einer ruhigen Stunde von der Schwangerschaft erzählt, sie hätten vielleicht eine Lösung gefunden. Aber sie hatte ihm keine Wahl gelassen. Er hatte dem ein Ende setzen müssen.

※※※

»Hier lang.« Marie ging voraus und winkte Bernd zu sich.
»Du kennst dich hier aus?«
»Ich kenne mich überall aus. Ich bin eine Wegenetzjägerin.«
»Eine bitte was?«
»Egal wo wir sind, ich kann nicht widerstehen, jede Straße abzugehen, abzufahren. Es ist für mich die größte Freude, abzubiegen. Ich kenne die Husumer Innenstadt wie meine Westentasche. Und wenn ich schon nicht selbst in einer Stadt sein kann, dann suche ich auf Google Earth. In St. Petersburg zum Beispiel, da kenne ich mich auch ganz gut aus.
Marie und Bernd unterquerten das Gebäude. »Hier rechts.« Bernd folgte. »Es ist der zweite Eingang.«
Als sie dort ankamen, verließ eine Frau das Haus. Marie erwischte den Griff, bevor die Tür sich schloss.
»Jetzt hast du aber einen Lauf«, kommentierte Bernd.
Das Haus war mit einem Laubengang gebaut worden, von

dem aus man die Wohnungen erreichte. Sven Mackes Bleibe lag im zweiten Stock ganz außen. Die Tür war geschlossen, auf Klingeln und Klopfen reagierte niemand. Jenseits des Laubenganges, der ähnlich einem Balkon mit einer Brüstung kurz vor dem Giebel endete, lag ein Fenster, das zu Mackes Wohnung gehören musste. Es war nur angelehnt.

»Soll ich?« Bernd wiegte den Kopf. Ein schmaler Sims unterhalb des bodentiefen Fensters führte an der Fassade entlang. »Eine Hand an der Brüstung, eine in der Fensterlaibung. Das sollte gehen.«

Marie schaute nach unten. Das Hafenbecken war voller Wasser.

»Zur Not springst du halt ab. Über den Steg kommst du sicher drüber. Warte, hat da nicht jemand um Hilfe gerufen?«

Bernd hielt demonstrativ eine Hand ans linke Ohr. »Ja, jetzt höre ich es auch.« Er reichte Marie seine Jeansjacke, stieg über die Brüstung. Der Sims war schmaler als gedacht, aber Bernd verbrachte viel Zeit im Nordbloc, einer der größten Kletterhallen Deutschlands, mitten in Kiel. Er meisterte den schmalen Tritt, stieß das Fenster auf und verschwand im Inneren der Wohnung. Dass er kletterte, hatte Marie mal aufgeschnappt, dass er sich derart souverän bewegen konnte, beeindruckte sie sehr.

Kaum war Bernd weg, öffnete sich auch schon die Wohnungstür. Marie trat ein, schloss die Tür und sagte: »Respekt. Da ist eine Bergziege ja nichts gegen.«

Marie ging zum Herd und fasste die Platten an. Kalt. Sie schaute ins Spülbecken. Trocken. Gleiches galt für die Dusche. Vielleicht war er nicht hier gewesen, hatte nur den Transporter abgestellt.

»Wir haben ihn knapp verpasst«, rief Bernd aus dem Wohnzimmer. Er hielt das Telefon in der Hand. »Ist noch warm. Aber er hat die zuletzt gewählte Nummer gelöscht. Nein, er hat die komplette Liste gelöscht, würde ich sagen. Mist. Ach, hier liegt der Autoschlüssel. Sogar die Papiere hat er dagelassen. Er haut ab, würde ich sagen.«

Marie kam aus dem Bad. »Wo würdest du dich verstecken?«

»Nicht hier auf dem Land jedenfalls. Außerdem wird er wahrscheinlich auch von vielen erkannt, so als Fernsehmann.«

»Okay, was können wir noch ausschließen? Ich sage: Flughäfen.«

»Mietwagen. Es sei denn, er hat eine Kreditkarte mit falschem Namen. Glaube ich aber nicht. Er ist ja kein Gewohnheitsverbrecher.«

»Wo kann er hin? Ich würde in einer Großstadt untertauchen.«

Sven Mackes Festnetztelefon klingelte. Bernd schaute auf das Display. »Flensburger Vorwahl.«

»Nimm du ab«, sagte Marie. »Der Anrufer erwartet eine Männerstimme. Stell auf Lautsprecher.«

Bernd meldet sich mit »Ja.«

»Moin, Sven. Hier ist Paul. Wegen der Kreditlinie. Wir haben noch mal überlegt. Du hast ja noch das Aktiendepot, das deine Mutter dir vererbt hat. Ich weiß nicht, bei welchem Institut du das eingeparkt hast. Bei uns jedenfalls nicht. Da könnte ja vielleicht noch was gehen. Was meinst du?«

Bernd sah Marie fragend an. Sie zuckte bedauernd mit den Schultern.

»Mein Name ist Bernd Stender vom Landeskriminalamt. Wir suchen nach Herrn Macke. Wer sind Sie?«

Unverständliches Gestammel. Dann räusperte sich der Mann in Flensburg. »Paul Petersen, ich bin Private-Equity-Manager bei der Privatbank Kröger. Mit Herrn Macke wollte ich über eine Art Umschuldung sprechen. Er ist seit etwa sieben Jahren unser Kunde.«

»Wann haben Sie zuletzt mit ihm gesprochen?«

Im Hintergrund wurde getuschelt.

»Verzeihen Sie, aber ich kann keine weiteren Auskünfte geben, bevor ich dazu nicht staatsanwaltlich aufgefordert werde. Bankgeheimnis, Sie verstehen?«

»Nein, verstehe ich nicht. Wir suchen Herrn Macke aus

guten Gründen. Gefahr im Verzug. Sie sagen mir jetzt, wann Sie ihn zuletzt gesprochen haben.«

Bernd klang autoritär, und der Banker knickte ein. Er gab zu Protokoll, dass er vor zwei Tagen mit Sven Macke telefoniert hatte. Nein, er habe nicht anders geklungen als sonst. Ja, er habe Verbindlichkeiten der Kröger-Bank gegenüber. Auf das Haus in Eckernförde habe er eine Hypothek aufgenommen. Aber er habe ja einen sicheren Job beim NDR, und seine Frau könne man durchaus als wohlhabend bezeichnen. Zu Mackes Aufenthaltsort konnte Paul Petersen keine Angaben machen. Bernd notierte Namen und Telefonnummer. Dann beendete er das Gespräch.

»Anna-Lena Börnsen ist also wohlhabend. Interessant. So hatte ich die wirtschaftlichen Verhältnisse dort wirklich nicht eingeschätzt. Die Familie lebte in geordneten, aber bescheidenen Verhältnissen, würde ich sagen. Als ich Lenis Mutter besucht habe, sah es dort noch aus wie vor dreißig Jahren. Kleiner Malerbetrieb eben.«

»Handwerk hat goldenen Boden. Hat mein Opa schon gesagt. Dessen Chef, ein vermeintlich kleiner Drucker, hatte in den späten siebziger Jahren schon eine Villa am Comer See. Das wusste damals niemand. Also, von meinem Opa mal abgesehen. Mal was anderes: Hat ›Equity-Manager‹ eigentlich irgendwas mit Pferden zu tun?«

»Wenn es Rennpferde sind, gut möglich.« Marie stand vor der großen Weltkarte. »Großstadt also. Von Husum aus.«

Bernd stellte sich neben sie. »Ohne Auto. Ein Taxi nach Hamburg kostet ein Vermögen. Außerdem könnte sich der Taxifahrer erinnern.«

»Er ist mit dem Zug abgehauen.«

»Eine böse Sackgasse, wenn am nächsten Bahnhof die Polizei steht.«

»Er ist gelaufen.«

»Nach Hamburg?«

»Geschwommen.«

»London?«

Marie rief Sonja an. »Sven Macke ist weg. In Sachen Fahndung das Übliche. Wir schauen uns hier in Husum noch ein wenig um.«

***

Sven Macke stieg aus, war froh, der ausweglosen Enge des Zuges entkommen zu sein. Gleich gegenüber vom Bahnhof zog ihn die grüne Kühle des Stadtparks an. Kaum was los, obwohl es noch sehr warm war. Er atmete tief durch, schaute sich das Blätterdach an, während er den Anweisungen der App folgte. In Glückstadt kannte er sich nicht aus, war schon oft durchgefahren, aber nie ausgestiegen. Das große Thema der Stadt waren Matjes, glaubte er zumindest.

Die leichte Brise von der Elbe ließ die Blätter rauschen. Sven Macke liebte den Wald. Vielleicht liebte er den Wald noch inniger als das Meer. Ob es in Argentinien vergleichbare Waldstücke gab? Welche Bäume wuchsen dort eigentlich? Zwei Teiche hatte er im Stadtpark gesehen, jetzt lief er schon eine Weile an einem Fleet entlang. Dass es in Deutschland so viel Wasser gab, das gefiel ihm auch. Glückstadt, Glücksburg. Die Menschen in Schleswig-Holstein waren angeblich die glücklichsten in Deutschland. Und er? Er war unglücklich.

Es war gar nicht lange her, dass er mit Anna-Lena über die Zeit nach dem Erwerbsleben gesprochen hatte. Anna-Lena träumte von Reisen mit dem Wohnmobil durch Skandinavien. Der Sender hatte seinen Vertrag verlängert. Und er hatte auf die nächste Pokerrunde gehofft. Mit dem Gewinn hätte er seine Schulden begleichen können. Niemand hätte etwas gemerkt. Aber er hatte verloren. Am selben Abend hatte er Leni kennengelernt. In Tonis Studio. Zwanzig Minuten nachdem er ihr die Hantel gegeben hatte, waren sie in einer Umkleidekabine übereinander hergefallen wie Sechzehnjährige.

Sven Macke blieb stehen, setzte die Reisetasche ab, die mit der Zeit immer schwerer geworden war. So war es wohl mit jeder Last. Die Last der Schwangerschaft hätte er nicht tragen können. Ein Hund schnupperte an der Reisetasche. Die Besitzerin näherte sich. Sven Macke beeilte sich, die Tasche wieder aufzunehmen und weiterzugehen. »Der Bootsmann tut nichts«, rief ihm die Frau hinterher.

Ein paar Meter noch auf dem Deich. Dann führte ihn die Straße nach links zum Fähranleger. Er war der Einzige, der zu Fuß unterwegs war. Diese Gesellschaft war eine durch und durch automobile.

Er hatte das Gefühl, beobachtet zu werden. Es hatte sich eine Autoschlange gebildet, die sicher fünfhundert Meter lang war. Hinter Blech und Glas saßen Monteure, Ausflügler, Singles, Zeitungsleser, verliebte Paare, Eltern, die mit ihren Kindern lachten oder schimpften, und alle schauten ihn an. Manche hatten die Seitenfenster heruntergelassen. Er erkannte die Stimme einer Radiomoderatorin, mit der er schon oft in der Kantine gesessen hatte.

Kein Baum, kein Strauch. Nur das graue Wasser der Elbe und ein hoher Himmel. Die Blicke trafen ihn von der Seite und von hinten, wenn er längst vorbeigegangen war. Er versuchte zu überschlagen, wie viele Menschen ihn nun schon angestarrt hatten. Er teilte fünfhundert Meter durch sechs Meter. Alle sechs Meter ein Auto, das konnte sein. Es dauerte, bis er auf ungefähr dreiundachtzig Autos gekommen war. In jedem Auto saßen durchschnittlich zwei Menschen. Also hatten ihn mindestens hundertsechzig Augenpaare angestarrt. Auf der Fähre würden sie ihn dann alle als »den Fußgänger« wiedererkennen.

Als er den Anleger erreichte, öffneten sich die Schranken, und ein Lindwurm aus Blech und Abgasen kroch an Land. Er wendete sich ab, schaute nach links aufs Wasser. Noch war Zeit umzudrehen, sich dem Leben zu stellen. Er verspürte den starken Wunsch, mit Anna-Lena zu sprechen, ihr alles zu erklären. Ein Mitglied der Crew machte Handzeichen. Sven Macke ging an Bord, zahlte zwei Euro. Er staunte nicht zum ersten Mal, wie günstig die Fahrt war, die Fahrt, die auch eine kleine Kreuzfahrt war. Das Schiff war auf »Ernst Sturm«

getauft worden, den Gründer der Fährlinie, die es schon seit über hundert Jahren gab. Stürmische Zeiten standen auch ihm bevor.

Er ging unter Deck, wusste, wo die Toilette zu finden war. Er schloss ab, schaute aus dem Bullauge auf die Elbe und fühlte sich allein, nein, er fühlte sich einsam. Selbst schuld, hörte er seine Mutter sagen. Ein Vibrieren ging durch das Schiff, die Motoren dröhnten. Das Schiff neigte sich für einen Moment leicht nach Backbord.

Jemand klopfte an die Tür. Sven Macke zuckte zusammen, griff hektisch nach der Reisetasche, öffnete die Tür, schob sich grob an einem Mann mit Gehstock vorbei. Der Mann schimpfte. Sven Macke floh an Deck, ans Heck. Er zog das Handy hervor und wählte Anna-Lenas Mobilfunknummer.

Sie ging sofort ran, meldete sich mit dienstlicher Stimme, erwartete offenbar einen beruflich veranlassten Anruf. Es dauerte einen Augenblick, bis sich Sven Macke erinnerte, dass sie seine neue, vorübergehende Nummer nicht kennen konnte.

Was sie einander sagten, verschluckte der Fahrtwind, einen Teil sicher auch der auffrischende Westwind. Was Sven Macke hervorpresste, bevor er das Gespräch beendete, klang wie: »Ich hoffe, dass dich der Teufel holt.«

***

Gregor drückte zwei Schmerztabletten aus dem Blister. Dass ihm leicht blümerant war, mochte an den Schmerzen liegen – oder an den Tabletten. Wahrscheinlich aber lag es daran, dass Astrid ihn geküsst hatte, als sie sich vor der Rezeption verabschiedet hatten. Sie hatten nach der Torte, nach Lachen und Necken, nach einer Rückfahrt mit geöffneten Seitenfenstern und nachdem Donovan, Astrid und Gregor aus voller Brust »Atlantis« gesungen hatten, vor dem Auto gestanden. Hilflos, bis Astrid ihn am Kragen zu sich herangezogen hatte.

»Way down below the ocean where I wanna be she may be.« Gregor hatte auf dem Weg zum Wohnwagen gesungen.

Nicht gut, aber mit Glück in Herz und Stimme. Michael vom Strandrestaurant war ihm auf seinem Roller entgegengekommen, hatte gehalten und den Kopf geschüttelt.

»Gregor, alles okay? Ich habe schon gehört. Du hast ja richtig was abbekommen. Und jetzt? Ich habe dich noch nie singen gehört. Drogen?«

»Liebe«, hatte Gregor gesagt und war weitergegangen.

Die Tabletten spülte er mit einem Schluck Flens runter. Dann rief er Elmar an.

»Sag mal, kannst du auch schon ein bisschen früher? Ich muss heute sehr zeitig schlafen. Das war ein anstrengender Tag bisher.«

Elmar sagte, er sei in einer Dreiviertelstunde in Karlsminde. Gregor lehnte sich in seinem Lieblingsstuhl zurück und schlief ein.

※

Während der Fahrt von Husum zurück nach Schuby hatten Marie, Bernd, Astrid und Sonja konferiert und Aufgaben verteilt. Marie hatte erfolglos versucht, Anna-Lena Börnsen-Macke telefonisch zu erreichen, und sie hatte erfolglos nach einer Ausrede gesucht. Aber Mutter Börnsen die Nachricht vom Tod ihrer jüngeren Tochter zu überbringen war ihr Job. Auf dem Weg nach Eckernförde legte sie sich Sätze zurecht. Sie klangen hölzern, geheuchelt oder allzu dienstlich.

Als Mutter Börnsen öffnete, sagte Marie: »Leni ist tot.«

Mutter Börnsen schaute Marie kurz ab, bedankte sich und schloss die Tür.

Marie lehnte sich mit dem Rücken an das kühle Blech des EMO, atmete tief durch, sagte sich, dass sie ein Profi sei, und informierte den Pflegedienst. In ihrem Dienstplan stand jetzt Feierabend.

Auf dem Weg nach Hause schaffte sie es dann erneut, auf die Berieselung durch Musik zu verzichten. Sie versuchte sich stattdessen im Reimen. Ein Gedicht anlässlich des Geburtstages ihres Vaters. Das letzte Gedicht hatte sie ihm geschrieben, als sie noch in der Grundschule war. Sie konnte sich gut erinnern. Er war als Trainer entlassen worden, und Marie hatte gespürt, dass seine gute Laune nur gespielt war. Sie konnte die ersten beiden Zeilen noch immer auswendig: Ob du lachst oder weinst, ich weiß, dass du es gut meinst.

Das rumpelte doch arg, aber es war von Herzen gekommen. Sie hoffte, dass ihr bis Sonntag ein, zumindest stilistisch, besseres Werk gelingen würde.

Auf dem freien Stück hinter Güby lief von rechts ein Reh über die Straße. Marie musste nicht bremsen, knapp war es dennoch. Einen zweiten Wildunfall mit Todesfolge hätte sie nur schwer ertragen können. Sie atmete durch und fragte sich, was sich gut und sinnvoll auf »Zweite Liga« reimte. Als rechts die Schlei auftauchte, klingelte ihr Telefon. Am Parkplatz vor dem Wikingturm fuhr sie rechts ran. Andreas hatte versucht, sie zu erreichen. Sie rief zurück.

»Wickielein, meine Liebste. Ich bin schon zu Hause, und Karl ist es auch. Er ist wieder fit. Keine Übelkeit mehr. Und weil das Wetter so super ist, dachten wir, wir könnten einen Schlag segeln. Was meinst du?«

Marie schaute auf die Uhr. Sie war erschöpft.

»Ist ja noch ganz lange hell.«

»Und essen?«

»Wir treffen uns in Maasholm am Hafen und essen Fischbrötchen. Na?«

»Wir könnten auch mit der Jolle in Schleswig …«

»Ach komm, ein bisschen Weite und Horizont tut uns allen gut, und das Folkeboot will bewegt werden.«

Marie kämpfte mit sich. Sie hatte sich so auf den Strandkorb gefreut. Auf Kopfabschalten. Schließlich sagte sie: »Lass uns zusammen fahren. Ist doch Quatsch mit zwei Autos. Ich bin in zehn Minuten da.«

Der Wunsch, eine gute Mutter und Ehefrau zu sein, hatte mehr Gewicht als die schweren Beine.

Es war noch hell, aber der Mond stand schon am Himmel, als Marie und Andreas das Folkeboot nach einem Törn raus auf die Ostsee wieder vertäuten. Karl, der auf dem Wasser noch ganz munter gewesen war, lag im EMO und schlief.

»Hat er doch irgendwas in den Knochen?«, fragte Marie. »Dass er im Auto eingeschlafen ist, ist schon eine ganze Weile her.«

Andreas legte den Arm um Maries Schulter. Gemeinsam schlenderten sie über den Steg und schauten auf den Maasholmer Hafen, der menschenleer vor allem eines ausstrahlte: Ruhe. Die Holzbohlen unter den nackten Füßen hatten die Wärme des Tages schon an die heraufziehende Nacht abgegeben. Marie mochte es, den Sand zwischen Haut und Holz zu spüren.

»Also?«

»Ich weiß es nicht, Marie. Vielleicht. Gesundheit ist so relativ. Wir wissen heute nicht, was morgen kommt. Ein Unfall, ein Virus. Und plötzlich ist alles anders. Jetzt schläft er, und Schlafen ist gut. Entspann dich. Soll ich fahren?«

»Ich bitte dich, das ist ein Dienstwagen.«

Marie gefiel Andreas' ausweichende Antwort nicht. Aber Medizin war keine exakte Wissenschaft, und sie würde lernen müssen, sich zu fügen. So gut das Training, so ausgefeilt der Spielplan – manchmal ging man als Verlierer vom Platz und konnte nur eines tun: sich gut auf das nächste Spiel vorbereiten.

Dass Siegbert Hölter unterwegs war, gefiel ihr auch nicht. Er neigte womöglich zu unüberlegtem Handeln. Aber mehr, als nach ihm zu fahnden, konnten sie nicht tun.

Karl schlug die Augen auf, als Marie die Fahrertür öffnete. Er tat so, als habe er nicht geschlafen. »Na endlich. Ich dachte schon, ihr kommt gar nicht mehr.«

Dass Kinder lapidare Standardsätze von Erwachsenen kopierten, verblüffte Marie immer wieder. Wortneuschöpfungen gab es viele. Der Duden belegte das mit der Aufnahme von dreitausend neuen Wörtern in die jüngste Auflage. »Mikroplastik«, »Repaircafé« und »Flugscham« waren neu, hatte Marie behalten. Im Vergleich dazu, im Vergleich zu einer sich schnell wandelnden Welt, gab es erstaunlich wenige neue Floskeln. Sie erreichten das Ortsausgangsschild von Maasholm. Marie beschleunigte und dachte an Wildunfälle. Nicht dass das nun zur Paranoia wurde.

»Sag mal, habe ich vorhin richtig gehört, dass mein Vater einen Nachbarschaftsverein gründen will?«

»Ach, Andreas, warum hörst du ihm nie zu? Ja, er will den Zusammenhalt der Nachbarschaft stärken.«

»Den Zusammenhalt der Nachbarschaft? Was kommt denn als Nächstes? Der Rasenmäherverein? Ich glaube, jetzt wird er alt. Vielleicht weil die Kumpels wegsterben. Ein letztes Aufbäumen. Etwas tun, was wichtig erscheint. Bestimmt organisiert er bald irgendeinen beliebigen Wettkampf, bei dem der Posaunenchor Schlei gegen den FC Laubbläser antritt.«

Marie lachte. »Du bist ungerecht und arrogant.«

Andreas hatte den Kopf nach rechts gedreht, schaute über die Felder, die nur noch in Umrissen erkennbaren Stallgebäude jenseits der Straße. »Ich habe Angst, dass sie bald sterben.«

**

Siegbert Hölter konzentrierte sich auf die wesentlichen Erkenntnisse seines Lebens. Alles, was ihn weitergebracht hatte, war das Ergebnis harten und ehrlichen Boxtrainings. Er hatte nie durch K. o. verloren. Dass man ihm nun auf den Fersen war, wusste er. Der Gegner war übermächtig, weil er sich nicht Mann gegen Mann stellte. Viele Polizisten hielten nach ihm Ausschau. Darum war es jetzt wichtig, unerkannt zu bleiben.

Die größten Sorgen hatte er bei der Fahrt vom Campingplatz rauf zur Waabser Chaussee gehabt. Gegen eine Polizeisperre hätte er nichts ausrichten können. Er war ja kein Terrorist. Er wollte niemandem schaden. Er wollte neu anfangen können. Für sich und seine Familie. Eine gerechte und echte

Chance hatte man ihm nicht gegeben. Jetzt würde er sie sich holen.

Auf Höhe des Großsteingrabes war ihm ein Auto mit zwei jungen Männern und Kieler Kennzeichen entgegengekommen. Zivilfahnder, hatte er gedacht. Aber sie hatten sich nicht für ihn und den Opel Combo interessiert. An der T-Kreuzung angelangt, hatte er sich beruhigt. Er wusste genau, wo er sich verstecken wollte, und rund um Loose Barkelsby und Hemmelmark kannte er alle Schleichwege durch kleinere Waldstücke und über die Felder. Seinen Zeitplan warf er über Bord. Er würde jetzt zuschlagen. Je länger er unterwegs war, desto wahrscheinlicher war, dass er entdeckt wurde.

Auf dem Exer zu parken wäre nicht klug. Das Auto direkt neben dem Meerwasser-Wellenbad abzustellen traute er sich nicht. Stattdessen wählte er eine Parkbucht auf dem Platz zwischen Grüner Weg und Reeperbahn. Wenige Schritte nur zum Lornsenplatz. Ideal, um zur Not auch zu Fuß in alle Richtungen abhauen zu können. Dabei dachte er insbesondere an ein Schlupfloch, das den Zugang zu den Gleisen ermöglichte. Dort könnte er durch die Gärten abhauen.

Um dieses Mal sicherzugehen, hatte Siggi das Benzin nicht in zwei Kanistern, sondern in insgesamt zwölf Plastikflaschen dabei. Es sollte an mehreren Stellen gleichzeitig brennen. Aus der Pleite auf der Carlshöhe hatte er gelernt.

Siggi stieg aus und schulterte den Rucksack. Er trug Wanderstiefel und eine kurze Hose. Nach der Flucht vom Campingplatz hatte er sich im Auto umgezogen. Je näher er dem Meerwasser-Wellenbad kam, desto größer wurde seine Wut. Das Bad, die Sauna, der ganze Wellnesskram. Die hatten ja alle Möglichkeiten. Und dann noch diese Lage direkt am Strand. Wie sollte er dagegen ankommen? Es war so ungerecht.

Doch damit nicht genug. Diese Bürokraten verweigerten ihm auch noch die Genehmigung. Was bitte schön war denn hier anders? Er wollte eine finnische Sauna, eine Bio-Sauna, zwei Whirlpools. War das zu viel verlangt? War es nicht.

Er überquerte die Preußerstraße und erreichte die Tür, die

er ausgewählt hatte. Niemand zu sehen, der ihn beobachten konnte. Er stellte seinen Rucksack ab. Neben den Flaschen hatte er auch die Akkuflex dabei. Auf die Schallschutzmatten hatte er verzichtet. Es war noch relativ früh am Abend. Dass irgendwo jemand eine Maschine benutzte, würde kein Anwohner zum Anlass nehmen, um die Polizei zu rufen. Er griff nach der Flex und sah, dass Licht durch einen Fensterspalt neben der Tür fiel. Hatte jemand vergessen, das Fenster zu verriegeln? Er schaute sich erneut um, griff an den Fensterflügel und lächelte. Er hatte sich nicht getäuscht. Das Fenster war nur angelehnt. Siggi legte die Flex zurück in den Rucksack, stieß das sich nach innen öffnende Fenster auf, stellte den rechten Fuß auf die niedrige Fensterbank und sprang auf den gefliesten Boden. Er schloss das Fenster und löschte das Licht.

Der Raum war ein kleiner Lagerraum. In den Regalen lagen Toilettenpapier, Papierhandtücher, Waschlotion. Er war drin, ging vor zur Tür, legte sein Ohr an das kühle Holz und lauschte. Er hörte die Geräusche von Pumpen, ein Sirren, Rauschen und Brummen, aber keine Stimmen oder Schritte.

Siggi setzte den Rucksack auf und griff nach der Türklinke. Er drückte sie nach unten und zog. Die Tür war abgeschlossen. Er schloss die Augen, kniff sie zusammen, presste die Lippen aufeinander und ballte beide Hände zu Fäusten. Fokus, sagte er sich, immer den Fokus behalten.

Im Rucksack steckte zwar keine Brechstange, aber ein langer und massiver Schraubendreher. Rucksack runter, Schraubendreher raus. Erfahrung im Aufbrechen von Türen hatte Siggi nicht. Er setzte die Klinge dort an, wo der Riegel in die Aussparung der Zarge fuhr. Zu Siggis Bedauern war die Tür nicht alt. Der Spalt, der sich der Klinge bot, war schmal. Er schlug mit der Faust auf den Griff, trieb die Klinge Millimeter um Millimeter zwischen Türblatt und Zarge, aber sie tauchte nur zwei, vielleicht drei Zentimeter tief ein. Dennoch versuchte er sein Glück und drückte gegen den Griff des Schraubendrehers. Es gab ein knirschendes Geräusch, und Holz splitterte ab. Mehr passierte nicht. So würde er nicht hier raus- und dort hinkommen, wo er die Brandsätze deponieren wollte. Vielleicht gab die Tür weiter oben nach. Siggi stellte sich auf einen Stuhl. Nun gelang es ziemlich leicht, die Klinge in den Spalt zu pressen. Nachdem er einige Male auf den Griff geschlagen hatte, testete er die Wirkung des Hebels. Das Türblatt gab nach. Würde er fester drücken, bräche aber vermutlich nur ein kleines Stück aus dem Holz. Er brauchte ein längeres und breiteres Werkzeug.

Neben einem der Regale standen allerlei Besen und Schrubber. Ungeeignet. Dahinter aber entdeckte Siggi nun einige Gartengeräte. Eine Harke, einen Spaten und eine Hacke zum Auflockern des Bodens. Ungeduldig räumte er die Schrubber und Besen zur Seite, fasste die Hacke am Stiel und war überrascht, wie schwer sie war. Perfekt für seine Zwecke.

Den Spaten nahm er auch mit zur Tür. Diesen trieb er in den Ritz, den er mit dem Schraubendreher hatte herstellen können. Das Blatt des Spatens bot nun eine breite Auflage für die stabile Hacke und verteilte die Kraft, an der es Siggi nicht mangelte. Er drückte vorsichtig gegen den Stiel der Hacke, fürchtete, das Türblatt könne an der falschen Stelle brechen. Inzwischen konnte er mit einer Hand hinter das Blatt fassen. Er holte eine Wurzelbürste und schob sie ruckelnd zwischen Spaten und Türblatt. Der Spalt vergrößerte sich deutlich. Dann stieg er vom Stuhl, fasste mit beiden Händen hinter das Holz, stellte das rechte Bein gegen die Wand und zog. Die eingeklemmten Werkzeuge fielen polternd zu Boden, als das Schloss plötzlich nachgab und die Tür aufsprang. Er hatte sie geknackt, ohne dass man neben der kleinen Absplitterung am Schloss schwerere Beschädigungen sehen konnte.

Eine Welle der Zufriedenheit spülte Glückshormone durch Siggis Körper. Ein Gefühl, das er schon lange nicht mehr gefühlt hatte. Jetzt galt es, die Brandsätze an strategisch geeigneten Orten zu platzieren, das Gebäude zu verlassen, die Zünder zu aktivieren und aus sicherer Entfernung zuzusehen, wie das Schwimmbad ein Raub der Flammen würde.

Siggi packte den Rucksack und trat auf den Flur. Strategisch geeignete Orte, das dachte sich so leicht. Nicht an Außenwänden, nicht dort, wo es an brennbarem Material mangelte. Besser im Herzen des Hauses mit reichlich Holz und Plastik in der Nähe. Er ging los. Hier im Kellergeschoss eignete sich das Lager mit all dem Toilettenpapier, dem er gerade entronnen war. Dort würde er den letzten Brandsatz hinterlassen. Er folgte dem Gang nach links, sah die Treppe, die nach oben führte. Hier war er schon einige Male gewesen, aber das lag Jahre zurück. Wie modern das hier alles war, wie einladend. Er folgte einem Hinweisschild, auf dem »Finnische Saunen« stand. Er betrat die erste Sauna. So groß, dass man in ihr tanzen konnte. Man hatte Zugang zur Außenterrasse mit Blick auf die Eckernförder Bucht. Siggi stellte zwei Flaschen ab. Zur Sicherheit. Das Holz würde brennen wie Zunder.

Die andere Sauna war nicht ganz so groß. Hier reichte eine Flasche. Auch im Sanarium, das nur auf fünfundfünfzig Grad aufgeheizt wurde, hinterließ Siggi eine Flasche. Bald herrschen hier ganz andere Temperaturen, dachte er.

Er warf einen Blick in die Salzgrotte und in die Schneekabine, in der tatsächlich Eiszapfen an den Wänden wuchsen. Beide Räume waren ungeeignet. Aber im Restaurant fand er gleich mehrere Orte, denen er Brandsätze gönnte. Sicher gab es auch Büros. Siggi verließ das Restaurant. Als er nach rechts Richtung Haupteingang abbog, versperrten ihm zwei schwarz gekleidete Männer den Weg. Einer leuchtete ihm mit einer schweren Stablampe ins Gesicht. Der andere hielt ein Telefon ans Ohr.

Die größere Gefahr ging von dem Typen mit dem Telefon aus. Siggi ließ den Rucksack fallen und streckte den Mann mit einer Dreierkombination nieder. Er war sofort bewusstlos. Der andere holte mit der Stablampe aus. Dabei blieb es. Eine rechte Gerade landete auf seiner Nase. Er schrie auf, Blut spritzte. Die Lampe fiel zu Boden. Der Mann schlug beide Hände vors Gesicht.

Siggi hatte noch drei Brandsätze übrig. Er ließ einen ganz in der Nähe des Ausgangs zurück und trat eine Tür ein, hinter der sich tatsächlich ein Büro befand. Dann lief er die Treppe runter. Das Lager sollte auch brennen. Er schaltete die Zünder scharf und drückte auf den Auslöser. Die Flasche im Lager explodierte in seinem Rücken. Er hatte vergessen, eine Zeitverzögerung vorzuwählen.

Der Knall war ohrenbetäubend. Brennende Flüssigkeit in seinem Nacken. Er riss ein Handtuch aus dem Regal und schlang es um seinen Kopf, spürte, dass seine Arme nass wurden. Das Gebäude hatte eine Sprinkleranlage. Warum hatte er das nicht gewusst, nicht gesehen? Vielleicht hätte er nur ein paar Sicherungen abschalten müssen. Er öffnete das Fenster und kletterte ins Freie. Den Rucksack ließ er zurück.

An der Außenwand der flackernd rote Schein einer Alarmleuchte. Siggi rannte los, nach vorn zur Straße. Von rechts kamen zwei Autos, versperrten ihm den Fluchtweg. Er blieb im Sichtschutz der Bäume, huschte von Stamm zu Stamm nach links. Dann erreichte er den Parkplatz gegenüber dem Minigolfplatz. Er überquerte den Platz, auf dem nur vier oder fünf Autos standen. Hier irgendwo musste der Durchschlupf zu den Gleisen sein.

Etwas irritierte ihn. Er drückte mit Daumen und Zeigefinger die Nasenflügel zusammen, versuchte einen Druckausgleich. Aber er blieb taub. Er hatte ein Knalltrauma erlitten. Das kannte er von einem Kumpel, dem das im Fußballstadion passiert war. Ein hoher Pfeifton war alles, was Siggi hören konnte.

Der Lokführer der Regionalbahn 73 presste seinen Daumen auf den Knopf des Warnhorns, dass die Fingerkuppe schneeweiß wurde, er brüllte und bremste. Die Bremsen kreischten. Allein Siggi bekam von alldem nichts mit. Die Passagiere klammerten sich an Haltestangen, Sitzen und aneinander fest. Dem Lokführer war, als ginge ein leichtes Zittern durch Boden, Stuhl und Bedienkonsole. Ein letztes Zittern. Dann war es ganz still. Es war neunzehn Uhr zehn, als Siggis Boxerherz aufgehört hatte zu schlagen.

In Eckernförde hörte man das Herannahen von Feuerwehr und Polizei. Die Fahrzeuge kamen aus Richtung Norden, fuhren über die Reeperbahn. Sie waren wegen des Brandes alarmiert worden, wegen zweier Verletzter im Meerwasser-Wellenbad und wegen eines Personenschadens im Gleis kurz vor dem Bahnübergang, ziemlich genau hinter dem kleinen Parkplatz des Fahrradladens, dort, wo wenige Bäume den Zug wie durch einen grünen Tunnel fahren ließen, wo die Gleise in einer leichten Linkskurve ins Herz der Stadt führten.

Dort lag im Schotter ein Foto. Der Wind bewegte es, versuchte es über die Schwelle aus Beton zu heben, aber es lag mit einem Zipfel unter Siggis rechter Hand. Das Foto zeigte Siggi und seine kleine Familie. Notarzt und Sanitäter beugten sich über ihn, schüttelten den Kopf.

Aus Richtung Kiel näherten sich Fahrzeuge der KTU. Ein weißer Transporter bremste, hielt auf dem Bahnübergang. Elmar stieg aus, schon im weißen Schutzanzug. Wenig später schaute er auf den Personalausweis des Mannes. Er rief Marie Geisler an: »Es ist Siegbert Hölter.« Er machte eine kurze Pause. »Dem Ausweis nach. Erkennen kann man das nicht mehr.«

***

Marie hatte Karl gerade auf die Stirn geküsst, war auf dem Weg zur Zahnbürste gewesen, als Sonja sie alarmiert hatte. Sie hatte sich vorgestellt, acht Stunden zu schlafen und morgen erfrischt und voller Tatendrang in die Rechtsmedizin zu fahren.

Nun war sie mittendrin. Der Notarzt hatte sich verabschiedet, war hinüber zum Meerwasser-Wellenbad gelaufen, um seine Kollegin zu unterstützen. Blutende Platz- und Risswunden mussten versorgt werden. Der ältere der beiden Wachmänner war wieder zu sich gekommen, konnte sich aber an nichts erinnern. Die Ärzte entschieden, dass man sich seinen Kopf im CT anschauen würde. Siggi hatte sehr hart zugeschlagen.

Auf der Promenade und auf dem Exer standen Menschen. Ihre Gesichter wurden von den Displays der Handys beleuchtet, auf die sie eintippten. Die lokalen Facebook-Gruppen liefen förmlich über. Frauen und Männer waren zusammengelaufen, um zu sehen, was in ihrer kleinen Stadt Furchtbares passiert war, dass überall Feuerwehr- und Polizeifahrzeuge standen, dass Blaulicht durch die Straßen zuckte. Schnell machten Gerüchte die Runde.

»Man sieht sie nicht, man hört sie nicht, und doch werden sie bezahlt«, schimpfte ein Mann über die Verwaltung. Warum er sich beklagte, wusste Marie nicht. Sie stand auf der Außenterrasse. Ein Feuerwehrmann hatte sie aus dem Gebäude gescheucht. Der Mann erklärte den Umstehenden weiter, dass die Stadt Millionen scheffelte mit dem Schwimmbad. Aber kümmern würde sich niemand.

Jetzt mischte sich eine junge Frau ein. »Ich weiß ja nicht, woher Sie Ihre Weisheit nehmen. Aber hier im Schwimmbad sind seit Kurzem Wachmänner, und wie auch Sie sehen können, ist das Schwimmbad nicht abgebrannt. Kann gut sein, dass da jemand was richtig gemacht hat, oder?«

»Wachmänner«, brüllte der aufgebrachte Passant. »Was glaubst du wohl, wer die bezahlt?«

Die junge Frau drehte sich um und ging weiter.

»Das Beste, was sie tun kann«, sagte Astrid, die auch auf die Terrasse gekommen war. »Ob alle Wutbürger so blöd sind?«

»Hast du Siegbert Hölter gesehen?«, fragte Marie.

»Ja, also ich habe gesehen, was der Zug übrig gelassen hat.«

Die Frauen standen nebeneinander, schauten auf das Graublau der Wellen. Die Dunkelheit hatte den Kampf gegen das Licht beinahe gewonnen.

»Du bist spät gekommen.«

Astrid nickte. »Ich war beschäftigt. Zu Hause. Beschäftigt mit Denken und Gedankensortieren.«

»Ist was passiert?«

»Ja.«

»Du möchtest nicht darüber sprechen.«

»Noch nicht.«

Marie schob beide Hände in ihre Hosentaschen, spürte, dass das eine abweisende Geste war, zog die Hände wieder raus. »Ich wäre dir dankbar, wenn wir Jenni Hölter gemeinsam aufsuchen würden. Vielleicht nehmen wir gleich einen Psychologen dazu. Sie braucht vermutlich auch jemanden für das Kind.«

»Ich bin auch ein bisschen froh.«

»Froh?«

»Na ja, wir können wahrscheinlich davon ausgehen, dass wir keine Angst vor weiteren Brandanschlägen haben müssen.« Astrid hob beide Hände. »Vorbehaltlich der kriminaltechnischen Untersuchungen, schon klar. Aber ich denke, das Thema ist durch.«

Marie knirschte mit den Zähnen. »Ich hätte ihn lieber erwischt, vernommen, der Staatsanwältin präsentiert. Dreißig Sekunden später und der Zug wäre durch gewesen.«

Eine Ärztin kam auf die beiden Ermittlerinnen zu. »Einer der beiden Verletzten ist auf dem Weg ins Krankenhaus. Der andere hat nur eine blutige Nase. Nichts gebrochen. Das sah schlimmer aus, als es war. Ich denke, Sie können jetzt mit ihm sprechen. Moin.«

Sie drehte sich um und verschwand im Gebäude. Die reflektierenden Streifen ihrer Jacke leuchteten auf, wenn einer der Brandermittler auf den Auslöser einer Kamera drückte. Ein Mensch dreht durch, und Dutzende Retter und Ermittler kehren die Scherben zusammen. Das fand Marie schon lange unverhältnismäßig. Mehr Prävention war dringend geboten. Mitarbeiter staatlicher Stellen könnten Menschen aufsuchen, die offensichtlich nicht klarkamen. Und wer in Not war, brauchte Anlaufstellen. Mehr Anlaufstellen.

Marie hatte das Thema im vergangenen Herbst angepackt, aber das Ergebnis war ernüchternd gewesen. Es fehlte an allem. Als Marie das vor ein paar Wochen mit einem Kollegen im Fahrstuhl besprochen hatte, hatte der gelacht und gefragt, wer denn das wohl bezahlen solle; ein Land, in dem jeder Dritte Sozialarbeiter wäre, während man bald keine Werftenindustrie mehr habe, könne sich diesen Luxus jedenfalls nicht leisten. Ein Land, hatte Marie geantwortet, in dem immer mehr Angestellte wegen psychischer Probleme am Arbeitsplatz fehlten, wäre wohl auch bald am Ende. Sie waren gemeinsam in die Kantine gegangen und zu dem Schluss gekommen, dass es in Deutschland vergleichsweise gut laufe. Die Wahrnehmung von Kriminalität entsprach tatsächlich nicht der Statistik.

»Sie können jetzt wieder durch, wir haben belüftet. Aber zügig.« In der Tür stand ein Feuerwehrmann mit Atemschutz.

Marie und Astrid folgten seinem unmissverständlich ausgestreckten Arm und betraten das Innere.

»Nicht trödeln. Luft anhalten und vor zum Ausgang. Bisschen zackig, die Damen.«

Vor dem Haupteingang kam ihnen Elmar entgegen.

»Wassergymnastik für Senioren«, kalauerte Marie.

Elmars Blick war eisig. Er versuchte, sich an Marie vorbeizudrängeln, aber sie versperrte ihm den Weg. »Elmar, so geht das nicht. Wir waren immer wie eine große Familie.«

Elmar stellte den Koffer ab und zog die FFP2-Maske vom Gesicht.

»Ich komme quasi direkt von Gregor. Er hatte mich nach Karlsminde gebeten. Ich hatte mich auf einen schönen Abend gefreut. Aber mal davon abgesehen, dass es diesen Zwischenfall mit blutiger Nase gab, wäre es sowieso kein schöner Abend geworden. Gregor sollte mir ins Gewissen reden. Wie kommt ihr auf die Idee, ihn mir auf den Hals zu hetzen? Wie könnt ihr nur glauben, ich sei hier der Fall für den Psychiater? Warum müssen eure Spielregeln für kollegiales Miteinander gelten? Weil ihr als Frauen immer unterdrückt worden seid? Ganz ehrlich: Das tut mir leid, ist aber nicht meine Schuld. Ich bin als Mann aufgewachsen, ihr als Frauen. Wo ist das Scheißproblem? Wir sind Kollegen, meinetwegen auch Kolleginnen und Kollegen, aber sicher nicht Kolleg-Pause-Innen. Nicht mit und nicht ohne Sternchen. Und der Holunderblütentee in der hygelligen Sitzecke der Abteilungsleiterin, das ist doch alles nur Fassade. Immer wird so getan, als sei alles entspannt, aber am Ende entscheiden nicht Räucherstäbchen über das Klima am Arbeitsplatz. Ihr seid die Chefinnen und könnt gerne so weitermachen. Aber erwartet nicht, dass ich mitmache.«

Der Feuerwehrmann, der Marie und Astrid begleitet hatte, war auf dem oberen Absatz der Treppe stehen geblieben.

»Hast du Langeweile, oder was?«, fuhr ihn Elmar an. »Brandwache, das ist das, was ihr am besten könnt. Rumstehen, rumsitzen und danach auf der Wache Würstchen grillen.« Elmar griff nach seinem Koffer, schob die Maske hoch und stampfte die Stufen rauf.

Astrid drehte sich nach Elmar um, Marie fasste nach ihrem Arm. »Nicht, lass ihn. Es geht nicht um uns. Stellvertreterkonflikt. Bei Elmar ist irgendwas anderes im Busch. Ich spreche morgen mit Gregor.«

Sie fuhren mit zwei Autos, parkten vor dem Haus der Hölters. Marie schaute hinüber auf die andere Straßenseite. Auf Cordulas Fensterbank hätte man bei Tageslicht die kleine weiße Kamera entdecken können, wenn man denn wusste, dass sie dort lauerte.

In der Küche brannte Licht. Marie sah Jenni Hölter an der Arbeitsplatte hantieren. Sie trug ein rotes T-Shirt, hatte die Haare zum Dutt hochgesteckt, sah müde aus. Als Marie und Astrid auf die Haustür zugingen, schaltete ein Bewegungsmelder die Beleuchtung über der Haustür und links und rechts des Weges ein. Ein bisschen wirkte das auf Marie wie die Befeuerung einer Landebahn.

Jenni Hölter war aufmerksam geworden. Sie schaute Marie direkt ins Gesicht. Die Fensterscheibe, die sie trennte, verhinderte nicht, dass Jenni Hölter sofort spürte, warum die beiden Polizistinnen hier waren, und sie verhinderte auch nicht, dass Marie den Blick der Witwe sah und fühlte. Beide Seelen erkannten einander, beide Frauen hielten in ihren Bewegungen inne. Jenni Hölter ließ das Messer sinken, mit dem sie einen Apfel geschnitten hatte. Marie spürte den Schmerz der Frau und sah, wie die Farbe aus ihrem Gesicht wich. Das Fenster war gekippt.

»Bitte, Frau Hölter, öffnen Sie uns kurz die Tür!«

Zu spät. Jenni Hölter verschwand aus Maries Blickfeld. Marie hörte, wie ihr Körper dumpf auf dem Boden der Küche aufschlug. Marie rannte los, sprang über den Zaun, umrundete das Haus, und wie sie vermutet hatte, stand die Terrassentür weit offen. Im Wohnzimmer lag Spielzeug auf dem Boden. Marie stieß gegen eine Ente mit Rollen, die krachend im Sideboard einschlug, auf dem der eingeschaltete Fernseher stand. Jenni Hölter lag auf der rechten Körperseite mit dem Gesicht zur Arbeitsplatte. Astrid tauchte hinter Marie auf. Marie hörte, wie Astrid einen Notarzt anforderte. Sie kniete neben Jenni Hölter, die die Augen aufschlug.

»Kein Arzt«, wisperte sie in Astrids Richtung, die das Telefon erneut ans Ohr führte. Jenni Hölters Blick war ein Spiegel dessen, was in ihr wütete. »Ist er tot?«

Marie nickte. Jenni Hölter richtete sich auf. Sie trug ein T-Shirt mit dem Aufdruck »Boxclub Harburg 1911«. Seinen letzten Kampf hat er verloren, dachte Marie.

»Und Luise? Was soll denn jetzt werden, wenn Luise keinen Papa mehr hat? Ich muss Inge anrufen. Inge ist beim Jugendamt.«

»Schläft Luise?«, fragte Marie.

»Ja, sie ist ja noch klein.«

Inzwischen war Jenni Hölter aufgestanden und an die Arbeitsplatte getreten. Sie setzte die unterbrochene Arbeit fort. »Ich schneide Äpfel und Gemüse schon am Abend, damit wir morgens keine Hektik haben.« Sie träufelte Zitronensaft auf die Apfelscheiben. »Dann werden die nicht so schnell braun.«

»Hat Ihr Mann sich noch mal bei Ihnen gemeldet?«

»Nein.« Sie hielt inne, legte das Messer weg und drehte sich in den Raum. »Was ist eigentlich passiert?«

»Er hatte einen Unfall.«

»Mit dem Pick-up?«

Marie machte einen Schritt auf Jenni Hölter zu. »Nein, er ist vor einen Zug geraten.«

Jenni Hölters Körper verkrampfte sich, Astrid schob einen Stuhl in ihre Richtung. Marie drückte die Frau sanft auf den Stuhl, nahm das Messer aus ihrer Hand und kniete sich vor sie. Ihr Knie brannte.

»Wie genau?«

»Wir wissen das noch nicht. Er hielt sich wohl auf den Schienen auf.«

»Er hielt sich auf den Schienen auf? Er wäre doch zur Seite gesprungen.«

Marie und Astrid antworteten nicht.

»Er ist nicht weggesprungen? Sie wollen sagen, er hätte sich umgebracht?« Jenni Hölter schlug mit beiden Händen nach Marie. »Niemals. Niemals würde sich Siggi umbringen. Niemals. Er ist ein Kämpfer. Niemals. Er hat Luise und mich. Nehmen Sie das sofort zurück.«

Marie schützte ihren Kopf. Jenni Hölter ließ von ihr ab.

»Wir sagen nicht, dass Ihr Mann Schuld an dem Unfall trägt. Wir müssen das noch ermitteln.«

In der Tür erschien Luise. »Ihr seid so laut. Ich bin wach.« Jenni Hölter sprang auf. Marie machte Platz.

Feuchte Wärme im Raum. Atemgeräusche. Luise bei ihrer Mutter auf dem Arm. Ängstliche, fragende Kinderaugen. Jenni Hölter machte schaukelnde Bewegungen, als sei Luise noch ein Säugling. Das Kind barg den Kopf in der Mulde zwischen Schlüsselbein und Hals.

»Moin, Luise, ich heiße Marie. Wir besuchen deine Mama. Aber es ist ja schon spät, bestimmt bist du doll müde, oder?«

Das Kind nickte. Marie war erleichtert. »Singt deine Mama manchmal ein Lied, wenn du dich hinlegst?«

»Hab'ne Tante aus Makokko, und die kommt«, sang Luise,

und Jenni Hölter fiel ganz leise ein. Beide verließen die Küche im Wiegeschritt. Marie öffnete alle Oberschränke, fand eine Flasche Korn, schraubte die Kappe ab und trank einen Schluck, schüttelte sich. Astrid durchstreifte das Erdgeschoss und kam mit einem blinkenden Telefon zurück. Im Display des Telefons wurde eine neue Sprachnachricht angezeigt. Marie hob abwehrend die rechte Hand. »Wir warten.« Jenni Hölter war erstaunlich schnell zurück. »Sie ist hundemüde. In der Kita hatten sie heute Strandolympiade.« »Sie machen das toll mit Luise«, lobte Marie. Astrid zeigte auf das Telefon. »Eine neue Nachricht, Frau Hölter. Mir ist das wirklich unangenehm, wir müssen das abhören, wollten aber auf Sie warten. Für den Fall, dass vielleicht Ihr Mann …« Jenni Hölter entriss Astrid das Telefon und drückte auf die rot blinkende Taste.

»Jenni, es ist schiefgegangen. Da waren Wachmänner. Ich kann nichts dazu. Ich habe einen umgehauen. Hoffentlich ist nichts passiert. Egal. Das Schwimmbad brennt nicht richtig. Da ist 'ne Sprinkleranlage. Die haben mich gesehen, obwohl es ziemlich dunkel war dadrin. Vielleicht erkennen die mich wieder. Ich muss abhauen. Es tut mir so leid. Du weißt, dass ich nie weglaufe. Aber ich habe keine Chance. Bitte verzeih mir. Ich fahre nach Hamburg in den Boxclub. Da findet mich niemand. Aber jetzt muss ich erst mal hier weg. Ich liebe dich, und ich liebe Luise. Ich höre nichts gerade. Nur Pfeifen. Bestimmt, weil eine Flasche neben mir explodiert ist. Das geht ja wieder weg. Es tut mir unendlich leid. Bitte sei nicht böse.« Dann brach die Nachricht ab. Marie schaute auf den Zeitstempel. 19:09. Eine Minute später war Siegbert Hölter tot gewesen.

Es klingelte an der Haustür. Marie hatte von unterwegs über die Leitstelle des Kreises um Unterstützung durch einen Notfallseelsorger gebeten. Sie stand auf, öffnete und schilderte an der Haustür in dürren Sätzen die Lage. Der Mann war jung, und Marie ertappte sich wieder einmal bei einem Vorurteil, hatte sie doch Zweifel, ob der Seelsorger über genügend Lebens- und Berufserfahrung verfügte. Zudem hatte sie auf eine Frau gehofft.

Sie dachte an Elmar und seinen Ausbruch. Sie würde herausfinden müssen, was dazu geführt hatte, dass Elmar so aggressiv gegenüber Frauen in Leitungspositionen war, dass er die Kontrolle über sich verloren hatte. Aber offenbar war auch sie nicht frei davon, bestimmte Erwartungen zu hegen, die an Geschlecht und Alter gebunden waren.

Marie und Astrid überließen dem Seelsorger das Feld.

»Knalltrauma«, sagte Astrid. »Immerhin wissen wir nun, dass es ein Unfall und kein Suizid war.«

»Und immerhin können wir jetzt davon ausgehen, dass keine weiteren Brandanschläge zu befürchten sind.« Marie hatte Astrids Tonfall nachgeahmt.

Astrid blieb stehen.

»Entschuldige, Astrid. Ich kann nicht anders, als an Jenni Hölter und Luise zu denken. Für eine Mutter muss das unerträglich sein.«

Astrid ging weiter. »Gut, dass wir eine Mutter im Team haben, die das nachempfinden kann.«

»Das ist aber auch ein Scheißtag«, knurrte Marie. »So war das nicht gemeint.«

»Vergiss es.«

»Jetzt fang du nicht auch noch an rumzuölen. Es reicht ja wohl, wenn wir eine männliche Zicke haben.«

Astrid stand an der Fahrertür. Als Marie sich näherte, breitete sie die Arme aus. Die Frauen lächelten, drückten einander und spürten, dass sie auf einem guten Weg waren.

Marie zeigte hinüber zu Cordulas Haus. »Ich muss da mal kurz hin und dafür sorgen, dass die Kamera vom Netz kommt. Morgen früh fahre ich in die Rechtsmedizin. Was Siegbert Hölter angeht, warten wir darauf, was die KTU bezüglich des Benzins herausfindet, und dann können wir da aller Wahrscheinlichkeit nach einen Haken dranmachen.«

»Sehe ich auch so. Gut, dass Jenni Hölter uns jetzt nicht hört.«

In der Küche der Hölters löschte jemand das Licht. Astrid stieg ins Auto und fuhr los. Marie überquerte die Straße und klingelte bei Cordula.

Es dauerte eine Weile, bis sie nass geschwitzt und in Sportklamotten erschien. »Spinning«, lautete die kurzatmige Erklärung. Ich hab da jetzt eine Software mit Livecoaching. Die machen mich fertig.«

»Dann will ich dich auch gar nicht aufhalten, sondern nur darum bitten, dass du meinen Kameraaccount löschst. Und wäre ich du, würde ich auch die Kamera woanders hinstellen. Erlaubt ist das nämlich nicht.«

»Kriege ich dafür ein Knöllchen von dir?«

»Wenn du darauf bestehst.«

»Was ist eigentlich los da drüben bei den Hölters?«

Marie atmete tief durch. »Sie sind nur noch zu zweit. Mutter und Tochter. Ein Unfall. Das wird jetzt sehr schwer für Jenni Hölter.«

Cordula hatte kurz die Augen geschlossen, sich aber schnell wieder gefangen. Sie war es gewohnt, die Wunden zu sehen, die der Tod riss. »Ich gehe morgen mal zu ihr. Ist zwar bisher nur eine Moin-und-tschüs-Beziehung, aber in solchen Ausnahmesituationen freuen sich die meisten Menschen über ein Gesprächsangebot. Vielleicht kann ich was tun.«

Das Kleid der Königin

Marie schaute in den Himmel. »Drei Okta. So liebe ich das.«
»Drei Okta?« Andreas runzelte die Stirn. »Machst du wieder auf Bildungsbürgertum, oder was?«
»Liebster, habe ich das nötig? Du bist doch so eine Art Naturwissenschaftler, da dachte ich, Okta sagt dir was.«
»Naturwissenschaftler? Schön wär's. Ich komme mir gar nicht so selten wie ein Kaufmann vor. So, raus damit. Was ist Okta?«
Marie stellte sich hinter Andreas, umfasste seinen Kopf und richtete ihn nach oben. »Das ist drei Okta.«
Andreas schwieg. Er dachte. Marie spürte das, weil er die Luft anhielt. »Entfernung, Farbintensität, Helligkeit«, sagte er dann.
»Gar nicht so übel. Bewölkung unterteilt in, na, Okta, du kommst drauf.«
»Achtel.«
»Mein Held. Und drei Okta steht für einen leicht bewölkten Himmel, so wie wir ihn jetzt sehen. Mein Lieblingshimmel.«
»Und das weißt du woher?«
»Ich hatte mal einen Freund, der war Fotograf.«
»Ich weiß. Ich möchte nicht über ihn sprechen, den Gott unter den Hobie-Cat-Seglern.«
»Damals war Fotografieren noch Handarbeit. Die Farbtemperatur spielt eine wichtige Rolle. Die entsprechenden Himmelszustände werden übrigens von der internationalen Beleuchtungskommission definiert.«
»Marie, du wirst langsam seltsam.«
»Diese Kommission ist eine international anerkannte Standardisierungskörperschaft mit Sitz in Wien.«
»Du spielst heimlich irgendwelche Quiz-Apps.«
»Ich gehöre eben zum Bildungsbürgertum.«

»Fährt mich jemand?« Karl war auf den Balkon gekommen.

»Fahrrad kaputt?«, fragte Marie.

Karl verdrehte die Augen. »Ich bin zu faul.«

Marie drehte sich um. »Mein Sohn. Ehrlich währt am längsten. Ich fahre dich. Ausnahmsweise.« Sie küsste Andreas, klapste ihm auf den Po und sagte: »Bildung ist ja so sexy.« Sie saß schon im EMO, als Andreas eilig auf sie zukam. Sie öffnete die Tür.

»Marie, es ist Donnerstag. Dein Vater hat Sonntag Geburtstag. Du arbeitest, ich arbeite, wir haben noch kein Geschenk. Nicht mal eine Idee.«

Karl mischte sich ein. »Opa wollte doch so gerne mal auf dem Kanal fahren.«

Stolze Eltern schauten gleichermaßen anerkennend ihren Sohn an. »Gute Idee«, kommentierte Marie und zog die »es« in die Länge. »Fragt sich nur, wie wir ihn auf eines der Schiffe kriegen.«

»Ich kenne einen Lotsen.«

»Und der darf das? Also, jemanden mitnehmen. Da muss doch bestimmt der Reeder zustimmen. Und die Versicherung und das Wasserstraßen- und Schifffahrtsamt.«

»Ich komme zu spät.«

Marie schloss die Tür, startete das EMO. Familie Geisler winkte kollektiv, und beinahe hätte Marie beim Zurücksetzen die neue Nachbarin überfahren. Das Rebhuhn, das Reh und jetzt Frau Simons. Marie dachte an Meditation, an Bullerbü, sie dachte an Astrids Schlafstörungen, an den Wunsch, beim Termin mit Frank Busemann gut auszusehen, an die missbräuchliche Verwendung von Ritalin an deutschen Universitäten. Immer ging es darum, möglichst leistungsfähig zu sein. Und Elmar? Machten sie Elmar auch zu viel Druck? Verlangten sie von ihm nicht immer und immer wieder Ergebnisse im Handumdrehen, belastbare Ergebnisse, gerichtsfeste Ergebnisse?

»Fahren wir jetzt los?«

»Ja, Karl, jetzt fahren wir los.« Marie schaute auf die Uhr.

Karl käme pünktlich, und sie würde es auch schaffen zur Leichenöffnung um halb neun in der Kieler Rechtsmedizin. Sie hielt zwei Ecken vor der Schule. Elterntaxis waren in Maries Blase verpönt. Karl schlug die Tür zu, Marie legte den ersten Gang ein, blinkte, schaute in den linken Außenspiegel und sah Annika heraneilen. Sie war Bens Mutter, Ben und Karl waren in denselben Kindergarten gegangen, in dieselbe Klasse, und Annika war eine Übermutter. Helikoptermutter traf es nicht, sie war eine Multimodalmutter. Sie war über die Grenzen von Zeit und Raum, jenseits physikalischer Gesetze präsent.

»Marie, gut, dass ich dich treffe.«

Was sie besorgte, was sie anregte, was sie Ben an Gutgemeintem auf seinen von ihr bis ins Studium hinein vorgeplanten Weg mitzugeben gedachte, war bereits zu weißem Rauschen geworden, als Marie fünf Minuten zu spät die Schwingtür mit Milchglaseinsatz im Untergeschoss der Rechtsmedizin öffnete.

Es roch nach geräuchertem Fisch. Was Marie nach kurzer Begrüßung auf dem Edelstahltisch sehen konnte, ließ darauf schließen, dass der Mann mit dem Skalpell bereits mit der Obduktion begonnen hatte.

»Sorry, ich habe eher angefangen. Die Uhr spinnt.« Er zeigte auf die Digitaluhr aus den Anfangstagen der LED-Technik, und tatsächlich ging sie eine Dreiviertelstunde vor.

Marie trat an den Tisch. »War sie schwanger?«

Michel nickte. »Aber erst in der sechsten Woche. Ungefähr.«

Marie dachte daran, dass sie noch kein Ergebnis vom DNA-Abgleich der Leiche mit dem Schwangerschaftstest hatte. Aber eine Überraschung würde es wohl eher nicht geben.

»Das Gute am Frühstart ist, dass ich jetzt schon sagen kann, wie sie gestorben ist. Sie ist ertrunken.«

Sprotten können doch nicht ertrinken, dachte Marie und kniff sich zur Strafe in den linken Unterarm.

Michel zeigte auf das Becherglas, in das er Lenis Mageninhalt gefüllt hatte. Marie wusste, dass dies dem Nachweis des Wydler-Zeichens diente. Nach einer gewissen Zeit zeigten sich drei Phasen. Feste Bestandteile unten, flüssige in der Mitte und Schaum oben. Ertrinkende atmeten im Todeskampf abwechselnd Luft und Wasser ein, daher die Schaumbildung. »Kaum Schaumbildung«, sagte der Rechtsmediziner. »Keine deutliche Überdehnung des Magens.«

»Also atypisches Ertrinken?«

Der Arzt nickte. »Ja, sieht so aus, als habe man sie gewaltsam unter Wasser gedrückt. Süßwasser mit zugesetztem Badeöl. Viel Badeöl.«

Marie überlegte, in wessen Badewanne Leni gelegen haben mochte. Es kamen nicht nur private Badewannen in Frage, sondern auch Badewannen in Hotels. Wobei der Transport der Leiche bedacht werden musste. Durch eine Hotellobby hatte man Leni vermutlich nicht geschleppt. In Sven Mackes Husumer Wohnung gab es eine Badewanne. »Das Badeöl –«

Michel unterbrach sie. »Die Marke kann ich leider nicht liefern. Vielleicht Elmar. Der war übrigens schon hier, musste aber zurück, weil es im Labor einen Unfall gab. Oder besser gesagt ein Missgeschick. Da ist wohl richtig was kaputtgegangen. Er hat jedenfalls geflucht wie ein Rohrspatz. Bring du ihm doch Lungen- und Mageninhalt vorbei. Das geht sicher am schnellsten.«

Marie nahm zwei beschriftete Reagenzgläser vom Rollwagen. »Muss ich die kühlen?«

Michel grinste. »Kommt drauf an, was du damit vorhast.«

»Du bist eklig! Abwehrspuren?«

»Abwehrspuren kann ich wegen des Zustandes nicht erkennen, aber auch nicht ausschließen.«

Das war bedauerlich. »Kannst du schon was zu Blut und Urin sagen? Alkohol, andere Drogen?«

»Eins Komma drei Promille, kein Koks, kein Heroin, aber Barbiturate. Sie schlief wohl schlecht.«

»Sonst noch was?«

Michel wiegte den Kopf. »Ich bin nicht sicher, ob ich da viel weiterkomme. Aber unter dem Fingernagel der rechten

Hand habe ich Blut und Haut einer anderen Person gefunden. Die rechte Hand der Toten hing im Ofen hinter einer dort abgestellten Metallplatte. Glück gehabt, sie hat sich nicht die Finger verbrannt.«

»Ach Michel. Das ist geschmacklos.«

»Ein DNA-Test sollte jedenfalls funktionieren. Hat Elmar schon in Arbeit.«

»Falls du noch was hast ...«

»Sende ich eine SMS oder eine Eule.«

Michel war Harry-Potter-Fan. Marie wusste, dass er seit einem halben Jahr versuchte, Laienschauspieler zu finden, um Harry Potter auf die Bühne zu bringen.

Als Marie das Gebäude verließ, pochte es hinter ihrer linken Schläfe. Als Jugendliche hatte sie mal mit wiederkehrenden Kopfschmerzen zu tun gehabt. Jetzt eigentlich schon lange nicht mehr. Das heranrückende Tief rückte aber auch extrem langsam heran. Eine kleine Pause vielleicht. Sie rief Astrid an.

»Astrid, du weißt es noch nicht. Aber wir machen blau.«

»Spinnst du?«

»Wir besprechen uns.«

»Das klingt besser. Wo?«

»An deiner neuen Wohnung. Ich will das mal sehen.«

»Wo bist du?«

»Rechtsmedizin.«

»Okay. Wir treffen uns am Tiessenkai.«

»Bis gleich.«

Als Marie den Parkplatz betrat, auf dem sie das EMO abgestellt hatte, wurde es laut. Ein Hubschrauber im Anflug auf das UKSH. Karl klopfte sich immer gegen die Stirn, wenn er einen Krankenwagen sah. Maries Ritual bestand darin zu blinzeln. Im Verlaufe eines Besuches bei ihrer Oma hatte sie zufällig eine Folge »Bezaubernde Jeannie« gesehen und sich sofort in den Flaschengeist verliebt. Jeannie zauberte, indem sie die Arme verschränkte und blinzelte. Das Blinzeln hatte Marie übernommen und blinzelte schon seit vielen Jahren

Menschen gesund, wenn sie einen Krankenwagen oder einen Rettungshubschrauber sah.

Sie startete das EMO, folgte der Feldstraße, die quer durch den vornehmen Stadtteil Düsternbrook hinaus auf die Holtenauer Hochbrücke führte. Als sie von der Bundesstraße abbog, erkannte sie hinter sich Astrid, die für Maries Geschmack ein bisschen zu dicht auffuhr. Astrid wechselte in der Ausfahrt auf die Linksabbiegerspur und überholte. Dann streckte sie ihren linken Arm aus dem Seitenfenster und machte Marie Zeichen, sie möge ihr folgen. Astrid ließ den Tiessenkai rechts liegen und folgte der Kanalstraße. Sie parkte vor einem der Neubauten an der Seebadeanstalt.

Die Frauen stiegen aus.

»Was hast du denn gemacht?«, fragte Marie. Astrid hatte ein Pflaster auf dem linken Knie, durch das ein bisschen Blut gesickert war.

»Bin auf dem Parkplatz gestürzt. Elmar hat mich verarztet, und ich weiß jetzt, warum er so aggressiv ist. Als er die kleine Wunde versorgte und ich ihn als Kavalier lobte, ging er gleich wieder steil. Genau das sei die Masche, die er so satt habe. ›Auf Frauchen machen‹ nannte er das. Er hat ein paar komische Geschichten erzählt. Zum Beispiel, dass er vor ein paar Wochen einer Frau beim Reifenwechsel geholfen hat. Im Nichts bei Joldelund, sagte er, und sie habe sich nicht einmal bedankt. Im Kaninchenzüchterverein gäbe es eine neue Vorsitzende, die allen Ernstes das Bier beim Vereinsabend verbieten wollte, und vor zwei Wochen hätte er von seiner Vermieterin eine Kündigung wegen Eigenbedarfs erhalten. Er hätte ihr die ganze Bude renoviert, und jetzt würde ihn die Xanthippe rausschmeißen. Ich habe versucht, mit dem Zufall zu argumentieren, aber er war kaum zu beruhigen. Geholfen hat er mir aber trotzdem. Und er war dabei sehr vorsichtig.«

»Er kommt sicher wieder runter, wenn wir ihn ganz normal behandeln«, sagte Marie. »Vielleicht ja auch die Hormone. Männer haben wohl auch Wechseljahre.«

Sie gingen über den Plattenweg, dann blieb Astrid stehen, zeigte auf eine Terrasse und sagte: »Hier werde ich bald wohnen. Ist das nicht toll? Ich werde regelmäßig in der Förde schwimmen, und im nächsten Frühjahr bin ich kerngesund, kriege nie wieder Schnupfen und bin fit wie ein Turnschuh.«

»Du meinst Schwimmflosse. Viel Erfolg.«

»Dir gefällt es nicht?«

»Doch, ist schick, und die Lage ist sicher sehr begehrt.«

»Aber?«

»Ich sehne mich inzwischen aufs Land. Zu viele Menschen hier. Zu viele Autos, zu viele Schiffe sowieso. Aber toll, ich komme gern zum Kaffee, und schwimmen gehen können wir auch.«

»Willst du die Wohnung mal sehen?«

Marie nickte. Astrids Begeisterung war groß.

Die Wohnung war, wie neue Wohnungen so waren. Viel Weiß, viel Fensterfläche, ebenerdige Dusche. Geradezu genormt, wie Marie fand, aber nicht sagte. Sie gingen raus auf die Terrasse, und Marie fragte: »Du ziehst hier allein ein?«

Astrid strahlte wie ein Honigkuchenpferd. »Ja, aber ... Mehr sag ich nicht. Marie, sei nicht böse. Aber das ist alles so frisch und fragil und vielleicht auch nur eine Fata Morgana.«

»Kenn ich ihn?«

»Jetzt hör auf. Das ist nicht fair.«

Maries Handy klingelte und erlöste Astrid.

»Moin, Thorsten«, sagte Marie, und dann sagte sie eine Weile nichts, sodass Astrid neugierig wurde. Marie klemmte das Telefon zwischen Schulter und Ohr, fischte das Schleibook aus ihrer Tasche und notierte: »23. Mai, Bouleturnier, Sehestedt«.

»Nein, haben wir nicht vergessen«, flunkerte sie. »Wir freuen uns, und geh mal davon aus, dass wir in diesem Jahr ein ernsthafter Titelanwärter sein werden.«

Sie legte auf. »Psychologie ist alles, Astrid. Sie müssen Angst haben, zumindest aber Respekt.«

»Wovon sprichst du?«

»Vom Bouleturnier in Sehestedt. Das war Thorsten, der

Bürgermeister. Wir haben nicht mehr viel Zeit. Wir müssen trainieren. Ich schreibe jetzt eben eine Nachricht an alle.«

Marie schrieb: »Liebe Kolleginnen und Kollegen, liebe Freunde der silbernen Kugeln. Wir sind wieder eingeladen. Zum Bouleturnier. Ab sofort treffen sich alle, die keinen Dienst haben oder andere verdammt gute Gründe anführen können, jeden Abend um achtzehn Uhr an der Boulebahn in Eckernförde. In diesem Jahr hauen wir sie weg!!!«

Marie drehte sich um und ging zurück in die Wohnung. Astrid stand im Bad, und Marie sah gleich, sie war hin und weg.

»Die Fliesen haben einen matten Glanz. Nicht so aufdringlich. Irgendwie nobel, finde ich, wenn du weißt, was ich meine. Also nicht elegant wie ein Ballkleid, sondern eher dezent, schlicht, wie Kleider, die Grace Kelly trug.«

Marie setzte sich auf die Toilette. »Astrid, ich könnte ob der Nähe zum Klo deutlich werden, aber ich bleibe schlicht und elegant. Du redest wirr.« Sie stand auf, ein Sensor aktivierte die Spülung. »Sollte ich mir mal beide Arme brechen, komme ich dich besuchen. Morgens nach dem Frühstück.«

»Marie, du bist so gewöhnlich, wie eine Bäuerin.«

Marie blieb im Türrahmen stehen, Astrid lief in sie hinein.

»Astrid, wir sind hier im Land zwischen den Meeren, und weißt du, wer auf dem Land das Sagen hat? Die Bauern. Also, hüte deine Zunge.«

Die Frauen kicherten. Astrid schloss ab. »Fahren wir ins Büro, oder gönnen wir uns noch einen Kaffee?«

»Ich bin für einen Zwischenstopp im Schiffercafé, um zu besprechen, wie wir mit Sven Macke weitermachen.« Marie stieg ins EMO und fuhr los. Sie fand gleich eine Lücke vor dem Kanalpackhaus, in dem es Ferienwohnungen gab, die Marie Freunden von außerhalb empfahl, weil man so dicht dran war an dem, was Kiel als maritime Stadt ausmachte. Einst war das hier die südöstliche Grenze Dänemarks gewesen, und Dänen kamen noch immer gern an den Tiessenkai.

Astrid hatte ihren Dienstwagen neben das EMO gequetscht.

Die Fahrzeugfront ragte knappe dreißig Zentimeter auf die Straße.

»Wenn nun, Frau Moeller, eine Fahrradfahrerin, die Schönheit des Gebäudeensembles bestaunend, gegen den linken Kotflügel prallt, stürzt, sich verletzt, die Polizei ruft, Schmerzensgeld einklagt ...«

Astrid hielt Marie eine Hand vor den Mund.

Sie fanden einen Tisch gleich an der schönen Backsteinfassade. Marie setzte sich, Astrid verschwand im Schiffercafé. Am Kai lagen zwei Traditionssegler. Marie war froh, dass ihr Schwiegervater Uwe nicht neben ihr saß. Er hätte mit großer Sachkunde über die besondere Takelage referiert und Marie die kindliche Lust am Schauen verdorben. Manchmal war weniger tatsächlich so viel mehr.

Sie saß mit Blick auf die Förde und blinzelte in die Sonne. Sie grub nach ihrer Sonnenbrille und stieß auf den Schlüssel zur Backskiste in der Plicht ihres Folkebootes. Der Schlüsselanhänger war ein Kiesel, den Ele durchbohrt und Marie geschenkt hatte. Mit ein bisschen Phantasie hatte der Stein die Form eines Herzens. Marie dachte an den abenteuerlichen Törn in die Dänische Südsee, den sie mit Ele gemacht hatte. Ele hatte eine Mörderin mit einer Judotechnik außer Gefecht gesetzt. Irgendwo auf einer sehr kleinen dänischen Insel. Und jetzt war Ele in Südamerika.

Astrid stellte einen Becher Kaffee vor Marie ab. Der Kaffee schwappte über.

»Gut, dass du dein Geld nicht mit Kellnern verdienen musst.«

»Die haben den Becher zu voll gemacht.«

»Du bist ein bisschen ungestüm, geradezu aufgekratzt, Astrid. Gar nicht deine Art.«

Astrids Telefon brummte. Nur eine Sekunde später brummte auch das Handy von Marie.

»Lass mal«, sagte Astrid, »du mit deinem Museumsstück kannst ja sowieso nicht mitmachen.« Tatsächlich war es umständlich, bei jeder Meldung der digitalen Ermittlungsakte das

Notebook aus EMOs Tresor zu holen. Vielleicht war es an der Zeit, dass sich Marie im Dienst mit einem dieser modernen Smartphones anfreundete.

»Ach, wie wir uns das schon gedacht haben. Das Benzin, das im Meerwasser-Wellenbad als Brandbeschleuniger verwendet wurde, entspricht dem Benzin, das die Brandermittler in Tonis Studio und auf der Carlshöhe sichergestellt haben. Siegbert Hölter dürfte mit großer Sicherheit der Verursacher aller drei Brände sein.«

Marie wischte mit einer Serviette über den Tisch.

»Nicht im Kreis, Marie. Da verteilst du den Kaffee doch nur. Wegwischen, nicht rumwischen.«

Marie schob die Serviette zur Seite. »Elmar war schnell. Dass er sauer auf uns ist, wirkt sich nicht auf seine Performance aus.«

»Auf seine Performance? Du redest vielleicht ein Zeug. Aber, ja, das stimmt. Er macht einen richtig tollen Job, soweit ich das beurteilen kann. Ob wir ihn mal in die Abteilungsleiterrunde holen?«

»Quatsch. Das würde er uns gleich als hinterfotzigen Schachzug auslegen, und er hätte recht. Lass uns locker bleiben. Wir wollen ihm nichts, er will uns nichts, und er beruhigt sich auch wieder. Was machen wir in Sachen Sven Macke? Die Fahndung ist raus. Aber was hältst du von einer kleinen Finte?«

»Da kommt die Fußballerin durch.«

»Er ist ein Spieler. Er hat Schulden. Er bekommt eine einmalige Chance, seine Schulden loszuwerden.«

»Du willst ihm Geld bieten?«

»Besser. Er wird zum bestdotierten Pokerturnier der Welt eingeladen.«

»Eingeladen?«

»Ja, es gibt sogenannte Buy-ins. Man kauft sich in eine Runde ein. Und genau damit ködern wir ihn.«

»Aber das sind doch sicher geschlossene Kreise. Da braucht man Kontakte.«

»Habe ich.«

»Du kennst Zocker?«

»Sagen wir so. Ich könnte die Nachricht lancieren. Ich bin sicher, dass Sven Macke Zocker-Infos liest. Spezielle Newsletter, die du nur abonnieren kannst, wenn du dazugehörst. An der Stelle könnte ich einen zweiten Ball ins Spiel bringen.«

»Erklärst du mir das?«

»Nein. Ich habe Zugang, weil mir jemand in unserem Apparat vertraut hat. Ich spreche da nicht drüber.«

Astrids Blick war ungläubig. »Und wenn er den Köder schluckt?«

»Sorgen wir dafür, dass wir seinen Aufenthaltsort erfahren, oder aber, dass er zu einem Ort unserer Wahl kommt. Seinen Aufenthaltsort können wir zum Beispiel über eine IP-Adresse herausfinden, falls er nicht physisch am Turnier teilnehmen will.«

»Und das ist dir gerade so eingefallen, beim Rumwischen?«

»Ja, aber ich verfüge über Vorkenntnisse.«

»Wie lange dauert das?«

»Hängt von der Erscheinungsweise des Newsletters ab. Ich kann das klären. Sagen wir, innerhalb der nächsten dreißig Minuten. Ich komme dann ins Büro. Einverstanden?«

Astrid stimmte zu. Dass ihr dabei nicht wohl war, konnte Marie sehen.

Ganz geheuer war Marie die Sache auch nicht. Im letzten Jahr hatte sie erneut mit Mayr vom BKA zusammengearbeitet. Es war um den Mord an einem Rocker in Schweden gegangen, und Mayr war der zuständige Verbindungsbeamte gewesen. Auf einer langen, nicht enden wollenden Autofahrt hatte Mayr ihr von seinem Bruder erzählt, der sein Glück mit Poker gemacht hatte. Zunächst hatte er online gezockt, dann war er zu den großen Turnieren gefahren und hatte laut Mayr ein kleines Vermögen erbluft. Inzwischen war er als Vertrauter der großen Veranstalter Herausgeber eines personalisierten Newsletters. Nicht auszuschließen, dass auch Sven Macke Abonnent war.

Marie hatte auch erfahren, was es mit sogenannten Buyins auf sich hatte. Vereinfacht gesagt kauften sich Spieler in Pokerrunden ein. Nicht offiziell war der Umstand, dass es Sponsoren gab. Das waren Leute mit viel Geld, die talentierten Zockern in Not gegen kriminell hohe Provisionen einen Platz am Tisch kauften. Würde man es schaffen, Sven Macke für eine Pokerrunde zu gewinnen, hätte man ihn am Wickel. Vor Ort oder über eine gute IT-Forensik virtuell.

Marie wählte Mayrs Handynummer, und er meldete sich so gut gelaunt, wie sie ihn im letzten Jahr verlassen hatte.

»Hejsan, hur mår du?«

»Danke, gut. Ich kann jetzt nicht schnacken. Wir holen das nach.«

»Kommst du wieder nach Schweden diesen Sommer?«

»Nein. Im Herbst vielleicht. Wie gesagt. Ich bin in Eile. Ist halb dienstlich.«

»Halb dienstlich. Da bist du bei mir goldrichtig.«

»Dein Bruder. Ist der noch im Pokergeschäft?«

»Dick und fett.«

Marie erklärte, worum es ging, und Mayr hörte zu, ohne sie zu unterbrechen. Als Marie ihr Anliegen ausreichend klar dargelegt hatte, antwortete Mayr: »Ich kümmere mich. Sollte kein Problem sein. Sobald der Newsletter raus ist, melde ich mich bei dir. Hejdå.«

Er hatte aufgelegt. Marie war über Mayrs neue Effizienz überrascht. Angenehm überrascht.

***

Sven Macke saß in einer Baracke in Bremerhaven. Die Baracke gehörte zur Reederei, deren Besitzer Peter Jürgensen auf sich warten ließ. Sven Macke hatte Hunger, wollte aber nicht unnötig herumlaufen. Peter hatte versprochen, Fast Food mitzubringen. Das Versprechen lag eine Stunde zurück, und Sven knurrte der Magen.

Er zog sein Tablet aus der Reisetasche, startete es und sah, dass er viele neue E-Mails erhalten hatte, darunter auch den personalisierten Newsletter der »World Series of Poker«. Er öffnete das Dokument, las und ließ das Tablet sinken. Er hatte den Buy-in gewonnen. Er konnte teilnehmen. Ein bisschen Glück nur und er wäre seine Schulden los.

Sven Macke schloss die Augen. Das Turnier fand in Las Vegas statt, aber er würde online teilnehmen können. Er fragte sich, ob es auf dem Schiff eine stabile Internetverbindung geben würde. Er hatte gehört, dass Elon Musk Satelliten ins All geschickt hatte, um für schnelles Internet rund um den Globus zu sorgen. Ein Seglerkumpel, der Einhand über den Atlantik gesegelt war, hatte das bedauert, weil Überallinternet die Romantik des Blauwassersegelns zerstören würde. Aber ob es schon so weit war, wusste Sven Macke nicht. Was er wusste, war, dass es in küstennahen Regionen Internet gab. Es würde auf die Route ankommen. Das Turnier begänne in sieben Stunden.

✳✳✳

Auf dem Parkplatz des Landeskriminalamtes fiel Marie gleich der hellblaue Transporter von Maler Börnsen auf, der sich ihr mit überhöhter Geschwindigkeit näherte. Marie erkannte hinter dem Steuer Elmars markantes Gesicht. Sie bediente die Lichthupe. Elmar verzögerte, schaute ärgerlich, hielt dann aber doch neben dem EMO, sodass sie Fenster an Fenster standen.

»Moin, Elmar, schön dich zu sehen.«

»Danke.«

»Ich würde gern mal mit dir sprechen.«

»Dienstlich?«

»Den Dienst betreffend, aber privat vertraulich.«

»Ich verkaufe keine Drogen.«

Marie lachte. »Aber du nimmst welche? Gute-Laune-Pillen?«

»Ach, vielleicht wäre das eine gute Idee. Ein Kollege hat sich vorhin abgemeldet. Seine Frau bringt das zweite Kind zur

Welt. Das ist erfreulich. Aber jetzt habe ich den Transporter am Hals.«

»Ich würde dir gern helfen. Man nennt mich auch das Adlerauge, und im Basteln war ich in der Grundschule unter den Besten.«

Endlich lächelte auch Elmar. »Okay. Versuchen wir's. Du parkst das EMO und kommst dann in die Halle. Schutzkleidung haben wir da. Bis gleich.«

Marie parkte und informierte Astrid telefonisch.

In der Halle war es ungewöhnlich still. Vor dem verglasten Pausenraum standen zwei Kollegen in weißen Anzügen an einem Tisch, auf dem Reste eines Fall- oder Gleitschirms lagen. Elmar hatte den Transporter bereits auf die Bühne gefahren und war unter dem Auto verschwunden. Marie hörte ihn hantieren.

»Soll ich dir da unten zur Hand gehen?«

»Nein, wir befassen uns jetzt mit dem Innenraum. Ich komme rauf.«

Elmar erschien und instruierte Marie, wobei sich seine Anweisungen im Wesentlichen darauf bezogen, wo sie zu suchen hatte, dass sie systematisch und sorgfältig vorgehen sollte, und er vergaß nicht, darauf hinzuweisen, dass das Zerstören von Spuren mit dem Ausfegen der Halle bestraft würde.

»Eine Strafe, die mein Vorvorgänger erfunden hat, und zwar aus der Überlegung heraus, dass man beim Ausfegen versehentlich Verlorengegangenes wiederfinden würde. Er hat recht behalten. Wir haben wirklich schon öfter als einmal Lacksplitter gefunden, die ein Luftzug weggeweht hatte, bevor das Material in einer Tüte landen konnte. Und es gilt die goldene Regel, dass Geld in der Kaffeekasse landet.«

»Dann weiß ich ja jetzt Bescheid«, bestätigte Marie und wandte sich dem Fußraum auf der Beifahrerseite zu.

»Immer von unten nach oben«, ermahnte Elmar. »Ruckzuck hast du was von oben runtergeschubst, trittst drauf, und dann hast du den Salat.«

Marie fand drei Parkscheine. Zwei vom Exer in Eckernförde und einen aus Kappeln. Sie fand einen roten Chip für Einkaufswagen mit der Aufschrift »SPD«, drei Büroklammern, Brotkrümel, Haare und einen himmelblauen Kugelschreiber mit dem Logo von Maler Börnsen. Das Suchen ging ihr gut von der Hand. Das Eintüten und Beschriften dauerte und nervte. Außerdem war die Haltung unbequem. Ihr Knie schmerzte, die Hand schmerzte und die geprellten Rippen auch. Besonders unangenehm war, dass ihr der Schweiß unter der Kapuze an den Schläfen entlanglief.

»Kriege ich eine kleine Trinkpause?«, fragte sie Elmar, der hinten links im Laderaum suchte.

»Meinetwegen. Anfängerbonus.«

Elmar hatte außer einer Kunststofffolie nichts gefunden.

»Gar nicht übel für den Transport einer Leiche«, bemerkte Marie.

»Wir schauen uns alles an. Haut, Haare, Speichel und so weiter«, antwortete Elmar. Sie standen mit zwei Gläsern Wasser draußen neben einem der großen Rolltore. Der Himmel war blau, die Luft frisch, und ein paar Möwen sorgten für die einer Stadt wie Kiel angemessene Akustik.

»Tut mir leid«, sagte Elmar. »Ich habe mich benommen wie ein dummer Junge.«

»Hast du. Aber das ist okay, wenn wir drüber sprechen. Ich kann dir versichern, dass Astrid und ich keinen Frauenschlachtplan verfolgen. Astrid hat mir von eurem Gespräch berichtet. Wir tauschen uns übrigens immer aus, sofern niemand Vertraulichkeit gewünscht hat.«

»Na, dann weißt du ja, was so los ist. Diese Xanthippe von Vermieterin hat übrigens vor einer halben Stunde angerufen und gesagt, welche Latexfarbe ich zur Renovierung verwenden soll. Hätte ihr Maler gesagt. Ich habe aufgelegt. Irgendwann reicht's mal.«

Elmar trank, verschluckte sich und hustete. »So, weitermachen.« Er nahm Marie das Glas ab und ging vor in die Halle. Über die Schulter fragte er: »Vermisst die Karre eigentlich niemand?«

»Sonja hat dem Geschäftsführer Bescheid gesagt. Der war aber nicht beunruhigt. Es kommt wohl ab und zu vor, dass Sven Macke einen Transporter ausleiht, wenn es im Ruderclub etwas zu transportieren gibt.«

Marie suchte das Armaturenbrett ab. Nichts. Dann zog sie die rechte Seitentür auf und widmete sich der Führungsschiene, in der die Tür lief. Es dauerte keine Minute, bis sie innehielt. »Elmar, komm mal bitte rum. Das musst du machen.«

Marie trat einen Schritt zurück. Elmar kam von links ums Heck herum. Sie zeigte auf die Nut. Dort auf babyblauem Lack lag zwischen Tannennadeln und vertrocknetem Gras ein Ohrring. Elmar kniete sich auf den Hallenboden. Er tat das, ohne zu stöhnen. Schien intakte Gelenke zu haben, der alte Mann.

Er schaute, knipste eine Lampe an, brachte ein Stativ samt Fotoapparat in Stellung, positionierte ein gelbes Spurentäfelchen und fotografierte. Er sagte nichts. Schließlich griff er nach dem Ohrring, schob ihn in eine Plastiktüte und reichte diese an Marie weiter. »Und? Ist es der, für den ich ihn halte?«

Marie nickte. Es war der zweite, der fehlende Ohrring. Den stilisierten Fisch würde Marie immer erkennen. Vieles sprach dafür, dass Leni im Transporter gewesen war. Die Kriminaltechniker würden herausfinden, ob DNA von Leni anhaftete.

Der Ohrring war ein Indiz. Nicht mehr, aber auch nicht weniger. Ob Leni selbst im Fahrzeug gewesen war und, falls ja, ob sie gelebt hatte oder nicht, konnten sie daraus nicht mit Sicherheit schließen. Marie legte den Ohrring auf den Rollwagen hinter sich. Die Parktickets hatte sie auch eingetütet.

»Übrigens. Fingerspuren haben wir bereits gesichert. Läuft gerade durch. Da kann ich heute noch was zu sagen. Ich habe Vergleichsabdrücke vom Glas aus Mackes Wohnung, das du mitgebracht hast. Ist ja eigentlich Diebstahl.«

Marie reagierte nicht. Sie lehnte an der B-Säule und versuchte sich vorzustellen, wie Lenis toter Körper, wie Lenis mutmaßlich nasser, toter Körper transportiert worden war.

»Hat man am Körper von Leni Börnsen Textilfasern gefunden? Von einem Handtuch vielleicht?«

»Nein, die Hitze hat diesbezüglich ganze Arbeit geleistet.«

»Ich hätte sie in ein Badetuch gewickelt und dann in Müllsäcke, die ich mit Lassoband zugeklebt hätte. Spuren von Plastiksäcken oder Klebeband im Auto?«

»Bisher nicht.«

Marie ging nach hinten und schaute Elmar über die Schulter. Er ging tatsächlich systematisch vor, schien sich das Suchfeld in Quadranten eingeteilt zu haben. »Unter einem ihrer Fingernägel hat Michel Haut- und Blutpartikel gefunden.«

»Weiß ich doch. Wenn wir jetzt entsprechende Proben aus ihrem sozialen Umfeld hätten.«

Marie schnaufte. Soziales Umfeld. Leni hatte kein soziales Umfeld gehabt. Jedenfalls nicht im klassischen Sinne. Aber Familie. Marie beschloss, sich Anna-Lena erneut vorzuknöpfen und auch bei Mutter Börnsen für einen weiteren Schnack aufzukreuzen.

»Elmar, jetzt das Armaturenbrett?«

»Jetzt das Armaturenbrett.«

Die Spurensuche im Transporter zog sich. Am Ende hatten sie außer dem Ohrring keine Verbindung zwischen dem Fahrzeug und dem Opfer gefunden.

Elmar bedankte sich. Sein Blick war offen, und Marie hatte das Gefühl, dass zwischen ihnen wieder alles ins Lot käme. Beim Rausgehen fragte sie nach dem neuen Hobby, das Gregor und Elmar verband. Ein Fehler.

Elmar steigerte sich in einen Monolog voller Superlative. Die Verbindung von Drohnenflug und Fotografie war für ihn die ultimative Kombination aus Konzentration und Kontemplation. Genauso nannte er es, wenn er das Flugobjekt über schwieriges Gelände steuerte und später am Monitor kleinste Details von Flora und Fauna oder aber, bei Aufnahmen aus größerer Höhe, Zusammenhänge zwischen kultivierten und der Natur überlassenen Flächen studierte.

»Ein interdisziplinäres Tun, wo eins ins andere greift. Physik, Archäologie, Biologie, und mit Gregor verstehe ich mich blind. Ich bin froh, dass ich das mit den Kaninchen hinter mir gelassen habe. Man muss sich auch mal Neues trauen. Hat Gregor gesagt.«

Marie brummte zustimmend, schaute interessiert, und dann nutzte sie eine günstige Gelegenheit zur Flucht. Ein Mitarbeiter hatte Elmar nach der Bedienung eines Mikroskops gefragt. Jetzt betrat sie Astrids Büro.

»Du denkst.«

»Du nicht.«

Marie setzte sich Astrid gegenüber. »Darf ich fragen, worum es geht?«

»Das Sterben.«

»Großes Thema. Letztens war es noch das Winkfleisch.«

Marie griff über den Schreibtisch hinweg nach Astrids Oberarm, Astrid ließ sie augenrollend gewähren.

»Übers Sterben also. Und was da so?«

»Kohlenstoff. Der Stoff, aus dem hier alles ist im Universum. Das kann tröstlich sein, weil das Universum in uns und wir in ihm sind. Allerdings verträgt sich diese unwiderlegbare Erkenntnis nicht mit meinem Wunsch nach Abgrenzung.«

»Abgrenzung?«

»Ein-Wort-Sätze. Deine neue Kommunikationsstrategie?«

»Abgrenzung wovon?«

»Von Geräuschen, Gerüchen, allem, was hässlich ist, von dummen Gedanken und bösem Tun.«

»Okay, da ist Sterben tatsächlich der einzige Ausweg.«

»Dachte ich auch, aber wenn das Universum in mir und ich im Universum bin, dann enden Kohlenstoffatome meines Steigbügels womöglich als Bahnschwelle.«

»Steigbügel?«

Astrid zupfte sich am rechten Ohrläppchen. »Der Lärm, stell dir das mal vor. Alle paar Minuten rauscht, rattert und pfeift ein Regionalexpress, ein ICE oder ein Güterzug über Teile meines Ohres hinweg.«

»Vielleicht endet eine deiner Wimpern aber auch als Mammutbaum in den Rocky Mountains. Soll sehr ruhig sein da.«

»Ich fliege nicht.«

Marie holte sich ein Glas Holunderblütentee. »Ich war bei Elmar. Ich habe ihm geholfen, den Transporter von Maler Börnsen nach verwertbaren Spuren abzusuchen. Wir kamen gut klar miteinander. Das wird. Nicht minder wichtig, wir haben was entdeckt: den zweiten Ohrring. Du weißt schon. Leni trug diesen Fischohrring. In einer Führungsschiene im Transporter lag der andere. Macke hat sie in die Fischräucherei gebracht und ist dann nach Husum gefahren. Sie war in diesem Auto.«

»Kein Beweis.«

»Ich weiß. Aber wahrscheinlich ist es schon. Jedenfalls wahrscheinlicher, als dass dein Ohr eines Tages zur Bahnschwelle wird. Wie auch immer. Ich werde noch mal Anna-Lena aufsuchen. Sie fragen, ob sie inzwischen was von ihrem Mann gehört hat. Und ich werde ihr Haare aus der Haarbürste klauen.«

»Wegen des Transporters?«

»Genau.«

»Marie, ihr gehört der Transporter gewissermaßen.«

»Aber sie fährt nicht damit. Mir hat sie erzählt, dass sie sich aus dem Handwerklichen komplett raushält und nur Buchhaltung, Steuern und so was macht.«

»Mach, wie du meinst.«

Marie trank, Astrids Telefon klingelte.

»Für dich.« Sie reichte den Hörer über den Tisch.

»Geisler.«

»Hallo, Wickielein. Ich würde gern wissen, wann du kommst.«

»Darum rufst du hier an?«

»Ans Handy gehst du ja nicht.«

Marie schaute in ihre Tasche. Sie hatte das Handy bei Elmar oder im EMO vergessen. »Was ist denn los?«

»Karl hat mich wohl angesteckt. Magen-Darm, wie der Volksmund sagt.«

»Mit allem?«

»Mit allem. Ich werde nicht wie vereinbart einkaufen gehen. Bin noch in der Praxis. Aber ich werde auf direktem Weg nach Hause fahren.«

»Alles klar. Auf der Liste stand Spitzkohl, Speck, Kartoffeln und Obst. Richtig?«

»Goldrichtig. Grüß Astrid. Ich muss.« Das Gespräch brach abrupt ab, Marie kicherte.

»Warum lachst du?«, fragte Astrid.

»Er muss.« Marie kicherte erneut, stand auf und ging Richtung Tür. »Bin noch kurz bei Elmar und dann weg. Bis morgen. Und das mit dem Tod – denk an was anderes.«

Im Fahrstuhl wählte Marie Anna-Lenas Büronummer in Heikendorf. Anna-Lena hatte eine Ansage aufgenommen, die ihre vorübergehende Abwesenheit erklärte. Vorübergehend. Das war unpräzise, wenn man bedachte, dass Anna-Lena im PR-Geschäft war. Dieselbe Ansage, als Marie die Handynummer von Anna-Lena gewählt hatte. Es war später Nachmittag, vielleicht hatte sie schlicht Feierabend.

Marie versuchte die Privatnummer in Eckernförde. Keine Ansage, aber ein Knacken oder Knistern, so als habe jemand abgenommen und sofort wieder aufgelegt. Marie beschloss zu prüfen, ob Anna-Lena zu Hause war.

Im EMO schaltete sie das Radio ein und lauschte mit Interesse einem Feature über Sprache. Über deren Entstehung, Entwicklung und Funktion. Das war ebenso interessant wie ein Thema, mit dem sie sich schon lange befasste, der Mimik und Gestik von Menschen. Unbewusste Kommunikation verriet so viel mehr als ein gut vorbereitetes Impulsreferat.

Sie erinnerte sich an ihren Besuch bei Anna-Lena im Büro. Sie hatte widersprüchliche Signale empfangen. Zunächst war da Anna-Lenas Sorge gewesen, durchschaut zu werden. Die Haltung ihrer Hände, die eingefrorenen Gesichtszüge. Im Verlaufe des Gespräches hatte ihre Stimme am Ende eines Satzes manchmal vertraut geklungen, beinahe mädchenhaft, so als sehne sie sich eine Aussprache unter Freundinnen herbei. Marie erkannte, dass sie diesen Signalen zu wenig Beachtung geschenkt hatte.

Inzwischen erschien ihr Anna-Lenas Rolle in einem anderen Licht. Vielleicht war sie doch näher dran gewesen, vielleicht wusste sie mehr, als Marie vermutet hatte. Sie war sicher davon ausgegangen, dass Anna-Lena und Leni keinerlei Kontakt gehabt hatten. Eine vorschnelle Einschätzung? Hatte Anna-Lena doch von der Affäre ihres Mannes mit ihrer Schwester gewusst?

Die Sehestedter Straße war ruhig, aufgeräumt und friedlich. Die Bürgersteige sauber, die parkenden Autos ohne Makel. Da fiel es auf, dass die beiden schmiedeeisernen Flügel des Gartentores bei Familie Börnsen-Macke weit geöffnet waren.

Marie stellte das EMO ab und klingelte. Als es keine Reaktion gab, betrat sie das Grundstück, blieb kurz neben der Skulptur aus rostendem Eisen stehen und freute sich auf die nächste »NordArt« in Büdelsdorf.

Bei ihrem letzten Besuch hatte sie nicht registriert, dass das Gelände von Kameras an allen Ecken des Hauses überwacht wurde. Sie verkniff es sich zu winken. Ein Blick auf die große Terrasse. Schon schön, wenn man auf die ganze Bucht gucken konnte. Marie umrundete das Haus, das wegen der Hanglage ein Souterrain hatte. Hinter den großen Fenstern eine offene Küche, in der man wohl auch eine Kochshow hätte aufzeichnen können. Nichts, was Marie auf den ersten Blick irritiert hätte.

Sie ging weiter ums Haus herum. An der Giebelseite, dort, wo das Gelände zur Straße anstieg, weitere Fenster. Dahinter eine regelrechte Wellnesslandschaft mit Sauna, einer Rudermaschine, einem Spinningrad und einem Jacuzzi in der Mitte des Raumes. Die Sonne stand schon niedrig und spiegelte sich im Glas des Fensters.

Marie trat näher heran und legte eine Hand über die Augen. Sähe ihre Badewanne nur einmal so aus wie diese. Makellos, ohne einen einzigen Wasserfleck. Rechts neben dem Jacuzzi, halb von einer Stufe verborgen, entdeckte sie eine umgestürzte Glasflasche, die nicht ins Bild des perfekt aufgeräumten Umfeldes passte. Allerdings konnte sie nicht lesen, worum es sich bei dem Produkt handelte.

Marie ging zurück zum EMO, fühlte sich von den Kameras beobachtet. Ein unangenehmes Gefühl. In einem Überwachungsstaat zu leben konnte sie sich nicht vorstellen. Dabei taten private Datensammler bereits jetzt alles, um möglichst viel über Menschen zu erfahren, die am Ende doch nur Kunden waren.

Grundstücke mit Kameras zu überwachen war früher Villenbesitzern am Starnberger See vorbehalten gewesen. Heute stellten sich Hinz und Kunz billige Chinaimporte auf die Fensterbank. Ob das Einbrecher abhielt? Marie kannte keine entsprechende Statistik und gestand sich unwillig ein, dass sie Cordulas Kamera nur zu gern für ihre Zwecke eingesetzt hatte.

Im EMO klappte sie eine Kiste hinter dem Beifahrersitz auf, in der sie allerlei nützliche Hilfsmittel aufbewahrte. Einen Anglerstuhl für Überwachungsmaßnahmen ohne andere Sitzgelegenheit, einen Schal, einen kleinen Spaten, einen Seitenschneider und auch ein Fernglas gehörten zum Equipment.

Bei der dritten Passage grüßte sie den Indianer, der Teil der Skulptur war, die lebendiger wurde, je öfter Marie sie betrachtete. Sie trat an das Fenster des Wellnessbereiches heran, drehte am Okular des Glases und las: »Feinstes Allgäuer Bio-Badeöl.« Mit Bio-Jojoba und Bio-Minze. Sie setzte das Glas ab. Ein Zufall, sicher nur ein Zufall. Sie besaß auch Badeöl, und in der Geisler'schen Wanne war Leni nicht ertrunken. Bio-Minze also.

Sie rief Elmar an. »Elmar, ich möchte dich bitten, den Lungen- und Mageninhalt von Leni Börnsen auf Spuren von Minze und Jojoba zu untersuchen.«

»Jo-was?«

»Jojoba.«

»Kenne ich nicht.«

»Ein Baum oder Strauch. So genau weiß ich das auch nicht. Wächst in Wüsten, glaube ich, und man macht Öl aus den Blättern oder Früchten. Keine Ahnung. Habt ihr nicht einen Pflanzenkundler in euren Reihen?«

»Haben wir. Ich kümmere mich. Schönen Abend. Ich bin jetzt weg.«

Marie entfernte sich vom Fenster, ging ein paar Schritte über den Rasen, der federte und doch fest war. Wie machten die Leute das nur? Ein Rasen wie im Bernabéu-Stadion. Sie war mit ihrem Vater einmal dort gewesen. Irgendein DFB-Lehrgang. Wie auf Wolken war sie gelaufen und hatte an Zinedine Zidane gedacht, einen ihrer Lieblingsspieler, bevor er sich bei der WM 2006 mit einem Kopfstoß gegen Materazzi aus Maries Fußball-Herz verabschiedet hatte. Eine missglückte Grätsche okay, Trikotzupfen okay, aber Tätlichkeiten gingen gar nicht.

Menschen in der Badewanne zu ertränken, das ging auch gar nicht. Aber wäre Sven Macke das Risiko eingegangen, Leni zu sich nach Hause zu holen? Auf die Gefahr hin, von Anna-Lena entdeckt zu werden?

Marie verließ das Grundstück und fuhr nach Fleckeby zu Paasch. Manchmal traf sie hier alte Bekannte aus dem Konfirmationsunterricht. Es gab Tage, an denen das nervte, aber es gab auch Begegnungen, die sie nicht missen mochte. Besonders gut gefiel Marie, dass es hier noch die guten alten Einkaufswagen in Normalgröße gab.

Innen wurde sie von einem Sound empfangen, der typisch für Schleswig-Holstein war. Es war dieser Singsang beim Schnack an der Kasse. Heimatgefühle. Sie kaufte Spitzkohl und Kartoffeln vorn in der Gemüseabteilung, ein paar Zwiebeln sicherheitshalber und Äpfel und Erdbeeren vom Gut Warleberg am Nord-Ostsee-Kanal. Den Speck fischte sie nicht abgepackt aus der Kühlung. Sie aß gern Fleisch, aber nicht den Mist aus den Großschlachtereien. Für Karl musste sie den Speck weglassen. Er war jetzt schon seit über einem Jahr konsequenter Vegetarier. Marie fand das gut, war aber noch zu schwach, um widerstehen zu können.

An der Fleischtheke ging es um den Schlei-Förde-Kanal, dessen Planung voranschritt. Anfangs hatten Umweltschützer Bedenken angemeldet. Aber nachdem man Ausgleichsflächen ausgewiesen hatte, fanden die meisten Gefallen an der Idee, von der Schlei durchs Windebyer Noor in die Eckernförder Bucht schippern zu können.

Marie hatte die Einkäufe eingepackt, bezahlt, und nun stand sie im Windfang, da, wo das Vogelfutter auf Kundschaft wartete, und sprach mit Sybille, die alle nur Bille nannten, über Leni. Zuerst hatten sie alte Geschichten über Jungs ausgetauscht, die inzwischen Bäuche und Glatzen hatten. Dann hatte Bille sie zur Seite genommen.

»Ich habe Anna-Lena vor zwei Jahren auf dem Weihnachtsmarkt in Eckernförde getroffen. Wir haben Glühwein getrunken. Zu viel Glühwein, und dann fing sie irgendwann an zu heulen und erzählte, dass sie niemanden so hassen würde wie Leni. Leni hätte ihr immer alles nur schwer gemacht. Aber das Schlimmste wäre gewesen, dass sie ihr damals das Kleid geklaut hätte.«

»Welches Kleid?«, fragte Marie.

»Anna-Lena war zur Sprottenkönigin ausgeguckt worden. Davon träumten doch damals alle Mädels. Es war quasi sicher. Dann, am Tag der Präsentation, hat sie ihr Königinnenkleid nicht gefunden. Statt ihrer hatten die Erwachsenen Annika auf den Thron gehoben. Den Erwachsenen war das ja nie so wichtig. Aber Anna-Lena. Mir hat sie erzählt, dass ihr später, als Leni schon abgehauen war, ihre Mutter erzählt hat, dass Leni das Kleid weggenommen hatte. Die eigene Schwester.«

»Und woher wusste die Mutter davon?«

»Sie hat Leni beobachtet, aber nichts gesagt. Damals hatte sie wohl noch Hoffnung auf ein bisschen Familienfrieden. Na ja, Anna-Lena hat wohl später herausgefunden, dass Leni das Kleid begraben hat.«

»Weißt du, wo?«

Bille verneinte. »Zustände sind das. Ich muss los. Unsere Jüngste hat Training. Wir sehen uns. Tschüs.«

Bille stieg auf ein Lastenrad mit E-Motor. Die Geschwindigkeit, mit der sie die B 76 Richtung Schleswig hochfuhr, fand Marie ziemlich beeindruckend.

Sie brauchte bis zum Ortsausgang von Fleckeby, bis sie den Gedanken zuließ: Anna-Lena hatte ein Motiv. Ein Motiv, ihre eigene Schwester umzubringen. Über viele Jahre angestauter Hass war ein mächtiger Verbündeter des Bösen. Und sollte sie dann noch von Sven und Leni erfahren haben ...

In Fahrdorf fuhr Marie auf den großen Parkplatz und versuchte erneut alle Telefonnummern, um Anna-Lena zu erreichen. Ergebnislos. Sie wählte die Telefonnummer von Mutter Börnsen. Es meldete sich Schwester Grete, eine Mitarbeiterin des mobilen Pflegedienstes der Diakonie. Nein, mit Frau Börnsen zu sprechen sei keine gute Idee. Der Arzt sei gerade erst weg, nach der Nachricht von Lenis Tod ginge es ihr nicht so gut.

»Versuchen Sie es doch morgen nach acht, dann sind wir auch noch da, aber so gut wie fertig. Ich könnte Ihnen die Tür öffnen und Frau Börnsen vorwarnen, die Polizei hat man ja auch nicht alle Tag im Haus.«

»Nein, keine Vorwarnung bitte. Frau Börnsen und ich kennen uns seit langer Zeit. Als Polizistin nimmt sie mich gar nicht wahr.«

Zu Hause war es still. Kein Rumoren, keine Musik, keine Stimmen. Marie stellte die Einkäufe in der Küche ab und ging in den Flur zurück.

»Hallo, liebe Familie, wo seid ihr?«

Keine Antwort.

»Miraaacoliii«, versuchte es Marie mit dem Geträller aus der Steinaltwerbung, die sie so gemocht und zum Ritual in ihrer Familie gemacht hatte.

Marie hörte, dass die Spülung im Gäste-WC betätigt wurde. Wasser lief, die Handtuchstange quietschte, die Tür öffnete sich, und Andreas betrat den Flur.

»Oh, du siehst ja aus wie dein eigener Patient.«

»Scherz du nur. Bin infolge des Wasserverlustes schon ein bisschen eingetrübt.«

»Ich eile.« Marie lief in die Küche und kam mit einem großen Glas Wasser zurück.«

Andreas saß inzwischen auf der Treppe. Er nahm das Glas, trank und sagte: »Danke, was hätte ich ohne dich gemacht?« Marie setzte sich neben ihn. »Du siehst wirklich schlecht aus.«

»Mir ist auch schlecht. Besser, du hältst dich fern. Nicht dass du dir das auch einfängst, und die Mörder laufen frei rum da draußen.«

Oben öffnete sich eine Tür. Karls Kopf erschien oberhalb des Geländers. »Was gibt's denn heute?«

»Spitzkohl süßsauer mit Speck, Kartoffeln und Kürbiskernöl.«

»Super. Aber für mich ohne Speck. Kann ich helfen?«

»Sehr, sehr gerne.«

Karl kam die Treppe runtergerannt, rempelte Andreas an und hüpfte in die Küche.

»Vorsicht, dein Vater ist krank.«

»Das wird schon wieder. Sagt er doch auch immer. Ich könnte den Spitzkohl schneiden.«

»Moment, ich komme.« Marie stand auf, drehte sich aber noch mal zu Andreas um. »Ein Kamillentee für dich, mein Ärmster?«

»Nein, danke. Ich lege mich auf die Couch, jedenfalls so lange, bis die Eingeweide sich wieder melden.«

Marie betrat die Küche, und Karl lief »Tatütata« rufend mit der eigens aus Japan eingeflogenen Mandoline um den Küchenblock herum. »Ge-fahr, Ge-fahr. Aus dem Weg, schärfer geht's nicht.« Tatsächlich waren die Klingen der Mandoline geeignet, einen Finger schneller in feinste Scheibchen zu schneiden, als man Aua rufen konnte.

»Kann man ein Martinshorn gebraucht kaufen und ans EMO montieren?«

»Korrekt heißen die Dinger Martin-Hörner. So heißt näm-
lich die Firma, die die herstellt.«
»Ich sage aber Martinshorn.« Karl blieb stehen. »Würde
ich so was herstellen, hieße das dann Karl-Horn?«
»Möglich.« Marie schälte die erste Kartoffel.
»Cool. Das will ich.«
»Musst du Erfinder werden.«
»Easy. Ich erfinde Wörter. Das ist am einfachsten. Nicht
so anstrengend. Null Mathe.«
Es klingelte an der Tür.
»Ich mach schon auf.« Karl rannte raus. Feine Spitzkohl-
streifen landeten auf dem Boden. Eine Begrüßung, die nach
Vertrautheit klang.
Karl kam zurück. Im Schlepptau: Jürgen, der Platzwart.
Der hatte Marie noch gefehlt. Jürgen war Streifenpolizist in
Heide gewesen. Seitdem er pensioniert war, hatte er Marie
nicht nur als Kollegin, sondern auch als Ratgeberin in kniff-
ligen Fragen rund um die Führung des Vereins auserkoren,
denn Jürgen war nicht nur Platzwart, er war auch Kassenwart.
»Moin. Folgendes: Ich habe Stehtische gekauft. Für am
Spielfeldrand, weil man dann mal Gläser abstellen kann. Und
jetzt kommt der alte Krallmann und meckert, dass ich die
nicht bei ihm gekauft habe. Aber bei Krallmann sind die viel
teurer wie bei ALDI.«
»›Als bei ALDI‹, Jürgen. Nicht ›wie bei ALDI‹. Unglei-
che Vergleiche werden immer mit ›als‹ gebildet. Niemals mit
›wie‹.«
Jürgen streckte den Bauch raus und hakte die Daumen
hinter den bis auf die letzte Rille gespannten Hosenbund.
»Ach, und das ist jetzt der Super-GAU, oder was?
Marie hielt beide Hände vors Gesicht. »Ach Jürgen. Der
GAU ist der größte anzunehmende Unfall. Was soll ein Super-
GAU sein? Ein GAU ist nicht steigerungsfähig.«
Marie sah, wie bei Jürgen irgendwer den Leerlauf einlegte.
»Das mit Krallmann kriegen wir wieder hin. Ich rufe ihn an
und frage nach einem Angebot für das Partyzelt. Dann kann

er über dich lästern. Ich sage, dass du dir nichts dabei gedacht hast, Krallmann lacht, macht ein gutes Angebot und bleibt uns als Trikotsponsor erhalten. Was sagst du?«

»Jo, wenn du meinst. Was wird das denn da? Krautsalat oder was? Bist du jetzt zu den Griechen übergelaufen? Otto Rehhagel, der war ja auch mal in Griechenland, und der kommt aus dem Ruhrpott. Wie du.«

»Ich komm nicht aus dem Ruhrgebiet. Ich bin hier geboren, habe da nur ein paar Jahre gelebt. Und Sonntag fahre ich wieder hin. Mein Papa hat Geburtstag.«

»Der Retter des VfL Bochum. Super Typ. Grüß ihn mal von mir. So, länger kann ich jetzt aber wirklich nicht bleiben.« Jürgen drehte sich um und verließ die Küche. Die Haustür schloss er schön leise. Marie atmete aus und auf. Insgeheim nannte sie den Platzwart Überfall-Jürgen.

»Fertig.« Karl präsentierte eine große Schüssel voller Spitzkohlstreifen. »Ich habe Hunger.«

»Halbe Stunde.« Marie füllte Wasser in den Topf mit Kartoffeln.

Karl setzte sich auf die Arbeitsplatte. »Ich finde das doof mit den kurzen Haaren bei dir. Kann man gar nicht mehr wuscheln.«

Marie lächelte und versuchte, durch Karls Haare zu wuscheln, aber der war schneller und flitzte aus der Küche. Marie beschloss, die Haare wieder wachsen zu lassen. Wer wusste schon, wie lange Karl noch wuscheln wollte.

Sie aßen draußen auf dem Balkon. Andreas war dazugekommen, hatte aber keinen großen Appetit. Sie schauten in den Himmel, der ein prächtiges Sonnenuntergangsschauspiel bot, kauten, genossen und schwiegen.

Marie war gerade eingeschlafen, als ihr Handy klingelte. Andreas wurde auch wach und knurrte verärgert. Sie nahm das Handy vom Nachttisch und ging raus.

»Ich bin's«, sagte Mayr. »Sorry, dass ich noch störe. Aber mein Bruder hat sich gemeldet. Sven Macke hat auf den Newsletter geantwortet. Er wird in die Runde einsteigen. Wie genau das dann mit der IP-Adresse funktioniert, weiß ich nicht. Vielleicht können die ja auch die Einwahl über einen Funkmast feststellen, falls der Typ nicht über einen stationären Rechner mitmischt. Aber ich kriege alle Daten und leite die dann sofort an einen Kumpel bei Europol in Den Haag weiter. Der schuldet mir noch einen Gefallen. Okay so weit?«

»Super. Ich danke dir sehr. Deine Kontakte sind der Hammer.«

»Ich bin einfach ein Hammer-Typ. Aber leider merkt das niemand.«

»Ich schon. Tack så mycket. Gute Nacht.«

Die Kiste

Andreas schlief noch. Karl hatte gute Laune. »Du musst nicht fahren. Merles Mutter bringt uns.«

Marie wünschte ihrem Sohn einen schönen Tag, stand in der Tür, winkte Gesine und Merle, setzte sich mit einem Espresso macchiato auf den Balkon und öffnete das Notebook. Im Dienstchat blinkte eine Nachricht von Astrid. Marie klickte auf die Nachricht, deren Betreff »Alarm« lautete.

»Ich habe den Besuch der Kollegen aus Dänemark vergessen. Das Innenministerium hat beschlossen, dass wir mit an Bord sind. Sprechen, Kaffee trinken, internationale Zusammenarbeit. Das volle Programm. Wir müssen da beide antanzen und Elmar auch.«

Marie schloss die Nachricht und ärgerte sich. Einerseits war der Austausch mit den Kollegen jenseits der Grenze hilfreich und machte Spaß. Andererseits war der Zeitpunkt ungünstig. Für ihre Ermittlungen wäre die Teilnahme ein verlorener Tag.

Auf leisen Sohlen ging Marie nach oben. Andreas lag mit geöffnetem Mund auf dem Rücken und gab Geräusche von sich, die Maries Ansicht nach durch die Zusammenarbeit von Gaumensegel, Stimmritzen, Nasenscheidewand und Zäpfchen verursacht wurden. Hörte sich nicht gut an, aber interessant. Sie setzte sich auf die Bettkante und fragte sich, wie viele Matches auf einer der einschlägigen Datingplattformen Andreas mit einer kurzen Videosequenz seines Leidens wohl abräumen würde. Sie würde ihn nehmen. Zärtlich streichelte sie über seine Stirn. Er hatte Fieber.

Sie beugte sich vor, er öffnete die Augen, schmatzte und sagte: »Ich muss in der Praxis anrufen.«

Pflichterfüllung stand bei Andreas und ihr weit oben auf der Prioritätenliste.

»Guten Morgen, mein kranker Schatz. Was hältst du davon, wenn wir nächste Woche mal blaumachen? Wir setzen uns ins Folkeboot und lassen den Wind das Ziel bestimmen. Wir essen ungesunde Sachen und schlafen, wenn wir müde sind.

Andreas griff nach ihrer Hand. »Das wäre schön, aber Sabine fährt Montag auf einen Kongress.« Sabine war die bei Andreas angestellte Ärztin. »Sie muss mich nun schon heute vertreten.«

»Übernächste Woche? Wir bitten meinen Vater, hier für ein paar Tage einzuziehen. Kann er sich nach einer Wohnung in Eckernförde umsehen und auf Karl aufpassen.«

Andreas nickte zögerlich. Aber er nickte. Dann sagte er: »Abgemacht.«

Marie legte sich auf ihn und sagte: »Du wirst mein privater Jack Sparrow sein.«

»Jack wer? Kenne ich nicht.«

»Erkläre ich dir später. Kennst du Popeye?«

»Popeye kenn ich. Der mit dem Spinat. Und seine Liebste heißt Olivia.«

»So sieht's aus. Ich muss jetzt los. Überlebst du ohne meine aufopferungsvolle Pflege? Du hast nämlich Fieber.«

Andreas nickte. »Ich kenne einen Arzt. Der macht das schon.«

Maries Handy klingelte unten im Flur. Es lag in der Schale, in der die Geislers Schlüssel aufbewahrten. Ein bisschen klang es nach Weihnachten. Marie beeilte sich.

Es war Mayr mit Informationen, die Marie nicht gleich einordnen konnte. Sven Macke hatte am Turnier teilgenommen, online. Er hatte annähernd hunderttausend Dollar gewonnen. Die ermittelte IP-Adresse lag nicht an Land, und das Gerät, von dem aus er teilgenommen hatte, hatte sich über drei Stunden hinweg bewegt. Dann war der Kontakt abgerissen. Letzter Standort war der Ärmelkanal gewesen.

Marie bedankte sich, fragte nicht weiter nach. Sie saß auf der Treppe und grübelte. Dann wählte sie die Telefonnummer des Dezernates für internationale polizeiliche Zusammenarbeit und flötete ins Telefon: »Ist ja immer gut, wenn sich jemand kümmert, der Ahnung hat. Darum rufe ich bei euch an.«

Sie schilderte die Lage, und zu ihrer Freude verstand der Kollege gleich und sagte, die Angelegenheit sei bei ihm in guten Händen. Manchmal hatte man auch einfach Glück.

Marie ging noch mal zu Andreas, der ein Buch über Palliativpflege las. »Ich frage mich, wie du zu bremsen bist.« »Nur durch grobe Fouls. Wann wirst du zurück sein?« »Rechtzeitig.«

»Danke, das hilft bei der Planung eines Drei-Gänge-Menüs.«

»Du und essen? Als Arztfrau empfehle ich Diät. Ich esse unterwegs.«

Im EMO sah Marie, dass sie spät dran war. Schwester Grete hatte empfohlen, nach acht zu Mutter Börnsen zu kommen. Jetzt war es schon bald halb neun. Sie sputete sich und schaffte es, um kurz vor neun in die Stettiner Straße in Eckernförde einzubiegen. Das Auto des Pflegedienstes stand in der Einfahrt.

Als Marie auf die Haustür zuging, öffnete sich diese, und eine Frau in ihrem Alter trat lachend auf den Weg. »Moin, Sie sind Frau Geisler, nehme ich an. Ich bin Schwester Grete. Sie haben Glück. Frau Börnsen ist richtig gut drauf heute. Gerade hat sie Malerwitze erzählt.«

Marie betrat das Haus. Frau Börnsen saß in der Küche.

»Marie, du kommst, um meinen guten Kaffee zu trinken, oder? Ich bin leider gefallen und nicht gut zu Fuß. Wie wäre es, du machst ihn dir selbst?«

»Das mach ich. Wie kam es denn, dass Sie gestürzt sind?«

»Eine kleine Wasserlache vor der Badewanne. Der Knöchel.« Sie zeigte auf das linke Bein, das sie auf einen Küchenstuhl gelegt hatte. »Na ja, heilt ja wieder. Besser als der Kopf.«

»Wie viel Kaffee soll ich denn machen?«

»Vier Tassen. Eine für dich, drei für mich. Nimm aber ruhig fünf gestrichene Löffel. Der Kaffee war letzte Woche im Angebot. Da habe ich gleich vier Pakete gekauft. Ich habe ja jetzt diesen Hackenporsche. Da kann ich auch Großeinkäufe machen.«

So ging es eine Weile, bis der Kaffee durchgelaufen war. Die Frauen tranken, kauten auf Keksen, die den Zähnen keinen Widerstand boten, und Frau Börnsen erzählte von früher, schwärmte vom neuen Meister, der nicht das handwerkliche Händchen ihres Mannes, aber dafür umso mehr Geschäftssinn hätte. Von Leni kein Wort. Marie fragte sich, wie es ihr gelingen könnte, das Kleid anzusprechen. Sie schaute aus dem Küchenfenster und entdeckte Stine, die winkend auf dem Bürgersteig stand.

»Frau Börnsen, darf ich Sie für ein paar Minuten allein lassen? Ich müsste kurz mit Stine sprechen.«

»Geh nur, ich muss ja noch das Kreuzworträtsel fertig machen. Lass die Haustür auf.«

Marie stand auf und begrüßte Stine. »Was ist los?«

»Ich tue mich schwer, aber es hilft nichts.«

»Womit tust du dich schwer?«

»Mit Tratschen, Petzen, Denunzieren. Aber wie gesagt, es hilft nichts. Ich habe mit mir gerungen. Fast zwei Stunden lang. Als ich dein Auto sah, war es dann klar. Also: Bevor der Pflegedienst heute Morgen kam, war Anna-Lena hier. Sie hat nicht in der Straße geparkt. Sie kam zu Fuß, lief geduckt am Küchenfenster ihrer Mutter vorbei und betrat den Garten durch das Törchen. Sie bewegte sich schnell und irgendwie wie eine Diebin. Sie schaute sich immer wieder nach dem Haus um und drehte den Kopf zu mir rüber in den Garten. Aber ich war ja oben im Schlafzimmer. Ich habe Betten gemacht. Anna-Lena verschwand dann hinter dem Komposthaufen. Aber ich konnte sie von oben natürlich sehen. Sie hat eine der Waschbetonplatten hochgenommen, die neben dem Kompost liegen. Sie hat in ein Loch gegriffen und eine Plastiktüte hervorgeholt. Eine große Tüte, wie man sie bis vor Kurzem noch in Kaufhäusern bekam. Darin war eine Blechkiste. Sie hat sie geöffnet und ein Buch hineingelegt. Kiste zu. Tüte ins Loch, Steinplatte drauf, und dann ist sie wieder abgehauen. Sie hat etwas versteckt, und sie sah so aus, als wüsste sie, dass sie etwas Verbotenes tut.«

»Danke, mit Petzen hat das nichts zu tun, Stine.«

Marie ging zum EMO und stellte sich auf die dem Haus abgewandte Seite. Sie telefonierte mit Astrid. Sie kamen überein, dass wegen des flüchtigen Schwagers und der nicht verfügbaren Schwester des Opfers Gefahr im Verzug sei, eine richterliche Anordnung zur Durchsuchung also nicht nötig war.

Marie ging in den Garten, zog sich im Gehen Handschuhe an. Sie erreichte den Komposthaufen, achtete darauf, keine Spuren zu vernichten. Ein unbedachter Schritt konnte wertvolle Hinweise in Sekundenbruchteilen zunichtemachen.

Die Platte war groß und schwer. Marie hatte Mühe, sie zwischen den beiden anderen zu fassen, anzuheben und zur Seite zu legen. Unter ihr stieß Marie auf ein verrostetes Blech von vielleicht drei Millimetern Stärke. Marie nahm es hoch. In das etwa vierzig mal vierzig Zentimeter große Erdloch hatte jemand einen abgeschnittenen Kanister mit der Öffnung nach unten gestellt. Sie entnahm auch diesen Deckel aus grünem Kunststoff. Nun lag die Tüte vor ihr, von der Stine berichtet hatte.

Marie hatte alle Schritte fotografiert, öffnete nun die Tüte. Eine Blechkiste, wie man sie von Weihnachtsgebäck kannte. Reste des Aufdrucks waren erhalten. Es waren wohl Aachener Printen gewesen, die einst in der Dose verpackt worden waren. Der Deckel klemmte, war leicht nach oben gewölbt. Anna-Lena hatte ihn offenbar gewaltsam geschlossen. Mit den Fingernägeln konnte Marie nicht unter den Rand greifen.

Der erste Versuch, den Deckel zu öffnen, misslang. Vielleicht wegen der Handschuhe. Marie nahm nun ihr Taschenmesser zur Hilfe. Der Deckel sprang auf. In der Dose lag obenauf eine Kladde, die in einem Gefrierbeutel steckte. Darunter in einem durchsichtigen Müllbeutel ein Kleidungsstück. Ein Kleid, wie Marie jetzt am abschließenden Saum erkannte, den eine goldene Borte einfasste. Ein prächtiges Kleid. Das Kleid einer Königin. Anna-Lenas Kleid, das Leni einst begraben hatte, das noch immer unter der Erde lag.

Marie legte das Kleid zur Seite und öffnete den Gefrierbeutel. Ein Tagebuch. Auf der ersten Seite las Marie: »Liebes Tagebuch, ich habe keine Freundin und auch keine Schwester. Du bist jetzt meine Freundin. Deine Leni.« Lenis Tagebuch in derselben Gruft wie Anna-Lenas Kleid, und Stine hatte Anna-Lena beobachtet. Anna-Lena kannte das Tagebuch. Aber wie war es in ihren Besitz gelangt? Anna-Lena hatte ausgesagt, ihre Schwester seit langer Zeit nicht mehr gesehen zu haben. Sie hatte gelogen.

Marie schaute sich um. Niemand zu sehen. Sie stellte den Kanister zurück ins Erdloch, schob das Blech darüber und rief erneut Astrid an. Fünf Minuten später war die KTU unterwegs. Marie legte das Tagebuch auf einen Pflanztisch und öffnete es. Sie zwang sich, nicht zu lesen, fotografierte jede Seite, schloss das Buch und schob es zurück in den Gefrierbeutel. Wo war Anna-Lena?

Marie setzte sich auf einen Stuhl, der verloren und schräg unter einem Apfelbaum stand. Sie wählte die ihr bekannten Rufnummern von Anna-Lena Börnsen. Vergeblich. Steckten am Ende Anna-Lena und ihr Mann unter einer Decke? Beide waren nicht aufzufinden. Aber welches Motiv verband sie?

Sven Macke hatte Leni geschwängert. Er hatte Geldsorgen und brauchte den finanziellen Rückhalt der Familie Börnsen. Er war es, der ein starkes Motiv hatte, Leni aus dem Weg zu schaffen, um die Affäre und die Schwangerschaft zu vertuschen. Sollte Anna-Lena von der Affäre gewusst haben, hatte sie ebenfalls ein Motiv. Oder deckte sie jetzt nur ihren Mann?

Das Handy meldete sich. Eine Kollegin aus dem Dezernat für internationale polizeiliche Zusammenarbeit.

»Das ging schnell.«

»Keine Hexerei. Für Sven Macke wurden hunderttausend Dollar auf ein Offshorekonto transferiert. Nach Dubai vermutlich. Das Signal des Gerätes, mit dem er sich beim Turnier eingewählt hatte, verliert sich hundertvierzig Kilometer nordwestlich von Brest. Anzunehmen, dass er auf einem Schiff war oder ist. Zum Zeitpunkt der Aktivitäten befanden sich mehr als fünfzig Schiffe im Umkreis. Schiffe aus aller Herren Länder. Ende der Geschichte. Vorläufig jedenfalls. Ein internationaler Haftbefehl würde das ändern. Aber es bliebe die Suche nach der Stecknadel im Heuhaufen.«

Marie bedankte sich, fluchte leise und stand auf. Vor dem Haus hatte ein Fahrzeug der KTU gehalten. Elmar war nicht unter den Kollegen. Marie berichtete kurz, dann ging sie ins Haus zu Mutter Börnsen.

»Wo warst du denn so lange, Marie? Jetzt ist der Kaffee kalt. Aber frischen gibt es nicht. Zuerst wird der kalte Kaffee ausgetrunken.«

Marie überlegte, wer Mutter Börnsen jetzt betreuen könnte. Töchter und Schwiegersohn fielen aus, ihr Mann war tot. Es war traurig. Wie würde sie reagieren, stellte sich heraus, dass Leni von einem Familienmitglied ermordet worden war?

Aber so weit waren sie noch nicht. Insbesondere vor dem Hintergrund des unsteten Lebens, das Leni geführt hatte, kam zumindest theoretisch auch der große Unbekannte in Frage.

»Frau Börnsen, ich war gerade frische Luft schnappen und bin im Garten über etwas gestolpert, das im Zusammenhang mit Leni wichtig ist. Es sind jetzt ein paar Kollegen da, die sich das mal anschauen. Machen Sie sich keine Sorgen.«

»Was weißt du schon von Sorgen? Man setzt Kinder in die Welt, und dann lassen sie einen im Stich.«

Marie stand auf, der Tisch vibrierte, Kaffee schwappte über, Frau Börnsen schüttelte den Kopf. »Du bist auch so eine, oder? Bist du auch so eine?«

Marie versuchte, sich vorzustellen, was geschehen müsste, dass sie Karl aus ihrem Herzen verbannen würde. »Frau Börnsen, ich muss jetzt los. Sagen Sie, wo kann ich Anna-Lena eigentlich erreichen?«

»Das weißt du doch. Sehestedter Straße. Ihr vergesst aber auch immer alles, ihr jungen Leute.«

»Wann war Anna-Lena denn zuletzt hier bei Ihnen?«

Mutter Börnsen senkte den Kopf. »Zuletzt? Zuletzt? Hm. Sie kommt ja immer so plötzlich.«

»Sagen Sie, ist es Ihnen recht, wenn ich den Pflegedienst bitte, noch mal nach Ihnen zu sehen?«

»Quatsch. Die kommen am Abend und ziehen mir diese furchtbaren Strümpfe aus. Da muss sich niemand kümmern. Ich habe alles im Griff. Ich bin immer noch eine Geschäftsfrau, Marie. Vergiss das nicht.«

Marie nickte. »Danke für den Kaffee.«

»Hast du doch selbst gekocht, Kind.«

Vor dem Haus traf Marie auf eine Kollegin der KTU.

»Wir sind schon fertig. War ja nichts Besonderes eigentlich. Keine Fußspuren, die wir hätten sichern können. Ist ja überall dichtes Gras. Auch sonst nichts, was dort nicht hingehörte. Wir haben die Waschbetonplatte, das Blech, den Kanister und die Kiste mit dem Kleid und dem Buch mitgenommen. Sonst noch was?«

Marie verneinte. Sie rief die Polizeistation in Eckernförde an und bat darum, nach Anna-Lena Börnsen zu suchen. Darum bat sie auch die Kollegen in Heikendorf. Hinter der Scheibe sah sie die Umrisse von Mutter Börnsen, die unbeweglich auf ihrem Stuhl saß. Das Bein hochgelegt. Dort vermutlich noch säße, wenn in acht oder neun Stunden der Pflegedienst käme. Marie brauchte Trost. Und sie wusste, wo sie ihn finden würde. In Borby.

Marie angelte nach der Sonnenbrille, als sie auf die Ostlandstraße abbog. Der Lauf der Gestirne kümmerte sich nicht um menschliche Schicksale. Die Möwe, die neben dem Müllcontainer landete, kümmerte sich ebenso wenig wie der alte Mann, der an der Haltestelle Norderstraße in den Bus stieg. Was wir sehen, hören und fühlen, was wir wahrnehmen, ist ein Ausschnitt des Lebens, der kleiner kaum sein könnte, dachte Marie. Das war banal, es war ernüchternd und doch auch beruhigend. Marie streckte den rechten Arm aus. Das war also ihre Reichweite. Immerhin.

Sie schaltete den CD-Player ein und hörte »Feels So Good« von Chuck Mangione. Als hätte der CD-Player ein Herz für sie. Marie liebte diesen Song und blieb im EMO sitzen, als sie es auf dem kleinen Parkplatz gleich vorn am Jungmannufer abstellte. Sie wartete, bis Chuck seinem Flügelhorn den letzten Ton entlockt hatte, und fühlte sich – gut.

Ein Lächeln in den Rückspiegel, und keine zehn Minuten später überquerte sie die Straße mit goldbraunen Pommes und einer doppelten Portion Mayonnaise aus dem Borbyer Grill. Sie setzte sich an den Fuß des Steindammes, der zum Steg des Wassersportvereins Eckernförde-Borby führte. Sie schaute, vorbei an den hochkant an den Damm gelehnten Dingis, hinaus auf die Eckernförder Bucht und kaute genüsslich. Im Bojenfeld schaukelten die Segelboote so sanft, weil die Brise aus Ost wie ein Streicheln über das Wasser kam. Salz auf den Lippen, den Glanz der Mayonnaise im Blick.

Marie sog den Duft der frittierten Kartoffeln tief ein. Ein Duft, den sie weniger mit ihrer Kindheit als mit ihrer Jungend im Ruhrgebiet verband. Mit ihrem Vater hatte sie nach dem Training des VfL in der Bochumer Innenstadt die Kultwurst von Dönninghaus gegessen, und er hatte sie dabei in die Geheimnisse der Abseitsfalle eingewiesen. Ohne Wissen der Mutter, der Fast Food nicht auf den Tisch kam.

Marie spürte, wie Wehmut sie überwältigte. Die Musik hatte sie geöffnet, die Erinnerung hatte ihr den Rest gegeben. In zwei Tagen sähe sie ihren Vater. Sie freute sich auf den Stuten, den er backen würde, und sie freute sich auf den gemeinsamen Besuch auf dem Friedhof bei ihrer Mutter. Sie würde ihr von den Pommes in Borby erzählen, und ihre Mutter würde antworten, dass die Norddeutschen keine Currywurst konnten. Sie hatte ja recht.

Marie stand auf, knüllte die Pappschale zusammen und ging hinüber zum Mülleimer, der neben der Boulebahn an der Promenade stand. Eine Woche blieb noch, um ein bisschen zu trainieren für das Turnier in Sehestedt. Viel Hoffnung hatte Marie nicht, dass die Truppe geschlossen zusammenkäme. Aber vielleicht hatten sie beim Turnier ja wieder jenen unverschämten Dusel, den man im Fußball nur in Bayern kannte.

Sie erreichte den Mülleimer. Als sie die Schale in den Schlitz schieben wollte, sah sie, dass die Ferse eines Sportschuhs aus dem Mülleimer ragte. Marie erkannte den Schuh sofort. Er gehörte Heike, die sie während eines Segelkurses in Eckernförde kennengelernt hatte. Es war Heikes Lieblingsschuh. Um die Fersenschlaufen hatte Heike im vorletzten Sommer eine weiße Bootsleine als leicht greifbare Verlängerung geschlungen und verknotet. Marie war dabei gewesen.

Sie stellte die Pommesschale auf dem Mülleimer ab und zog den Schuh ans Licht, sah gleich den zweiten, den sie ebenfalls barg. Dann schob Marie die Pappe in den Mülleimer, setzte sich auf die Bank und suchte im Handy nach Heikes Telefonnummer. Sie ging gleich ran.

»Moin, Heike, Marie hier. Erinnerst du dich?«

»Sicher, du bist die, die keine Knoten konnte.«

»Okay, wenn du mir so kommst, mache ich dir vielleicht doch keine Freude.«

»Aber dein Gespür für Wind war außerordentlich.«

»Na gut. Vermisst du was?«

»Ja, meine beigen Lieblingsschuhe. Ich habe sie gestern Abend am Strand in Borby auf einem Dingi abgelegt, bin raus zu unserem Boot, und als wir zurückkamen, waren die Schuhe weg. Ich habe überall gesucht. Wer klaut denn gebrauchte Schuhe?«

»Wirklich überall gesucht? Auch in den Mülleimern?«

»Ja.«

»Komisch, vielleicht ein reuiger Dieb. Deine Schuhe stehen neben mir auf der Bank. Sie steckten im Mülleimer.«

»Ich schwöre, dass ich dort nachgesehen habe. Egal. Das ist super. Kannst du die Schuhe bitte auf unseren Steg hinter das Tor legen. Vielleicht so, dass man nicht direkt rankommt.«

Marie tat, worum Heike gebeten hatte, und dachte, von Fällen wie diesen hätte sie gern mehr. Sie stieg ins EMO, das Handy klingelte, und Elmar berichtete, dass er im Mageninhalt tatsächlich Jojoba und Minze gefunden hatte. Marie bedankte sich, rief Astrid an und bat um einen Durchsuchungsbeschluss für das Haus von Anna-Lena Börnsen.

»Ich fahre da schon mal hin und halte das Badeöl im Auge. Nicht dass das noch jemand verschwinden lässt.«

»Jemand? Sven Macke ist ja wohl auf Kreuzfahrt. Also bliebe deine Freundin Anna-Lena.«

»Meine Freundin. Ich dachte, das wärest du?«

»Ja klar, entschuldige. Anna-Lena Börnsen ist jedenfalls nicht greifbar. Wusste die Mutter was?«

»Nichts. Ich habe den Eindruck, dass sie tüdelig wird. Beim letzten Mal wirkte sie deutlich präsenter. Ich fahre jetzt zum Haus. Bis später.«

Marie fuhr los. Auf der Höhe der Klappbrücke musste sie warten. Fußgänger überquerten die Straße. Vielleicht nahm Mutter Börnsen Medikamente, die sie dämpften. Als Marie das Haus der Börnsens in der Sehestedter Straße erreichte, suchte sie nach der Telefonnummer des Pflegedienstes, der eine Auskunft verweigerte und empfahl, Kontakt mit dem Hausarzt aufzunehmen.

Auf der Polizeistation forderte Marie einen Streifenwagen an, weil sie davon ausging, dass gleich eine Türöffnung anstand. Sie stieg aus, betrat das Gelände durch das noch immer geöffnete Tor, grüßte den rostigen Indianer und spähte durch das Badezimmerfenster. Die umgekippte Flasche mit dem Badeöl lag, wo sie gestern auch gelegen hatte.

Auf einem Sims in einer Nische des Badezimmers entdeckte Marie das Holzmodell eines Segelbootes. Den Namen am Bug konnte sie nicht lesen. Sie ging zurück zum EMO und holte das Fernglas. Auf dem Rumpf stand: »Anna-Lena«. Sie hatte also ein Boot. Und weil das Modell vor einem Spiegel stand, konnte Marie am Heck auch den Heimathafen lesen, wenn auch in Spiegelschrift: »Heikendorf«.

Sie rief den Hafenmeister an, und der bestätigte, dass Anna-Lena Börnsen Eignerin des von Marie beschriebenen Segelbootes war. Er wusste außerdem zu berichten, dass die »Anna-Lena« mit Anna-Lena an Bord gestern den Hafen verlassen hatte. Marie informierte Sonja, die ihrerseits die Wasserschutzpolizei um Unterstützung bei der Suche nach

Anna-Lena Börnsen bat. Beide Börnsens schienen sich übers Wasser aus dem Staub gemacht zu haben. Marie grinste.

Den Durchsuchungsbeschluss erhielt Marie digital über ihr Notebook. Vor dem Tor stoppte ein Streifenwagen. Eine ihr unbekannte Beamtin und Kollege Schrader stiegen aus. Marie erklärte kurz die Situation. Dann holte sie ihr Pickingbesteck aus dem EMO. Zur Öffnung hatte sie sich für die Tür zur Garage entschieden. Das Schloss machte einen überwindbaren Eindruck, und sie erwartete, dass man von der Garage aus ins Haus kam.

Es war wie erhofft, und ohne Schaden anzurichten, gelangte Marie in den Wellnessbereich. Sie schob die Flasche mit Badeöl in einen Spurenbeutel, reichte ihn der Kollegin und bat sie um eine Botenfahrt ins Kriminaltechnische Institut in Kiel. Schrader schaute fragend. »Du bleibst. Ich bringe dich gleich zur Polizeistation zurück.«

Die Beamtin verschwand, und Schrader fragte, ob er helfen könne. Marie zuckte mit den Schultern. »Ich weiß nicht, wonach wir suchen. Vielleicht, und ich sage das mit aller Vorsicht, ist Leni Börnsen hier im Haus umgebracht worden. Weil ich aber noch keinen hinreichenden Verdacht habe, wird die KTU nicht hier durchrauschen, und ich möchte keine Spuren zerstören. Ich mache einen vorsichtigen Durchgang, und du bleibst mir als Zeuge auf den Fersen.«

Marie begann mit dem Jacuzzi, der sie gestern schon beeindruckt hatte. Nicht ein Wasserfleck. Auch die Armaturen glänzten wie neu. Marie spielte gedanklich durch, wie sich ein Mord möglicherweise ereignet haben könnte, nachdem sie wusste, dass man Leni ertränkt hatte. Dabei dachte sie insbesondere über den Transport der Leiche nach. Zwei Personen hätten sie in den Transporter tragen können, eine Person hätte sie aus dem Keller ins Erdgeschoss tragen oder über die Wiese nach vorn zur Einfahrt ziehen müssen.

Marie öffnete die Tür zum Garten. Wenn man den Transporter mit der Schiebetür zum Hang geparkt hatte, hätte das Beladen weder von den Nachbarn noch von Passanten auf der

Straße beobachtet werden können. Womöglich wären durch das Verbringen des Körpers Schleifspuren auf dem Rasen entstanden. Aber die Tat lag zu lange zurück. Zwischenzeitlich hatte es sogar einmal kurz geregnet.

Sie öffnete die Tür zu einem Nebenraum. Hier lagerten Chemie für den Pool und allerlei Reinigungsgeräte, außerdem Reste einer Verpackung, in der eine Gartenliege gesteckt hatte. In dieser Verpackung entdeckte Marie eine stabile Kunststofffolie. Gut geeignet, um eine Leiche darin einzuwickeln und zu transportieren. Neben einem der Regale stand eine zweite Verpackung. In ihr fehlte die Kunststofffolie. Marie rief Elmar an und erzählte davon.

»Das könnte ein Volltreffer sein.« Elmar klang für seine Verhältnisse geradezu euphorisch. »Wir haben an der Folie aus dem Transporter Haare von Leni Börnsen gefunden.«

Eine halbe Stunde später waren die Kriminaltechniker da, und Marie fuhr mit Schrader zur Polizeistation. Nach Rücksprache mit Astrid würde sie ihr Glück jetzt in Heikendorf versuchen. Vielleicht wusste jemand im Hafen, wohin Anna-Lena aufgebrochen war. Auch in dem Haus, in dem sie ihr Büro hatte, würde Marie sich erkundigen. So zumindest war der Plan, bis Cordula anrief.

»Marie, komm schnell. Ich glaube, dass Jenni Hölter sich und das Kind umbringen will.« Cordula legte auf. Marie wählte deren Nummer, aber sie nahm nicht mehr ab.

Marie verständigte die Feuerwehr, stieg ins EMO, befestigte das Blaulicht auf dem Dach und fuhr los. An der Rendsburger Straße bog sie rechts ab. Links in Richtung Hörst hatte sich ein Stau gebildet. Als sie den Windebyer Weg erreichte, näherte sich von unten ein Rettungswagen. Marie gab Gas, der Rettungswagen schloss auf. Im Konvoi und mit quietschenden Reifen ging es durch den Kreisverkehr hinein in die Schiefkoppel. Vor der Haustür von Familie Börnsen stand Cordula. Sie klingelte Sturm, hämmerte gegen die Tür.

»Was ist denn passiert?«

»Jenni Hölter ist vor einer halben Stunde mit dem Auto gekommen. Sie hat es gleich in die Garage gefahren. Dann kam sie mit Luise auf dem Arm aus der Garage. Das Kind weinte, Jenni stürmte zur Haustür. Es war laut zwischen den beiden. Aber ich habe nichts verstanden. Ein paar Minuten später kam Jenni wieder raus. Sie wirkte aufgelöst, hatte ein ganz rotes Gesicht. Und dann hat sie Gasflaschen aus dem Kofferraum geholt, Propangasflaschen. Insgesamt sechs große. Da sind elf Kilo drin. Elf Kilo, Marie. Sie hat alle Flaschen ins Haus getragen und die Tür zugeknallt. Dann habe ich dich angerufen. Bestimmt will sie sich und das Kind in die Luft sprengen.«

Vor dem Haus hielt jetzt auch das Fahrzeug des Notarztes. Marie ging durch den Garten des Hauses nach hinten. Ein Rettungssanitäter folgte. Die Terrassentür war verschlossen. Marie klopfte und rief. Keine Reaktion.

Im Garten nebenan standen die Nachbarin und zwei Kinder im Grundschulalter. »Gehen Sie bitte wieder ins Haus«, forderte Marie sie auf und rannte wieder nach vorn.

Das Pickingbesteck hatte sie nach der Türöffnung bei Anna-Lena noch in der Jacke. Der Schließzylinder war versenkt, kein altes Modell. Aber es gelang, die Tür zu öffnen. Marie betrat den Flur, rief nach Jenni und Luise. Keine Antwort.

Im Erdgeschoss trafen sie weder Jenni noch Luise an. Marie und der Notarzt stürmten die Treppe nach oben. Das Kinderzimmer leer, auch im Bad war niemand. Dann öffneten sie die Tür zum Schlafzimmer. Die Rollläden waren heruntergelassen. Auf dem Bett lagen Jenni und Luise Hölter. Beide trugen große Kopfhörer. Marie stupste Jenni Hölter an.

»Alles wird gut, Luise«, sagte Jenni Hölter und streichelte über Luises Bein. Marie nahm ihr den Kopfhörer ab. Jenni Hölter zuckte zusammen und schrie.

»Mein Gott, sind Sie irre? Ich habe mich zu Tode erschreckt.« Mit weit aufgerissenen Augen schaute sie Marie und dem Notarzt ins Gesicht. »Was zum Teufel tun Sie hier?«

Jetzt schlug auch Luise die Augen auf und begann zu weinen. Jenni umarmte ihre Tochter. »Alles okay, Mäuselein. Mach die Augen wieder zu. Ich komme gleich zurück zu dir.« Sie richtete sich auf und schob Marie und den Notarzt aus dem Schlafzimmer. »Was fällt Ihnen ein, hier einzudringen? Uns zu überfallen?«

Marie erklärte.

»Luise hat eine Mittelohrentzündung. Das ist sehr schmerzhaft, und darum hat sie laut geweint. Die Gasflaschen brauche ich, weil unser Elektroherd gestern seinen Geist aufgegeben hat und ich kein Geld für einen neuen habe. Also koche ich ab morgen mit einem Gaskocher auf der Terrasse. Und die Kopfhörer sind sogenannte Noise-Cancelling-Kopfhörer. Luise und ich sind sehr geräuschempfindlich und schlafen damit ganz wunderbar. Ich musste wegen der Ohrenschmerzen mit Luise nach Hause. Ich habe niemanden, der sie betreuen könnte, und Schlaf ist die beste Medizin. Es sei denn, wir werden von einem Überfallkommando geweckt. Sonst noch Fragen?«

»Ich entschuldige mich in aller Form, Frau Hölter. Wir waren wegen der gesamten Situation in Sorge. Wir gehen jetzt wieder. Alles Gute für Sie und gute Besserung für Luise.«

Marie drehte sich um und ging die Treppe runter. Notarzt und Rettungssanitäter hatten das Haus bereits verlassen.

Jenni Hölter stand auf dem oberen Treppenabsatz. »Wer hat Sie eigentlich alarmiert?«

Marie tat so, als habe sie nichts gehört, und zog die Tür hinter sich zu. Schulterzucken allerseits, dann löste sich das Grüppchen der Helfer auf. Cordula betonte, sie sei untröstlich. Marie bestärkte sie darin, auch künftig so zu reagieren. »Es ist besser, die Polizei kommt umsonst als zu spät.«

Sie verabschiedeten sich, und Marie fuhr nach Heikendorf. Unterwegs wurde sie müde. Eine Müdigkeit, die sie manchmal überkam, wenn sie sich überfordert fühlte. Vielleicht war sie an Leni und ihrer Familie emotional doch zu nah dran. Oder war es der Fehlalarm gewesen, der ein Schlaglicht auf die traurige Situation von Jenni Hölter geworfen hatte? War sie wegen Andreas besorgter, als sie gedacht hatte? Ein Infekt, wie er immer wieder mal vorkommt. Der Gedanke an den Besuch auf dem Friedhof?

Hinter Marie hupte jemand. Die Ampel zeigte Grün. Marie hob entschuldigend die Hand und fuhr los. In der übernächsten Woche würde sie mit Andreas mal raus aufs Wasser fahren. Er hatte es versprochen. Nur sie beide. Marie dachte an Ele. Wie konnte sie nur ausgerechnet jetzt an Ele denken? Sie würde eine kleine Flucht mit ihrem Mann unternehmen. Da hatte Ele wirklich nichts verloren, zwischen ihnen.

Als Marie auf dem Parkplatz Möltenort den Motor abstellte, fehlte ihr die Strecke zwischen der Bäckerei und dem Hafen. Ein Zeichen, dass eine kleine Pause nicht blöd sein konnte. Marie schlurfte nach rechts an der Hafenkante entlang, blieb für einen Moment stehen und betrachtete, wie eine Entenfamilie das Hafenbecken durchquerte. Das sah sehr selbstverständlich aus, wie die Küken ihrer Mutter folgten, in Reih und Glied. So war das wohl vorgesehen von der Evolution. Warum nur hatte es bei Leni nicht geklappt?

Marie wischte sich mit beiden Händen übers Gesicht. Sie hatte schon wieder Hunger. Links lag das alte Schubboot »Rimo 1«. An Bord standen die Klassiker der Region auf der Speisekarte. Marie war nach sauer. Sie entschied sich für einen Bismarckhering im Brötchen. Bismarck ging immer. Eine Freundin, die inzwischen auf Rügen wohnte, hatte Marie erzählt, dass der original Bismarckhering aus Stralsund käme. Sie dachte an die echten Kieler Sprotten, die nur aus Eckernförde kommen durften, und dann kam ihr Leni wieder in den Sinn. Leni im Altonaer Ofen. Marie wurde schlecht. Sie drehte ab, atmete tief durch und setzte sich auf die Mole. Es war, als hätte ihr jemand in den Magen geschlagen. Der Schock kam spät. Die Routine der Ermittlungen hatte das Monströse der Tat bisher überdeckt. Dass Polizisten Erlebtes nicht immer gut verarbeiten konnten, war Marie nicht neu. Dass es sie aus heiterem Himmel erwischen könnte, hatte sie nicht erwartet.

Sie spürte, dass sich jemand näherte. Es war der Wirt des

»Rimo 1«. Er sagte nichts, hielt ihr lediglich ein Glas Wasser hin. Marie griff zu und trank. Der Mann ging zurück aufs Boot. Nähe konnte immer und überall entstehen.

Auf der Förde hielt eine der großen Fähren auf die Ostsee zu, eine andere lief ein. Das Kommen und Gehen zu akzeptieren, ohne gleichgültig zu werden, das war sie womöglich, die hohe Kunst des Glücks. Marie leerte das Glas, brachte es zurück aufs Boot. Sie bedankte sich, legte fünf Euro auf den Tresen und ging. Keine Nachfragen. Sie war dankbar dafür.

Der Hafenmeister diskutierte mit einem Gastlieger über Liegegebühren. Seinem Gesicht war anzusehen, dass seine Geduld herausgefordert war.

»Einunddreißig Komma fünf Quadratmeter, das macht siebzehn Euro achtzig pro Tag. Ja, Sie sind nur knapp drüber, aber ich habe die Preise nicht gemacht, und selbst wenn, würde ich es richtig finden, dass sich jeder dran hält. Und jetzt mal ehrlich. Die Preisdifferenz tut Ihnen doch nicht weh, oder? Drei Euro sechzig. Ich bitte Sie.«

»Verzeihen Sie die Störung. Aber es ist in einer dringenden polizeilichen Angelegenheit.« Sie hielt dem sparsamen Segler ihren Dienstausweis unter die Nase.

Der Hafenmeister drehte sich zu Marie. Sie nahm seinen linken Oberarm und führte ihn weg vom Steg.

»Danke, vielen Dank. Dieses Boot ist neun Komma drei mal drei Komma drei neun Meter groß und kostet neu mindestens fünfundsechzigtausend Euro, und der Typ macht sich wegen drei sechzig ins Designerhöschen.«

»Geisler. Wir haben telefoniert, wegen der Anna-Lena.«

»Ach ja, die lange Anna.«

»Lange Anna?«

»Ihr Spitzname hier. Eine große Frau.«

»So groß ist sie nicht.«

»Aber sie hält sich für eine große Frau, weil sie namhafte Kunden hat, mit denen sie durch den Hafen schlendert, und alle wissen lässt, von welcher Reederei sie gerade wieder Besuch hat. Das kommt hier nicht so gut an.«

»Hat sie gesagt, wohin sie segelt?«

»Nein, aber weil sie über Nacht weg ist, vermute ich mal, dass sie nach Eckernförde ist. Das macht sie manchmal, berichtet hinterher von tollen Törns. Aber in Wahrheit ist sie nur in die nächste Bucht getuckert.«

»Getuckert?«

»Ja, mit Segeln hat sie es nicht so.«

»Woher wissen Sie das mit Eckernförde?«

»Der Hafenmeister in Eck und ich, wir waren gemeinsam bei der Marine.«

»Hat sie sich in den letzten Tagen irgendwie anders verhalten?«

»Hat sie. Sie hat gegrüßt. Wie soll ich sagen? Sie hat menschlicher geguckt als sonst. Als meine Frau schwanger war, da hatte sie auch so einen weichen Blick, der alte Drachen.«

»Also bitte.«

»Ach, das kann sie ab. Wir sind seit sechsunddreißig Jahren verheiratet.«

Inzwischen waren sie am Büro angekommen.

»Soll ich mal in Eck anrufen?«

Marie nickte und erfuhr, dass die »Anna-Lena« gestern Abend festgemacht und den Hafen seitdem nicht mehr verlassen hatte.

Marie legte die Hand an die Stirn.

»Oh, auch gedient?«

»Ich bin Polizistin, und Uniform habe ich auch mal getragen.«

Sie ging zurück zum Parkplatz und sah Anna-Lenas Auto. Gut möglich, dass sie noch in Eckernförde war. Aber warum ging sie an keines ihrer Telefone, und warum hatte Marie sie nicht in der Sehestedter Straße angetroffen?

Sie schaute im Internet nach der Nummer des Hafenmeisters in Eckernförde. Der sagte: »Ich bin ziemlich sicher, dass sie über Nacht an Bord war. Ich habe sie heute Morgen so gegen halb sieben aus dem Waschraum kommen sehen.«

Das passte zu Stines Beobachtung. Marie ging um das Haus

herum, in dem auch Anna-Lena mit ihrer PR-Firma residierte. Sie klingelte, aber niemand öffnete. Auch sonst war das Gebäude wie ausgestorben. Marie setzte sich ins EMO und aktualisierte die digitale Ermittlungsakte. Ihr war noch immer übel, und zu allem Überfluss grummelte es nun auch im Gedärm. Höchste Zeit, ein geschütztes Örtchen aufzusuchen. Vielleicht hatte sie sich bei Karl oder Andreas angesteckt.

Eine quälende Stunde später schloss sie die Haustür in Schleswig auf, und es vergingen nur Sekunden, bis sie die Tür der Gästetoilette abschloss. Dann schaltete sie das Radio ein. Niemand sollte hören, was in ihr vorging.

Das Virus hatte Marie ausgesucht. Man durfte annehmen, dass es zuvor Gefallen an Karl und Andreas gefunden hatte. Eine Art Familienvirus also. Besser machte das die Bauchkrämpfe nicht.

Als sie die Küche betrat, fand sie einen Zettel von Karl auf der Arbeitsplatte, den sie am Morgen übersehen hatte. Es stand ein Ausflug auf die andere Schleiseite nach Haithabu auf dem Programm. Die Klasse war mit der »Hein« hinüber nach Haddeby gefahren und würde erst spät am Nachmittag zurückkommen.

»Heute hätte ich dich freiwillig wuscheln lassen. Kuss, Karl.«

Wie und was er schrieb, das war schon talentiert, aber vielleicht war sie als Mutter voreingenommen. Mit Mathe hatte es Karl nicht so. Er war eher der musisch-künstlerische Typ. Von ihr oder Andreas hatte er das nicht.

Marie dachte an ihre Mutter, die gegen den Willen ihrer Eltern Klavierunterricht genommen hatte. Ihre Mutter hatte erzählt, dass insbesondere ihr Vater verärgert gewesen war. Klavier wäre was für höhere Töchter und nichts für die Kinder von Bergleuten. Nicht alles war früher besser gewesen.

Sie legte Karls Zettel in eine Kiste, in der sie sammelte, was ihr zu Herzen ging. Dann machte sie sich einen starken Ostfriesentee und knabberte einen Zwieback dazu. Beides wurde vom Körper akzeptiert. Aber sie fühlte sich schlapp, und Kollegen im LKA anzustecken war auch keine gute Idee. Marie spielte mit dem Gedanken, sich für den Rest des Tages krankzumelden. Allerdings war ihr nichts fremder, als sich wie ein Kameradenschwein zu benehmen. Sie rief Astrid an, berichtete von ihrem Befinden und fragte, ob es eine Tätigkeit gab, bei der sie wenig Kontakt zur Delegation aus Dänemark hätte, aber dennoch hilfreich war.

Astrid fiel nichts ein. »Ich lade die dänischen Kollegen und unsere Ministerin in meine hygellige Couchecke zum Smørrebrød, danach gibt's einen Akvavit, und alle sind glücklich. Ich mach das schon. Als ich noch ein Kind war, kamen ständig irgendwelche dänischen Malerinnen oder Kuratoren zu uns nach Hause. Kein Problem. Mit Dänen kann ich.«

»Danke. Ich versuche derweil, Anna-Lena Börnsen aufzutreiben.«

Marie setzte sich mit dem Tablet in den Strandkorb und rief in der Eckernförder Polizeistation an. Der Wachhabende gab ihr Schraders Handynummer. Der ging gleich ran und sicherte zu, im Hafengebiet nach Anna-Lena zu suchen. Kaum, dass sie das Handy aus der Hand gelegt hatte, klingelte es. Toni Paxner war dran, und er war wütend.

»Reg dich jetzt erst mal ab. Ich komme.«

Marie stand auf und rief im Gehen Gregor Sachse an, der infolge seiner Gesichtsverletzungen Innendienst schob. Astrid hatte gesagt, Innendienst ginge auch aus dem Wohnwagen heraus. Marie hatte den Eindruck, dass Gregor bei Astrid einen Stein im Brett hatte, obwohl sich die beiden gar nicht so gut kannten.

Als Marie das EMO vor Tonis Studio in Eckernförde parkte, hatte Gregor den Helm bereits abgesetzt. Er war mit der Harley gekommen und sah schlimm aus.

»Gregor, du hast ja sämtliche Farben des Regenbogens im Gesicht.«

»Siegbert Hölter hatte einen ziemlichen Schlag am Leib.«

»Tut's weh?«

»Ja. Und richtig waschen kann ich mich wegen der doofen Nähte am Kopf auch nicht. Na komm, gucken wir uns die Sauerei mal an.«

Marie folgte Gregor. Sie gingen an der Seite des Studios entlang zum Hof hinter dem Gebäude. Toni stand mitten auf dem Platz. Die Lippen zusammengekniffen trat er von einem Fuß auf den anderen. Als er Marie und Gregor sah, zog er eine Hand aus der Tasche, zeigte auf die rückwärtige Wand und sagte: »So, jetzt guckt euch das mal an. Deutschland. Wir sind in Deutschland. Fünfundsiebzig Jahre nach Kriegsende, fünfundsiebzig Jahre nach der Befreiung von Auschwitz. Ich. Könnte. Kotzen.«

An der Wand, an der man die Brandspuren besonders gut sah, war mit schwarzem Lack ein Hakenkreuz und darunter in ungelenken Buchstaben »Recht(s) so!« gesprüht.

Maries Eingeweide zogen sich zusammen. Dafür gab es vermutlich verschiedene Gründe.

»Toni, das ist was für die Kollegen vom Staatsschutz. Geh da nicht näher ran. Vielleicht finden wir ja eine Dose, eine Kippe, irgendwas. Ich bin übrigens ganz bei dir. Zum Kotzen.«

Marie telefonierte, Gregor ging auf Toni zu.

»Was ist denn mit Ihnen passiert?«

»Ich habe einen Boxer kennengelernt.«

»Siggi? Unseren Siggi?«

Gregor nickte.

»Das tut mir leid. So war der eigentlich nicht. Na ja, das wird schon wieder. Ich hoffe, dass seine Familie irgendwie klarkommt.«

Marie kam zurück. »Die Fachleute kommen gleich, und ich habe einen Kollegen von der Eckernförder Polizeistation dazugebeten, der die lokale Szene gut kennt. Toni, wir machen uns jetzt vom Acker. Nächste Woche komme ich zum Stabilisierungstraining fürs Knie an den Strand.«

»Kannst heute kommen.«

»Nee, hab Magen-Darm.«

Marie und Gregor gingen wieder nach vorn.

»Sag mal, Gregor. Astrid und du. Läuft das was?«

Gregor drehte den Kopf eine Spur zu schnell und öffnete die Augen einen Hauch zu weit.

Marie grinste. »Wusste ich es doch.« Sie lachte, winkte, stieg ins EMO und fuhr dorthin zurück, wo Kohletabletten im Arzneischränkchen lagen.

Als Marie in den Kreisverkehr an der Schiefkoppel einbog, fuhr Cordula in Richtung Eckernförde raus. Sekunden später klingelte Maries Handy. Sie ahnte, wer ihre Nummer gewählt hatte. Sie drosselte die Geschwindigkeit und bog auf den unbefestigten Parkplatz am Noorwanderweg ab. Hier war sie lange nicht mehr gewesen. Zuletzt, als sie die Nachricht vom Tod des Bauern Böse aus Fleckby, der in einer Grube auf seinem eigenen Acker gefunden worden war, erreicht hatte. Am selben Tag vor vier Jahren hatte sie Gregor Sachse kennengelernt.

Marie ging ein paar Schritte in Richtung Noor. Der Bauch schien sich etwas beruhigt zu haben. Am Ufer des Windebyer Noors angekommen blieb sie stehen. Der Norden hatte dank erdgeschichtlicher Geschehnisse, die Marie schon immer beeindruckt hatten, nicht nur zwei Meere, Förden und einen Fjord abbekommen. Es gab insbesondere im Osten des Landes wunderbare Seen, die oft Geschenke der letzten Eiszeit waren.

Ein Kormoran flog mit den Flügeln klatschend auf. So wenig elegant das aussah, so geschickt waren die Vögel darin, unter Wasser nach Fischen zu jagen. Konnte eben nicht jeder alles können. Marie lächelte ob ihrer Einsicht, die einigermaßen schlicht war. Aber wären sich die Menschen dieses Umstandes öfter bewusst, hörte vielleicht das unerträgliche Streben nach vermeintlicher Perfektion endlich auf. Sie schaute auf ihr Handy und rief Cordula zurück.

»Das hat aber gedauert. Ich bin schon fast in Gettorf. Pass auf. Wegen deiner Freundin. Sie ist jetzt in einem Public Health Hospital in Castillos. Ich habe die Telefonnummer.«

Marie wurde heiß und kalt. »Warte, ich habe hier gerade nichts zum Schreiben. Ich muss zurück zum Auto.« Sie rannte los, das Knie protestierte. Cordula sagte etwas, aber beim Rennen konnte Marie sie nicht verstehen.

Endlich am EMO angekommen, hörte sie Cordula sagen: »Du bist wirklich von der ganz alten Schule, oder? Ich habe dir die Nummer per SMS aufs Handy geschickt. Lass uns mal in Ruhe schnacken, demnächst. Tschüs.«

Marie keuchte. Ihre Form war schon mal besser gewesen. Sie setzte sich auf die Rückbank. Im Ausschnitt der Schiebetür sah sie Himmel und Erde. Sie senkte den Blick, starrte auf das Display. Dann wählte sie Kais Nummer. Es stand ihr nicht zu, mit Ele zu sprechen, bevor deren Mann die Chance gehabt hatte. Kai ging sofort ran.

»Marie, als ich sah, dass du es bist, hat mein Herz einen Hüpfer gemacht.«

»Nicht zu Unrecht. Ich habe Eles Nummer in Uruguay. Sie arbeitet in einem Krankenhaus in Castillos. Hast du was, um die Nummer aufzuschreiben?«

»Schick sie mir doch einfach aufs Handy.«

»Ich weiß nicht, wie das geht. Also, hast du was? Es geht los.«

Marie diktierte die Nummer. Kai schwieg.

»Kai?«

»Ja. Danke. Ich glaube, jetzt traue ich mich nicht. Was, wenn sie mich nicht mehr liebt?«

»Was, wenn du nie erfährst, was sie fühlt?«

»Danke, Marie. Ich melde mich.«

Marie fuhr nach Hause und suchte nach einer kurzen Ablenkung. Sobald eine bestimmte Dichte oder Zahl von Informationen überschritten war, brauchte ihr Gehirn eine Art Reset. Ein befreundeter Psychologe hatte ihr einmal geraten, Konserven nach Größe oder Wollreste nach Farben zu sortieren.

Ihr Weg führte sie von der Waschküche über den Schuppen in den Carport. Nach einem Zwischenstopp im Gäste-WC erreichte sie, von einer Inspektion des Vorratsraumes und einem erneuten Zwischenhalt im Gäste-WC unterbrochen, die Plattensammlung im Wohnzimmer. Seit Jahren gab es Diskussionen zwischen ihr und Andreas bezüglich des geeigneten, des überlegenen Ordnungssystems. Sie hatte stets für die simple Ordnung durch das allseits bekannte und bewährte System des Alphabetes plädiert. Andreas führte ins Feld, dass Musik eine Begleiterin emotionaler Aggregatzustände sei. Nach einer Diskussion mit der Dame von der Kassenärztlichen Vereinigung sei ihm meist nach etwas Beruhigendem, war der Pharmavertreter zu Gast gewesen, konnte allein Speed Metal sein Mütchen kühlen, und säße er mit ihr kuschelig auf der Couch, dann könnte wirklich niemand von ihm verlangen, sich daran zu erinnern, welche Schmalzlocke damals »Love Is in the Air« gesungen hatte. Mit diesem letzten Argument hatte er Marie all die Jahre immer wieder rumgekriegt. Aber heute war Revolution.

Marie setzte sich vor das Regal und zog systematisch von links nach rechts. Sie war gespannt, welcher Stapel am Ende der höchste wäre. Sie wusste, dass das »Z« im Deutschen wie im Englischen der seltenste Buchstabe in Texten war. Das sagte allerdings nichts über die Häufigkeit von Anfangsbuchstaben aus. Während das »E« in Deutschland der häufigste Buchstabe überhaupt war, lag er als Anfangsbuchstabe nur auf Platz drei. Das musste für die Anfangsbuchstaben von Bands oder Nachnamen allerdings noch lange nichts bedeuten.

Sie legte das Blaue Album der Beatles auf und sang »Strawberry Fields Forever« laut mit. Bei »With a Little Help from My Friends« musste sie schon wieder in den kleinen Raum rechts neben der Haustür rennen.

Sie legte Green Day auf den G-Stapel und dachte an »Boulevard of Broken Dreams«, als Kai anrief.

Seine Stimme klang dünn. Er sagte: »Sie hat einfach aufgelegt.«

Marie fiel nichts Besseres ein, als »So eine Scheiße« zu sagen. Dann legte sie Green Day auf, fragte Kai, ob er tanzen wolle, und hörte die Platte mit ihm am Telefon sehr laut. Bei »Extraordinary Girl« musste Marie heulen.

»Kai, sie war überrascht«, sagte sie. »Versuch es morgen noch mal.«

»Danke, bis morgen.«

Kai legte auf. Marie legte sich hin. Die Platten mit »F« könnte sie auch später noch sortieren. Auf der bequemen Couch fiel sie in einen Zustand zwischen Wachen und Schlafen. Dösen war nicht das richtige Wort, weil ihr Geist hellwach war. Sie dachte an den Kauf der neuen Sportklamotten, nur weil sich Frank Busemann angesagt hatte, an ihren Wunsch, Außenristpässe präziser spielen zu können, an die Studierenden, die Tabletten nahmen, damit sie länger lernen konnten, und an Andreas, der nun auch noch Palliativmediziner werden wollte. War das krank, oder war das vielleicht ganz normal? War Selbstoptimierung nicht notwendiger Bestandteil von Evolution? Oder bedeutete das Streben nach Perfektion zwangsläufig das Ende der Solidarität, weil es keine Gewinner ohne Verlierer geben durfte?

Marie dachte an die Industrialisierung Anfang des neunzehnten Jahrhunderts, sie dachte an Sozialismus und an Planwirtschaft, an die Wiedervereinigung. Diente die Selbstoptimierung nicht auch der Gesellschaft? Sobald Karl auf eigenen Beinen stand, würde sie noch mal studieren, sich die Zeit nehmen, in Ruhe nachzudenken. Die Denkspirale fand nach einigen Volten ein unbemerktes Ende, als der Schlaf das Regiment übernahm.

Marie hatte unbändigen Durst, als sie erwachte. Sie ging in die Küche und trank zwei Gläser Wasser. Sie prüfte die digitale Ermittlungsakte – keine Neuigkeiten. Dann meldete sich Schrader. Er habe Anna-Lenas Boot gestern verschlossen vorgefunden. Der Hafenmeister und ein Pärchen, das im Päckchen mit Anna-Lena liegt, hätten die Augen offen gehalten. Sie sei aber bisher nicht zurückgekommen, und in ihrem Haus sei sie auch nicht. Er versprach, dranzubleiben.

Andreas kam spät aus der Praxis. Er hatte Karl vom Fußballtraining in Schuby abgeholt. Die beiden aßen Pizza, Marie aß nichts.

»Krasser Tag heute«, sagte Karl. »Der Ausflug nach Haithabu. Die Tante hat uns vollgelabert. Das war ziemlich spannend, aber echt anstrengend. Und dann direkt Training mit Steigerungsläufen. Ich hasse Steigerungsläufe. Wenn so Arbeiten ist, also später, dann will ich nicht arbeiten.«

Unterdessen war Andreas ins Wohnzimmer gegangen. »Marie, spinnst du?«

Karl sprang auf und rannte ins Wohnzimmer. Marie folgte.

»Bin noch nicht ganz fertig. Alle Platten sinnvoll nach Alphabet sortiert.«

»Gute Idee«, befand Karl. »Kann ich dir helfen? Wo du doch krank bist.«

Karls Angebot hatte Andreas gleich den Wind aus den Segeln genommen. Er stand vor den Stapeln und wiederholte mehrfach eine Bewegung, bei der er den Kopf ein wenig nach links unten führte und ausatmete, den Mund öffnete und von vorn begann.

»Sei nicht zickig. Die Platten waren jetzt zwanzig Jahre nach deinem System sortiert, das übrigens gewisse Schwächen hat. Man kann Led Zeppelin mit Fug und Recht unter Rock einordnen, aber bei ›Stairway to Heaven‹ krieg ich immer Schmetterlinge im Bauch.«

»Du Biest.« Andreas lachte und ging raus auf den Balkon. Bei »Stairway to Heaven« hatten sie sich kennengelernt.

Karl hielt das Cover »Lovehunter« von Whitesnake in der Hand, das neben einem Schlangenungeheuer eine nackte Frau von hinten zeigte.

»Das ist sexistisch, oder?« Karls Frage war rhetorischer Art.

»Die Musik ist auch nicht meins. Ich fand Deep Purple immer besser«, sagte Marie.

»Dann kann die ja weg«, antwortete Karl und legte die Platte zur Seite. »Hier, neuer Stapel fürs Jugendzentrum.«

Hyggelig ist anders

Astrid hatte für die Dänen eine perfekte Gastgeberin gespielt. Eine Rolle, die ihrer Mutter auf den Leib geschrieben wäre. Sie selbst hatte sich schwergetan, hatte an den Fall gedacht, an Schlaflosigkeit und Gregor. Dann hatte sie getrunken. Auf der anderen Seite in Wik. Da kannte sie niemand. Sie hatte Köm getrunken und Fanta. Als sie um einundzwanzig Uhr achtundfünfzig die letzte Fähre nach Holtenau genommen hatte, war sie an Deck gestürzt. Wieder auf das linke Knie. Würde sie morgen nicht ihr Lieblingskleid anziehen können, hatte sie gedacht und war in Schlangenlinien nach Hause gegangen. In der Nacht hatte sie vier Textnachrichten an Gregor geschrieben. Abgesendet hatte sie keine.

Sie schaute in den Spiegel und machte den vielen Zucker in der Fanta für die Kopfschmerzen verantwortlich. Einen Schuldigen zu haben war immer gut. Neben dem Spiegel hing der Ausdruck eines Kalenders. Astrid strich die Tage bis zum Umzug in ihre neue, schicke Wohnung ab. Noch sechsunddreißigmal schlafen. Vielleicht wäre es heiß, wenn sie umzog. Aber Hauptsache, trocken.

Ob sie es mal mit Kaffee versuchen sollte? Mit einem Espresso und Zitronensaft vielleicht.

Sie ging zum Kühlschrank, an dessen Fünfziger-Jahre-Front aus badezimmergelbem Blech ein Post-it klebte, auf dem »Hauke« stand. Astrid betrachtete den Kühlschrank, den guten alten Smeg, den sie von ihren Eltern zum Einzug in ihre Studentenbude geschenkt bekommen hatte. Die Tür war zerkratzt und verbeult. Ihr erster Freund hatte mit einem roten Edding »Ich hasse dich« neben den Griff geschmiert. Warum sie den Namen ihres Lieblingsbuchhändlers auf den Zettel geschrieben hatte, konnte sie nicht erinnern.

Sie öffnete die Tür, sah all das Gemüse und wusste es wieder. Das Gemüse bezog sie im Abo. Das war das Stichwort.

Eine Viertelstunde später parkte sie vor der Buchhandlung in Friedrichsort. Die Chefin sah sie gleich über die Theke hinweg hinten im Büro sitzen. Konzentriert, wie Astrid sie oft gesehen hatte, studierte die Buchhändlerin Listen. Das jedenfalls mutmaßte Astrid. Hauke kam aus dem rechten Flügel des liebevoll eingerichteten Ladens auf sie zu, grüßte und grinste verschmitzt.

»Nun, der Grund meines Hierseins ist der folgende: Ich lese gern, aber ich befasse mich nicht mit neuen Büchern. Trotz deines zweifellos wunderbaren Leseschatz-Blogs und all den Auszeichnungen.« Sie hob entschuldigend beide Hände. »Darum hier mein Vorschlag: Was hältst du davon, wenn ich bei euch so eine Art Buch-Abo abschließe? Sagen wir, zunächst mal zwei Bücher im Monat. Alle vierzehn Tage eines. Und du entscheidest. Na?«

Hauke versuchte ein Pokerface.

»Schiss oder was?«

»Ich? Niemals.«

»Du lügst.«

»Das ist das Salz in der faden Suppe der Wahrheit.«

»Keine Gedichte.«

»Okay. Ich bringe, was ich für geeignet halte, frei Haus, und ich erwarte ein Feedback in drei Sätzen, damit die Ergebnisse meiner Wahl noch besser werden, als sie es sowieso schon sind. Story, Sprache, was mir besonders gefiel, was ich eher blöd fand.«

»Abgemacht.«

»Wir jungen Leute sagen: Deal.«

Astrid sah, dass die Frau im Hintergrund aufmerksam geworden war und die Augenbrauen nach oben gezogen hatte. »Nicht gut, Chefin?«, rief sie nach hinten.

Die Buchhändlerin schürzte die Lippen, trank einen Schluck aus ihrem Becher und sagte: »Jedes ausgesprochene Wort erregt den Gegensinn.«

Astrid schaute ratlos. Hauke zuckte mit den Schultern. »Ich glaube, Goethe. Ich bräuchte dann noch die Adresse.«

Astrid kritzelte zwei Adressen auf einen Block. »An die vornehme Adresse erst ab Mitte nächsten Monats. Ich bin sehr gespannt. Solange es keine Krimis sind.«

Astrid ging. Hauke drehte sich zu seiner Frau um, und Astrid hörte noch, wie er sagte: »Keine Krimis. Die ist doch bei den Bullen. Nun ja.«

***

So als habe jemand den Schalter umgelegt oder als sei ein Wunder geschehen, erwachte Marie vom Schlaf erfrischt und ohne spür-, sicht- oder hörbare Symptome. Tatendrang war das vorherrschende Gefühl zwischen Haarspitzen und Fußsohlen. Kurz versuchte sie, sich zu erklären, was über Nacht geschehen sein konnte, dann akzeptierte sie es einfach, stand auf, frühstückte mit Appetit, brachte Andreas und Karl je eine Schale Müsli ans Bett und setzte sich mit dem dienstlichen Notebook auf den Balkon.

Aus jahrzehntelanger Fußballerfahrung wusste sie, dass das Momentum entscheiden konnte. Das sagten Sportreporterinnen und Trainer nicht nur so dahin. Ihre LKA-Mannschaft war untrainiert, die Technik war allenfalls rudimentär vorhanden, das Team war inhomogen. Aber sie würde heute dafür sorgen, dass sie in Sehestedt als strahlende Sieger von der Asche gingen. Das Zauberwort hieß Motivation. Sie öffnete den Gruppenchat und schrieb:

Betr.: Bouleturnier Sehestedt

An alle,

es sollen Gerüchte kursieren, dass gegen uns gewettet wird. Dem Druck seien wir nicht gewachsen. Mit Kugeln könnten wir nicht umgehen. Kolleginnen und Kollegen, wenn es eines gibt, das man uns nicht nehmen kann, dann ist es unsere Ehre. Ich erwarte euch vollzäh-

lig um 18 Uhr auf der Boulebahn in Eckernförde. Wir werden eine Strategie entwickeln, der die Mannschaften der Freiwilligen Feuerwehr und der Senioren nichts entgegenzusetzen haben. Wir werden unter Flutlicht trainieren. Flutlicht ändert alles.

Seid pünktlich, Marie

Sie klickte auf Senden, brachte das Notebook in EMOs Tresor, ging in den Garten und begann eine intensive Yogasession, in der der Krieger überproportional oft vorkam. Dann inspizierte sie Vorratskammer und Kühlschrank. An schlechten Tagen hätte sie das Ergebnis als ernüchternd empfunden. Heute fand sie herausfordernd, dass es außer Tomatenmark, Mehl, Thunfischkonserven, Zucker und Olivenöl nicht viel gab.

Sie stellte sich oben in den Flur so, dass sie Andreas und Karl sehen konnte.

»Liebe Familie, heute ist Sonnabend. Heute werden wir königlich spachteln. In Eckernförde ist Markt, und ich bin wild entschlossen, nur beste Zutaten zu ergattern. Gegen dreizehn Uhr dreißig wird es Essen geben. Bis dahin: Entspannt euch. Tschüs.«

»In Schleswig kannst du genauso gut einkaufen und verpestest die Umwelt nicht mit dem ollen EMO«, krakeelte Karl. Er hatte recht.

»Mein Sohn, du hast recht. Aber ich habe Bock auf den Eckernförder Markt. Einfach so. Es gibt keine Argumente, nur die pure Lebenslust.«

Marie versuchte, auf ihrem Weg immer zwei Stufen auf einmal zu nehmen, erkannte aber rechtzeitig, dass sie nicht in Übung war, und verhinderte Schlimmeres. Auf komplexe Transportaufgaben gut vorbereitet verließ sie das Haus mit dem alten Rucksack, der sie schon quer durch Frankreich begleitet hatte, und zwei Stofftaschen, die fürs Norden-Festival in Schleswig warben. Sie setzte sich ins EMO und streichelte kurz übers Lenkrad:»Karl meint's nicht so. Er ist ja noch ein Kind.«

Dann fuhr sie los. Ohne Musik zunächst, weil sie sich nicht entscheiden konnte. Schließlich schob sie einen Discomix aus den frühen Achtzigern in den CD-Player und wackelte sich auf EMOs Sitz zu »Weekend« von Earth & Fire um den Wikingturm herum. Der Song hatte auf Maries interner Hitparade einen ewigen Platz unter den Top Fourty. Nicht dass ihr das Lied besonders gut gefiel, es war denkbar seichter Pop. Aber sie hatte es an ihrem ersten Amsterdam-Wochenende mit Andreas rauf und runter gehört. In Eckernförde angekommen hatte sie den karibischen Klang des Vibrafons noch immer im Ohr.

Auf dem Rathausparkplatz fand sie keine Lücke, auch am Bahnhof Blech an Blech. Sie fuhr zur Polizeistation, erinnerte sich, dass Schrader Dienst hatte, der tatsächlich mit einer Kollegin auf dem Treppenabsatz stand. Marie stellte das EMO auf dem Hof ab, begrüßte die beiden und raunte:»Ob ich hier für 'ne halbe Stunde stehen könnte, liebe Kollegen? Einer muss ja das Geschehen auf dem Markt beobachten.«

»Wenn es dem Schutz der Bevölkerung dient. Erst im letzten Jahr hatten wir einen Taschendiebstahl. Da kann man gar nicht wachsam genug sein.«

Marie zog von dannen. Die Kieler Straße brummte. Stimmengewirr, Kinderlachen, der Duft von frischem Brot, als sie an der geöffneten Tür der Bäckerei Haupt vorbeiging. Nicht immer konnte sie den Trubel des Seebades gut ab. Aber heute erschien ihr das pralle Leben wie ein Versprechen, dass die Guten schon immer in der Überzahl gewesen waren.

Als sie gerade nach links zum Markt abbiegen wollte, sah sie vor dem Schaufenster der Buchhandlung Liesegang die Inhaberinnen mit Holzkisten hantieren. Neugierig ging sie die paar Schritte hinüber zu den beiden, die noch für jede Bücherfreundin einen Buchfreund gefunden hatten. Manchmal hatte Marie den Eindruck, dass Maike und Johanna die Herzen der Menschen mit den Geschichten der Autoren verkuppelten.

»Moin, verkauft ihr jetzt auch Gemüse?«

Maikes Blondschopf fuhr herum. »Oh, Haare ab. Neuer Mann? Muss ich was wissen?«

Marie lachte. »Was ihr immer alle habt. Das bisschen Keratin. Meine Haare wachsen wie Unkraut. Apropos.« Sie deutete auf die Holzkisten, in denen sie Äpfel, Möhren und Zucchini entdeckte.

Johanna strahlte: »Nächsten Donnerstag haben wir eine sehr leckere Premierenlesung. Ein Krimischreiber stellt sein erstes Kochbuch vor, und ob du es glaubst oder nicht, es wird auch was zu essen geben.«

»Das ist das Stichwort. Ich werde jetzt mal den Markt plündern.« Marie ging weiter in Richtung Siemsen-Speicher. Meist begann sie ihre Marktrunde auf dem großen Platz. Heute würde sie vor der Kirche starten.

Kaum war sie in die Welt der Versuchungen eingetaucht, wurde ihr klar, dass Rucksack und Taschen wieder nicht reichen würden, um all die Leckereien nach Hause zu tragen. Eine Dreiviertelstunde verging, bis Marie so viel Obst, Gemüse, Fisch, Käse, Eier und Gewürze gekauft hatte, dass die Trageschlaufen tief in ihre Handinnenflächen einschnitten.

Sie erreichte den Stand vom Biohof Großholz, und es war, als habe sie der Blitz getroffen. Vor den Radieschen plauderte Anna-Lena Börnsen mit einer auffallend bunt gekleideten Frau. Marie näherte sich ihr von links hinten. Langsam, hoffend, dass ihr alsbald einfiele, was genau zu tun war. Anna-Lena griff in die rechte Tasche ihres blauen Blazers und hielt der Frau eine gelbe Packung entgegen. Marie sah sofort, dass es Pfefferminzbonbons von Fazer waren, die Anna-Lena anbot. Bonbons der Marke also, die sie in der alten Fischräucherei gefunden hatten.

Marie stellte ihre Taschen neben der Treppe am Ratskeller ab. Die Tische der Außengastronomie waren noch nicht besetzt. Der Ratskeller öffnete erst um elf. Die Taschen würden niemanden stören, dachte sie und erkannte, dass ihr Gehirn Ablenkungsgedanken anbot. Sie sollte sich jetzt nicht mit Gästen befassen, die noch gar nicht eingetroffen waren, sondern mit der Frage, wie sie sich nun gegenüber Anna-Lena verhalten sollte. Konnte sie ob der Alltagssituation ein unverfängliches Gespräch unter alten Freunden beginnen, sollte sie eine Befragung durchführen, Anna-Lena zu einer solchen ins LKA bitten oder sie gleich vorläufig festnehmen?

Anna-Lena nahm Marie die Entscheidung ab. Sie steckte die Bonbons in die Tasche, nachdem ihre Gesprächspartnerin dankend abgelehnt hatte, schaute hoch, und ihr Blick begegnete Maries Blick. Anna-Lenas Pupillen weiteten sich, Marie wusste, dass Adrenalin Anna-Lenas Körper flutete. Sie hatte Angst. Rasche Augenbewegungen nach links und rechts. Die Suche nach einem Fluchtweg. Ein Verhalten, das Marie schon oft beobachtet hatte. Meist, wenn ein Zugriff bevorstand, dessen Gefahr die Zielperson für sich erkannte.

»Moin, Anna-Lena. Lass uns einen Kaffee trinken. In aller Ruhe.«

Anna-Lena packte die Frau mit dem bunten Kleid bei den Schultern und stieß sie in Maries Richtung. Die Frau stolperte über eine Kiste Wasser. Marie streckte die Arme aus und versuchte, den Sturz der Frau abzufangen. Die plötzliche Last war zu groß für Maries Hand, für Maries Knie. Die Frau landete unsanft unmittelbar vor Maries Füßen. Der Schmerz war groß, größer die Sorge, Anna-Lena aus den Augen zu verlieren, die mit langen Schritten in Richtung des Rathauses lief, ein Mädchen über den Haufen rannte und dann in einen Gang nach links verschwand.

Marie folgte. Sie lief, so schnell sie konnte, aber sie konnte nicht schnell genug. Als sie den Gang erreichte, in den Anna-Lena gerannt war, konnte sie die Flüchtige nirgends mehr sehen. Marie tastete nach ihrem Handy. In der Jacke war es nicht. Sie musste es im EMO vergessen haben. Die Taschen, sie hatte die Taschen vergessen.

Ein Marktbeschicker querte den Gang mit einer Sackkarre. Marie wich im letzten Moment aus, konnte jetzt auf die südliche Seite des Platzes schauen und sah, wie Anna-Lena zum Parkplatz lief. Hatte sie ihr Auto dort abgestellt, wäre sie weg. Allerdings gab es nur eine Ausfahrt.

Blumen, Rathaus, Brillen, Döner. Endlich kam der Parkplatz in Sicht. Marie überquerte die Straße und entdeckte Anna-Lena, die etwa in der Mitte des Platzes einen schwarzen SUV bestieg. Marie ging zurück auf die Straße und stellte sich mitten auf den Zebrastreifen. Sie hob beide Hände, schaute die Passanten an und rief: »Polizei. Ich bin Polizistin. Verlassen Sie sofort diesen Platz. Polizei, gehen Sie bitte sofort weg von der Straße.«

Sie hörte, wie ein Motor aufheulte. Marie breitete die Arme aus. Etwa hundert Meter entfernt bog der SUV um die Ecke und beschleunigte. Marie hielt beide Arme zu den Seiten ausgestreckt. Anna-Lena würde sie nicht überfahren.

Der SUV näherte sich schnell. Marie blieb stehen. Anna-Lena hielt direkt auf Marie zu. Marie spürte, wie sie ganz ruhig wurde. Dann wurde das Fahrzeug langsamer, stoppte. Der wuchtige Kühlergrill, keinen halben Meter von Marie entfernt.

Marie konnte Anna-Lenas Augen nicht sehen. Die Windschutzscheibe spiegelte. Sie senkte die Arme und machte zwei Schritte nach rechts, um an die Fahrertür zu gelangen. Der SUV tat einen Satz nach vorn, der Außenspiegel streifte Marie am linken Arm.

»Miststück«, entfuhr es Marie. Ein Rollerfahrer stoppte an der Einmündung Gartenstraße. Marie lief auf ihn zu, zeigte ihren Dienstausweis. »Marie Geisler, Landeskriminalamt. Ich benötige den Roller. Jetzt.« Die Fahrerin stieg ab, hielt den Roller, bis Marie sich gesetzt hatte.

»Ist ein Automatik«, rief die Frau.

Marie gab Gas.

»Stopp, nehmen Sie meinen Helm.«

Marie bremste, das Vorderrad blockierte. Nur mit Mühe konnte sie einen Sturz verhindern. Die Frau trat an ihre linke Seite und stülpte ihr den Jethelm über den Kopf. Marie griff unter ihr Kinn, um den Helm zu schließen. Sie wusste nicht, wie der Mechanismus funktionierte. Der schwarze SUV war nach links abgebogen und verschwand in diesem Augenblick hinter den Häusern auf der Reeperbahn.

»Scheiße, Scheiße, Scheiße.« Marie riss sich den Helm vom Kopf, drückte ihn der Frau an die Brust und gab erneut Gas. Die Ampel sprang auf Rot, Marie schaute hektisch nach links und rechts. Es gelang ihr, haarscharf vor einem Wohnwagengespann von links die Kurve zu kratzen. Ungefähr in Höhe des Bahnhofs sah sie Anna-Lenas Auto. Marie betete, dass nicht ausgerechnet jetzt ein Zug kommen würde, sich die Schranke schließen würde. Nicht jetzt. Bitte nicht jetzt.

Zwischen Anna-Lena und sie hatten sich zwei andere Fahrzeuge aus der Gerichtsstraße kommend eingeordnet. Der Verkehr stockte, Marie holte auf. Plötzlich wechselte Anna-Lena auf die Linksabbiegerspur Richtung Strand und beschleunigte. Marie folgte, konnte aber nicht annähernd so schnell fahren wie Anna-Lena, die geradeaus über die Schienen raste, die Ampel bei Gelb erwischte und über den Lornsenplatz die Steigung hinauf Richtung Hörst schoss. Der Querverkehr von beiden Seiten war dicht. Marie hatte nicht den Hauch einer Chance dranzubleiben. Sie bremste in erster Reihe neben einem blauen Golf. Der Fahrer ließ sein Fenster runter.

»Hallo. Geht's noch? Das ist nicht nur rücksichtslos, das ist auch gefährlich, was Sie da machen.«

Marie reagierte nicht. Was sollte sie sagen? Ich bin im Einsatz und verfolge eine mutmaßliche Mörderin, mit der ich konfirmiert worden bin. Den schwarzen SUV hatte Marie aus den Augen verloren. Sie hoffte, dass Anna-Lena nach Hause gefahren war.

»He, ich spreche mit Ihnen.«

Die Rotphase dauerte gefühlte fünf Minuten. Marie drehte sich um. »Es tut mir leid. Das ist ein Notfall.« Sie sah das Kopfschütteln des Mannes noch aus dem Augenwinkel, als die Ampel endlich Gelb zeigte. Marie drehte den Gashahn bis hinten hin auf. Schnell war der Roller nicht.

Sie erreichte die erste Linkskurve, und mit viel Phantasie sah sie an der Ampel Ecke Sehestedter Straße ein schwarzes Auto rechts abbiegen. Falsche Richtung. Führe Anna-Lena nach Hause, müsste sie weiter geradeaus fahren. Marie machte sich klein. Der Tacho zeigte achtzig. Ein Blick nach rechts, und erleichtert stellte sie fest, dass das schwarze Fahrzeug angehalten hatte. Ein Mann stieg aus. Anna-Lenas Vorsprung war offensichtlich größer.

Jetzt bog sie links in den Brennofenweg ab. Ein Kombi im Gegenverkehr musste bremsen. Die Fahrerin gestikulierte. Heilpädagogium, Wasserturm. Dann sah sie das Haus der Familie Börnsen-Macke. In der Auffahrt der SUV. Marie parkte den Roller dahinter, blockierte das Fahrzeug in der Hoffnung, eine Flucht zumindest zu erschweren. Erneut tastete sie ihre Taschen ab, aber das Handy blieb verschwunden.

Die Haustür war verschlossen. Marie ging, sich aufmerksam umschauend, über den Rasen. Direkt vor der Skulptur hielt sie inne. Am Huf des Pferdes stand ein ungefähr DIN-A4-großer Bilderrahmen. Das Foto zeigte zwei Mädchen im Alter von vielleicht sechs und zehn Jahren. Das größere Mädchen hatte die dichten dunklen Augenbrauen von Anna-Lena. Die Mädchen hielten einander an der Hand.

Marie ging vorsichtig weiter hinunter zur Terrasse. Sie spähte durch das Fenster in den Wellnessbereich, atmete tief durch, als sie um die Hausecke bog. Das große Wohnzimmer, die Küche. Anna-Lena war nicht zu sehen. Marie setzte die Runde ums Haus fort, unterquerte den großen, weit vorspringenden Balkon und stieg schließlich bedächtig die Stufen unterhalb des Ostgiebels empor, als sie hörte, dass eine Tür geöffnet wurde. Sie beschleunigte ihren Schritt, hörte eine Frauenstimme. Es war Anna-Lena, die fluchte. Sie hatte wahrscheinlich den Roller entdeckt. Marie beeilte sich, den nächsten Treppenabsatz zu erreichen.

Als sie oben angelangt war, konnte sie Anna-Lena nicht sehen. Weder saß sie im Auto, noch stand sie auf dem Rasen vor dem Haus. Marie lief nach vorn zur Straße und sah, wie Anna-Lena in Richtung Stadt ging, und rief ihren Namen. Keine Reaktion.

Marie versuchte, den Roller zu starten. Sie drückte den Starterknopf. Der Anlasser machte keinen Mucks. Sie bediente andere Schalter am Lenker, drückte erneut den Starterknopf. Nichts. Sie machte einen Bedienungsfehler, wusste aber nicht, woran sie scheiterte. Noch immer trug sie den Rucksack mit sich herum, den sie nun abnahm und neben den SUV stellte. Auf dem Bürgersteig kam ihr ein älteres Ehepaar mit Hund entgegen.

»Moin. Einen Moment bitte.« Sie hielt den beiden ihren Dienstausweis hin. »Kann ich Ihr Handy bitte benutzen? Ich muss Verstärkung rufen.«

Die Frau schaute ungläubig, dann bedauernd. »Wenn wir die Runde mit dem Hund machen, nehmen wir nie ein Telefon mit. Wir wohnen ja nur ein paar Hundert Meter weiter.« Sie zeigte in Richtung Domstag. Marie nickte und nahm die Verfolgung zu Fuß auf. Das tat weh, aber es würde schon gehen. Sicher träfe sie gleich jemanden mit Handy.

In der Ferne sah sie, wie Anna-Lena den Bürgersteig nach rechts verließ. Marie fiel in einen schmerzarmen Trab. Dort, wo eine schmale Privatstraße zur Jugendherberge führte, hatte sie Anna-Lena verschwinden sehen. Marie kürzte über die Wiese ab und hielt direkt auf das Gebäude der Jugendherberge zu. Eine Gruppe halbwüchsiger Jungs kickte in der Senke. Die Jungs sahen Marie kommen. Einer mit einem grünen Trikot des VfB Lübeck stoppte den Ball und lupfte ihn in Maries Richtung. Marie biss die Zähne zusammen und köpfte die Pille ins rechte obere Eck. Das aufreizende Grinsen des Jungen verschwand.

Als Marie ihn erreichte, raunte sie ihm zu: »Eins zu null«, und an die Gruppe gewandt: »Sagt mal, die Frau die hier gerade vorbeilief, wo ist die hin?

»Die Tusse im Kostüm?«, fragte der Passgeber. »Die ist die Straße längs und dann rauf zum Haupteingang, würde ich sagen.«

Ein anderer Junge mischte sich ein. »Nee, die ist vorher nach links gelaufen.«

Marie bedankte sich. »Wenn Sie zurückkommen, können Sie mitspielen«, rief ihr einer nach. Marie wusste, warum sie Fußball so sehr liebte.

Den Hang hinaufzulaufen tat weh. Oben angekommen musste sich Marie entscheiden. Haupteingang oder nach links, wie einer der Kicker beobachtet hatte. Sie entschied sich, nach links zu gehen, weil ein Tor offen stand. Sie folgte dem Weg, der von einem dichten Blätterdach beschattet wurde. Sie ging durch das Tor und stieß auf ein Fahrzeug von Maler Börnsen. Sie schaute nach rechts zum Leuchtturm, der seit einigen Wochen im oberen Bereich, dort, wo das Leitfeuer den Kapitänen den Weg wies, eingerüstet war. Sie umkurvte den Transporter und näherte sich dem massiven Fuß des Turms, in dessen flachem Untergeschoss Licht brannte. Eine Tür war geöffnet.

»He, Sie, Sie dürfen da nicht rein.«

Von hinten näherte sich ein korpulenter Mann in Maries Alter. Er trug einen weißen Overall mit dem Logo der Firma Börnsen.

Marie zeigte Ihren Dienstausweis. »Doch, darf ich. Ist Frau Börnsen-Macke gerade hier entlanggekommen?«

Der Mann war eingeschüchtert. »Polizei? Hier ist alles in Ordnung. Wir haben den Auftrag vom Wasserstraßen- und Schifffahrtsamt Lübeck. Das geht alles mit rechten Dingen zu.«

»Daran habe ich keinen Zweifel. Beantworten Sie meine Frage.« Marie schaute sich auf dem Gelände um.

»Nein, zumindest habe ich niemanden gesehen. Ich habe am Transporter nach neuen Rollen gesucht. Der Untergrund ist doch einigermaßen rau.« Er kratzte sich am Bauch. »Na ja, wenn ich es mir genau überlege. Vielleicht, so aus dem Augenwinkel. Eine Art Schatten. Aber so richtig gesehen habe ich niemanden.«

»Haben Sie ein Handy?«

Der Mann griff in eine Hosentasche und förderte ein Smartphone zutage. »Sicher.«

»Ich möchte einen Anruf machen.«

Der Mann reichte Marie das Handy. Sie rief Astrid an, gab das Handy zurück und ging auf die Tür zu, hinter der es aussah wie in einem kleinen Kraftwerk. Lauter Kabel und Schaltschränke. Dann sah sie den Zugang zum Treppenhaus. Eine

Wendeltreppe führte nach oben. Marie seufzte und machte sich auf den Weg.

Nach einigen Minuten des Steigens und der Schmerzen im Knie wurde ihr schwindelig. Sie blieb stehen, atmete, wie sie es vor einigen Jahren in einem Yogakurs gelernt hatte. Schweiß stand ihr auf der Stirn.

»Kurz mal setzen«, murmelte sie. Gerade hatte sie die Arme auf den Oberschenkeln abgestützt, da hörte sie, dass im halligen Raum über ihr eine Tür zuschlug. Sie rappelte sich auf und stieg weiter die sich schier unendlich windende Treppe empor. Sie schloss die Augen, glitt mit einer Hand an der Wand entlang, aber der Schwindel blieb. Dann, endlich, sah sie den obersten Treppenabsatz und eine Stahltür vor sich. Sie öffnete die Tür und sog dankbar die frische Luft ein, die von der Eckernförder Bucht herüberwehte.

Ringsum eine Art Balkon, eine rot gestrichene Brüstung, ein nach innen verlegtes Geländer aus ebenfalls rot gestrichenem Rohr und, soweit sie sehen konnte, umlaufend ein Gerüst, dass es ermöglichte, die Plattform zu verlassen.

Marie trat ein, zwei Schritte nach vorn. Sie erinnerte sich an den Schwindel, der sie zuletzt auf dem Windrad gepackt hatte. Über ihr klapperten Gerüstbretter. Sie überwand sich, ging vor zur Brüstung, zwang sich, nicht nach unten zu schauen, erklomm die Stufen der Leiter und trat nach draußen auf zwei Gerüstbohlen aus Holz. Das Gerüst war nach außen durch ein Netz gesichert, das sich im Wind bewegte.

Von unten erklang das Signal eines sich nähernden Streifenwagens. Vorsichtig umrundete sie den Leuchtturm, klammerte sich an den kalten Rohren fest. Sie hatte sich die Runde, die in Wirklichkeit keine Runde war, sondern ein Quadrat, eingeteilt wie eine Uhr. Sie war wild entschlossen, nicht die Orientierung zu verlieren. Auf zwölf Uhr lag die Eckernförder Bucht.

Als sie beinahe rum war, auf zehn Uhr angekommen, sah sie über sich die Füße einer anderen Person. Gleich daneben führte eine schräg gestellte Leiter auf die oberste Ebene. Marie umfasste die Holme der Leiter. Ihr war übel, so wie ihr gestern übel gewesen war. Sprosse um Sprosse stieg sie nach oben. Als sie die Gerüstbohlen am Bauch spürte, drehte sich die Person zu ihr um. Wie erwartet war es Anna-Lena, die Marie lange anschaute. Ein Blick voller Trauer.

»Anna-Lena, wir müssen reden. Ich komme zu dir rauf.« Drei Sprossen noch, dann stand Marie hoch oben über dem Asphalt der Bundesstraße. Der Blick über die Stadt, den Marinehafen, die Bucht bis hinüber nach Schwedeneck war atemberaubend. Nur noch zwei Armlängen trennten sie von Anna-Lena.

»Willst du mir alles erzählen?«

Anna-Lena rieb sich mit einer Hand über Gesicht und Nacken. »Das war's jetzt, oder?«

»Das kann ich dir nicht sagen. Ich weiß nicht, was passiert ist. Ich weiß nicht, warum du vor mir weggelaufen bist, was du hier oben willst.«

»Ab und zu muss die Chefin mal nach dem Rechten sehen auf der Baustelle.« Sie lachte kurz auf, verschluckte sich, musste husten. »Ich habe Leni nicht mehr gesehen, seit sie von zu Hause abgehauen ist. Und das war gut so. Wäre mein Vater nicht gewesen mit den alten Geschichten, mit all den Fotos von Leni, hätte ich sie vielleicht ganz vergessen.«

Sie machte eine Pause, hustete erneut. »Wäre ich doch nur nicht nach Hause gefahren. Ich wollte eigentlich mit einem Kunden was essen gehen. Am Dienstag. Es wäre nichts passiert, wäre ich nicht nach Hause gefahren. Als ich zu Hause reinkam, lief Musik. Unten im Wellnessraum. Es roch nach unserem Badeöl. Ich bin gleich runter, hatte gehofft, Sven wäre schon zurück. Aber im Jacuzzi saß Leni. Sie sah gut aus. Tolle, trainierte Figur, ganz definierte Arme. Sie telefonierte. Ich bin an der Tür stehen geblieben. Sie sagte: ›Heute Abend kommst du nach Sehestedt, und ich mache, was du so gernhast, du kleines Ferkel.‹ Genau das hat sie gesagt, wortwörtlich. Sie hat gegluckst. Sie hat genauso gegluckst, wie sie schon als Kind gegluckst hat, wenn Papa sie gekitzelt hat. Und dann sagte sie: ›Du musst keine Angst haben. Anna-Lena erfährt nichts. Dass mein Baby das Baby des berühmten Sven Macke ist, erfährt niemand. Hauptsache, wir haben weiter so viel Spaß, mein Ferkelchen.‹«

Anna-Lena atmete rasch durch den Mund ein und aus und rieb mit beiden Handflächen über ihre Oberschenkel. Sie sprach stockend.

»Ich bin zum Jacuzzi und habe sie untergetaucht. Sie war stark, aber ich war schon immer stärker. Ich war eigentlich die Sprottenkönigin. Sie war nichts. Irgendwann hat sie sich nicht mehr gewehrt. Ich habe sie in so eine Folie gepackt. Dann habe ich den Transporter aus der Firma geholt, sie in den Laderaum geschleppt und bin zur Räucherei gefahren. Ist ja auch eine Baustelle von Börnsen. Wir haben die Schlüssel. Jetzt wirst du Sprottenkönigin, habe ich gedacht. Als meine Vertreterin. Später habe ich ihre Klamotten durchsucht. Ich war in ihrem Zimmer in Sehestedt, habe das Tagebuch gefunden und im Garten über dem Kleid beerdigt, das dort all die Jahre gelegen hat. Dass mit dem Kleid auch mein Hass verblassen würde, das habe ich mir gewünscht.«

Sie faltete die Hände. Weiß traten die Knöchel hervor. »Ich möchte, dass das Kleid später mal mit mir beerdigt wird. Kannst du das festhalten? Irgendwie offiziell?«

Marie nickte. »Ich muss dich festnehmen, wegen des dringenden Verdachts, deine Schwester ermordet zu haben.«

Marie machte einen Schritt auf Anna-Lena zu. Sie stolperte, verlor das Gleichgewicht und kippte nach links. Mit einer Hand klammerte sie sich ans Netz, die andere griff für einen Moment ins Leere. Dann packte Anna-Lena zu. Sie hatte einen festen Griff.

Marie hing so weit über die äußere Gerüstbohle hinaus, dass sie sich nicht an Anna-Lenas Hand hochziehen konnte, zurück in Sicherheit. Anna-Lenas Miene war versteinert. Sie schien Marie mühelos halten zu können.

»Weißt du, als ich sie mit Sven sprechen hörte, hatte ich plötzlich keine Vorstellung mehr vom Leben, und der Tod reichte mir die Hand. Buchstäblich.«

»Lenis Tod?«

»Ja, Lenis Tod, aber auch mein Tod und der von Sven. Seitdem ringe ich mit mir. Die Vorstellung, dass uns der Tod wiedervereint, ist noch furchtbarer, als mit der Schuld weiterzuleben, die ich auf mich geladen habe.«

Anna-Lena stierte in die Ferne. Sie wirkte unbeteiligt.

»Vielleicht Alkohol? Meine Seele frisst mich auf. Von hier aus.« Sie griff sich mit der rechten Hand an die Brust und zog Marie mit links zu sich heran.

Hinter den Frauen öffnete sich die Tür. Beamte des mobilen Einsatzkommandos waren blitzschnell bei Anna-Lena und drehten ihr die Arme auf den Rücken.

»Es tut mir leid, Marie. Es tut mir unendlich leid. Sag das meiner Mutter, bitte.« Dann wurde sie in den Turm geschoben.

Marie setzte sich auf eine der Bohlen, in die jemand ein Herz geritzt hatte. Ihre Füße baumelten im Freien, annähernd dreißig Meter über dem Boden. Ihr Blick ging nach unten, sie spürte die Dehnung in der Halswirbelsäule. Mit dem Einatmen richtete sie sich auf und blickte über die Dächer des Hotels Beach Side, die schmale Straße, die die Promenade entlangführte, den Strand, die Schiffe der Marine, weit hinaus ins Land. Sie drehte den Kopf nach rechts. Segelboote auf dem Wasser. Sie atmete aus. Ganz lang.

Ihr war nicht schwindelig. Sie fühlte, dass ihr nie wieder schwindelig würde. Dann verstand sie ganz langsam, dass etwas anders geworden war, nachdem Anna-Lena ihre Hand ergriffen hatte. Sie hatte sich ganz sicher gefühlt. Gehalten. Marie stand auf, ließ das Geländer los und breitete die Arme aus. Sie schaute nach vorn, zur Seite, nach unten. Kein Schwindel. Unten öffnete sich die Tür eines Polizeibullis. Anna-Lena stieg ein. Mit nach vorn gebeugtem Oberkörper.

Hinter Marie ein schabendes Geräusch. Astrid öffnete die Tür und sagte nichts. Sie schnaufte mit weit aufgerissenem Mund, lehnte sich mit dem Rücken an den Beton.

»Bist du.« Schnaufen. »Bist du total bescheuert?« Jetzt rutschte sie an der Wand nach unten.

Marie stieg vom Gerüst auf die Plattform und setzte sich neben Astrid.

»Wie kannst du das allein machen? Es hätte sonst was passieren können. Hat sie gestanden?«

»Hat sie. Astrid, du musst Ausdauertraining machen. So geht das nicht weiter. Vielleicht macht Gregor ja mit?«

Astrid schaute Marie an und fing an zu lachen. Marie lachte mit. Die Tür öffnete sich. Bernd steckte den Kopf durch die Türöffnung. Sein Blick zeigte wenig Verständnis für die kichernden Frauen.

»Musst du nicht verstehen, Bernd. Nix für Männer.«

Bernd spitzte die Lippen, nickte kurz und verschwand im Treppenhaus.

Astrid, die langsam wieder zu Atem kam, sagte: »Marie, ich schlage vor, dass wir Bernd und Sonja die Vernehmung machen lassen. Bisschen Distanz kann sicher nicht schaden.«

Marie war einverstanden, half Astrid hoch, und dann schauten sie noch eine Weile in die Ferne.

»Ich habe meine Taschen auf dem Rathausplatz stehen gelassen. Und ich muss den Roller zurückbringen. Ich weiß nicht, wie die Frau heißt. Welch ein Tag.«

Astrid machte eine Halterabfrage. Die Frau hieß Gisela und wohnte in Windeby.

»Du bringst ihr den Roller, ich fahre hinterher und setze dich dann am Markt ab. Sollen wir es so machen?«

So machten sie es.

Am Markt angekommen sagte Marie: »Ich kaufe gleich noch einen Strauß Blumen und bringe ihn in Windeby vorbei. Sie hat mir sogar noch den Helm aufgesetzt. Eine von den Guten.« Sie lächelte zufrieden. »Ich muss mich wirklich um nichts mehr kümmern?«

Astrid schüttelte den Kopf. »Ist ja keine One-Woman-Show, das LKA.«

»Gut. Wir sehen uns heute um achtzehn Uhr zum Training.« Marie stieg aus, schulterte ihren Rucksack und ging über den Schulweg zum Markt. Vor gerade mal einer Stunde war sie hier hinter Anna-Lena hergerannt. Dinge änderten sich manchmal sehr schnell. Ihre Taschen waren weg. Das war ja vorherzusehen gewesen.

»Moin, Frau Geisler.« An einem der Tische vor dem Ratskeller saß Margarete Brix, die pensionierte Amtsrichterin. »Die Taschen, die hier standen, habe ich ins Restaurant bringen lassen.«

»Woher wussten Sie?«

»Ihr Handy steckte in einer der Taschen. Mögen Sie einen Tee? Ich lade Sie ein.«

Marie setzte sich und erzählte. Der Tee wurde kalt. Als sie schloss, sagte die Brix: »Das wäre ein Fall für mich gewesen«, und Marie hatte den Eindruck, dass sie das ernst meinte.

Marie entschied sich für einen Strauß mit Sonnenblumen. Gisela in Windeby freute sich, und als Marie in Schleswig die Tür geöffnet und die Taschen abgestellt hatte, fragte Andreas aus der Küche heraus: »Hast du wieder rumgetrödelt, mein Wickielein?«

Sie brachte Taschen und Rucksack in die Küche, küsste Andreas und antwortete: »Kannst du dieser Tage in der Zeitung lesen, wie ich wieder rumgetrödelt habe, mein Liebster.«

Er fragte nach, wurde immer neugieriger, aber Marie blieb standhaft. Sie kochte, die Klappe des Briefkastens klapperte. Die Hände trocknete Marie am T-Shirt und ging in den Flur. Klappernde Briefkästen waren wie das Geräusch eines auf den Boden prallenden Fußballs. Beides duldete keinen Aufschub.

Sie fummelte den Gemeindebrief aus dem Schacht, zwei Umschläge von den Stadtwerken und eine Postkarte. Das Foto zeigte Wasser und ein Segelboot. Marie drehte die Karte um und erkannte sofort Eles Schrift. »Noch nicht«, hatte sie in die Mitte der Karte geschrieben und ein kleines Herz daruntergemalt.

Marie schluckte, spürte, wie sich Tränen in ihren Augen sammelten. Sie legte die Briefe auf das Sideboard und ging ins Gäste-WC. Das kalte Wasser, mit dem sie ihr Gesicht wusch, half. Sie steckte die Karte in die rechte Gesäßtasche, betrat die

Küche, umarmte Andreas von hinten und sagte: »Gut, dass es dich gibt.«

»Ja, die Möhrenstifte, der Knaller, oder? Wie in der Sterneküche.«

Marie, Andreas, Karl und drei seiner Freunde, die im Garten Badminton gespielt hatten, wurden satt. Andreas fuhr die Jungs nach Maasholm zu seinen Eltern. Eine Ausfahrt mit Uwes Motorboot stand an. Marie dachte an den Segeltörn mit Andreas, machte ein Nickerchen und erschien fünfzehn Minuten vor der Zeit auf dem Bouleplatz in Borby. Sie trug das Trikot von Zlatan Ibrahimović. Das Gewinner-Trikot.

Um fünf vor sechs traf auch Gregor mit seiner Harley ein. Nicht alle hatten bisher gesehen, was Siegbert Hölters Schlag in Gregors Gesicht angerichtet hatte. Mitleid und Spott waren ihm gleichermaßen sicher.

Im Verlaufe des Abends kristallisierte sich Sonja als strategisch überlegene Spielerin heraus, die auch aus schier aussichtslosen Positionen der Kugeln etwas rausholte. Einstimmig wurde sie zur Kapitänin gewählt.

Es war längst dunkel, als auf dem Parkplatz am Jungmannufer ein Streifenwagen hielt. Ein uniformierter Polizist näherte sich. Marie sah, dass es Schrader war.

»Die Damen, die Herrn. Wir kommen, weil sich Nachbarn gestört fühlen. Bisschen leiser wäre schon sehr schön.«

Erst jetzt entdeckte er Marie. Er runzelte die Stirn und fragte: »Alles Kollegen?«

Marie nickte und legte den Finger auf die Lippen. »Wir sind auch fertig. Die Dörfler vom Kanal hauen wir weg wie nix.«

»Weg wie nix«, brüllte die Abteilung des LKA. Schrader nahm die Mütze ab, hielt sie sich vor sein Gesicht und rückte ab.

Dreimal Liebe, einmal Hass

Sonntag, eine Woche später

Der Ausflug ins Ruhrgebiet war zu einer sentimentalen Angelegenheit geworden. Maries Vater hatte sich wie ein Kind auf die Fahrt über den Nord-Ostsee-Kanal gefreut, die ihm Marie, Andreas und Karl zum Geburtstag geschenkt hatten. Ein Gedicht hatte Marie nicht zustande gebracht, aber sie hatte laut gesungen. Zum Abschied hatte sie in den Armen ihres Vaters gelegen und gesagt: »Bitte mach jetzt mal hin mit der Wohnung in Eckernförde. Es wäre so schön, dich in unserer Nähe zu haben.« Dann hatte ihr Telefon geklingelt. »Moin, Marie, hier ist Kai. Ich habe eine Postkarte von Ele bekommen. Sie hat nur geschrieben: ›Noch nicht‹. Das heißt doch, dass sie wiederkommt, oder?« Kai hatte geweint, Marie hatte geweint.

In der auf die kleine Reise folgenden Arbeitswoche waren Marie und Astrid von einer Besprechung in die nächste gerutscht. Anna-Lena hatte ihr Geständnis wiederholt, alle Spuren passten zum Hergang des Verbrechens, auch zum Transport von Leni. Das mediale Interesse war größer als bei jedem anderen Kapitalverbrechen, das Marie bisher bearbeitet hatte. Mord unter Schwestern, das zog am Boulevard. Der Umstand, dass Leni schließlich im Rauch eines Altonaer Ofens geendet war, sorgte in manchen Redaktionen für regelrechte Hysterie. Elmar waren fünfzigtausend Euro für Fotos, besser noch Videos geboten worden. Der Glaube an die Menschheit hatte gelitten.

Was aber die Moral gestärkt hatte, war, dass sie sich insgesamt drei Mal zum Training getroffen hatten.

Heute galt es. Die Sehestedter hatten sie bereits vor Holgers Imbiss erwartet. »Wer als Erster den Platz betritt, man kennt das ja«, hatte Thorsten, der Bürgermeister, gesagt und siegessicher gegrinst. Das Grinsen war ihm vergangen, als alle Mannschaften gemeinsam rauf zum Bouleplatz gegangen waren. Dort hatte Holger vom Imbiss bereits einen Snackstand aufgebaut, aber das zählte nicht. Sonja, die Kapitänin der LKA-Truppe, hatte eine Fahne mit dem neuen Namen ihrer Mannschaft ans Toilettenhäuschen geklebt. Das Team hieß: »Nein! Doch! Ooooh!«, und jeder wusste sofort, dass Louis de Funès unschlagbar war.

Ein spannendes Turnier mit Höhen und Tiefen für alle beteiligten Mannschaften. Am Ende wurde das Team »Nein! Doch! Ooooh!« sehr achtbarer Zweiter. Dass es so gekommen war, hatten sie insbesondere Toni Paxner zu verdanken, der als Ersatzmann mitgereist und für Gregor eingesprungen war.

Nach Siegerehrung, Reden und einem guten Schluck auf die Freundschaft lag Marie mit Andreas auf der Wiese. Sie stupste ihn an. »Guck mal. Ich hatte recht.«

Auf der Mauer vor Holgers Imbiss saßen Astrid und Gregor. Händchenhaltend.

Marie traf Astrid wenig später auf dem Weg zur Toilette und fragte: »Sag mal, schläfst du eigentlich noch so schlecht?«

Astrid kicherte und nickte.

»Und, wie ist das so?«

»Super.«

Epilog

Sven Macke kletterte über die Jakobsleiter an der Bordwand nach unten. Der Kapitän hatte ein Schlauchboot ins Wasser geworfen, das nun etwa fünf Meter vom Schiff entfernt auf den Wellenbergen tanzte. Dahinter war Land, argentinischer Boden. Hatte der Kapitän gesagt.

Sven Macke hatte die Bilder seines Großvaters wasserdicht verpackt. Im Rucksack trug er außerdem die Zugangsdaten zum Offshorekonto in Dubai, zwei Packungen Traubenzucker, eine Flasche Wasser, ein weißes Poloshirt, eine Leinenhose in Blau, eine Unterhose, Sportschuhe und das Hochzeitsfoto mit sich. Das Foto zeigte Anna-Lena und ihn vor der Kirche in Borby. Sven Macke lächelte. Was waren schon fünf Meter? Dann sprang er in den Atlantischen Ozean.

Zugabe für Freunde der Alten Fischräucherei Eckernförde

Elkes Matjessalat ut de Rökerie

Zutaten für 6 Personen:
6 Matjesfilets
1 Apfel
1 Zwiebel
1 Glas Mayonnaise
2 TL 8 Kräuter

Zubereitung:
Die Filets in sehr kleine Würfel schneiden (je feiner, desto besser), Apfel und Zwiebel klein hacken, mit Mayonnaise vermengen, zum Schluss die Kräuter unterheben. Swattbrot oder Kantüffeln dorto.

Danke an:

- Carola Jeschke vom LKA für die Geduld mit einem Ahnungslosen
- Christel Fries und den Förderverein Alte Fischräucherei Eckernförde e. V. für die Bereitschaft, die Altonaer Öfen zu öffnen ;)
- Christoph Stumpf von Baltic-Fit, weil dort »alles« beginnt
- den Eckernförder Ruderclub, dass ich dem Achter eine Heimat geben konnte
- Heike Lutz-Reumann für die Unterstützung in der »Sache Turnschuh«
- Herrn Rituper vom Wasserstraßen- und Schifffahrtsamt Lübeck, der sich gekümmert hat

Arnd Rüskamp, Dagmar Maria Toschka
TOD AUF DER KOHLENINSEL
Broschur, 224 Seiten
ISBN 978-3-7408-0075-8

Kann man so tun, als wäre nichts geschehen, wenn eine Freundin
ermordet wird? Der Duisburger Ex-Polizist Theo Bosman und die
kellnernde Anwältin Betty Harmes können es nicht. Sie ermitteln
auf eigene Faust, um dem Mörder auf die Spur zu kommen: zwischen A 40 und Schimmi-Gasse, zwischen Rhein und Ruhr – und
am Ende wird in Amsterdam alles anders als gedacht …

www.emons-verlag.de

Arnd Rüskamp
KIELHOLEN
Broschur, 272 Seiten
ISBN 978-3-7408-0207-3

Marie hört Streichquartette, und Marie malt. Die Hauptkommissarin des LKA hat einen Sinn für das Schöne. Einerseits. Andererseits
schreckt sie auch vor einer Blutgrätsche nicht zurück. Nicht auf
dem Fußballplatz und nicht im Job. Aus dem Ruhrgebiet in ihre
Heimat zwischen Schlei und Ostsee zurückgekehrt, bekommt sie es
mit einem pikanten Fall zu tun: Bauer und Bordellbetreiber Helge
Meermann wird tot auf seinem Acker gefunden. Und Marie stößt
auf ein Motiv so alt wie die Menschheit ...

www.emons-verlag.de

Arnd Rüskamp
AM HAKEN
Broschur, 256 Seiten
ISBN 978-3-7408-0388-9

Schwere Zeiten für LKA-Ermittlerin Marie Geisler: Eine Einbruch-
serie in leer stehende Villen am Ufer der Kieler Förde hält sie und
ihr Team auf Trab. Die Einbrecher sind unkenntlich als Wikinger
kostümiert und kommen per Boot. Marie steckt in ihren Ermittlungen fest, zumal sie noch an einem alten Fall knabbert. Doch
dann wird bei einem weiteren Einbruch ein Wachmann getötet,
und ein Amulett in Form von Thors Hammer liefert ihr endlich
eine heiße Spur ...

www.emons-verlag.de

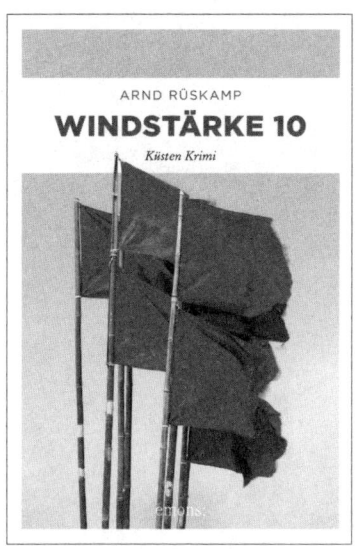

Arnd Rüskamp
WINDSTÄRKE 10
Broschur, 304 Seiten
ISBN 978-3-7408-0540-1

Der Bundeswirtschaftsminister wird ermordet aufgefunden – auf einhundert Metern Höhe, in der Gondel eines Windrades. So spektakulär der Tatort, so brisant ist der Fall, schließlich zieht der Tod des Politikers die Aufmerksamkeit des ganzen Landes auf sich. War der Mord ein Rachefeldzug im politischen Umfeld, liegt das Motiv im Privatleben des Ministers, oder geht hier jemand aus purer Liebe zur Heimat über Leichen? Hauptkommissarin Marie Geisler und ihr Team wagen sich in gefährliche Gewässer.

www.emons-verlag.de

Arnd Rüskamp
DER LETZTE KÄPT'N
Broschur, 336 Seiten
ISBN 978-3-7408-0816-7

Marie Geisler vom LKA Kiel freut sich auf den Sommerurlaub, da
wird bei einer Routinekontrolle am Hafen ein toter Biker entdeckt.
Der Schwede wurde regelrecht hingerichtet. Ist eine Auseinandersetzung zwischen rivalisierenden Banden eskaliert? Maries neuer
Kollege Gregor Sachse, der alte Kontakte in die Rockerszene Nord-
deutschlands hat, soll als V-Mann eingeschleust werden. Doch
als es einen weiteren Toten gibt, droht die Sache aus dem Ruder
zu laufen …

www.emons-verlag.de